HEYNE

Das Buch

Eigentlich ist Ellis Rogers ein ganz normaler Typ – bis sein Leben durch eine schreckliche Diagnose von einem Tag auf den anderen völlig auf den Kopf gestellt wird: Er leidet unter einer extrem seltenen und extrem aggressiven Form der Lungenfibrose, seine Chancen auf Genesung sind gleich null und seine restliche Lebenserwartung liegt bei ein paar Wochen – wenn es gut läuft. Als Ellis dann auch noch herausfindet, dass seine Frau Peggy ihn mit seinem besten Freund betrügt, marschiert er in seine Garage und setzt die Zeitmaschine in Gang, die er dort heimlich gebaut hat. In der Zukunft, so hofft er, gibt es ein Heilmittel gegen seine Krankheit und seine Eheprobleme könnte er dann ebenfalls hinter sich lassen. Zu Ellis' eigenem Erstaunen funktioniert die Zeitmaschine tatsächlich und katapultiert ihn zweitausend Jahre in die Zukunft – in eine Welt, die mit der unseren so gut wie nichts mehr zu tun zu haben scheint …

Der Autor

Michael J. Sullivan wurde 1961 in Detroit, Michigan, geboren. Mit acht Jahren begann er seine ersten Geschichten zu schreiben, heute lebt er als freier Autor mit seiner Familie in Fairfax.

Mehr über Michael J. Sullivan und seine Romane erfahren Sie auf: **diezukunft.de**

MICHAEL J. SULLIVAN

ZEIT FUGE

Roman

WILHELM HEYNE VERLAG
MÜNCHEN

Titel der amerikanischen Originalausgabe:
HOLLOW WORLD
Deutsche Übersetzung von Oliver Plaschka

MIX
Papier aus verantwortungsvollen Quellen
FSC
www.fsc.org
FSC® C014496

Verlagsgruppe Random House FSC® N001967
Das für dieses Buch verwendete FSC®-zertifizierte Papier
Holmen Book Cream liefert Holmen Paper, Hallstavik, Schweden.

2. Auflage
Deutsche Erstausgabe 10/2015
Redaktion: Werner Bauer

Printed in Germany
Umschlaggestaltung: Nele Schütz Design, München,
unter Verwendung von shutterstock / Mika Heittola
Satz: Greiner & Reichel, Köln
Druck und Bindung: GGP Media GmbH, Pößneck

ISBN 978-3-453-31678-2

www.diezukunft.de

Vorwort:

Über Zeitreisen

Zeitreisen, wie sie in diesem Buch beschrieben werden, sind nicht möglich. Es ist mir wichtig, das von vornherein klarzustellen. Nicht, weil ich Nachahmer abschrecken möchte – sondern der Feststellung halber, dass es sich bei diesem Buch ebenso um ein Werk der Fantasy wie der Science-Fiction handelt. Andererseits finden sich in der Science-Fiction fast immer auch Spuren von Fantasy, dieser spezielle Funke des *Was wäre, wenn,* der die Kettenreaktion entfacht, welche die Handlung vorantreibt.

In seinem Klassiker *Die Zeitmaschine* bot H. G. Wells folgende hochwissenschaftliche Erklärung dafür, wie sein Gerät durch die Jahrhunderte eilen konnte: »Ich sage Ihnen nun, dass dieser Hebel hier, wenn man ihn nach vorne drückt, die Maschine in die Zukunft entsendet, und dieser andere die Bewegung umkehrt.« Das ist auch so ziemlich das Maximum an harten Fakten, das der Leser bekommt. Natürlich handelte Wells' Geschichte trotz ihres Titels nicht so sehr von der Maschine oder den zugrunde liegenden Prinzipien als von einer möglichen Zukunft der Menschheit.

Genauso verhält es sich mit *Zeitfuge.*

Die Zeitmaschine wurde erstmals 1895 in Großbritannien veröffentlicht. Offenbar reichte es damals noch, zu behaupten, der Druck eines Hebels bewirke etwas, das bekanntermaßen doch unmöglich war. Natürlich gab es damals auch noch kein Internet. Der durchschnittliche Leser von heute weiß genau, dass man nicht schneller als das Licht oder durch ein schwarzes Loch reisen kann. Dieser Bildungssprung mag vielleicht mehr dem Erfolg von Serien wie *Star Trek* als dem unserer Schulen geschuldet sein, doch wie auch immer: Der heutige Leser weiß einiges mehr und verlangt nach Glaubwürdigkeit.

Da ich in meinem Buch einen Mann unserer Zeit in die Zukunft schicke, habe ich eine Menge über die Theorie der Zeitreise recherchiert. Meine Inspiration verdanke ich mehreren Quellen, vor allem aber *Zeitreisen in Einsteins Universum* von J. Richard Gott. Darin liefert der angesehene Astrophysiker eine überzeugende Erklärung dafür, wie sich ein stationäres Objekt vorwärts durch die Zeit bewegen könnte, indem es die beschränkenden *g*-Kräfte einer linearen Reise durch eine interdimensionale Bewegung überwindet. Dies wäre theoretisch denkbar, wenn man sich annähernd in die Mitte eines Schwarzen Lochs setzen und dabei durch die elektrostatische Abstoßung gleichnamiger Ladungen schützen könnte. Soweit die Theorie, doch wie gesagt, Zeitreisen sind nicht möglich – schon gar nicht in einer normalen Werkstatt mit handelsüblichen Hilfsmitteln. Ich habe mir das für meine Handlung zurechtgebogen – eine schöne Fassade und etwas Überzeugungsarbeit sind die Zutaten eines jeden guten Zaubertricks. Und wenn man nicht zu genau hinschaut, könnte man *fast* daran glauben.

Wieso ich das alles erkläre? Weil ich betonen möchte, dass dieser Roman keine »harte« Science-Fiction ist. Ich kenne viele Freunde des Genres, denen die technische Seite einer Geschichte sehr wichtig ist, und die wollte ich vorwarnen, dass sie ihre Aufmerksamkeit besser auf andere Aspekte des Buchs lenken. Ich wollte mich in diesem Roman auf die Auswirkungen verschiedener Technologien auf die Menschen und ihre Kultur konzentrieren und nicht zu viele Worte über ihre genaue Funktionsweise verlieren. So wie schon H. G. Wells' Geschichte ist auch *Zeitfuge* ebenso wenig eine Anleitung zur Zeitreise, wie Reality-TV ein Abbild der Wirklichkeit ist.

Worum geht es also dann in diesem Buch?

Die nächsten Seiten werden es verraten – eine ganze Welt harrt ihrer Entdeckung.

Michael J. Sullivan
Januar 2014

1

Kaum noch Zeit

Als er von der Ärztin hörte, dass er sterben würde – und wie wenig Zeit ihm bis dahin noch blieb –, musste Ellis Rogers lachen. Nicht die übliche Reaktion auf eine solche Eröffnung – das wusste er genauso gut wie sie. Er war nicht verrückt, zumindest glaubte er das, aber wie konnte man sich da schon je sicher sein? Vor seinem inneren Auge hätten Visionen vorbeiziehen sollen, Schlaglichter seines Lebens: wie er seinen Collegeabschluss machte, Peggy am Altar küsste, oder wie sie ihren gemeinsamen Sohn Isley verloren. All die unerledigten Dinge, die gesagten oder ungesagten Worte – das war es, was ihn hätte beschäftigen sollen. Stattdessen drehten sich seine Gedanken einzig um dieses Wort mit vier Buchstaben, das die Ärztin gebraucht hatte. Schon komisch, dass es ausgerechnet *dieses* Wort gewesen war – schließlich hatte er ihr nie erzählt, was er daheim in seiner Werkstatt hatte.

Die Lungenspezialistin war eine kleine Inderin mit hellen, wachen Augen und einem Klemmbrett, das ihr als Erinnerungsstütze diente. Sie trug den üblichen weißen Kittel, das Stethoskop nachlässig in die Tasche gestopft, und lehnte halb stehend, halb sitzend an ihrer Tischkante. Anfangs hatte die Ärztin das Gespräch noch gesteuert, einfühlsam, doch ebenso bestimmt, aber nun war es ihr durch seinen deplatzierten Ausbruch völlig entgleist, und keiner von beiden wusste mehr, was noch zu sagen blieb.

»Geht es Ihnen wieder ... besser?«, fragte sie nach einer Weile.

»Ist der erste Test, bei dem ich je durchfiel«, entschuldigte er sich, in der Hoffnung, dass sie es schlucken und fortfahren würde. In Anbetracht der Neuigkeiten, die sie ihm gerade überbracht hatte, verdiente er wohl etwas Nachsicht.

Einen Moment lang musterte sie ihn besorgt, dann fand sie zu ihrem professionellen Tonfall zurück. »Sie sollten lieber noch eine zweite Meinung einholen, Ellis.« Sie gebrauchte seinen Vornamen, als ob sie alte Freunde wären. Dabei hatte er sie nur die paar Mal zu besagten Tests gesehen.

»Entwickelt gerade irgendwer ein Heilmittel?«, erkundigte er sich.

Die Ärztin seufzte und kniff die Lippen zusammen. Dann verschränkte sie die Arme, löste sie wieder und beugte sich etwas vor. »Schon, aber ehrlich gesagt glaube ich nicht, dass ein Durchbruch bevorsteht.« Sie sah traurig drein. »So viel Zeit haben Sie einfach nicht, Ellis.«

Da war es wieder, dieses Wort.

Diesmal lachte er nicht laut, trotzdem stahl sich ein Lächeln auf seine Lippen. Er brauchte wirklich ein besseres Pokerface. Ellis wandte den Blick ab und versuchte, sich auf die drei Gläser auf dem Tisch neben der Tür zu konzentrieren. Sie wirkten, als gehörten sie in eine Küche, nur dass sie Holzspatel und Wattestäbchen statt Mehl oder Zucker enthielten. Den Inhalt des dritten Glases konnte er nicht richtig erkennen: etwas einzeln Verpacktes, Spritzen vielleicht. Das brachte ihn darauf, dass er noch einmal den Verbandskasten kontrollieren musste. Bei vielen war nämlich nicht genug Aspirin dabei.

Die Ärztin erwartete wahrscheinlich, dass er weinte oder einen Wutanfall erlitt und Gott, sein Pech, die Nahrungsmittelindustrie oder seinen eigenen Bewegungsmangel verfluchte. Ein Lächeln gehörte wohl nicht zum üblichen Programm. Doch er konnte einfach nicht anders – nicht, wenn sie ohne es zu merken solche Scherze trieb.

Eigentlich sind es ja keine Scherze, dachte er. *Sondern Ratschläge. Und sie hat recht: Es gibt nichts mehr, das mich noch hält.*

Sein Bindegewebe war extrem geschwächt; er litt an IPF, einer Lungenkrankheit namens idiopathische pulmonale Fibrose, und hatte noch sechs Monate zu leben – höchstens ein Jahr. Und dieses nachgereichte *höchstens ein Jahr* hatte schon betont optimistisch geklungen. Jeder andere in seiner Situation, den sicheren Tod vor Augen, hätte wahrscheinlich Reisen nach Europa, Safaris in Afrika oder Besuche bei der Familie und alten Freunden geplant. Ellis dagegen plante eine andersartige Reise und war in Gedanken schon beim Kofferpacken: Er sollte besser noch mehr Batterien für die Taschenlampe mitnehmen – man konnte gar nicht genug Batterien haben – und noch ein paar Packungen M&M's. Schließlich brauchte er sich keine Sorgen mehr um sein Gewicht, den Blutzucker oder die Zähne zu machen. *Ich kaufe einen ganzen Karton! Die gelben mit den Erdnüssen, das sind die besten.*

»Ich gebe Ihnen einen Termin in zwei Wochen. Das sollte Ihnen reichen, um die Ergebnisse von einem anderen Arzt überprüfen zu lassen.« Sie hörte zu schreiben auf und schaute ihn mit ihren großen, braunen Augen an. »Geht es Ihnen auch wirklich gut?«

»Ich komme schon klar.«

»Gibt es jemanden, den ich anrufen soll?« Sie blätterte durch die Notizen auf ihrem Klemmbrett. »Ihre Frau vielleicht?«

»Glauben Sie mir, es geht schon.«

Zu seiner Überraschung stellte er fest, dass er die Wahrheit sagte. Das letzte Mal hatte er sich vor sechsunddreißig Jahren so gefühlt, als man ihm auf der Bank das Darlehen eingeräumt hatte, mit dem er von daheim hatte ausziehen können. Eine Mischung aus Vorfreude und Angst vor dem Unbekannten. Freiheit – wahre Freiheit – war berauschender als jede Droge.

Endlich kann ich den Knopf drücken.

Sie wartete noch zwei Herzschläge und nickte dann. »Vorausgesetzt, der zweite Befund deckt sich mit meinem, setze ich Sie auf die Warteliste für eine Transplantation. Die Details erkläre ich Ihnen in zwei Wochen. Davon abgesehen gibt es, fürchte ich, nichts, was wir tun können. Es tut mir sehr leid.« Sie griff nach seiner Hand. »Das meine ich ehrlich.«

Er erwiderte den Druck. Ihr Lächeln wirkte nun entspannter. Vielleicht glaubte sie ja, dass sie ihm geholfen, eine emotionale Beziehung zu ihm aufgebaut hatte. Das war schon in Ordnung so – er brauchte alles an gutem Karma, das er kriegen konnte.

»Was hat der Arzt gesagt?«, waren die erste Worte aus Peggys Mund, als Ellis durch die Tür trat. Er konnte sie nirgendwo sehen. Wahrscheinlich war sie in der Küche und versuchte, den Fernseher im Wohnzimmer zu übertönen. Das war typisch Peggy – sie sagte, sie fühle sich weniger allein, wenn der Fernseher lief, doch sie ließ ihn auch an, wenn Ellis daheim war.

»Sie hat gesagt, dass ich mir keine Sorgen machen soll.« Er warf die Schlüssel in die Süßigkeitenschale auf dem Wohnzimmertisch, die ihr Sohn vor vielen Jahren gemacht hatte.

»Sie? Ich dachte, du hattest einen Termin bei Dr. Hall?«

Mist! Ellis fuhr zusammen. »Ach so – Dr. Hall ist im Ruhestand. Deshalb war ich bei einer Ärztin.«

»Im Ruhestand? So plötzlich? Ist alles okay?«

»Ja sicher, es geht ihm gut.«

»Ein Glück. Wundern tut es mich trotzdem – er ist ja nicht viel älter als wir, und ich dachte immer, dass Ärzte sich später zur Ruhe setzen als andere Leute. Diese Ärztin macht sich also keine Sorgen wegen deines Hustens?«

Ellis fand die Fernbedienung und stellte den Ton leiser, bis das Geschnatter der streitenden Frauen im TV nur noch ein leises Flüstern war. Manchmal fragte er sich, ob es immer dieselbe Sendung war, die da lief, oder ob alle Sendungen, die Peggy nicht sah, sich bloß sehr stark ähnelten.

»Nein«, rief er zurück. »Sie meinte, es wäre nur ein Virus.«

Das Wohnzimmer dokumentierte ihre gemeinsame Lebensleistung. Zwei hochwertige Mohairsofas standen vor einem TV-Gerät, das eine größere Bilddiagonale als ihr erstes Badezimmer besaß. Im Regal am Kamin ruhten seine MIT-Bücher und Abschlussarbeiten, die er in echtes Leder hatte binden lassen. Darüber stapelten sich Krimis und Thriller von Michael Connelly, Tom Clancy und Jeffery Deaver, die er zur Entspannung las.

Und überall hingen oder standen Bilder: an den Wänden, auf dem steinern Tisch, sogar auf dem Fernseher. Aus jedem Rahmen lächelte ihm ein sommersprossiger Engel mit sandfarbenem Haar und einer wechselnden Zahl von Zähnen entgegen. Das Bild aus dem Freizeitpark beherrschte das Zentrum des schweren Wohnzimmertischs. Eigentlich waren sie zu dritt auf dem Foto gewesen, doch dank eines geschickten Knicks war von Ellis bloß noch die Hand zu sehen, die auf der Schulter seines Sohnes ruhte.

»Hat sie dir wenigstens was mitgegeben?« Peggy trat ins Wohnzimmer und warf einen flüchtigen Blick auf den Fernseher. Um sicherzugehen, dass sie auch nichts verpasste? Sie trug noch ihren Hosenanzug und das Perlengehänge von der Arbeit.

Einen Moment lang erwog Ellis, ihr die Wahrheit zu sagen, zumindest über den Befund der Ärztin. Es hätte ihn interessiert, wie sie darauf reagierte. Was sie sagen würde.

Wenn er jetzt log, würde sie die Medikamente sehen wollen. »Sie hat mir ein Rezept gegeben, aber ich habe es noch nicht in den Drugstore geschafft.«

»Dann beeilst du dich besser. Er hat nicht mehr lang offen.« Sie nahm sich eine frische Packung Mentholzigaretten und klopfte eine heraus, dann sah sie stirnrunzelnd auf. »Wolltest du denn nicht mehr in die Werkstatt?«, fragte sie mit einem Hauch von Enttäuschung.

»Eigentlich wollte ich mich noch mit Warren treffen und nur eben meinen Mantel holen. Es wird kalt.«

»Pass mit dem Trinken auf, wenn du Medikamente nimmst.«

Im Flur zog er seinen Mantel an und griff sich so leise wie möglich Peggys Schlüsselbund. Doch statt die Küchentür nach draußen zu nehmen, schlich er sich die Treppe zum Schlafzimmer hoch, schlüpfte hinein und schloss die Tür hinter sich. Sein Herz schlug so laut, dass er hoffte, Peggy hörte es nicht. Erst jetzt begann sich das alles real für ihn anzufühlen.

Mein Gott, ich mache das wirklich.

Vorsichtig öffnete er den begehbaren Kleiderschrank und begann seine Ausgrabung. Die linke Seite des Schranks war immer Peggys Territorium gewesen. Auf dem Boden stapelten sich alte Schuhe, die Hochzeitsbilder und weiß Gott was sie sonst noch alles in den Kartons und Plastikboxen verstaut hatte. Ellis wusste aber, was er suchte, und hinter einem Turm aus Schuhschachteln, den er vorsichtig abbaute, fand er zu guter Letzt die schatztruhenförmige Schmuckschatulle. Peggy hielt sie stets verschlossen. Der Schlüssel hing an ihrem Bund zusammen mit einem Flaschenöffner, einer ausklappbaren Nagelfeile, einem Münzbeutel, einer Trillerpfeife für Notfälle, einer Taschenlampe, einem laminierten Foto von Isley, einem silbernen Anhänger in Form eines Kamels oder Lamas, einem weiteren Anhänger in Form eines Fußballs sowie einem großen roten Schild, auf dem PEGGY stand. Der Witz daran war, dass man für den Nissan dank Transponder und Startknopf gar keinen Schlüssel brauchte.

Die Schatulle öffnete sich wie eine Kasse: Das Oberteil

klappte auf und die Schubladen schoben sich nach vorn. Das Innere war voller Erinnerungsstücke. Er fand eine Muttertagskarte, die Isley mit sechs Jahren gemacht hatte, ein einfaches Stück gefaltete Bastelpappe, darauf mit Buntstiften das Wort MOM gekritzelt. Außerdem Briefe, Fotos von Isley, ein paar Karten zu einem Spiel namens *Parkverbot*, an das er sich nicht erinnern konnte, und die Gedichte, die Peggy vor ihrer Hochzeit geschrieben hatte, zu der Zeit, als sie noch Gitarre gelernt und die nächste Carole King hatte werden wollen.

Und natürlich gab es Schmuck.

Ohrringe, die alten noch mit Clip, die neueren fürs Ohrloch, manche mit einem Gehänge wie Christbaumschmuck, andere einfache Stecker. Zwei Perlenketten und ein Halsband mit einem Medaillon, das nach Elfenbein aussah, dazu eine Masse von Ringen. Das meiste war billiger Modeschmuck. Vier Stücke aber nicht.

Peggys Verlobungs- und Ehering rührte Ellis nicht an. Er war lediglich an einem Paar Diamantohrringe interessiert, die ihm seine Großmutter hinterlassen hatte. Er entdeckte sie am Boden der Schatulle, unter all den Erinnerungsstücken.

Da hörte er Peggys Schritte von unten. Sie durchquerten gerade das Wohnzimmer und näherten sich der Treppe. Ellis erstarrte.

Er stellte sich vor, wie seine Frau nach oben kam und nach der Tür griff.

Wieso ist hier abgeschlossen? Was machst du da drin, Ellis?

Was würde er sagen?

Was hast du mit meinen Schlüsseln vor?

Er hielt ganz still und lauschte. Peggy war stehen geblieben.

Was verdammt tut sie da? Einfach mitten im Flur stehen? Ach, verdammt …

Er griff sich einfach alles, was im Weg war, und stopfte es sich in die Taschen. Noch während er den Schmuck am Boden der Schatulle zusammenschaufelte, hörte er Peggy auf den Stufen. Er schloss den Schrank und gewann das Wettrennen zur Tür gerade noch rechtzeitig, ehe seine Frau nach dem Knauf griff.

»Immer noch hier?«, fragte sie.

Er lächelte verlegen. »Wollte gerade los.«

Mit klopfendem Herzen lief er die Treppe hinunter. Sorgsam legte er ihren Schlüsselbund zurück auf den kleinen Tisch neben der Garderobe und ging aus dem Haus. Auf der Veranda steckte er die Hände in die Taschen und tastete nach dem Schmuck darin. Ellis seufzte. Zusammen mit den Diamanten seiner Großmutter hatte er unabsichtlich auch Peggys Ringe eingesteckt. Auch wenn sie ihr offensichtlich nichts mehr bedeuteten, würde er sie heute Nacht auf dem Küchentisch lassen, wenn er aus der Bar zurückkam. Peggy hatte ihren Ehering achtzehn Jahre lang getragen, dann aber abgelegt, als sie ihre ersten Maklerseminare belegt hatte. Laut einem Artikel, den sie gelesen hatte, erzielten Maklerinnen ohne Ring regelmäßig bessere Abschlüsse, ob sie nun verheiratet waren oder nicht. Ellis hatte nie mit ihr deshalb gestritten oder sich auch nur beschwert, weil er den wahren Grund dafür kannte. Der Sommer, in dem sie mit den Seminaren begonnen und ihren Ring abgelegt hatte, war derselbe Sommer gewesen, in dem sich Isley in der Werkstatt mit einem Gürtel seines Vaters erhängt hatte.

Das Brady's war eine unscheinbare Bar auf der Eight Mile Road. Eingequetscht zwischen einer Videothek und einem chinesischen Restaurant in einer Gegend voller Schnapsläden und Reparaturwerkstätten war es das einzige Gebäude ohne Gitter vor den Fenstern. Das Brady's hatte nämlich keine Fenster – es war einfach nur eine Ziegelsteinfassade mit einer weiß lackierten, schwergängigen Stahltür.

Hustend stand Ellis vor der Bar. In der Kälte war es immer besonders schlimm, und dabei war es noch nicht mal richtig kalt. Der November in Detroit war dank der Feuchtigkeit der Großen Seen bloß das Vorspiel zu sechs Monaten klirrender Kälte und Elends. Trotzdem gefiel seinen Lungen die Luftveränderung nicht. Mittlerweile gefiel seinen Lungen freilich fast gar nichts mehr, und der Hustenanfall war so schmerzhaft, dass er meinte, es risse ihm die Brust entzwei. Er wartete, bis er wieder Luft bekam, dann trat er ein.

Das Innere des Brady's hielt, was das Äußere versprach: eine schnörkellose Bar, die nach frittiertem Essen roch und selbst Jahre nach dem Inkrafttreten des staatsweiten Verbots noch nach Zigarettenrauch stank. Der Boden war klebrig, die Tische wackelten, und auf dem stummgeschalteten Fernseher in der Ecke lief Football zu alten Johnny-Cash-Songs aus den versteckten Lautsprechern. Aufgrund der fehlenden Fenster waren der Fernseher und ein paar altmodische Deckenlampen auch die einzigen Lichtquellen in der Bar, die sie in eine flackernde Höhle voller Schatten verwandelten.

Warren Eckard saß an der Theke, schaute fern und

schwenkte die Überreste eines Budweisers in seiner Flasche. Er saß vornübergebeugt und auf die Ellbogen gestützt da und wippte mit dem Fuß im Takt von Cashs »Folsom Prison Blues«. Auf seinem T-Shirt stand: ICH LIEBE MEIN LAND. ICH HASSE NUR DIE REGIERUNG. Das XXL-Shirt war immer noch zu klein und ließ einen Wulst teigig blasser Haut aus seiner Jeans quellen. Ellis war dankbar dafür, dass Warrens Hosenbund nicht noch tiefer als ohnehin schon saß.

»Warren«, sagte Ellis, klopfte ihm auf den Rücken und setzte sich neben ihn.

»Hey! Hey!« Mit übertriebener Überraschung drehte sich Warren zu ihm um und grinste ihn an. »Na, wenn das nicht Mr. Rogers ist. Einen wunderschönen Tag wünsch ich, alter Mann. Wie läuft's denn so?«

Seine Hand verschwand fast in Warrens Pranke, als sie sich begrüßten. Selbst Jahrzehnte nach dem Unfall kam er nicht umhin, Warrens fehlende Finger zu bemerken.

»Wer ist denn der Kleine hinter der Bar?«, fragte Ellis und versuchte, Blickkontakt mit dem jungen Kerl im schwarzen T-Shirt herzustellen.

»Freddy. Er ist Italiener, also lass die Spaghettiwitze. Sonst landen wir noch beide *bei die Fische.*«

»Wo steckt Marty?«

Warren zuckte die Schultern. »Vielleicht hat er frei. Oder man hat ihn gefeuert. Was weiß ich?«

»Freddy!«, rief Ellis dem Jungen zu, der sich zurückgelehnt hatte und mit einem Zahnstocher im Mund herumspielte. »Kann ich ein Bud haben?«

Der Junge nickte und köpfte eine braune, noch beschlagen Flasche frisch aus dem Kühlschrank. Dann klatschte er einen kleinen Papieruntersetzer vor ihn hin, setzte die Flasche darauf und ging sich weiter mit seinem Zahnstocher beschäftigen.

»Spielen die Lions heute?«, fragte Ellis mit Blick auf den Fernseher, während er sich aus seinem Mantel schälte.

»Gegen die Redskins. Die werden sie plattmachen.«

»Unterstützt man so etwa sein Team?«

»Es wäre halt hilfreich, wenn sie vernünftige Spieler hätten.« Warren leerte seine Flasche und setzte sie laut genug ab, dass Freddy es mitbekam und ihm eine neue brachte.

»Bewirb du dich doch, sobald das Baby da ist. Im wievielten Monat bist du mittlerweile, im achten oder neunten?«

»Sehr komisch, bist 'n echter Witzbold. Dabei solltest du's verdammt noch mal besser wissen ...« Er schlüpfte in seine Marlon-Brando-Rolle, klang aber mehr wie ein kränklicher Vito Corleone als der gescheiterte Boxer Terry Malloy. *»Ich hätte was werden können!«*

»Klar, träum ruhig weiter. Aber wo wir gerade davon reden ...« Ellis zog ein paar zusammengeheftete Blätter aus der Innentasche seines Mantels. Das Papier war verschmiert, voller Kaffeeflecken und gekritzelter Notizen an den Rändern. Darunter aber war es zweispaltig mit engem Text bedruckt, vor allem Formeln.

»Was soll das denn sein?«, fragte Warren. »Musst du wieder den Geek auspacken? Bringst du deine Arbeit jetzt schon in die Bar mit?«

»Nein, das ist mein Privatvergnügen. Daran hab ich jahrelang herumgebastelt – ist so ein Hobby von mir. Hast du dich je mit der Relativitätstheorie befasst? Schwarze Löcher?«

»Seh ich aus wie Stephen Hawking?«

Ellis grinste. »Manchmal. Wenn du aufrechter dasitzt und deutlicher redest …«

Warren imitierte ein Lachen. »Mann, du bist ja'n echter Kracher heute. Hast du das gehört?«, rief er Freddy zu. »Der reinste Moe Howard.«

Freddy schenkte gerade ein paar Frauen am anderen Ende der Theke ihr Light-Bier ein. »Wer?«, fragte er verwirrt.

»Du weißt schon, The Three Stooges.«

Freddy zuckte die Schultern.

»Gott, willst du mich jetzt verarschen? Moe, Larry und Curly! Die größten Komiker unserer Zeit.«

»Und welche Zeit genau wäre das?«, konterte Freddy.

»Ach, vergiss es doch einfach.« Warren setzte seinen Die-Jugend-von-heute-Ausdruck auf, der Ellis immer wieder irritierte – denn schließlich kannte er Warren Eckard noch aus der Zeit, als *sie* besagte Jugend gewesen waren.

Warren überflog die Seiten und schüttelte den Kopf wie ein Kommissar angesichts eines besonders grausamen Verbrechens. »Ich fasse es nicht, dass du diesen Mist zum Spaß machst.«

»Du schaust Football«, konterte Ellis. »Ich spiele mit Quanten …«

»Football ist spannend.«

»Das hier auch.«

Warren deutete auf den Fernseher, wo man nun das monströse FedExField in Landover, Maryland aus der Vogelperspektive sah. »Da sitzen über fünfundachtzigtausend Leute auf den Rängen, und hundert Millionen schauen jedes Jahr den Super Bowl. Dämmert dir da was?«

»Na und? Als Neil Armstrong auf dem Mond herumspazierte, schauten fünfhundert Millionen zu.«

Warren nippte missmutig an seinem Bier. »Also, was ist jetzt mit der Schlaumeierei? Kommt noch 'ne Pointe, oder will du nur angeben?«

»Angeben?«

»Immerhin bist du hier Mister MIT, ich hingegen sitz auf meinem kleinen Highschool-Abschluss, oder nicht?«

Ellis runzelte die Stirn. »Jetzt wirst du eklig.«

»Achtundfünfzig Jahre Übung, mein Freund. Das wird man schwer wieder los.« Warren trank einen weiteren Schluck.

Ellis wartete.

Schließlich verdrehte Warren die Augen. »Okay, okay – lassen wir's gut sein. Also, worum geht's?«

Ellis legte den Stapel Papier auf die Theke. »In den Dreißigern gab es diesen Deutschen, Gustaf Hoffmann, der eine Theorie in den *Annalen der Physik* veröffentlichte. Das ist eine der ältesten Fachzeitschriften der Welt. Da hat auch Einstein publiziert, okay? Ich rede hier von ernsthafter Wissenschaft.«

Warren bemühte sich, ein geduldiges Gesicht zu machen.

»Allerdings fand Hoffmanns Theorie nicht viel Beachtung. Zum einen, weil seine Berechnungen fehlerhaft waren, vor allem aber, weil er beweisen wollte, dass Zeitreise nicht nur prinzipiell möglich, sondern auch praktisch umsetzbar ist. Ich habe mal was zu Hoffmann veröffentlicht und seinen Ansatz durch moderne Quantentheorie ergänzt. Auch danach ließ mich die Idee nicht los, also habe ich weiter mit seinen Formeln gespielt. Vor gut zwei Jahren habe ich dann rausgekriegt, was er falsch gemacht hat.«

»Das ... das ist echt super, Ellis.« Warren nickte mechanisch. »Verrückt und irgendwie auch traurig, aber wenn es dich freut, freut's mich auch.«

»Du verstehst es nur noch nicht. Diese Theorie ... sie ist wirklich ganz simpel. Nicht der Weg dahin – der war richtig übel –, aber was zum Schluss übrig blieb, war wie alle gute Formeln: schlicht und perfekt. Und das Beste daran ist, dass die Formel auch praktischen Nutzen hat. Ich spreche von angewandter Wissenschaft, nicht bloß Spekulationen. Wie Einstein damals mit seiner Theorie, und dann bauten die Leute vom Manhattan-Projekt die Atombombe. Wobei das Jahre der Forschung und Entwicklung und tonnenweise Infrastruktur und Ressourcen brachte. Das hier« – Ellis tippte auf seine Papiere – »ist deutlich einfacher.«

»Aha, und das heißt also ...« Warren verlor bereits das Interesse, allerdings hatte er wohl von vornherein nicht allzu viel gehabt.

»Kapierst du nicht? Das hier sind die Baupläne einer Zeitmaschine! Würdest du nicht gern die Zukunft sehen?«

»Um Gottes willen – ich kenne die Gegenwart gut genug, um zu wissen, was passiert. Das letzte Gute, was die Menschheit mit vereinten Kräften hingekriegt hat, war Hitler zu töten.« Er trank und wischte sich den Mund.

»Komm schon, willst du mir weismachen, dass dich nicht interessiert, was bei all dem noch rauskommt?«

»Das ist wie drauf zu warten, was beim Sprung von einer Klippe rauskommt.« Warren setzte ein Grinsen auf. »Die Welt geht in den Arsch. Amerika ist wie mein alter Buick –

rostet langsam vor sich hin. China wird uns alle einsacken. Bald fressen wir nur noch Reis und rennen mit kleinen roten Büchern rum.«

Ellis verzog das Gesicht.

»Glaubst mir wohl nicht, hm?«, fragte Warren. »Das Problem ist, wir sind schwach geworden. Die Babyboomer und ihre Kinder hatten es viel zu leicht. Verzogene Gören, allesamt. Und die nächste Generation verderben sie noch mehr. Jeder will sein großes Haus und schickes Auto, bloß arbeiten will keiner dafür. Verdammt, die Einzigen, die heute noch arbeiten, sind doch Illegale wie die da hinten!«

Peinlich berührt schaute Ellis zu einem Tisch mit Latinos in der Nähe der Tür. Aber die hatten wohl nicht zugehört. Oder es war ihnen egal.

»Würdest du bitte etwas leiser reden? Und vielleicht magst du dem Rest von uns Gesellschaft im neuen Jahrtausend leisten und nicht automatisch davon ausgehen, dass jeder Einwanderer illegal hier ist.«

»Was denn?« Er folgte seinem Blick und fügte mit lauterer Stimme hinzu. »Ich habe ihnen gerade ein Kompliment gemacht. Sind gute Arbeiter! Hab nie was anderes behauptet.«

»Ist schon gut.« Ellis rieb sich das Gesicht. »Wir sprachen gerade von der Zukunft, weißt du noch?«

»Ach, scheiß doch auf die Zukunft. Wird entweder so 'ne Höllenapokalypse oder, schlimmer noch, ein Unterdrücker-Regime wie das von Big Brother in der Orson-Welles-Geschichte.«

»*1984* wurde von George Orwell geschrieben. H. G. Wells schrieb *Die Zeitmaschine,* und Orson war ein Regisseur und Schauspieler.«

»Wie auch immer. Ich sag ja bloß, die Zukunft wird kein Zuckerschlecken.«

Ellis fragte sich, ob Warren sich eigentlich der Tatsache bewusst war, dass er derselben Generation angehörte, der er gerade die Schuld am Niedergang der Zivilisation gegeben hatte. Er glaubte nicht, dass Warren sich in einen Topf mit dem angeblich verzogenen Rest werfen würde, und vielleicht hätte er sogar recht damit. Sie stammten beide aus hart arbeitenden Familien, deren Väter sich ihren frühen Herzinfarkt redlich verdient hatten. Ellis hatte bloß Glück gehabt – Warren nicht.

Sein Traum von einer Footballkarriere war gestorben, als er sich Ringfinger und kleinen Finger in einer Presse abgetrennt hatte. Warren hatte die Schutzvorrichtung entfernt, weil sie *im Weg* gewesen war. Danach hatte er einen Prozess auf Grundlage der Argumentation gewonnen, dass die Schutzvorrichtung nicht abnehmbar hätte sein dürfen. Anscheinend hatte sein Freund ebenfalls seine Ansprüche – oder zumindest doch das Bedürfnis nach angemessener Entschädigung für seine Finger verspürt. Seine eigene Verantwortung dafür hatte sich angesichts der Aussicht auf einen saftigen Scheck schnell in Luft aufgelöst.

»Wenn du mich in die Vergangenheit schicken könntest, kämen wir vielleicht ins Geschäft«, sagte Warren. »Scheiße, die Fünfziger waren das reinste Paradies. Amerika beherrschte die Welt und war ein Leuchtfeuer der Hoffnung und Freiheit. Jeder, der wollte, konnte seine Träume verwirklichen. Die Leute wussten, was von ihnen erwartet wurde. Die Männer gingen arbeiten, die Frauen blieben daheim und kümmerten sich um die Kinder.«

»In die Vergangenheit geht leider nicht. Hoffmann sagt, man kann nur vorwärts reisen. Und das mit dem Reisen stimmt auch nicht ganz: Eigentlich bleibt man ziemlich genau, wo man ist, und lässt die Zeit nur an einem vorbei. Ein bisschen so, wie wenn man schlafen geht: Man legt sich hin, macht die Augen zu, und *zack*, der nächste Tag ist da. Die sieben, acht Stunden dazwischen hat man einfach übersprungen. Doch selbst wenn es möglich wäre, in beide Richtungen zu reisen – ich würde viel lieber die Zukunft sehen.«

»Wirst du ja auch. Zumindest in Auszügen. Schließlich sind wir ja noch längst nicht tot, oder?«

Ellis trank von seinem Bier. Wie eigenartig, dass Warren das sagte – fast schien es ihm wie ein göttliches Zeichen. Kurz erwog er, ihm vom Kündigungsbrief des Allmächtigen zu erzählen, der ihn heute erreicht hatte, entschied sich dann aber dagegen. Das Leben in Motown lud Männer nicht gerade dazu ein, ihr Herz auf den Lippen zu tragen. Eine Rezession jagte die nächste im sogenannten Rostgürtel der USA. Es konnte einem eine Heidenangst einjagen, doch die Leute hier rauchten, tranken und bissen sich durch, wie sie's immer getan hatten. Man umarmte sich nicht; man gab sich die Hand. Und Ellis sah keinen Sinn darin, seinem besten Freund zu erzählen, dass er bald sterben würde. Schlimm genug, dass er selbst dieses deprimierend nutzlose Wissen mit sich herumschleppen musste.

»Wie auch immer.« Ellis drückte Warren den Stapel Papier in die Hand. »Ich möchte dir das hier geben.«

»Wieso?«

»Nur für den Fall.«

»Welchen Fall?«

»Dass es funktioniert.«

»Dass *was* funktioniert?« Warren kniff die Augen zusammen, dann weiteten sie sich verstehend. »Moment mal – wie war das bitte? Du denkst also ernsthaft darüber nach? Eine Zeitmaschine zu bauen?«

»Ich denke nicht bloß darüber nach. Ich habe mit dem Bau begonnen, kaum dass ich Hoffmanns Fehler gefunden hatte. Die Zeitmaschine steht in meiner Werkstatt.«

Streng genommen *war* sie eigentlich seine Werkstatt, doch er hielt es für das Beste, es nicht zu kompliziert zu machen. Warren runzelte auch so schon die Stirn, als versuchte er, das 3D-Objekt in einem Bild aus DAS MAGISCHE AUGE zu erkennen.

»Ist das – ist das nicht gefährlich?«

Als er nicht gleich antwortete, wurde Warrens Sorgenfalte noch tiefer. »Ellis, du bist ein schlauer Kerl, der schlaueste, den ich kenne. Du wirst doch keine Dummheit machen, oder?«

Ellis schüttelte den Kopf. »Mach dir keine Sorgen. Vermutlich funktioniert es gar nicht. Es ist nur ... vielleicht ist es so ähnlich wie mit dir und dass du nie auf einem Platz wie dem da stehen konntest.« Er zeigte auf das Spiel im Fernsehen. »Ich für meinen Teil hatte nie die Chance, Astronaut zu werden, ins All zu fliegen oder auf dem Mars zu spazieren ... Das hier ist vielleicht so was Ähnliches. Davon abgesehen werde ich nicht jünger und habe nicht mehr viel Zeit, etwas wirklich *Wichtiges* zu machen – ein Abenteuer zu erleben.«

»Was ist mit Peggy?«

Ellis griff nach seinem Bier, unter dem sich trotz des Untersetzers eine Pfütze gebildet hatte. Fast war er versucht zu fragen: *Welche Peggy?*

»Vielleicht ist es besser so. Ehrlich gesagt glaube ich, dass sie erleichtert sein wird. Vor ein paar Jahren schlug ich ihr vor, dass wir nach Texas ziehen könnten. Man hatte mir eine Beförderung in Aussicht gestellt, eine tolle Stelle mit besserer Bezahlung. Sie meinte, sie könne das Wenige, was ihr von Isley noch blieb, nicht zurücklassen, ich könne aber gehen, wenn ich will. Ich hatte den Eindruck, dass sie enttäuscht war, als ich blieb.«

»Sie gibt dir immer noch die Schuld?«

»Aus gutem Grund, findest du nicht?«

»Mach dir keine Vorwürfe. Ich hätte dasselbe getan, weißt du.« Warren schürzte die Lippen, als hätte er eben in eine Zitrone gebissen. »Jeder Mann hätte das.«

»Lass es gut sein, okay?«

»Klar. Tut mir leid. Ich wollte nich...«

»Vergiss es.« Er hob die Stimme, damit Freddy ihn hörte. »Hey, bring meinem Freund und mir ein paar Jackys! Wir wollen feiern.«

Freddy schenkte ihnen zwei Jack Daniel's ein und stellte sie vor sie hin. Dann hob Warren sein Glas. »Auf ein langes Leben.«

Ellis griff nach seinem Whiskey. »Auf die Zukunft.«

Sie setzten die Gläser an die Lippen und tranken.

2

Zeit zu gehen

Auf dem Nachhauseweg wurde Ellis wieder bewusst, was er da eigentlich vorhatte. Bis er daheim ankam, war seine letzte Euphorie dahin. Er konnte nicht einfach so verschwinden und Peggy im Stich lassen, als würde er die sprichwörtliche Schachtel Zigaretten holen gehen. Selbst wenn sie sich auseinandergelebt hatten, so blickten sie doch immer noch auf fünfunddreißig gemeinsame Jahre zurück. Seine Frau hatte einen ordentlichen Abschied verdient. Und was, wenn er sich geirrt hatte, wenn mit der Verkabelung oder Hoffmanns Ansatz etwas nicht stimmte und er …

Was, wenn sie noch eine *Leiche in der Werkstatt findet? Das darf ich ihr nicht antun! Lieber Gott, was habe ich mir nur dabei gedacht?*

Er musste es ihr sagen, ihr alles erklären. Wenn sie wusste, wie wichtig es ihm war, und dass es in der Zukunft vielleicht ein Heilmittel für ihn gab, würde sie ihm vielleicht ihren Segen geben. Er legte sich gerade seine Argumente zurecht, als er bemerkte, dass das Licht in der Küche noch brannte. Aus dem Flur hörte er die alte Standuhr elf schlagen. Er war früher daheim als gewöhnlich, doch die letzten sechs Jahre war seine Frau stets um halb elf ins Bett gegangen.

Wieso ist das Licht noch an?

Und nicht nur in der Küche, auch im Flur und im Wohnzimmer. Das Licht war an, aber der Fernseher war aus.

Seltsam. Fast unheimlich …

»Peggy?«, rief er. Er schaute kurz ins leere Bad. »Peggy?«, rief er noch einmal, lauter diesmal, und rannte die Treppe hoch.

Aus seltsam und unheimlich wurde alarmiert, als sie sich auch nicht im Schlafzimmer befand. Erst beim Anblick der offenen Schmuckschatulle auf dem Bett ergab plötzlich alles Sinn: Sein kleiner Beutezug war aufgeflogen. Kein Wunder – er hatte ja alles stehen und liegen lassen. Und als sie sich zum Schlafen umziehen wollte, hatte sie die geplünderte Schatulle im Schrank bemerkt.

Verdammt! Sie denkt bestimmt, dass jemand eingebrochen ist. Wahrscheinlich hat sie schreckliche Angst und will nicht allein daheim sein. Hoffentlich ist sie nicht zur Polizei gegangen. Erst würde sie doch mich anrufen, oder nicht?

Er warf einen Blick auf sein Handy. Tatsächlich, eine Nachricht von Peggy. Er tippte auf den Schirm und rief sie ab.

»El? Jetzt nimm schon ab, verdammt! Bitte nimm ab.« Ihre Stimme zitterte und war sehr laut – sie schrie nicht, aber man konnte die Angst darin hören. *»Ich muss mit dir reden. Ich will wissen, was los ist.«* Eine lange Pause. *»Es tut mir leid, okay? Ganz ehrlich. Das alles ist Jahre her. Ich weiß nicht mal, wieso ich die Briefe noch aufgehoben habe. Dämlich war das, einfach nur dämlich. Ich hatte sie wirklich ganz einfach vergessen.*

Ich weiß, ich hätte es dir sagen sollen. Gott, ich wünschte, du würdest rangehen. Pass auf, bist du noch im Brady's?

Ich komme vorbei. In zwanzig Minuten bin ich da. Dann können wir reden, okay? Bitte sei nicht sauer. Es war nicht Warrens Schuld. Eigentlich war niemand richtig schuld. Es ist einfach passiert, und klar, wir hätten was sagen sollen, aber ... na ja ... Wenn du das abhörst, bevor ich da bin, geh bitte nicht weg oder mach was Verrücktes, okay?«

Ende der Nachricht.

Mit offenem Mund starrte Ellis sein Handy an.

Ich weiß nicht mal, wieso ich die Briefe noch aufgehoben habe.

Er trat ans Bett vor die offene Schatulle. Die Muttertagskarte, die Fotos, Spielkarten, Gedichte und Briefe ... alles weg. Die Schatulle war leer. Einen Moment lang starrte er sie verwirrt an, dann begriff er, dass er ja in der Eile alles eingesteckt hatte.

Dämlich war das, einfach nur dämlich.

Er griff in seine Taschen.

Ich weiß, ich hätte es dir sagen sollen.

Er zog den Stapel hervor. Ließ Gedichte, Fotos und Spielkarten auf den Teppich fallen. Alles, was blieb, waren die Briefe. Die Briefmarken waren von 1995, ein paar Monate nach Isleys Tod; adressiert waren sie an Peggys Postfach, das sie sich für die Arbeit zugelegt hatte. Die Handschrift war die von Warren.

Es war nicht Warrens Schuld.

Eine Weile stand Ellis einfach nur da. Er war wie betäubt. Dann hörte er ein Auto und dachte, Peggy käme vielleicht zurück. Er nahm die Briefe wieder an sich und eilte nach unten zu seiner Werkstatt. Das kleine, frei stehende Gebäude am rückwärtigen Zaun ihres Hofs war sein eigenes

Reich. Seit Isleys Tod hatte Peggy es nicht mehr betreten. Ellis brauchte Zeit – und die Werkstatt war seine ganz persönliche Area 51.

Das Innere sah nicht gerade aus wie eine Werkstatt. Mit den ganzen Kabeln erinnerte es eher an eine Skulptur von H.R. Giger. Die Mitte beherrschte der Fahrersitz, den er aus einem alten Aerostar-Minivan hatte. Wie ein Kapitänsstuhl erhob er sich von einem schwarzen Kunststoffpodest, aus dem sich zahllose Schläuche schlängelten. Das Ganze war von mehreren Getränkekisten umgeben, und von dieser Nabe strahlte ein Dutzend dicke Kabel wie ein Spinnennetz in alle Richtungen aus und verband die an Wände und Decke montierten Kupferplatten, Sicherungen und Batterien: einst die Heimat zweier Autos.

Trotz der vielen Gerätschaften war ein Abschnitt der Wand in seinem ursprünglichen Zustand belassen worden. Dort hingen zwei ganz unscheinbare Dinge: Das eine war ein Kalender von 1993 mit Schwarzweißfotos des Yosemite-Nationalparks von Ansel Adams. Isley hatte ihn Ellis zu Weihnachten geschenkt. Fünfzehn Jahre alt war er damals gewesen. Auch wenn der Kalender voller atemberaubender Wasserfälle und Berge war, hatte Ellis ihn zum letzten Mal im September umgeblättert. September war sein Lieblingsbild. September war auch der Monat, in dem Isley gestorben war.

Daneben hing ein Poster der sieben Astronauten des Mercury-Programms, des ersten bemannten Raumfahrtprogramms der Vereinigten Staaten. Zusammen mit ähnlichen Bildern der Apollo-Crews hatte es schon Ellis' Kinderzimmer geziert. Er hatte es auf dem Dachboden wiedergefunden, als er auf der Suche nach alten Kabeln gewesen war, und der Versuchung nicht widerstehen können. Das vergilbte Bild zeigte die Raumfahrer, wie sie am 9. April 1959 der Weltöffentlichkeit präsentiert worden waren. Damals war Ellis noch nicht einmal mal drei gewesen. Zwei Reihen entschlossener Männer in Aluminiumanzügen und weißen Emaillehelmen: die Mercury Seven. Seine Lieblinge waren immer John Glenn und besonders Alan Shepard gewesen – Letzterer nicht nur, weil er der erste Amerikaner im All gewesen war, sondern weil er diese Leistung auch noch an Ellis' fünftem Geburtstag vollbracht hatte.

Ellis verschloss die Tür hinter sich. Er hatte Schwierigkeiten, zu atmen. In seiner Brust rasselte es wieder, nur war er sich diesmal nicht sicher, ob die Probleme nur von seiner Lunge kamen. Es fühlte sich an, als wäre da noch etwas anderes zerbrochen.

Hätte man Ellis danach gefragt, ob er seine Frau liebe, dann hätte er Ja gesagt, obgleich er sich manchmal fragte, was das eigentlich hieß. Ähnlich wie die Vorstellung vom Paradies wirkte Liebe leicht kitschig, wenn man zu lange darüber nachdachte. Zu viele Filme und Songtexte ließen sie in einem schmalzigen Licht erscheinen. Sätze wie *Wind unter meinen Flügeln* oder *Was mich erst vollständig macht* klangen zwar schön, aber empfand das denn irgendwer wirklich? Ihm jedenfalls ging es mit Peggy nicht so, und er war sich ziemlich sicher, dass umgekehrt dasselbe galt.

Er hatte Peggy auf einer Party von Billy Raymond, einem von Warrens Freunden, kennengelernt. Das war sechs Jahre nach der Highschool gewesen, und Warren hatte ihn zum

Mitkommen überredet. Damals hatte Warren schon in dem Montagewerk in Wixom gearbeitet, und Ellis hatte gerade seinen ersten Hochschulabschluss gemacht. Warren hatte nie Probleme damit gehabt, Mädchen zu kriegen – bei Ellis dagegen war die Wahrscheinlichkeit größer, dass er einen Blitz anzog. Von daher hatte es ihn ziemlich überwältigt, als Peggy ihn ansprach, denn sie war sehr attraktiv gewesen. Dabei hatte es schon gutgetan, überhaupt von einer Frau bemerkt zu werden. Ein paar Monate waren sie miteinander ausgegangen, dann hatte Peggy ihm gebeichtet, dass sie schwanger war. Sie hatte Angst gehabt, dass er sie sitzenlassen würde, so wie Warren das mit Marcia gemacht hatte. Nicht aber Ellis. Er hatte das Richtige getan – oder zumindest das, was er dafür hielt.

Er und Peggy hatten nie viel geredet. Ellis entwickelte Solarzellen für General Motors, Peggy ging ganz in ihrer Mutterrolle auf. Isley war ihre Schnittmenge gewesen, ihr gemeinsames Interesse. Nach seinem Tod waren sie kaum mehr als Fremde im selben Haus gewesen. So gesehen war es eine Überraschung, dass ihr Verrat ihn so schmerzte.

Aber selbst wenn Peggy nicht seine Seelenverwandte war, so war sie doch immer für ihn da gewesen. Sie hatten sich aufeinander verlassen können. Mochte auch die Schwerkraft eines Tages aufgehoben, die Lichtgeschwindigkeit gebrochen werden, und Tod und Steuern von der Welt verschwinden – Peggy würde ihn noch stets daran erinnern, dass er rechtzeitig zum Essen kam, weil sie dienstags wieder Lachs gemacht hatte. Warrens Briefe waren wie die Nachricht, dass die Sonne nicht mehr aufging, die Welt sich nicht länger drehte und die Zeit stillstand.

Nur dass sie das nicht tat.

Peggy würde bald zurück sein, um mit ihm zu *reden*. Er wollte aber nicht mit ihr reden; er wollte mit niemandem reden. Er wollte auch niemanden sehen. Alles, was er wollte, war, zu verschwinden.

Er musterte den ausgebauten Minivan-Sessel inmitten der Getränkekisten.

Die Zeit steht nicht still. Aber sie könnte – zumindest für mich.

Ellis ging zum Sicherungskasten und schaltete der Reihe nach seine selbstgebauten Überbrücker ein. Nun konnte er so viel Strom vom Elektrizitätswerk ziehen, wie er wollte, oder bis bei ihm die Drähte schmolzen. Er hoffte nur, dass im Umspannwerk nichts ausfiel, ehe er die benötigten Megawatt abgesaugt hatte. Die Lichter an der Decke wurden jetzt schon merklich schwächer. Das Summen, das in der Werkstatt erklang, erinnerte ihn an das Geräusch unter einer Überlandleitung.

Als Nächstes legte er seinen Mantel ab und verstaute ihn unter dem Kabelsalat. Alles, was er sonst noch brauchte, stand bereit; er hatte schon vor Monaten gepackt. Ein letztes Mal noch ließ er den Blick durch die Werkstatt schweifen, über den Kalender, über seine Welt. Er fühlte sich so einsam, als stünde er in einer Wüste. Es gab nur noch die Zeitmaschine – eine einzige Tür am Ende eines Flurs, der nur in eine Richtung führte.

Ellis baute die Getränkekisten um sich herum auf. Verstohlen schaute er dabei nach dem Poster der Mercury Seven. Ob sie sich genauso gefühlt hatten, als sie ihre Raumkapsel bestiegen hatten und ins Unbekannte aufgebrochen waren? Ihnen musste klar gewesen sein, dass nichts mehr so wie früher sein würde, weder für sie noch für den Rest der Welt.

Er setzte sich und legte seinen Gurt um.

Dann nahm er sein Tablet zur Hand und entsperrte es mit einem Fingerwischen. Er startete die spezielle App, die er geschrieben hatte, und überprüfte die Werte.

Geh bitte nicht weg oder mach was Verrücktes, okay?

Wieso nicht? Wie schon Janis Joplin einst sang: »Freedom's just another word for nothing left to lose.« Freiheit hieß, dass man nichts mehr zu verlieren hatte.

Der rote Startknopf auf seinem Steuerpult leuchtete auf – alle Systeme waren bereit. Seine Atlas-Rakete war startklar! Seine GLAMOROUS GLENNIS hing im Bombenschacht der B-29 und wartete darauf, Geschichte zu schreiben …

Die Leute reisten jeden Tag durch die Zeit, ohne es überhaupt zu merken. Ruhende Körper etwas schneller, bewegte Körper etwas langsamer. Einstein hatte erkannt, dass Zeit und Raum miteinander verquickt waren – ähnlich der alten Weisheit, dass man, je mehr Geld man verdiente, umso weniger Zeit hatte, es auszugeben. Der Grund, weshalb es niemandem auffiel, war, dass die Unterschiede verschwindend gering waren. Doch würde man jemanden in einer Rakete zum nächsten Stern und wieder zurück schicken, dann würden, wenn für ihn zwanzig Jahre vergingen, auf der Erde Jahrhunderte verstreichen. Natürlich hatten die wenigsten Leute ein Raumschiff, aber es gab noch eine andere Möglichkeit, die Zeit zu beeinflussen – indem man ihre Beziehung zum Raum veränderte.

Anstatt sich zu bewegen, brauchte man nur in etwa die

Masse von Jupiter so weit zu verdichten, bis sie fast schon ein schwarzes Loch bildete. Das enorme Gravitationsfeld krümmte den Raum und verlangsamte die Zeit. Der Reisende saß in einem geschützten Bereich in der Mitte wie im Auge eines Sturms, in dem die Winde der Zeit nicht bliesen, und wartete so lange wie gewünscht. Sobald er das Auge wieder verließ, befand er sich in der Zukunft. Natürlich war diese Methode nicht ohne Tücken – doch Hoffmann hatte einen Weg gefunden, ein *eingedämmtes* Gravitationsfeld zu erzeugen, das nicht einfach alles in seiner Nähe verschlang … und die Person in seinem Zentrum vor der kritischen Masse beschützte.

Dabei kam ein elektromagnetisches Feld zum Einsatz, das den Zeitreisenden über die elektrostatische Repulsion gleichnamiger Ladungen isolierte. Wenn etwas schiefging und der Schwerkraftschlund begann, seine Umgebung aufzusaugen, würde die Stromversorgung als Erstes zerstört werden und damit automatisch alles abschalten – die perfekte Sicherung. Dennoch sah sich Ellis denselben Gefahren wie die großen Pioniere der Luft- und Raumfahrt gegenüber. Ging trotzdem etwas schief, konnte es im Handumdrehen mit ihm vorbei sein.

Der wirklich gefährliche Teil kam zum Schluss: Ellis hatte sein Tablet so programmiert, dass es seine Position in Zeit und Raum miteinander abglich und er das Auge des Zeitsturms am selben Ort wieder verließ, an dem er es auch betreten hatte. Diese Berechnungen waren am schwierigsten gewesen. Nicht nur musste er die Erdrotation berücksichtigen, sondern auch die Bahn der Erde um die Sonne und die Bewegung des Sonnensystems und der Galaxis durchs All.

Wenn er sich vertan hatte, kam er womöglich im Inneren eines Sterns oder – was noch wahrscheinlicher war – irgendwo im weiten Vakuum des Weltraums heraus.

Als Ankunftszeit hatte Ellis in zweihundert Jahren und acht Monaten gewählt – die acht Monate, damit er im Sommer statt im Herbst ankam. Für das genaue Ergebnis gab es allerdings keine Gewähr. Mehrere Variablen konnten den Zeitsprung beeinflussen: Die Energieversorgung, die Akkukapazität, die Verkabelung, ja selbst die Luftfeuchtigkeit mochten sein Ankunftsdatum um ein paar Jahre verschieben.

Ellis hob den Finger. Er zitterte. Gebannt starrte er auf den leuchtenden Startknopf. Dann war es endlich so weit: Sein ganzes Leben zog an ihm vorüber, er sah seine Mutter, sah seinen Vater, sah sich selbst im College, dann mit einem acht Pfund schweren Isley auf dem Arm. Er sah sich, wie er seinem Sohn das Radfahren beibrachte. Er sah Peggy im Skigebiet von Mt. Brighton, mit Schneeflocken im Haar und roten Wangen, wie sie sich lachend an ihm festhielt, als ginge es um ihr Leben. Sie lachten gemeinsam. Sie hatten nicht mehr so gelacht, seit …

Trauer, Reue, Wut und Enttäuschung – der Schmerz griff tief in seine Brust und packte sein Herz. Sein Atem ging schwer. »Gute Nacht, ihr Lieben«, murmelte er und drückte den Knopf.

3

Lieber heute als morgen

Das Erste, was geschah, war, dass die Deckenleuchten mit einem Knall erloschen. Wahrscheinlich hatte es gerade die Sicherungen im Umspannwerk rausgehauen und das halbe Viertel war nun ohne Strom. Sonst passierte nichts.

Enttäuscht ließ er die Schultern hängen. Dann aber merkte er, dass das Lämpchen in seinem Zündknopf noch brannte und das Summen immer lauter wurde. Der Aerostar-Sessel vibrierte wie ein münzbetriebenes Massagebett, und alles vor seinen Augen verschwamm. So sehr er auch daran glauben wollte, dass die Zeitmaschine funktionierte, sein Verstand sagte ihm das Gegenteil. Es war wie die berühmte Falschmeldung der *Chicago Tribune* nach der Präsidentschaftswahl von 1948: DEWEY BESIEGT TRUMAN. Dabei verrieten ihm all seine Sinne, dass irgendetwas passierte.

Durch das Gitter der Getränkekisten konnte Ellis immer noch Teile des Mercury-Seven-Posters erkennen, nur dass es nicht mehr so aussah wie vorher. Es schien seine Farbe zu ändern, bläulich zu werden. Die Straßenbeleuchtung vor dem Fenster zerfiel in ihre Einzelfarben. Dann nahm er Bewegungen wahr: langsam kriechende Schatten wie in einer Zeitrafferaufnahme. Sie rasten nicht auf ihn zu oder zuckten an ihm vorbei, sie bewegten sich nur geringfügig, aber rasch genug, dass man zuschauen konnte. Die Zeit außerhalb der Kisten verstrich also schneller als innerhalb. Er hatte sein Gravitationsfeld errichtet, es war eingedämmt und stabil, und er selbst saß isoliert in seiner Mitte. Das erkannte er schon daran, dass er noch am Leben war.

Er schaute auf sein Tablet, wo die Ziffern mit jeder Sekunde schneller wechselten. Sobald der Timer abgelaufen war, sollte das Programm automatisch sowohl das Feld als auch den elektrostatischen Schutzmantel abschalten. Doch was würde dann passieren?

Es gab kein Zurück mehr.

Er saß nun seit gut fünf Minuten in der Zeitmaschine. Was, wenn Peggy jetzt nach Hause kam? Würde sie ihn sehen können? Er sollte sich bereits durch die Dimensionen bewegen, doch da er die Werkstatt noch sah, wenn auch verschwommen, mochte auch sie noch sein geisterhaftes, regloses Abbild erkennen, gefangen in dem Augenblick, in dem er den Knopf gedrückt hatte. Sobald er eine bestimmte Grenze überschritten hatte, würde er vielleicht in einem Lichtblitz verschwinden, so wie das Raumschiff Enterprise.

Wie lange wird das wohl noch dauern? Besser, es passiert schnell …

Wie auf Kommando gab es einen Ruck und ein Geräusch wie von einem Güterzug. Alles wurde erst grell hellblau und dann weiß. Als das Geräusch dann verklang, war ihm, als befände er sich im freien Fall. Vielleicht schrie er, doch wenn, dann hörte er es nicht. Sein Verstand wurde von einem einzigen Gedanken erfüllt.

So fühlt es sich also an, wenn man stirbt.

Ellis war sich nicht sicher, ob er das Bewusstsein verloren hatte und ob der Begriff Bewusstsein überhaupt noch anwendbar war. Der Geist des Menschen, ob nun ein Produkt der Evolution oder eine Schöpfung Gottes, war definitiv nicht darauf ausgelegt, mit so etwas umzugehen. Die menschliche Auffassung von Realität war nur bis zu einem gewissen Grad flexibel. Es gab Grenzen des Verstehens, und ohne klare Bezugspunkte war seine Reise durch die Welt auf der anderen Seite des Spiegels nur ein verschwommenes Schattenspiel.

Selbst die Dauer war schwer einzuschätzen. Der Verstand war so von seiner Umgebung abhängig, dass ohne sie selbst die Zeit an Bedeutung verlor. Hätte er früher daran gedacht, hätte er vielleicht seine Atemzüge oder einen stillen Taktschlag wie von einer Uhr mitzählen können. Doch solche Überlegungen waren viel zu vernünftig für das, was er gerade erlebte. Ellis war kein Astronaut, der darauf trainiert war, dem Außergewöhnlichen mit ruhiger Gelassenheit zu begegnen. Er legte das Tablet weg, packte die Lehnen seines Sitzes, biss die Zähne zusammen und betete, während Jahre wie helle Geistesblitze am ihm vorüberzogen.

Ellis war ein gläubiger Methodist. Nicht, dass er die Bibel je komplett gelesen oder ein Vier-Augen-Gespräch mit dem Allmächtigen geführt hätte, wie seine Mutter das gern formuliert hatte. Das war aber auch gar nicht nötig. Er war auch noch nie in Frankreich oder wenigstens in *Les Misérables* gewesen und trotzdem ziemlich sicher, dass Paris existierte. Als Isley noch lebte, war er regelmäßig mit Peggy zur Kirche gegangen. Nach seinem Tod nur noch seltener, und die letzten zehn Jahre fast gar nicht mehr.

Er hatte sich von Gott wohl genauso entfremdet wie von seiner Frau. Doch als er da auf seinem Blitz von der Masse Jupiters durch eine sinnverwirrende Realität ritt, verspürte er auf einmal den dringenden Wunsch, sich wieder bei ihm zu melden. Wahrscheinlich bekam Gott eine Menge solcher nächtlicher Anrufe, besonders von Betrunkenen: *Oh, Kacke! Gott, ich brauch deine Hilfe. Ich hab richtig Scheiße gebaut – o verdammt. Tut mir echt leid, dass ich grad geflucht hab – scheiße, schon wieder!*

Eigentlich seltsam, dass er nicht schon früher gebetet hatte. Ein Todesurteil wie das seine hätte das eigentlich motivieren sollen, aber statt zu einem Geistlichen in die Kirche war er zu Warren in die Bar gegangen. Wahrscheinlich wusste Gott aber auch so Bescheid. Was für ein mieser Job, sich jeden Tag das Gejammer der ganzen Welt anhören zu müssen. Alle bettelten sie um ihr Leben oder um das eines geliebten Menschen, als ob sie nicht genau wüssten, worauf sie sich eingelassen hatten. Doch so sehr er es auch ablehnte – die Angst wog schwerer als der Stolz, und Ellis hatte eine Sterbensangst in diesem Moment. Gott war alles, was er noch hatte, und so betete er, zum ersten Mal seit vielen Jahren.

Als Erstes kehrten die Geräusche zu ihm zurück, ein Summen, das sich zu einem gellenden Pfeifen steigerte, von dem ihm die Ohren schmerzten. Er vergrub die Finger im Sitzpolster, sog Luft zwischen den Zähnen durch und kniff die Augen zusammen. Dann gab es einen explosionsartigen Donnerschlag um ihn herum, und er spürte einen letzten Stoß.

Dann Stille.

Die Vibrationen hatten ebenfalls aufgehört. Er fühlte sich

wie betäubt. Es war so ähnlich, wie nach einer langen Fahrt am Steuer das Auto abzustellen. Dann schlug er die Augen auf. Er wusste nicht, was er erwarten sollte: eine Höllenlandschaft zerstörter Ruinen, eine Megalopolis von Türmen und Lichtern, zwischen denen fliegende Autos dahinrasten, oder die Himmelspforte und Petrus, der ihm die Hand schüttelte und ihn mit einem starken Südstaatenakzent willkommen hieß: »Ich muss schon sagen, bist ganz schön früh dran, Junge!« Was er stattdessen sah, überraschte ihn, auch wenn es das vielleicht nicht hätte tun sollen.

Er sah die Getränkekisten.

Sie waren immer noch da. Ansonsten wäre er wohl auch tot gewesen. Dennoch wirkten sie seltsam, irgendwie verzogen, so wie seine Werkstatt, kurz bevor dann alles weiß geworden war. Er fragte sich, ob sich die Zeit immer noch krümmte. Erst nach einem Moment wurde ihm klar, dass das Plastik ganz einfach geschmolzen war. Die Kisten waren zusammengebacken, leicht gestaucht, und hatten Schlagseite. Es stieg auch etwas Rauch von ihnen auf. Es roch genau wie damals im Werkunterricht auf der Highschool, als sie Briefbeschwerer aus Kunststoff hergestellt hatten. Doch jenseits der Kisten war nichts mehr wie zuvor. Anscheinend befand er sich nicht mehr in seiner Werkstatt, sondern im Freien. Eine frische Brise verwehte bereits den Rauch, und Ellis konnte das leise, beruhigende Rauschen von Blättern im Wind hören.

Die Reise war vorbei. Er hatte es geschafft, obgleich sich erst noch zeigen musste, was genau *es* eigentlich war. Er löste den Gurt und stand auf. Die Kisten ließen sich aber nur noch am Stück bewegen, sodass er mehrmals heftig dagegentreten musste. Noch beim Hinauskriechen stellte er fest, dass er mit seinem Flanellhemd, den Jeans und dem Pulli für das hiesige Klima deutlich zu warm angezogen war.

Die meisten Wälder, die Ellis bislang betreten hatte, waren relativ junge Birken- und Ahornwälder gewesen. Als Kind hatte er in der Schule gelernt, dass die alten Wälder Michigans und anderswo schon im neunzehnten Jahrhundert gefällt worden waren. Holz war ein Rohstoff, eine Ware wie Mais oder Vieh, und abgesehen von ein paar Nationalparks hatten die wenigsten Amerikaner je einen alten, naturbelassenen Wald gesehen. Einmal hatte ihn sein Vater zum Campen mit in den Norden genommen – *das* war ein Wald gewesen. Kiefern, so weit das Auge reichte, eine endlose Reihe erhabener Stämme, zwischen denen dichte Farne wuchsen. Ellis hatte sich vorgestellt, dass dieser Wald niemals aufhörte, und der Gedanke, sich darin zu verlaufen wie Max in *Wo die wilden Kerle wohnen* hatte ihm Angst eingejagt. Dabei waren selbst die Kiefern nicht allzu groß gewesen, und ihre Anordnung hatte einem gewissen System gehorcht.

Als er nun aus dem Kistengewirr hervortrat, begriff Ellis, dass die Nadelwälder Nordmichigans verglichen mit hier kaum mehr als ein überwuchertes Grundstück gewesen waren. Er fühlte sich mickrig wie eine Ameise zwischen all den unermesslich hohen Baumstämmen, die sich über ihm im Dunkel des Blätterdachs verloren, so wie Wolkenkratzer im Dunst verschwanden. Die Riesenbäume schienen vor sich hinzubrüten, wie sie da auf ihren knorrigen Wurzeln von den Ausmaßen mehrerer Kleinwagen kauerten. Das spärliche Unterholz bestand vor allem aus Moos und Farnen. Er war am richtigen Platz herausgekommen: zehn Meter weiter links, und er wäre buchstäblich eins mit der Natur gewesen. Zwar sollte der Wiedereintrittsalgorithmus den Zielpunkt wenn nötig verschieben, um solche Kollisionen zu vermeiden, andererseits hatte ihn auch das Navigationsgerät seines Autos schon fast in einen See geleitet, den es für eine Tankstelle gehalten hatte. Doch ob es nun seine Berechnungen oder reines Glück gewesen waren, die ihm das Leben gerettet hatten, er freute sich über das Resultat.

Die Luft war von feuchtem Nebel erfüllt, den das fahle Mondlicht nicht vertrieb, sondern nur erhellte. Das weiche Licht schimmerte auf dem Rücken der Moose, die den ganzen Boden bedeckten und verstreute Äste und Felsen in Sitzkissen verwandelten. Ranken hingen in trägen Schlingen von den Bäumen, Laub sammelte sich in den Furchen und allerorten kletterte der Efeu. In der Ferne, über dem vertrauten Geräusch von Grillen, hörte er das Krächzen unbekannter Vögel.

Ich bin Luke Skywalker, abgestürzt auf Dagobah.

Einen langen Moment stand Ellis nur da, starrte in den Nebel hinaus und atmete die feuchte Luft. *Was ist passiert? Habe ich es vermasselt? Bin ich doch in die Vergangenheit gereist? Gibt es hier Saurier?* Wohin er auch blickte, es sah aus wie ein Diorama im Naturkundemuseum, das den Zweikampf eines Triceratops mit einem Tyrannosaurus Rex zeigte. Es war warm und schwül wie im Regenwald, wobei das auf Detroit im Juli ebenfalls zutraf.

Oder bin ich am falschen Ort rausgekommen? Es könnte einen Fehler mit der Synchronisation gegeben haben. Theoretisch könnte er sonst wo sein, sogar auf einem anderen Planeten, auch wenn die Wahrscheinlichkeit dafür verschwindend gering war. Da er sich schon mal nicht im Weltall befand, wertete er diesen Teil des Experiments als Erfolg. Wie es so schön hieß: Jede Landung, nach der man noch laufen kann, ist eine gute Landung.

Wenn er also immer noch am selben Fleck war, wo einst seine Werkstatt gestanden hatte, blieb nur die Frage: *Wann* war er herausgekommen? Hoffmann sagte, Reisen in die Vergangenheit seien unmöglich, also musste dies wohl die Zukunft sein – aber wann? *Kann das hier wirklich Detroit in gerade mal zweihundert Jahren sein?*

Ellis lehnte sich an die noch warmen Plastikkisten und dachte an den alten Song von Zager & Evans: »*In the year 2525, I'm kinda wonderin' if man is gonna be alive* … Vielleicht war etwas Schreckliches passiert. Vielleicht war er allein, ganz allein, der letzte Mensch auf der Welt.

Der Aberwitz dieser Vorstellung entlockte ihm ein nervöses Lachen.

Dann musste er husten.

Eigentlich wollte er lieber keinen Lärm an diesem fremden Ort machen – besser nichts aufschrecken. Doch er konnte nicht anders. Ellis wurde von einem schlimmen Hustenanfall geschüttelt.

Da hörte er, wie sich etwas bewegte. Ein lautes Krachen und das Brechen dicker Zweige. Dann wieder – ein dumpfer Schlag, und abermals brechendes Holz. Die Geräusche bewegten sich von ihm weg, wurden leiser. Ein letztes fernes Krachen, dann lauschte er gebannt, hörte aber nichts mehr. War es ein Tier gewesen?

Sein Hals schmerzte vom Husten. Er schmeckte Blut auf der Zunge und spuckte aus.

Was mache ich jetzt bloß?

Wäre es möglich gewesen, wäre Ellis vielleicht zurückgereist. Das hier war nicht, was er sich erhofft hatte. Die Zukunft hätte doch fortschrittlicher sein sollen. Er hatte Fahrsteige erwartet, Raketenrucksäcke und Nonstopflüge zu den Saturnmonden. Zumindest war dies seine Wunschvorstellung gewesen. Er hatte auch eine chaotische, postapokalyptische Welt in Betracht gezogen, die von blutrünstigen Rockern mit Irokesenschnitt auf Motorrädern durchstreift wurde. Nicht, dass das besser gewesen wäre – aber wenigstens verständlich.

»Ganz ruhig«, flüsterte er. Den Klang seiner eigenen Stimme zu hören half ein wenig.

Noch weiß ich gar nichts. Ich kann keinen ganzen Planeten aufgrund eines einzigen Ortes beurteilen.

Ellis wartete noch ein paar Minuten, doch er hörte nichts als das Zirpen der Grillen und fernes Gekrächze. Er würde sich wohl auf Erkundung begeben müssen. Damit hatte er gerechnet – schließlich hatte er dafür ja seine Ausrüstung gepackt. Bloß die Umstände hatte er sich anders vorgestellt. Etwa, dass er am Rande eines Superhighways spazieren würde, wo er den Kopf einziehen musste, wenn ein fliegendes Auto vorbeikam. Nicht aber, dass er sich wie Indiana Jones durch den Urwald kämpfen musste.

Er kämpfte sich zum Heck der Zeitmaschine vor, wo er die Kühlbox, seinen Rucksack und die restlichen Sachen verstaut hatte. Seinen Schlafsack und das Zelt ließ er bis auf Weiteres vor Ort; als Nachtlager war dieser Platz so gut wie jeder andere. Fürs Erste wollte er nur leichtes Gepäck mitnehmen.

Er steckte sich einen Notizblock samt Stift in die Brust- und den Kompass in die Hosentasche. In den Rucksack wanderten sein Pulli, ein paar Müsliriegel und M&M's (die mit den Erdnüssen), zwei Dosen Eintopf, Streichhölzer und seine neue Regenjacke, die immer noch originalverpackt war. Außerdem sein Wasserfilter und der Verbandskasten. Kurz erwog er, den Geigerzähler auszuprobieren, den er sich per Internet gekauft hatte, aber angesichts des üppigen Lebens um ihn herum war das wohl nicht nötig. Also packte er nur die Sonnenmilch und noch ein paar Aspirin mit ein. Den Gurt mit der Feldflasche dran schlang er sich über die Schulter, das Jagdmesser steckte er sich in den Gürtel. Dann nahm er seine Pistole an sich.

Dass eine Pistole kein Synonym für Revolver war, hatte er erst während des Einkaufs herausgefunden; dabei waren die Gründe dafür so offensichtlich, dass er sich hinterher ziemlich dumm vorgekommen war. Bei dieser speziellen Pistole, hatte ihm der Mann mit dem schütteren Haar hinter dem Tresen erklärt, handelte es sich um eine M1911, eine klassische Halbautomatik, entwickelt von John Browning und hergestellt von Colt. Er hatte viele lobende Worte über die Qualität der Waffe verloren, über ihr Gewicht, ihr Kaliber und ihre Unverwüstlichkeit. Den Ausschlag hatte für Ellis aber die Tatsache gegeben, dass sie exakt wie die Pistolen der Spione und Offiziere im Kino aussah, eine vernickelte .45er, in die man ein Magazin rammte und dann mehr Patronen verschoss, als irgendeine Handfeuerwaffe realistisch je beherbergen konnte. Er hatte sie bislang nur auf einem Schießstand ausprobiert, wo man ihm eine Schutzbrille und riesige Ohrenschützer verpasst hatte. Es hatte sich aber als nicht halb so schlimm wie befürchtet herausgestellt – eigentlich hatte es sogar Spaß gemacht. Vorsichtshalber überprüfte er noch einmal, ob die Waffe auch gesichert war – wenn er sich jetzt ins Bein schoss, stünden die Chancen auf einen Krankenwagen eher schlecht –, und steckte sie dann in sein brandneues Gürtelhalfter.

Augenblicklich fühlte er sich etwas besser. Zumindest war er nun keine mickrige Ameise mehr.

Der Rucksack schien das Gewicht ganz gut auf den Schultern zu verteilen. Freilich mochte sich der erste Eindruck nach ein paar Stunden noch ändern. Ellis hatte keine Ahnung, welche Richtung er einschlagen sollte. Eher bergauf oder bergab? Von oben hätte er vielleicht eine bessere Sicht, aber was erwartete er in einem nächtlichen Wald schon zu sehen? In Anbetracht seiner Kondition, die nach olympischen Maßstäben definitiv zu wünschen übrig ließ, wäre bergab wahrscheinlich die bessere Wahl. Versuchsweise schwenkte er seine Taschenlampe umher, doch bei all dem Nebel sah er ohne sie fast besser. Außerdem behagte ihm das Horrorfilmambiente nicht, das der einsame Lichtstrahl heraufbeschwor. Besser, er sparte Batterien. Also las er nur den Kompass ab und notierte sich die Richtung, die er einschlug, dann löschte er die Lampe und brach auf. Alle fünf bis zehn Meter markierte er seinen Weg in der Rinde eines Baums.

In der Sohle des kleinen Tals war es sehr ähnlich wie weiter oben, nur gab es weniger Laub und dafür mehr Moos. Dann hörte er den Klang von Wasser. Wasser war gut, oder nicht? Forscher folgten immer dem Wasser. Also notierte er sich die neue Richtung, markierte einen Baum und ging auf das Geräusch zu. Sobald er den kleinen Fluss gefunden hatte, folgte er seinem Ufer stromabwärts.

Der Fluss führte ihn zu einer Lichtung, wo er durch das Loch im endlosen Blätterdach einen freien Blick auf den Himmel und die Sterne hatte. Trotz des Nebels konnte er eine überwältigende Zahl von Lichtern und sogar die staubige Spur der Milchstraße erkennen. Einen solchen Sternenhimmel hatte er außerhalb eines Planetariums noch nie gesehen, und so starrte er in Ehrfurcht hinauf. Aus den Augenwinkeln erhaschte er eine Sternschnuppe. Es war nur ein kurzes Aufflackern, trotzdem zauberte es ein Lächeln auf seine Lippen.

Ich sterbe ganz allein auf einer menschenleeren Welt und freue mich über eine Sternschnuppe …?

Der Gedanke war überraschend befreiend. Hier war er nun, wo nie ein Mensch zuvor gewesen war. Es spielte keine Rolle, dass es nur zu bald wohl enden würde. Wahrscheinlich würde er verhungern oder irgendeinem Parasiten zum Opfer fallen. Selbst wenn sonst nichts war, früher oder später würde seine Lunge ihn einholen. Doch all das zählte nicht in diesem Moment. Er fühlte sich gut, besser als je zuvor in seinem Leben. Er hatte etwas ganz Besonders und Wunderbares vollbracht.

Er war immer noch am Leben und ganz und gar frei.

Das erste Licht des Morgens traf ihn überraschend. Zwar hatte er noch nie einen Tag erlebt, der nicht mit einer Dämmerung begann. Dennoch hatte er sich innerlich fast damit abgefunden, auf einer anderen Welt mit anderen Regeln gestrandet zu sein, und die Sonne ganz einfach vergessen. Als sie dann schließlich über den Horizont stieg, musste er grinsen. Die Bäume mochten fremdartig wirken, die moosbedeckte Landschaft wie auf einem anderen Planeten, die Sonne aber war eine alte Freundin und sah nicht anders aus als zu dem Zeitpunkt, da er sie zuletzt gesehen hatte.

Ellis hatte mittlerweile offenes, abschüssiges Gelände erreicht, wo sich der Fluss mit einem Nebenarm vereinigte. Es schien, als hätte er das Land der Brüder Grimm endlich verlassen und dafür die Wasserfarbenwelt von Pu dem Bären betreten. Der Nebel, der ihm das Leben schwer gemacht hatte, zog sich auf einzelne Inseln zurück und verlieh der idyllischen Landschaft im Sonnenschein einen friedvollen Anstrich. Goldene Blumen wuchsen im tauglitzernden Gras, und große Vogelschwärme schossen durch den klaren Himmel und übertönten selbst die Grillen mit ihrem Gezwitscher.

Ellis ließ sich auf einem Baumstamm nieder und genoss die Aussicht. Irgendwann fiel ihm auf, wie ausgehungert er war, und so riss er eine Packung M&M's auf. Er hatte immer schon eine Schwäche dafür gehabt – vielleicht seine einzige während der mageren Jahre des Studiums, als er noch jeden Dollar zweimal hatte umdrehen müssen.

Weiter den Hang hinab sah er drei Rehe aus dem Nebel auftauchen und dem Lauf des Flusses folgen. Nicht viel später erhaschte er einen flüchtigen Blick auf einen Fuchs und etwas anderes, das im Schutz des Heidekrauts am Waldrand entlanghuschte, sodass er es nicht richtig erkennen konnte. Abgesehen von den Vögeln und ein paar Hummeln war Ellis beeindruckt, wie ruhig alles war. Selbst tief in der Nacht und in der Sicherheit der eigenen vier Wände war der Lärm der Stadt daheim stets gegenwärtig gewesen: Lastwagen, Hupen, Sirenen. Die tiefste Stille, die er im Freien je erlebt hatte, war in den Wäldern Nordmichigans gewesen: eine fast schon unheimliche Abwesenheit von Lauten in der schattiggrauen Welt der Kiefern mit ihrem weichen, braunen Nadelteppich. Selbst da war ihm aber bewusst gewesen, dass die nächste Straße nicht fern war. Früher oder später stieß man immer auf einen asphaltierten Weg und damit das Versprechen eines nahen Autos. Als Ellis nun mit seinen M&M's auf dem Baumstamm saß und den Blick schweifen ließ, wurde ihm klar, dass er zwar meilenweit sehen konnte, dabei in all der Weite aber kein einziges Anzeichen von Zivilisation entdeckte. Anscheinend hatte er den Planeten wirklich für sich allein.

In einem flüchtigen Moment der Überheblichkeit, der sich zwischen zwei Schlucken aus seiner Feldflasche einstellte, amüsierte er sich darüber, wie er ohne eigenes Zutun die ganze Welt erobert hatte. Woran sich Alexander der Große, Napoleon, Hitler und ein ganzer Haufen römischer Kaiser die Zähne ausgebissen hatten, war ihm einfach so zugefallen.

»Ich bin der König der Welt!«, rief er aus. Doch niemand hörte ihn – ein schaler Sieg.

Der Moment wich der Einsicht, dass er von nun an nur ein weiterer Organismus im Kampf ums Überleben war. Er wünschte, er wäre jünger, nicht todkrank und auch nicht allein. Er hatte sich noch nie einer solchen Herausforderung gegenübergesehen. Wahrscheinlich hatten das die wenigsten. Dennoch glaubte er, dass es vielleicht auch Spaß machen würde. Zumindest ein bisschen.

Der Winter würde natürlich ein Albtraum werden: gefangen in einem selbstgezimmerten Unterschlupf, wo er sich wie ein Schiffbrüchiger zitternd von Nüssen und Rinde ernährte ... Bei dem Gedanken war er dann doch dankbar für sein warmes Hemd und den Pulli. Früher wussten die Leute dafür noch, wie man in der freien Natur überlebte. Er wusste nicht einmal, ob er es schaffen würde, eine Hütte zu bauen. Allein mit seiner kleinen Axt auch nur einen dieser Mammutbäume zu fällen würde eine Ewigkeit dauern. Außerdem hatte er keine Ahnung, wie spät im Jahr es war. Gut, es war Sommer – da war er sich sicher –, aber war es Juni, Juli oder August? Wie viel Zeit blieb ihm noch? Besser, er suchte sich einen natürlichen Unterschlupf wie eine Höhle. Notfalls würde er sein Zelt mit ein paar Ästen verstärken. Das bekam er wahrscheinlich gerade noch hin. Dann würde er sich Gedanken übers Essen machen müssen.

Tiere gab es ja anscheinend genug, also konnte er vielleicht etwas Wild schießen; sein Munitionsvorrat war allerdings begrenzt. Er brauchte eine Langzeitlösung. Mit einem Speer ließen sich vielleicht auch Fische fangen. Ein Netz wäre besser, aber er hatte leider nicht daran gedacht, eins mitzubringen. Ob er vielleicht eines herstellen konnte? Ellis kam sich vor wie ein ausgesetzter Hund in der Wildnis.

Er versenkte sich wieder in den Anblick des Tals. Wirklich traumhaft, diese sanften Hügel, der Fluss, der sich etwas stromabwärts mit einem weiteren Arm vereinte, und ...

Ellis runzelte die Stirn. Etwas dort im Nebel stach heraus. Es war eckig. Das passte nicht – so scharfe, gleichmäßige Winkel kamen in der Natur kaum vor. Nach und nach tauchten weitere Umrisse aus dem Nebel auf – Gebäude. Das waren die Dächer von Häusern!

Was er da sah, war ein kleines Dorf. Sein Herz tat einen Sprung; vielleicht war er doch nicht allein. Er nahm noch einen letzten Schluck aus der Flasche, dann zog er seinen Rucksack wieder an. Als er aufstand, wurde ihm kurz schwindlig, und abermals verfluchte er sein Alter und seine Krankheit. Seine Muskeln waren schon ganz steif. Er orientierte sich – eigentlich brauchte er bloß dem Fluss zu folgen. Von der Stelle, wo er sich mit dem zweiten Arm vereinte, war es nur noch ein kleines Stück.

Mit einem neuen Ziel vor Augen und der Sonne, seiner Freundin, über ihm, marschierte er los. Ein paar Hasen flohen aufgeschreckt über das Feld. Er kam gut voran und schaffte im Laufe des Morgens fast den ganzen Hang, als ihm endlich aufging, wo er wahrscheinlich war: Wenn er wirklich nicht im Raum, sondern nur durch die Zeit gereist war, dann musste er gerade dem River Rouge nach Süden folgen. Der Fluss hatte sich bereits mit seinem mittleren Arm vereint, und vor ihm lag der untere Arm. Damit musste er sich irgendwo in Dearborn befinden. Er ging näher ans Ufer. Auf den Wellen spielte das Sonnenlicht. Zu seiner Zeit war der Fluss stark verschmutzt gewesen, doch Ellis sah den Sand und die Kiesel auf dem Grund als ob er durch Glas blickte. Es gab sogar Fische, viele prächtige Forellen- und Glasaugenbarsche.

Die Sonne hatte fast ihren Zenit erreicht, als die Siedlung allmählich in Sicht kam; er schätzte, dass er noch etwa eine Meile entfernt war. Die Dächer erhoben sich jenseits einer Ziegelsteinmauer. Er hatte futuristische Kunststoffe erwartet, fantastische geodätische Bauten aus Stahl und Glas, wurde jedoch abermals enttäuscht. Die Gebäude waren nur zweistöckig, altmodischer Kolonialstil. Eigentlich nicht nur altmodisch, sondern richtiggehend alt – sie wirkten wie eine historische Filmkulisse. Der Glockenturm über den Bäumen war eine perfekte Replik der Independence Hall in Philadelphia. Nur, dass er nicht in Philadelphia war, sondern in Dearborn, Michigan: Was er da sah, war das Gelände des Henry-Ford-Museums.

Das letzte Mal war er als Sechstklässler auf einem Schulausflug hier gewesen. Sie hatten das größte Freilichtmuseum der Vereinigten Staaten, das im Prinzip ein richtiges Dorf war, in wenigen Stunden abgewickelt. Das Einzige, woran er sich noch erinnerte, waren die Fahrradwerkstatt der Gebrüder Wright, der Nachbau von Edisons Menlo-Park-Labor, eine Farm, und dass Anthony Dunlap sein Lieblings-Matchbox-Auto verloren hatte und ihm dafür eins dieser dämlichen neuen Hot Wheels hatte schenken wollen. Er entsann sich auch noch eines Parkplatzes und der zugehörigen Straßen, doch all das schien nicht mehr zu existieren. Er kannte die Gegend zwar nicht allzu gut, trotzdem war er sich ziemlich sicher, dass irgendwo hier die Michigan Avenue hätte verlaufen sollen. Ein kompletter Freeway war spurlos verschwunden, die jahrhundertealten Holzgebäude von Greenfield Village aber waren in bester Verfassung. Irgendetwas stimmte hier nicht, aber Ellis war dankbar dafür. Wenigstens hätte er auf seine alten Tage nun ein Dach über dem Kopf.

Auch die Ziegelsteinmauer, die den Museumskomplex umgab, ja, regelrecht abschottete, war in tadellosem Zustand. Auf müden Beinen suchte Ellis nach einem Eingang. Ihm war immer noch heiß, doch er schwitzte nicht mehr. Sein Kopf und seine Füße taten weh, und seinen Schultern ging es unter dem Gewicht des Rucksacks nicht viel besser. Überraschenderweise hatte er keinen Hunger. Zwar aß er auch sonst nicht viel, er wanderte sonst aber auch keine fünf Meilen am Stück. Wahrscheinlich litt er unter einem ernsten Fall von Zeitreise-Jetlag. Wenn er schon ein ganzes Dorf für sich allein hatte, konnte er sich ja wenigstens in einem schönen Haus aufs Ohr hauen.

Da hörte er unvermittelt und zum ersten Mal, seit er Warren in der Bar Lebewohl gesagt hatte, Stimmen.

4

Todeszeit

Die Stimmen kamen von der anderen Seite der Mauer. Sie war zu hoch, um etwas zu erkennen oder sie zu erklimmen, also blieb Ellis stehen und lauschte. Zu seiner Erleichterung sprachen die Stimmen Englisch. Das hieß, zumindest eine Art Englisch – sie hatten einen eigenartigen Akzent, waren aber gut zu verstehen. Zwar waren nur zweihundert Jahre vergangen, doch Ellis hätte mit mehr Veränderungen gerechnet. Er hätte es auch für gut möglich gehalten, dass Spanisch oder sogar Chinesisch inzwischen alle anderen Sprachen verdrängt hatten.

»... um es ganz offen zu sagen.«

»Das ist mir egal.«

»Wieso wollten Sie mich dann hier treffen?«

»Um Ihnen die Zukunft zu zeigen.«

Die beiden Stimmen ähnelten einander so sehr, dass man hätte meinen können, sie gehörten derselben Person. Die Tonlage war weder eindeutig weiblich noch männlich.

»Sie lügen doch. In Wahrheit geht es Ihnen um das Schwarmprojekt.«

»Wie kommen Sie denn darauf?«

»Ich habe mich erkundigt. Ich weiß, wer Sie sind – oder eher, wer Sie *nicht* sind.«

Ein Glucksen. »Wieso sind Sie dann meiner Einladung gefolgt?«

»Um herauszufinden, was Sie von mir wollen.«

»Sie wissen überhaupt nichts, sonst wären Sie nicht gekommen – zumindest nicht allein.«

»Was soll das heißen?« Die Stimme klang nun etwas weniger selbstbewusst.

»Ich habe Sie gerufen, weil Sie mir helfen sollen.«

»Das können Sie vergessen.«

»Sind Sie sich da ganz sicher?«

»Absolut.«

Eine kurze Pause. »Was haben Sie vor?«

Ellis spürte, wie sich die Härchen auf seinen Armen aufstellten. Die Stimme war jetzt voller Angst.

»Auch das ist ein Teil der Zukunft.«

Die folgenden Schreie waren das Schlimmste, was Ellis jemals gehört hatte. Schrille Laute der Furcht, die sich zu einem entsetzten Kreischen steigerten, vom verzweifelten Flehen nach Gnade durchsetzt. Doch vergebens – Ellis hörte die Geräusche eines Kampfs und dann, wie jemand ächzend zu Boden fiel.

Ellis war kein Held. Am liebsten hielt er sich von Ärger fern. Das Heroischste, was er gelegentlich tat, war, Leuten mit einer Wagenpanne zu helfen. Peggy hatte ihn zwar stets gewarnt, dass ihn irgendein Verrückter eines Tages noch erschießen würde, aber er konnte ja schlecht einfach weiterfahren.

Von daher war sein erster Reflex auf die Schreie, die Polizei zu rufen. Er griff schon nach seinem Handy, als ihm seine Dummheit bewusst wurde. Vielleicht war es die Waffe an seiner Seite, vielleicht die schiere Not, die aus den Schreien sprach – auf jeden Fall war es keine bewusste Entscheidung, die ihn losrennen und nach dem Tor suchen ließ.

Die Schreie waren längst verstummt, als er den Eingang erreichte. Er war unbewacht. Ellis rannte an einer großen Eiche und einem malerischen Farmhaus vorbei, das mit seiner Holzfassade, dem Bretterzaun und der historischen Wetterfahne direkt aus einem Western entsprungen schien. Ellis' Lungen machten kaum noch mit; es stach, als würde er Scherben atmen. Seine Schritte verlangsamten sich. Er hatte sich klar überanstrengt: Der nächtliche Gewaltmarsch, die Hitze und jetzt noch dieser Sprint waren einfach zu viel gewesen. Am liebsten wäre er an Ort und Stelle eingeknickt, trotzdem zwang er sich zum Weitergehen. Hinter dem Haus machte er eine Bewegung an der Innenseite der Mauer aus. Zwei Leute lagen dort am Boden. Nur einer von beiden regte sich noch.

Der Anblick war nicht, was Ellis erwartet hatte. Die Stimmen hatten jugendlich geklungen – er hatte sich Teenager in Lederjacken vorgestellt, mit Hosen, die bis zu den Knien hingen, Ketten und Nasenpiercings, gegeltes Haar und Tätowierungen. Eine überholte Vorstellung, das war ihm bewusst. Doch mit dem, was er nun sah, hätte er niemals gerechnet.

Sie waren beide nackt.

Keiner trug auch nur einen Fetzen Stoff am Körper, und beide waren kahl – nicht nur das, völlig haarlos. Wahrscheinlich hätte das normalerweise Ellis' Interesse geweckt, wäre da nicht all das Blut gewesen. Blut hatte die Eigenschaft, alles andere unwichtig erscheinen zu lassen – und beide Kämpfer troffen nur so vor lauter Blut und waren von Kopf bis Fuß damit besudelt. Der eine hockte über dem anderen, der niedergestreckt und zuckend am Boden lag, und stach ihm immer wieder mit beiden Händen ein Messer in die Schulter. Er schnitt ihn regelrecht in Stücke, wie ein Metzger, der Fleisch zerteilt. Dann erhob er sich mit einem Grinsen.

Ihre Blicke trafen sich.

Ellis, der mit seiner schmerzenden Lunge nach Atem rang, griff nach seiner Waffe, zog sie aber nicht. Der nackte, blutverschmierte Schlächter regte keinen Muskel. Sie musterten einander. Ellis konnte immer noch nicht das Geschlecht seines Gegenübers bestimmen – der Mörder hatte keine Genitalien, keine Brüste, keine offensichtlichen Kurven. Eine gertenschlanke, perfekt androgyne Gestalt wie ein vorpubertärer Junge oder ein Supermodel aus den Siebzigern, abgesehen vom blutbespritzten Gesicht. Der Schreck auf den Zügen des Anderen war wie ein Spiegelbild von Ellis' eigener Verwirrung. Wortlos hob der Mörder etwas aus dem Gras auf. Ellis sah bloß drei Finger. Erst dachte er an die Außerirdischen aus dem Kino mit ihren Knollenhänden, bis er die Stummel entdeckte, wo die beiden äußeren Finger hätten sein sollen. Dann blitzte es neben der Gestalt plötzlich auf, als hätte jemand ein Foto geschossen, und Ellis musste blinzeln. Das Nächste, was er sah, war, wie der Mörder durch ein Loch in der Luft schritt und begleitet von einem Knall mitsamt dem Loch verschwand.

Ein paar Sekunden lang stand Ellis nur sprachlos da und fragte sich, was er da gerade gesehen hatte. Dann erregte eine Bewegung seine Aufmerksamkeit: Die Gestalt auf dem Boden zuckte noch. Ihr ganzer Rumpf war mit Schnitten und Stichwunden übersät und ein größeres Stück ihrer Schulter einfach herausgeschnitten worden. Das Geschlecht des Opfers ließ sich auch bei dieser Person nicht bestimmen; seine Anatomie war so vage wie die einer Ken-Puppe. Aber nicht nur das – abgesehen davon, dass es sich vor Qualen am Boden krümmte, hätte es auch der Zwilling des Angreifers sein können.

Ellis kniete sich neben das Opfer ins Gras und fühlte seinen Puls. Doch es war schon zu spät; er hörte auch keinen Atem mehr, nur sein eigenes, verzweifeltes Ringen um Luft. Jeder Versuch, tief durchzuatmen, drohte in einem Hustenanfall zu enden, und das konnte er sich gerade nicht leisten. Ihm war schon schwindlig genug: Alles war unscharf, und an den Rändern seines Gesichtsfelds sammelte sich die Dunkelheit. Ellis stützte sich auf die Hände und legte den Kopf auf die Knie. Er versuchte, nicht an das Blut und den Leichnam vor ihm zu denken und konzentrierte sich einzig und allein aufs Atmen.

Entspann dich, verdammt!

Ein und aus ... Ihm war, als versuchte er, Luftballons aufzupusten. Vor lauter Anstrengung schloss er die Augen und schaukelte apathisch vor und zurück. Sein ganzer Körper kämpfte darum, seinem Gehirn Sauerstoff zuzuführen. War es vorbei? Hatte sein Lungenleiden das Rennen gewonnen? Was für ein unpassender Augenblick dafür.

»Bitte bleiben Sie zurück.«

»Muss ein Darwin sein – das ist die einzige Erklärung.«

»Hat irgendwer den Angriff gesehen?«

»Nein. Wir haben sie genau so gefunden und Hilfe gerufen. Wir haben aber nichts gesehen.«

»Sie gehören zur selben Gruppe?«

»Gale University. Ich bin Professor für Alte Geschichte. Wir waren gerade auf einer Exkursion.«

»Gut – Sie können uns allen einen Gefallen tun und damit weitermachen. Halten Sie sich einfach von dieser Seite des Parks fern, in Ordnung?«

»Ist das wirklich ein Darwin?«

»Wir wissen noch nicht, womit wir es zu tun haben, also lassen Sie uns bitte unsere Arbeit machen.«

Ellis schlug die Augen auf und blickte in den blauen Himmel, den nun hübsche weiße Wattebällchen zierten. Das Licht hatte sich verändert – die Sonne war weiter nach Westen gewandert, sodass die Bäume und das Farmhaus lange Schatten warfen. Seiner Lunge ging es ein bisschen besser. Er bekam wieder Luft, auch wenn sich alles ganz wund anfühlte.

»Pax – er hat die Augen aufgeschlagen!«

»Okay, immer mit der Ruhe.« Dieser Sprecher war ihm am nächsten, aber immer noch gut zehn Meter entfernt.

Ein Dutzend Leute hatte sich drüben beim Farmhaus versammelt. Zwei standen etwas näher, und alle sahen sie identisch aus: dasselbe sanfte Gesicht mit großen, dunklen Augen und kleiner Nase, dieselbe braune Haut, so als ob eine Mutter aus dem Nahen Osten einen irisch-katholisch dimensionierten Nachwuchs von Zwölflingen geboren hätte.

Dafür waren die Personen auffällig gekleidet. Ein paar trugen lediglich Hüte, Schals oder gar nichts am Körper. Eine war ganz in leuchtendes Gelb gehüllt. Eine andere war bis hinab zu den Schuhen rot und weiß gekringelt wie eine Figur aus einem Kinderbuch. Keine hatte auch nur ein einziges Haar auf dem Kopf, und wie schon die ersten beiden androgynen Wesen wirkten auch diese Besucher, als ob sie direkt aus einer Spielzeugwerkstatt von Mattel stammten.

Ellis fragte sich, ob dies vielleicht alles nur ein Traum im Stil von *Der Zauberer von Oz* war. Ein klein wenig erinnerten ihn die Leute an glatzköpfige Versionen seiner Ärztin, die ihm mitgeteilt hatte, dass er bald sterben würde. Vielleicht war er ja nie wirklich durch die Zeit gereist und würde jeden Moment in seinem Bett erwachen, umringt von Warren, Peggy und der Ärztin, und sagen: *»Und du warst da, und du, und du.«*

»Wir sollten mehr Hilfe holen«, sagte die andere der beiden Gestalten, die ihm am nächsten standen, und die sich lediglich durch eine Tasche, eine Tätowierung und ihr verängstigtes Gesicht auszeichnete. Auch ihre Stimmen waren völlig gleich.

»Warten Sie doch mal einen Moment«, erwiderte die erste. Sie oder er oder es war wenigstens vollständig angezogen, obschon die Aufmachung direkt aus einer Sherlock-Holmes-Geschichte hätte stammen können: ein langer schwarzer Gehrock, eine silberne Weste, weiße Hosen, weißes Hemd mit grauer Krawatte und eine Melone auf dem Kopf. Vielleicht war Ellis ja versehentlich in eine Hochzeit geplatzt; oder er war doch in die Vergangenheit gereist. Wen kümmerte es schon, ob Hoffmann das für möglich hielt oder nicht?

»Pax! Gehen Sie nicht näher ran. Wenn das wirklich ein Darwin ist, wissen wir nicht, was er tun wird. Er hat bereits jemanden umgebracht.«

Da drehte er sich zu dem blutverschmierten Leichnam um, und die Erinnerung an alles, was passiert war, kehrte zu ihm zurück. *Ich habe direkt neben der Leiche gelegen!* Hastig kämpfte er sich auf die Knie und rutschte ein paar Schritte beiseite. Sofort wurde ihm wieder schwindlig. Alles um ihn herum schwankte, als ob er betrunken wäre.

Seine plötzliche Bewegung hatte ein allgemeines Aufkeuchen und Fußgetrappel zur Folge. Wie Katzen, die erschrocken einen Satz zurück machten.

»Achtung, Pax! Schnell weg! Das ist gefährlich.«

»Ich habe niemanden umgebracht!«, rief Ellis. Beim Klang seiner Stimme erstarrten alle.

»Aber Sie können ja reden«, sagte Pax. »Sie sprechen unsere Sprache!«

»Eigentlich würde ich sagen, dass es umgekehrt ist.«

Die beiden schauten sich sprachlos an.

»Was sind Sie?«, fragte Pax.

Er rieb sich die Augen, was eine weitere Panikreaktion hervorrief. Nur Pax schreckte nicht vor ihm zurück. »Mein *Name* ist Ellis Rogers.«

»Aber was *sind* Sie?«

»Ich bin ein Mann – ein Mensch. Und was sind Sie so?«

Erregtes Getuschel außer von dem Melonenträger, der ihn keinen Moment aus den Augen ließ. »Ein Mensch«, murmelte Pax geistesabwesend, schien das Wort im nächsten Moment jedoch wieder vergessen zu haben, als gäbe es wichtigere Fragen zu klären. »Sie sind so anders – sind Sie ein Darwin?«

»Ich weiß nicht, was das sein soll.« Ellis fühlte sich alles andere als wohl. Ihm war heiß, schwindlig und übel.

Pax warf einen peinlich berührten Blick zu seinen Gefährten. »Das sind nur Legenden. Verrückte Geschichten über natürlich Geborene, die sich gerüchteweise an der Oberfläche durchschlagen und in der Wildnis überleben. Sie sind aber keiner von denen ... oder doch?«

»Nein.«

»Dann sind Sie einfach eine alte Vorlage?«

Ellis schüttelte den Kopf. »Das sagt mir auch nichts.«

Überrascht trat Pax drei Schritte vor.

»Pax!«, schnappte der Tätowierte.

Leicht gereizt blieb Pax wieder stehen. »Sie behaupten also, dass Sie den Toten nicht umgebracht haben. Was ist wirklich passiert?«

»Ich habe zwei Leute gehört – sie haben gestritten. Dann schrie einer von ihnen. Da war ich noch auf der anderen Seite der Mauer. Also bin ich reingerannt und habe gesehen, wie der eine sich auf den anderen stürzte ...« Er versuchte den neuerlichen Anblick des Massakers zu vermeiden. Unwillkürlich fragte er sich, ob das Gefühl von Feuchtigkeit in seinem Schritt von der Blutlache herrührte, oder ob er sich in die Hosen gemacht hatte. Er war sich keineswegs sicher, was ihm lieber war. »Dann ist der Mörder aufgestanden und ...«

»Ja? Was dann?«

»Ich weiß nicht genau. Irgendwie ist er verschwunden.«

»Verschwunden?«

Ellis zuckte die Achseln. »Ist einfach durch ein Loch aus Licht spaziert. Ich weiß, das klingt ver...«

»Der Mörder hat ein Portal benutzt.«

Ellis hatte zwar keine Ahnung, was das heißen sollte, die

Gewissheit in Pax' Stimme ließ aber wenig Raum für Zweifel, also nickte er.

»Sie glauben ihm doch nicht etwa, oder?«, fragte der Tätowierte mit einer Mischung aus Ekel und Misstrauen.

»Es ist die Wahrheit«, entgegnete Pax, und Ellis wunderte sich, mit welcher Bestimmtheit die Worte vorgetragen wurden. Hätte ihm jemand eine solche Geschichte erzählt, hätte Ellis sie vielleicht selbst nicht geglaubt.

»Das ist ein Darwin – Sie kennen doch die Geschichten. Man darf ihnen kein Wort glauben. Sie sind Kannibalen!«

Pax schenkte seinem Gefährten einen Blick der Missbilligung. »Ellis Rogers sagt die Wahrheit.«

»Sind Sie sich da auch absolut sicher?«

Nun ließ sich Pax' Ausdruck nur noch als zynisches »Fragen Sie mich das im Ernst?« deuten. Worauf der andere ein finsteres Gesicht aufsetzte.

»Sind Sie vielleicht so was wie Polizisten?«, fragte Ellis. Die Augen unter der Melone verengten sich, als versuchten sie, einen sehr klein gedruckten Text zu entziffern. »Ein Gesetzeshüter? Staatsdiener? Friedenswächter?«

Die letzte Bemerkung rief ein Lächeln hervor, und Pax nickte. »Könnte man vielleicht so sagen, ja. Ich heiße Pax. Ich bin ein Schlichter. Das hier ist Cha, ein Arzt, der sich die Leiche neben Ihnen gerne einmal näher anschauen würde. Wäre das möglich?«

»Selbstverständlich.«

Cha zögerte. »Sagen Sie ihm, es soll da weg.«

»Ich bin mir ziemlich sicher, dass Ellis Rogers Sie verstehen kann, Cha. Sie brauchen mich also nicht zum Übersetzen.«

»Ist schon okay.« Ellis kämpfte sich auf die Beine. Ihm war immer noch ganz schummrig.

»Sind Sie verletzt, Ellis Rogers?«, fragte Pax.

»Ich habe eine Atemwegserkrankung. Die Rennerei hat es noch schlimmer gemacht. Ich bin wohl bewusstlos geworden.«

»Geht es Ihnen jetzt wieder besser?«

»Nur noch etwas schwindlig.«

Er zog sich von der Leiche zurück und lehnte sich an die Ziegelsteinmauer. Der kalte Stein in seinem Rücken gab ihm ein Gefühl von Sicherheit. Der Arzt kam näher, kniete sich neben den Toten und öffnete seine Tasche. Die Menge weiter hinten unterhielt sich flüsternd.

»Woher kommen Sie, Ellis Rogers?«, fragte Pax und trat unter den besorgten Blicken Chas ebenfalls näher.

Die Melone erinnerte Ellis an Alex, der Hauptperson aus *Uhrwerk Orange*. Doch der Vergleich kam nicht hin – Pax wirkte viel zu nett dafür.

Er überlegte, was er auf die Frage antworten sollte. Vielleicht, dass er aus einem anderen Dorf stammte? Gab es überhaupt ein anderes Dorf? Er wusste so wenig, dass er diesen Leuten nicht einmal eine stümperhafte Lüge auftischen konnte. Davon abgesehen war die Täuschung eines Polizeibeamten vielleicht nicht gerade der beste Weg, sein neues Leben zu beginnen, wie kurz dieses auch immer sein mochte. »Ich komme aus der Stadt Detroit.« Er machte eine effektvolle Pause, dann fügte er leiser hinzu. »Aus dem Jahr 2014.«

Ellis hatte keine Ahnung, womit er zu rechnen hatte. An sich sollte man ihn wohl in eine geschlossene Anstalt stecken, andererseits hatten sich die Zeiten geändert. Alles mochte nun möglich sein. Die Spannbreite denkbarer Reaktionen reichte von seiner Verehrung als Gott bis zu einem abschätzigen Lächeln. Wahrscheinlich war Zeitreise längst ein alter Hut. Das würde auch die eklektische Kleidung der Einheimischen erklären, und dieses Portal könnte die Zeitmaschine 2.0 darstellen. Wenn Computer in achtzig Jahren den Sprung von zimmergroßen Elektronenröhrenmonstern zum Tablet schafften, mussten Zeitmaschinen inzwischen doch ebenfalls schnittiger sein als ein Autositz zwischen Getränkekisten.

Einen Moment lang schaute Pax ihn nur verwirrt an. Dann weiteten sich die dunklen Augen verstehend. »Sie kommen aus der Vergangenheit ... der *tiefen* Vergangenheit.«

Cha schnaubte verächtlich.

»Diese Zeitmaschine ... wo ist sie?«

»Im Wald, etwa fünf oder sechs Meilen flussaufwärts. Ich bin ziemlich weit gelaufen. Ehrlich gesagt, gibt es aber auch nicht viel zu sehen.«

»Na klar«, kommentierte Cha. »Wahrscheinlich ist sie unsichtbar.«

»Cha, bitte.«

»Das ist doch lächerlich!«, sagte Cha.

Pax warf ihm einen finsteren Blick zu.

»Zeitreise ist also nichts Alltägliches?«, fragte Ellis.

»Nein«, sagte Pax.

»Sie ist sogar unmöglich«, präzisierte Cha.

Kann ich wirklich der Einzige sein? Wieso gibt es keine anderen? »Dann glauben Sie mir also nicht?«

Pax schaute ihn durchdringend an. »Ich glaube Ihnen.« Es schwang keinerlei Sarkasmus in der sanften Stimme mit, und das Urteil war so laut und klar, dass kein Raum für Diskussionen blieb. Die dunklen Augen hielten Ellis die ganze Zeit über fest.

Wenn das eine Lüge war, dann ist Pax ein verdammt guter Lügner, dache Ellis.

»Jemand hat den PICA herausgeschnitten.« Cha sah von dem Leichnam auf, erst zu Pax und dann anklagend zu Ellis.

»Aber nicht Ellis Rogers«, beharrte Pax. »Ellis Rogers sagt die Wahrheit. Sehen Sie denn irgendwo Blut an seiner Kleidung? Wer immer den Mord begangen hat, muss doch voll davon sein.«

Ellis war sich momentan über so einiges nicht im Klaren: Zum Beispiel wusste er nicht, ob diese Leute wirklich Menschen waren oder aus einer Art Androidenfabrik stammten. Er wusste nicht, welches Jahr es war und ob und wie weit die Technologie dieser Zeit seiner eigenen voraus war. Er hatte nicht die leiseste Ahnung, was mit Detroit oder dem Rest der Welt passiert war. Und noch musste sich zeigen, ob er einen Fehler begangen hatte oder nicht. Nur in einem war er sich sicher: Pax begann ihm sympathisch zu werden.

Bislang hatten alle Leute, die er gesehen hatte, das gleiche Gesicht – perfekte Kopien. Doch sie waren nicht alle gleich. Cha mochte ihm dasselbe Misstrauen wie der Rest der Menge entgegenbringen, Pax dagegen war anders – mehr Freundlichkeit in den Augen, mehr Empfindsamkeit in der Art, wie die Mundwinkel beinahe ein Lächeln formten. Lediglich etwas Haar wäre hilfreich gewesen. Ellis hatte nie viele glatzköpfige Menschen gekannt, und die fehlenden Augenbrauen übten eine verstörende Wirkung aus. Er fühlte sich ein wenig befangen, fast wie auf einer Krebsstation. Gleichzeitig hatte er das Gefühl, dass er Pax vertrauen konnte.

»Hat er einen Portalöffner?«, fragte Pax den Arzt. »Über die ID könnten wir die Sprünge nachverfolgen.«

»Nichts zu sehen. Nicht mal ein Tattoo – vollkommen blank. Kein großer Individualist, will mir scheinen. Absolut nichts Persönliches dabei.«

»Wissen Sie, wer das Opfer war?«, fragte Pax Ellis.

Er schüttelte den Kopf und bereute es augenblicklich, als die Welt wieder verschwamm. »Ich habe Ihnen doch schon erklärt ...«

»Ja, natürlich – ich hoffte nur, Sie hätten vielleicht einen Namen aufgeschnappt.«

»Ach so.« Ellis versuchte sich zu entsinnen, fühlte sich aber einfach nur furchtbar. »Ich bin mir ziemlich sicher, dass keiner von beiden einen Namen genannt hat.«

»Worüber genau haben sie denn geredet?«

»Ich konnte wirklich nicht viel verstehen. Irgendwas über ein Schwarmprojekt und die Zukunft. Das ist alles, woran ich mich erinnere.«

»Sehen Sie?«, sagte Cha in einem selbstgefälligen Ton, der Ellis auf die Nerven zu gehen begann. Er hatte keine Ahnung, was Cha damit meinte – es klang wie die Fortsetzung einer früheren Diskussion. Er war sich bloß sicher, dass es ihm nicht gefiel. Er beschloss, dass er auch Chas Tätowierung nicht mochte. Er hatte nie viel von Tattoos gehalten – seiner Ansicht nach ließen sie die Leute billig aussehen, wie menschliche Graffiti. Ausnahmen machte er allenfalls für

Ehrenbezeigungen wie Militärabzeichen, Liebeserklärungen oder Bibelzitate. Chas Tattoo war aber nur ein wildes Muster.

»Ich muss mich kurz setzen. Ist das okay?« Egal wie die Antwort ausfiel, er musste sich auf jeden Fall setzen, denn ihm wurde schon wieder schlecht. Langsam sank er an der Wand hinab ins Gras.

Pax nickte. »Gar keine Spuren, Cha?«

»Tut mir leid.«

»Betoniert noch mal! Ich kann doch nicht schon wieder einen anonymen Toten melden. Das macht alles noch schlimmer.«

»Hier ist nichts zu machen.«

Pax wirkte verärgert, Cha dagegen zuckte nur die Achseln.

»Können Sie nicht ein paar Tests machen?«, fragte Ellis. »Oder gibt es etwa keine Forensik mehr?«

Er erntete nur verwirrte Blicke.

»Sie wissen schon – Fingerabdrücke, DNA-Spuren ...« Er wollte schon »Haarproben« sagen, hielt sich aber gerade noch zurück.

»Das wäre keine große Hilfe, Ellis Rogers«, erklärte Pax. »Wir haben alle dieselbe.«

»Dieselbe was? DNA? Sie können doch nicht alle – oh.« Keine Androiden also – Gentechnik. Nun verstand er auch die vorige Anspielung auf Darwin: Vielleicht war er ja streng genommen wirklich ein Darwin. *Ist jeder sonst hier in der Retorte geboren?*

»Ohne seinen Chip können wir das Opfer nicht identifizieren«, sagte Cha.

»Im Ernst? Sie tragen also alle einen Chip in der Schulter, um sich auseinanderhalten zu können? Da muss es doch noch eine andere Möglichkeit geben. Ich meine, was passiert sonst, wenn die Chips nicht mehr funktionieren? Gehen sie denn nie kaputt?«

»Eigentlich nicht.«

»In einem solchen Fall können wir die Identität nur noch bestimmen, indem wir Fragen stellen«, erläuterte Pax. »Oder einen Hirnscan durchführen. Bei einem Toten geht das aber nicht.«

»Sie müssen dieses Problem doch schon öfter gehabt haben …«

Die beiden schüttelten den Kopf. »Bis vor Kurzem ist das noch nie vorgekommen.«

»Tatsächlich?« Ellis staunte.

»Was machen wir jetzt?«, fragte Cha.

»Als ob ich der Fachmann für so etwas wäre«, gab Pax zurück und studierte den Leichnam ebenso ratlos, wie Ellis sich fühlte.

»Sie haben so etwas wenigstens schon mal gesehen.«

»Rufen Sie das IBS. Die werden sich bestimmt selbst ein Bild machen wollen.«

»Sie beide sind Kriminalbeamte, und das ist erst die zweite Leiche, mit der Sie je zu tun hatten?«, vergewisserte sich Ellis.

»Die erste, mit der *ich* zu tun habe«, verbesserte Cha.

»Was ist ein Kriminalbeamter?«, fragte Pax.

»Ein Polizist, der sich mit Morden befasst.«

Da trat ein Ausdruck des Begreifens auf Pax' Gesicht. »Natürlich! Sie kommen aus der Vergangenheit! Der *tie-*

fen Vergangenheit. Sie wissen alles über ... diese Art von ... über Morde, richtig?«

»Nein, nicht so richtig. Ich war kein Polizist. Ich habe Autos entwickelt, zumindest Teile davon. Alternative Antriebe. Dieses Dorf – Greenfield Village – war ein Museum der Ford Motor Company, und ich – «

»Es ist noch immer ein Museum«, sagte Pax.

»Okay, gut – jedenfalls habe ich für einen Autohersteller gearbeitet und versucht, unsere Batterien zu verbessern. Ich war kein Detektiv oder so.«

»Aber es gab doch Morde, oder nicht?«

»Reichlich. Ich komme aus Detroit.«

»Und daher wissen Sie, dass man Mörder früher mit Hilfe ihrer DNA und Fingerabdrücke fand.«

»Jeder weiß das.«

»Vielleicht in 2014 – heutzutage sieht das anders aus.« Pax trat noch einen Schritt näher, bis nur noch eine Armeslänge sie voneinander trennte.

Wirklich schöne Augen, dachte Ellis. *Irgendwie unschuldig, beinahe kindlich.*

»So etwas gibt es bei uns einfach nicht mehr.«

»Sie meinen Morde?«

»Ich meine den Tod«, antwortete Pax.

Einen Moment war sich Ellis nicht sicher, ob er seinen Ohren trauen durfte. Eigentlich rätselte er noch immer, was Pax mit der *tiefen* Vergangenheit gemeint hatte. Wie lange konnte die Vergangenheit schon her sein? Und jetzt klang es ganz danach, als ob es keinen Tod mehr gäbe. »Wie war das?«

»Passen Sie auf«, sagte Pax mit ruhiger Stimme. »Mir tut

das alles schrecklich leid. Sie haben gerade ein traumatisches Erlebnis hinter sich. Sie sind müde und fühlen sich nicht wohl. Ohne Frage sind Sie ein Pionier, ein großer Forscher, der etwas ganz Außergewöhnliches vollbracht hat. Sie sind ein neuer Charles Lindbergh, eine neue Netzwerk-Azo, und glauben Sie mir, ich werde dafür Sorge tragen, dass man sich um Sie kümmert. Allein, dass Sie hier sind, grenzt an ein Wunder …«

»Eher an ein Ding der Unmöglichkeit«, brummte Cha.

Pax ließ sich nicht beirren. »Man sollte eine Parade für Sie abhalten, eine Party feiern, und bestimmt werden eine Menge Leute mit Ihnen reden wollen. Ich weiß, dass Sie ebenfalls viele Fragen haben. Sie müssen mir aber glauben, dass ich kein *Polizist* bin. Ich bin ein Schlichter. Ich vermittle in Streitigkeiten – helfe den Leuten, ihre Differenzen mit einem Minimum an bösem Blut beizulegen. Außerdem begleite ich Menschen mit schlimmen Erfahrungen. Man rief mich, damit ich den Studenten helfe, den Anblick dieses schrecklich zugerichteten Leichnams zu verarbeiten. Das alles ist wirklich … Können Sie uns nicht irgendeinen Rat geben?«

»Ist das Ihr Ernst?«

»Im Moment sind Sie der führende lebende Experte für Mordfälle.«

Ellis war noch nie in irgendwas führend gewesen. Doch egal, ob es nun stimmte oder nicht, es schmeichelte ihm, dass Pax ihn dafür hielt. »Ich bin nicht sicher, wie ich Ihnen helfen kann. Ich habe keine Ahnung, wie die Dinge hier funktionieren. Alles, was ich weiß, habe ich aus Kriminalromanen oder Filmen.« Dessen ungeachtet rutschte er wieder näher an die Leiche – stehen war noch immer zu anstrengend. Cha trat rasch zurück, war aber nicht mehr ganz so angespannt wie vorher.

Abgesehen von den Schnitten, den Stichwunden und all dem Blut sah die Leiche genauso aus wie die umstehenden Menschen, die immer noch neugierige Blicke herüberwarfen. Ellis senkte den Kopf und spürte die Übelkeit und die Kopfschmerzen schlimmer werden. Er hatte noch nie eine verstümmelte Leiche gesehen. Die einzigen Toten, die er je aus der Nähe gesehen hatte, hatten ordentlich in einem Sarg gelegen, umgeben von Blumengestecken und mit einer dicken Schicht Make-up im Gesicht. Zum Glück war das meiste Blut schon geronnen, und es waren keine Eingeweide oder Knochen freigelegt. Die linke Schulter freilich sah aus, als hätte der Mörder stümperhaft ein Stück Schrapnell aus ihr entfernt. Angesichts des flauen Gefühls in seinem Magen erstaunte es Ellis, dass er sich nicht übergeben musste. Er versuchte sich diverse TV-Szenen à la CSI ins Gedächtnis zu rufen und meinte dann: »Wirkt auf mich, als ob er erstochen worden wäre, der Mörder aber nicht recht wusste, was er tat.«

»Wie kommen Sie darauf?«, fragte Cha.

»Na ja, wenn sich seit meiner Zeit nicht viel geändert hat, dann ersticht man jemanden nach Meinung der meisten Krimis am besten, indem man ihm die Kehle durchschneidet und die Halsschlagader durchtrennt, oder mit einem nach oben gerichteten Stich unter die Rippen ins Herz. Der Täter stach aber einfach wie wild drauflos. Sehen Sie die Stichwunden hier am Bauch? Alle relativ klein. Er hat nicht versucht, die Klinge zu drehen oder die Wunden zu öffnen.

Wahrscheinlich hatte er es einfach auf die weichen Stellen abgesehen. Das Opfer hat nicht richtig gekämpft, sondern lediglich versucht, sich zu schützen ... Sehen Sie den Schnitt da am Arm? Vermutlich wollte es das Messer damit abwehren. Und die Blutlache? Da hat es wohl eine größere Arterie erwischt. Schätzungsweise ist der Tote daran verblutet. Die anderen Stiche dürften auch die Eingeweide verletzt haben, aber daran wäre er nicht so schnell gestorben. Ohne die Armwunde wäre er vielleicht noch zu retten gewesen.«

»Ergibt das für Sie Sinn?«, fragte Pax.

Cha nickte, und auch wenn die Reaktion etwas zögerlich ausfiel, rechnete Ellis »Aztekentattoo« seine Ehrlichkeit an.

»Der Mörder ist also kein Experte.«

»Ich glaube nicht, dass heutzutage irgendwer ein Experte für so was ist«, sagte Cha. »Von daher engt das unseren potenziellen Täterkreis nur bedingt ein.«

»Können Sie uns noch mehr verraten?«, fragte Pax.

Ellis erhob sich auf die Knie. »Ja – das Opfer hatte schlechte Augen. Es trug eine Brille.«

»Wie kommen Sie darauf?«

»Er oder sie – ich meine – ich weiß einfach nicht, wie ... ach, egal. Diese *Person* trug eine Brille. Sehen Sie die Abdrücke auf dem Nasenrücken, und die Halbmonde hier auf den Wangen? Die kommen von einer Brille.«

Pax und Cha sahen sich ratlos an.

»Moment.« Ellis öffnete eine Seitentasche seines Rucksacks, nahm seine Lesebrille heraus und setzte sie sich auf die Nase. »Sehen Sie? Eine Brille. Wenn ich sie abnehme, bleiben diese kleinen Abdrücke zurück.«

»Ich verstehe schon, was Sie meinen, Ellis Rogers«, sagte Pax. »Aber niemand trägt heutzutage noch eine Brille.«

Cha brachte den Mut auf, einen etwas näheren Blick auf den Leichnam zu werfen. »Das hatte ich tatsächlich übersehen – er trug irgendwas auf der Nase, und auf der Stirn ist auch noch ein Abdruck.«

»Vielleicht von einem Hut.« Ellis zeigte auf Pax' Melone. »Wenigstens Hüte tragen die Leute ja noch.«

Pax schenkte ihm ein Lächeln, das Ellis erwiderte.

»Aber wo sind Hut und Brille dann geblieben?«

Sie schauten sich um, konnten allerdings nichts finden.

»Vielleicht hat der Mörder sie mitgenommen. Allerdings erinnere ich mich nicht, dass er irgendwas in der Hand ... ach ja!«

»Was ist?«

»Mir fällt gerade wieder etwas ein: Dem Mörder fehlten zwei Finger. An der rechten Hand, glaube ich.«

»Nun gut – der Täter interessiert sich also für das Schwarmprojekt und hat bislang wahrscheinlich noch nie jemanden umgebracht. An seiner rechten Hand hat er nur drei Finger. Und das Opfer trug eine Brille und einen Hut.«

Ellis zuckte schwach die Achseln. »Ich sagte ja, eine große Hilfe bin ich nicht.« Es ging ihm immer schlechter, und er war drauf und dran, sich doch noch zu übergeben.

»Im Gegenteil – das ist schon deutlich mehr, als wir noch vor fünf Minuten wussten. Vielen Dank.«

»Keine Ursache. Und wo wir gerade von der Zeit und was wir alles wissen reden ... Welches Jahr haben wir?«

»Ach richtig.« Pax schaute verlegen. »Wir haben das Jahr 4078.«

»4078? Aber das ... das sind ja mehr als zweitausend ...« Ellis schwankte, und Pax fasste ihn bei den Schultern.

»Tut mir leid. Ich hatte nicht erwartet, dass es ein solcher Schock sein würde.«

»Nein, nein – na ja, irgendwie schon, aber eigentlich – es geht mir einfach nicht gut. Ich glaube, ich muss mich erst einmal hinlegen.« Er ließ sich ins Gras sinken und legte sich auf den Rücken.

»Was haben Sie?«, fragte Cha.

»Wie gesagt, eine Atemwegs- bzw. Lungenerkrankung.« Ellis starrte in den Himmel. »Sie nennt sich IPF, idiopathische pulmonale Fibrose. Zu meiner Zeit wusste niemand, was sie verursacht oder wie man sie heilen kann, und in meinem Fall ist sie hoffnungslos.«

Cha trat näher und studierte ihn. »Geht es Ihnen im Moment denn etwas besser?«

»Wenn ich liege, ja, ein bisschen.«

»Stehen Sie auf.«

»Das würde ich lieber nicht tun ...«

»Machen Sie's trotzdem«, beharrte Cha.

»Cha ist ein sehr guter Arzt«, versicherte ihm Pax.

Ellis kämpfte sich auf die Beine und schwankte. Die ganze Welt verschwamm vor seinen Augen.

»Okay, okay, setzen Sie sich wieder.« Cha gab seinen Sicherheitsabstand auf und berührte Ellis am Hals. »Ihre Haut ist ganz heiß und trocken. Wann haben Sie das letzte Mal etwas getrunken?«

»Heute früh. Ein paar Schluck Wasser.«

»Und Sie sagen, Sie sind aus dem Wald gekommen? Fünf oder sechs Meilen, richtig? Das sagten Sie doch.«

»Ja, genau.«

»Und dann sind Sie hier in der Sonne bewusstlos geworden.«

Er nickte schwach.

»Sie leiden vielleicht auch an einer Atemwegserkrankung, doch jetzt gerade haben Sie einen Sonnenstich und sind völlig dehydriert.«

»Wirklich?«

»Glauben Sie mir, ich sehe das ständig. Die Leute gehen an die Oberfläche und rechnen einfach nicht damit, was für einen Unterschied so eine echte Sonne macht.«

»Eine echte Sonne?«

Cha ignorierte ihn und wandte sich an Pax. »Wir müssen den Darwin aus der Sonne schaffen, irgendwohin ins Kühle. Und wir müssen ihm Wasser und Elektrolyte verabreichen.« Der Arzt nahm ihm seine Feldflasche ab, schraubte sie auf und roch daran.

»Das ist bloß Wasser«, sagte Ellis.

»Dann trinken Sie«, befahl Cha.

»Mir ist aber so übel …«

»Natürlich ist Ihnen übel, und wenn wir nichts dagegen tun, werden Sie bald auch keine Luft mehr kriegen. Jetzt nippen Sie. Keine großen Schlucke, nur ganz vorsichtig.«

Pax zog etwas aus dem Gehrock.

»Was haben Sie vor?«, fragte Cha.

»Ich nehme ihn mit zu mir nach Hause.«

»Sind Sie sich da wirklich sicher? Sie wissen doch praktisch nichts über diesen Darwin.«

»Wäre es Ihnen lieber, wenn wir Ellis Rogers zu Ihnen bringen?«

»Vergessen Sie einfach, dass ich etwas gesagt habe.«

Ein Lichtblitz, gefolgt von einem Summen, und vor Ellis erschien ein weiteres Portal in der Luft. Auf der anderen Seite konnte er ein Zimmer mit einem Bett, Kissen und Decken erkennen.

»Packen Sie mit an«, sagte Cha, und gemeinsam hoben sie Ellis an den Armen hoch. Die Welt drehte sich noch schlimmer als zuvor. Er hatte ein Klingeln im Ohr, und auf halbem Weg durch das Portal hüllte ihn abermals Finsternis ein.

5

Im Wandel der Zeit

Ellis erwachte mit einem Kater, und das ohne zuvor in den Genuss eines Rauschs gekommen zu sein. Eine Weile lag er nur da und widerstand dem Impuls, das Bett zu verlassen. Er hatte keine Ahnung, was genau passiert war oder wo er sich befand, genoss aber die Ruhe. Wie lange hatte er wohl geschlafen? Wie lange war es her, dass er die Arztpraxis verlassen hatte? Einerseits nur ein paar Stunden, andererseits mehr als zweitausend Jahre.

Zweitausend Jahre! Wie konnte das sein? Hoffmann hatte sich um den Faktor zehn vertan! Oder hatte er irgendwo eine Null vergessen? Das alles fiel ihm schwer zu glauben, obgleich er mit seinem Vorhaben Erfolg gehabt hatte. Dies musste das Gefühl des Erstaunens sein, mit dem Athleten das olympische Gold entgegennahmen, der Schock, unter dem Oscar-Gewinner standen, wenn sie die sorgfältig vorbereitete Rede hielten. Ein Teil von ihnen hatte nie daran geglaubt, bis es tatsächlich passiert war, und selbst dann waren solche Wunder noch schwer zu akzeptieren. Er hatte es geschafft: Er war durch die Zeit gereist. Hoffmann hatte sich bloß in der Zahl der Jahre gehörig vertan.

Eigentlich hatte Ellis nicht viel weiter in die Zukunft reisen wollen, als die Gründung der Vereinigten Staaten zurücklag. In einer solchen Zukunft wäre das Leben sicherlich anders, aber auch nicht allzu fremdartig gewesen, und die Welt im Wesentlichen noch die alte. Stattdessen war er dieselbe Zeitspanne gereist, die das Internetzeitalter von der Geburt Jesu Christi trennte. Er war das Gegenstück eines römischen Bürgers, der Sklaven, den Luxus von Pferden und die Plackerei des Wasserschleppens gewöhnt war – hineingeworfen in eine Welt der Computer und des Fruktosesirups. Angesichts einer solchen Umstellung war Ellis dankbar dafür, es langsam angehen zu können.

Er lag in einem sehr bequemen Bett, das keine Federn zu besitzen schien. Eher schon war es eine dieser Raumschiffmatratzen aus viskoelastischem Schaumstoff, die er aus der Werbung kannte. Kissen und Decke waren nicht aus Baumwolle, sondern einem weicheren Material. Doch seine nähere Umgebung lenkte ihn rasch davon ab. Er hatte *2001*, *Blade Runner*, *Flucht ins 23. Jahrhundert* und unzählige *Star Trek*-Folgen gesehen; er wusste, dass die Zukunft entweder kalt, klar und steril aussah – oder sie war komplett verdreckt und zugemüllt. Dieses Zimmer jedoch hatte davon anscheinend noch nichts gehört.

Er lag in einem großen, von üppigen Vorhängen gerahmten Himmelbett, einer Kathedrale aus geschnitztem Holz. Auch die restliche Einrichtung erinnerte an eine gotische Burg, die Wände halb mit Eichenholz vertäfelt und darüber von lebhaften Gemälden mittelalterlicher Damen und Ritter überzogen. Überall Löwen, Schwäne, Kronen und Lilien aus Holz oder Stuck. Das Deckengemälde über ihm zeigte eine Ansicht des Himmels mit Schäfchenwolken und Hügelkuppen am Rand. Durch eine Reihe hoher Spitzbogenfenster mit Butzenscheiben fiel das Licht in strahlenden Speeren aufs Fußende des Bettes. Eine Brise bauschte die Vorhänge, und Ellis hörte Vogelgezwitscher und das Plätschern von Wasser, durchsetzt von fernen Stimmen und Gelächter. Er roch Blumen und exotische Gewürze, Zimt oder Muskat vielleicht.

Als er endlich die Beine aus dem Bett schwang, begrüßte ein Holzparkett mit dicken Perserteppichen seine bloßen Füße. Da er nackt war, wickelte er sich das Betttuch um die Hüfte. Sein Rucksack lag neben dem Bett auf dem Boden, und seine Anziehsachen lagen zusammengelegt auf einem Polsterstuhl. Auch sein Messer und die Pistole in ihrem Holster waren noch am Gürtel.

»Oh, guten Morgen, Ellis Rogers! Ich dachte schon, Sie verschlafen den ganzen Tag. Geht es Ihnen besser?«

Ellis fuhr herum und zog das Tuch fester. Er konnte niemanden sehen.

»Wer spricht da?«, fragte er und spähte durch einen bogenförmigen Durchgang, jenseits dessen ein anderer Raum lag.

»Ich bin Alva. Pax' Vox. Man hat mich schon gewarnt, dass Sie wahrscheinlich desorientiert und überhaupt ziemlich grün sein werden, und dass ich Sie etwas schonen muss. Aber ernsthaft, ich finde das alles einfach schrecklich faszinierend!«

Die Stimme unterschied sich von den anderen, die er bislang gehört hatte. Sie war definitiv weiblich, doch er konnte nach wie vor nicht ihren Ursprung bestimmen und hielt weiterhin sein Tuch fest umklammert.

»Wo sind Sie?«

»Wie bitte, mein Lieber?«

»Wo sind Sie? Ich kann Sie nicht sehen …«

»Oh, Pax hat nicht übertrieben. Sie sind ja wirklich völlig sonisch. Fantastisch! Natürlich können Sie mich nicht sehen. Wie schon gesagt: Ich bin Pax' Vox.«

»Was ist eine Vox?«

»Ha! Wie magnetisch. Ganz im Ernst – Sie machen sich ja keine Vorstellung. Und wie Sie reden! Grün von Kopf bis Fuß – aber richtig mit Speeren, Pfeil und Bogen und allem. Ich fürchte, dass ich Ihnen nicht erklären kann, was eine Vox ist – mir fehlen schlicht die Vergleiche. Wahrscheinlich halten Sie mich für eine Art Geist. Sie verehren doch Flüsse und Felsen, oder nicht? Und sicherlich haben Sie für alles einen Gott? Sehen Sie mich einfach als Geist dieses Hauses. Aber keine Angst – ich bin ein guter Geist. Nenn mich Alva, Schätzchen.«

Noch immer versuchte Ellis, die Stimme zu lokalisieren, doch ohne Erfolg. Er konnte den Kopf drehen und wenden, wie er wollte, er hörte sie von überall zugleich. »So weit aus der Vergangenheit komme ich auch wieder nicht.«

»Wie bitte?«

»Ich komme nicht von so weit her. Wir hatten keine Speere und Bögen. Wir hatten Autos, Computer und Flugzeuge und…«

»Computer! Genau, das bin ich.«

»Du bist ein Computer?«

»Nein, aber allemal besser als ein Geist, meinst du nicht? Ich bin etwa im selben Sinne ein Computer wie ein Abakus das ist. Eigentlich bin ich Pax' Fürsorgerin. Ich kümmere mich um das Haus, damit alle sicher und zufrieden sind.

Ich sage ihnen, was sie morgens essen sollen, nehme Nachrichten entgegen, veranstalte Partys, gieße die Pflanzen, unterhalte, unterrichte, beschütze und berate. Natürlich vor allem Pax, nicht Vin. Pax ist immer wissbegierig; Vin weiß ja anscheinend sowieso schon alles.« Die letzte Bemerkung enthielt eine gehörige Dosis Sarkasmus. *»Ich kümmere mich jetzt schon seit Jahrhunderten um Pax. Eine ganz wunderbare Person und nicht im Mindesten verrückt. Ist das klar? Das behältst du am besten immer im Kopf, wenn du länger bleibst – sonst ist vielleicht auf einmal zu viel Pfeffer in deinem Essen, oder dein Badewasser ist immer gerade ein bisschen zu heiß oder zu kalt. Bitte entschuldige. Normalerweise stoße ich ja keine solch wüsten Drohungen aus, aber wenn es um Pax geht, werde ich zum Tier.«*

»Wo genau befindest du dich?«

»Meine physischen Komponenten sind im Fundament verbaut, im Kellergeschoss.«

»Das heißt, du bist eigentlich so was wie die Zentralheizung oder der Warmwasserspeicher?«

»Ha! Du bist herrlich. In siebenhundertachtzehn Jahren hat mich noch nie jemand eine Heizung genannt. Das ist wirklich witzig. Du hast ja keine Ahnung, wie schwer es heutzutage ist, noch originell zu sein. Du dagegen bist das perfekte Original – kapierst du? Es gibt absolut niemanden, der so ist wie du. Einfach umwerfend. Der reinste Baum, nur dass du sprechen kannst!«

»Wo wir gerade davon reden, ich hätte da eine Frage.«

»Aber gerne doch! Im Rätselraten bin ich unschlagbar.«

»Ich frage mich nur, weshalb wir einander überhaupt verstehen. Nach zweitausend Jahren hätte ich mit einem größeren Sprachwandel gerechnet. Und wieso gerade Englisch?«

»Ach, dafür kannst du dem Britischen Empire danken. Der Imperialismus des achtzehnten und neunzehnten Jahrhunderts hat Englisch als die dominante Verkehrssprache etabliert, genau wie zweitausend Jahre zuvor die Römer Latein. Die globale marktwirtschaftliche Dominanz englischsprachiger Länder wie der Vereinigten Staaten zwang alle anderen Nationen, Englisch als die notwendige internationale Handelssprache anzuerkennen, was wiederum …«

»Okay, okay – das erklärt in gewisser Weise, wieso Englisch überlebt hat, aber wieso ist es immer noch so wie … ich meine, die Leute im Mittelalter haben ja auch nicht dasselbe Englisch gesprochen wie ich.«

»Das liegt daran, dass das Mittelalter nicht in eine postglobalisierte Welt fiel. Die meisten sprachlichen Veränderungen werden durch die Assimilation von Fremdsprachen bewirkt, oder weil Isoliertheit die Entstehung unabhängiger Dialekte begünstigt. Bis 2090 war der Einfluss solcher Varianten aber auf ein vernachlässigbares Maß zurückgegangen und die meisten anderen Sprachen waren verschwunden – ausgestorben, weil man sie nicht mehr gebrauchte. Wenn man auf dem internationalen Markt bestehen wollte, passte man sich an die Handelssprache an. Natürlich gab es immer wieder ein paar Eigenheiten, doch die schiere Größe der Sprachgemeinschaft und die Vorliebe der Menschen für das Altbekannte führten zu einem relativ stabilen Standard. Die längere Lebenserwartung der Menschen wirkte ebenfalls Veränderungen entgegen.«

Ellis fragte sich, ob all das nicht bloß ein Euphemismus

für die Erfolge einer besonders militanten Sprachpolizei war.

»Alva, ich hätte noch eine weitere Frage …«

»Ich würde vermuten, dass du mehr als nur eine hast, mein Lieber. Schieß los!«

»Ist das hier Pax' Zuhause?«

»Ja. Wunderschön, oder? Du musst unbedingt mal raus auf den Balkon. Den liebt einfach jeder. Ich freue mich ja so, dass Pax dich mitgebracht hat! Wahrscheinlich freut sich Pax genauso. Pax liebt alten Kram.«

»Ist sonst noch jemand hier?«

»Nur du und ich, Süßer. Pax und Vin sind ausgegangen – sei ihnen bitte nicht böse. Sie dachten, dass du noch eine Weile schlafen würdest, sind aber bestimmt bald zurück. Ich habe ihnen schon Bescheid gegeben, dass du wach bist. Außerdem bin ich ja noch hier. Gibt es irgendwas, was ich für dich tun kann? Sie haben dich schon mit Flüssigkeit vollgepumpt, aber ich soll trotzdem dafür sorgen, dass du ordentlich trinkst. Hättest du gern einen Tee? Limonade, Cistrin? Roten oder weißen Vistun?«

Auch wenn es Ellis interessierte, wie eine körperlose Computerstimme ihm etwas zu trinken einschenken wollte, hatte er dringendere Bedürfnisse. »Ehrlich gesagt könnte ich ein Bad gut gebrauchen. Ich müsste … äh … urinieren. Eine Dusche und vielleicht eine Zahnbürste wären auch nicht schlecht.«

»Urinieren! Aber gerne doch.« In einem anderen kleinen Durchgang, den er vorher nicht bemerkt hatte, ging das Licht an. *»Einfach hier entlang, Ellis Rogers.«*

Ellis zog seine Hosen an. Sie waren sauber, keine Blutflecken mehr. Er schnappte sich seinen Rucksack und die restlichen Anziehsachen und ging dem Licht nach. Auf der anderen Seite des Durchgangs war ein Regenwald. Riesige Bäume, über und über mit duftenden Blüten und Schlingpflanzen bedeckt, erhoben sich aus üppigem Buschwerk. Schmetterlinge flatterten hierhin und dorthin, und in einem waschbeckenförmigen Stück Fels an einer Steilwand sammelte sich frisches Quellwasser.

»Zwischen den Ranken durch«, sagte Alva.

Er kämpfte sich durch einen Vorhang dichter Vegetation, wie Urwaldforscher ihn mit ihren Macheten bezwangen, und fand einen Wasserfall, der in eine herrliche Lagune stürzte.

»Liebe Güte«, entfuhr es ihm.

»Ja, mein Schatz?«

»Nichts – ich habe nur mit mir selbst geredet.«

»Wieso machst du so was, wenn du doch mich hast?«

»Läuft das Wasser hier etwa ständig?«

»Natürlich nicht. Ich habe es extra für dich angeschaltet. Der Wasserfall hat vierzig Grad. Sag Bescheid, wenn du ihn heißer oder kühler möchtest.«

Vierzig? Ellis hielt eine Hand in das Wasser, das angenehm heiß war, und zuckte die Achseln.

Da es in dieser Wildnis keine Türen gab, war es wohl am besten, wenn er alles erledigte, bevor er Gesellschaft bekam. Er setzte sich auf die fantasievoll im Stil eines Baumstumpfs gestaltete Toilette, wunderte sich noch, dass gar kein Wasser in ihr stand, und merkte dann erschrocken, dass sein Urin sich einfach in Luft auflöste, bevor er irgendwo ankam. Als Nächstes suchte er nach seiner Zahnbürste und stellte fest, dass er sie wohl vergessen hatte. Seufzend zog er sich aus und trat in die Lagune.

»*Stärke und Winkel des Wasserstrahls können beliebig geändert werden*«, klärte Alva ihn auf. Ihre Stimme hob sich klar und deutlich vom Vogelgezwitscher und dem lauten Rauschen ab.

Ellis gab keine Antwort. Er war schon dankbar, dass sie davon abgesehen hatte, während seines Toilettengangs mit ihm zu plaudern. Auch musste er sich wirklich fragen, was so ein Schlichter eigentlich verdiente. Vielleicht entsprach der Beruf ja dem eines Anwalts.

Er watete tiefer in das Becken hinein und stellte sich unter den Wasserfall. Die wohlige Wärme entspannte ihn. Irgendwie hatte eine heiße Dusche immer etwas Dekadentes für ihn, und ein Bad fast etwas Erotisches. Fein zerstäubter Nebel verwandelte den Dschungel in ein Dampfbad.

»Gibt es auch Seife?«, fragte er.

Augenblicklich wurde das Wasser so schaumig wie in einer Waschanlage. Entfernt erinnerte der Geruch ihn an Flieder. Ellis fragte sich, was wohl passieren würde, wenn er um Wachs bat. Lachend hielt er das Gesicht unter das Wasser. Er blieb länger unter dem Wasserfall als gedacht. Eigentlich war er seit dem Moment, als er Warrens Briefe gefunden hatte, permanent überfordert gewesen. Die Ereignisse hatten sich überschlagen. Selbst der Versuch, das Geschehene nach dem Aufwachen mental zu verarbeiten, hatte ihn eine Menge Kraft gekostet. Jetzt erst ließ er den Gedanken freien Lauf.

Alles, was er einst gekannt hatte, war nun Vergangenheit. Er hatte kein Haus mit einer Riesenhypothek mehr. Kein

Auto, das nach Inspektionen, Ölwechseln oder neuen Reifen verlangte. Er war völlig frei – auch von Peggy und Warren, seiner untreuen Frau und seinem verbitterten Freund, der ihn betrogen hatte. Dieses Leben war ein für alle Mal vorbei – begraben von der Zeit, einer Menge Zeit.

Stattdessen war ihm etwas ganz Besonders geschenkt worden. Er hatte seinen Lebenstraum verwirklicht und es überlebt. Endlich hatte er wahrhaft etwas vollbracht: Nach seinem derzeitigen Wissensstand war er der einzige Mensch, der je durch die Zeit gereist war. Alles hatte beinahe perfekt funktioniert, und trotzdem musste Ellis, während er da unter dem heißen, seifigen Wasserfall stand, plötzlich weinen.

Er konnte es nicht verhindern, verstand nicht einmal, warum er weinte. Eigentlich sollte er doch glücklich sein. Wieso fühlte er sich jetzt, nachdem er alles riskiert und gewonnen hatte, auf einmal so elend?

Obgleich seine Ehe nie dem Ideal entsprochen hatte, das man aus dem Kino kannte, war Peggy fünfunddreißig Jahre lang Teil seines Lebens gewesen. Und trotzdem hatte er sie weggeworfen, so achtlos wie einen abgelaufenen Hüttenkäse. Warren kannte er sogar noch länger; sein alter Freund hatte sich immer für ihn eingesetzt, aber nun war auch er im Abfall gelandet. Vielleicht hätten sie ja eine Erklärung gehabt ... wenn er doch nur ... aber nun war es zu spät.

In diesem Moment hätte er sogar seine Werkstatt abgerissen, wenn die Zeit ihm diese Arbeit nicht schon abgenommen hätte. Sie war die symbolische Summe all seiner Fehler, vom Tod seines Sohnes über seine zerbrochene Ehe bis hin zu der Erkenntnis, dass sein Davonlaufen der Gipfel der Selbstsucht gewesen war. Er hatte nicht einmal einen

Abschiedsbrief hinterlassen; Peggy würde den Rest ihres Lebens mit zahllosen Fragen und keinen Antworten zubringen.

Er hielt sein Gesicht unters Wasser und spülte die Tränen weg. Er wusste nicht, wie lange er dort stand, und es war ihm egal. Er hatte keine dringenden Termine mehr.

»Wie stelle ich das ab?«, fragte er schließlich.

Von einer Sekunde auf die nächste versiegte der Wasserfall, das Becken floss ab, der Nebel verzog sich, und trockener, heißer Wind kam auf. Binnen zwei Minuten war er trocken und wieder angezogen.

Er ging den Weg zurück, den er gekommen war, stellte seinen Rucksack wieder neben dem Bett ab und machte sich an die Erkundung der übrigen Räume. Die Wunder des Schlafzimmers und Bads waren nichts im Vergleich zum Rest der Behausung.

»Das ist das Wohnzimmer«, sagte Alva mit einer Spur von Stolz, als er einen weitläufigen Raum mit gewölbter Decke betrat.

Halb gotische Burg, halb Regenwaldcafé, vereinte die Halle beide Motive zu einer romantischen Ruine, in der sich hohe Bäume und andere Pflanzen ausgebreitet hatten. Die Wände waren aus behauenem Stein. Kunstvolle Bögen und Verzierungen wechselten sich mit Wandgemälde nach Vorbild der großen Meister der Renaissance ab.

Ellis entdeckte eine Staffelei inmitten farbverkleckster Tücher und uriger Vasen, in denen sich Buketts gebrauchter Pinsel sammelten. Daneben fanden sich eine nicht gerade saubere Töpferscheibe und Schnitzutensilien. Doch was seine Aufmerksamkeit mehr als alles andere fesselte, war die rückwärtige Wand – oder eher deren Abwesenheit, denn sie fehlte ganz einfach. Es gab nicht einmal eine Fensterfront. Stattdessen öffnete sich das Wohnzimmer auf einen ovalen Balkon. Ehrfürchtig trat Ellis hinaus.

Die Aussicht war atemberaubend. Pax' Zuhause war in eine gewaltige Klippe gebaut, die einen weiten Bogen beschrieb und mehrere Hundert Wohnungen beherbergte, jede mit einem Balkon. Blumen und Efeu verhüllten den nackten Fels. In der Mitte des Canyons erstreckte sich ein Areal von der Größe des Central Parks mit mächtigen Bäumen, deren weit verzweigtes Blätterdach der Anlage darunter Schatten spendete. So riesig waren die Dimensionen, dass die Leute auf den nächstgelegenen Balkonen kaum größer als Ameisen wirkten, und zur anderen Seite hin alles in blauem Schimmer verblasste. Weiche Lichtbündel tanzten durch das Rund, und Singvögel in allen Farben und Größen schossen umher. Ihre Rufe verhallten wie in einem gigantischen Atrium.

Gerade als Ellis einen kolossalen Wasserfall in der Ferne entdeckte, erklang Alvas Stimme hinter ihm in der Wohnung. *»Willkommen daheim, Pax. Wirklich schön, dass ihr mir Bescheid gegeben habt, dass ihr schon auf dem Rückweg seid. Oh, Moment – das habt ihr ja gar nicht.«*

»Fang gar nicht erst damit an, Alva.«

»Ist ein wenig Höflichkeit denn zu viel verlangt?«

»Ist Ellis Rogers im Schlafzimmer?«

»Draußen auf dem Balkon. Wie ich stets sage, den liebt einfach jeder.«

»Warst du auch nett zu ihm?«

»Ich bin immer nett, Schätzchen. Vin, meinst du, du könntest nächstes Mal deine Malsachen aufräumen? Der

Wind hat die Tücher über den Boden verteilt und eine Vase umgeworfen.«

»Der Wind ist deine Zuständigkeit, Alva.«

»Aber nicht deine Unordnung.«

Ellis drehte sich um und schaute hinein. Pax, gekleidet wie zuvor, betrat gerade das Wohnzimmer und lächelte, als ihre Blicke sich trafen. »Da sind Sie ja. Wie geht es Ihnen?«

»Noch etwas Kopfschmerzen.«

»Cha hat gesagt, das wäre normal.«

»Davon abgesehen aber viel besser. Ich hätte sogar etwas Hunger.«

»Was würden Sie denn gerne essen?«

Ellis zuckte die Schultern. »Nach zweitausend Jahren gibt es wahrscheinlich keine Hamburger mit Pommes mehr, oder doch?«

»Alva?«

»Hamburger, benannt nach Hamburg in Deutschland: minderwertiges Hackfleisch, das aus den toten Körpern von Nutztieren, sogenannten Kühen, gewonnen wird. Ein Armeleuteessen, oft mit Ammoniak behandelt, um die gängigsten lebensbedrohlichen Erreger abzutöten. Abgeschafft 2162 aufgrund von Gesundheitsrisiken.«

»Im Ernst?« Pax zog eine Grimasse. »Dann haben wir wohl kaum eine Vorlage dafür, oder täusche ich mich?«

»Hättest du denn gerne eine? Die für Arsen fehlt uns übrigens auch noch.«

Ellis grinste. »Dann frage ich besser gar nicht erst nach Hot Dogs.«

»Sie haben *Hunde* gegessen?«, fragte Pax betroffen.

»Aber nicht doch«, sagte Alva. *»Allerdings würde dich*

die Erklärung wahrscheinlich auch nicht gerade beruhigen. Wie wäre es denn mit einer schönen Minlatta in Tarragonsoße? Das ist die neueste Vorlage von Yal.«

»Am besten sagen Sie einfach Ja«, riet ihm Pax. »Alva wird sie ohnehin machen.«

»Alles klar.«

»Vin, möchtest du auch eine Minlatta?« Alvas Stimme kam nun aus einem anderen Zimmer, während Pax zu Ellis auf den Balkon hinaustrat. Vins Antwort war leise und für sie nicht zu verstehen.

»Es ist wirklich wunderschön hier«, sagte Ellis. »Ich vermute mal, wir sind nicht mehr in Michigan?«

»Michigan?«

»Wo wir uns getroffen haben.« Er schaute nach dem Sonnenstand. »War das gestern? Wie lange habe ich geschlafen?«

»Sie waren schon eine Weile bewusstlos.«

»Wir sind durch eines dieser Portale gegangen, richtig?«

»Ja.«

»Also wo sind wir jetzt? Afrika? Südamerika?« Er hatte wirklich keine Ahnung. Ellis war nie viel gereist, doch er hatte eine Menge Filme in seinem Leben gesehen, und malerische Orte wie dieser befanden sich immer in weit entfernten Dritte-Welt-Ländern. Anscheinend war die Dritte Welt seiner Zeit in den letzten zweitausend Jahren ganz schön in der Tabelle aufgerückt.

»Hollow World«, erwiderte Pax.

Ellis runzelte verwirrt die Stirn.

»Eurasische Platte, Westliche Zone, Tringent-Sektor, La-Bridee-Quadrant.«

»Danke für die detaillierte Auskunft«, sagte Ellis. »Wahrscheinlich hat sich darin irgendwo sogar eine Ortsangabe versteckt. Ich muss gestehen, ich hatte eher auf so was wie Rio gehofft – irgendeine Idee, was das hier vor zweitausend Jahren gewesen sein könnte?«

»Aber ja. Sagt Ihnen die Stadt Paris etwas?«

»Paris in Frankreich?«

»Ganz genau.«

»Das hier ist Paris?«

»Im Prinzip, ja. Nur dass wir uns heute etwa fünf Meilen tiefer befinden.«

Ellis musterte die enormen Klippen und strengte seine alten Augen an. Er war sich sicher, dass er einen schmalen Ausschnitt Himmel und die Ahnung ferner Berge sehen konnte. Auch die Bäume und die Vögel beschäftigten ihn, und so antwortete er so eloquent wie möglich: »Häh?«

Schritte unterbrachen ihr Gespräch.

»Ellis Rogers, darf ihn Ihnen Vin vorstellen? Wir wohnen zusammen.«

Ein weiteres DNA-Duplikat trat auf sie zu. Es war noch dramatischer gekleidet als Pax: Rüschenhemd und Zylinder, dazu ein zweireihiger Frack wie aus einem Dickens-Roman. Ob es wirklich eine perfekte Kopie war, konnte Ellis aber nicht beurteilen, denn Vin trug eine Maske. Sie wirkte wie aus Porzellan, mochte aber auch aus Plastik sein. In jedem Fall war sie völlig weiß und verbarg die obere Hälfte des Gesichts. Den Mund ließ sie frei, womit sie Ellis an Andrew Lloyd Webbers *Phantom der Oper* erinnerte.

»Schön, Sie kennenzulernen.« Ellis reichte Vin die Hand. Ihm war klar, dass er damit eine Menge voraussetzte, doch Vin erwiderte die Geste. Das immerhin war bemerkenswert – der schwächliche Druck, mit dem Vin ihn begrüßte, schon weniger.

»Vin ist ein *Künstler*«, sagte Pax so salbungsvoll, dass man auch *Gott der Allmächtige* dafür hätte einsetzen können. »Die meisten Gemälde und Skulpturen im Haus sind selbst gemacht.«

»Vergiss deinen eigenen Beitrag nicht.« Vin nahm den Hut ab und legte ihn umgedreht auf einen Sims. »Du hast eine Menge Vasen getöpfert – sie machen sich sehr gut als Pinselständer.«

Der »Künstler« bewegte sich so theatralisch wie ein Schauspieler aus einem Shakespeare-Stück. Außerdem trug er Reithosen und hohe schwarze Stiefel, als wäre er eben erst von der Fuchsjagd zurückgekehrt. Während Vin sich die weißen Handschuhe von den Fingern zupfte, widmete sich Ellis wieder Pax.

»Haben Sie eben gesagt, wir befänden uns unter der Erde?«

»Ja klar«, antwortete Pax überrascht. »Vielleicht sind es nicht ganz fünf Meilen, sondern nur vier. Bin ja kein Geomant.«

»Aber das Sonnenlicht ...«

»Das ist Falschlicht.« Vin sprach deutlich lauter als Pax – ein Schauspieler, der seine Stimme von der Bühne bis in die hintersten Ränge sendet. Dann vertiefte sich der Maskierte in den Anblick der Landschaft, als ob sie ihm noch nie aufgefallen wäre, und zuckte die Achseln. »Ganz annehmbar, würde ich sagen.«

»Das ist alles?« Pax machte große Augen. »Ich staune immer, wie echt es wirkt, besonders wenn ich gerade von einem Ausflug ins Grüne zurückkomme. Man sieht kaum einen Unterschied.«

»Du vielleicht nicht«, entgegnete Vin.

»Da hast du natürlich recht. Für das geübte Auge wirkt es wahrscheinlich nur …«

»Du sagst es.«

»Treiben Sie Scherze?«, fragte Ellis. »Mir egal, wie geübt Ihr Blick ist – aber das Licht in diesem Tal sieht haargenau so aus wie Sonnenlicht. Und ich habe mein ganzes Leben unter dem Original verbracht! Wenn das nicht echt ist, dann ist es ein Wunder – und ein unvergleichlich schönes obendrein.«

»Ich bezweifle, dass Sie qualifiziert sind, ein Urteil darüber abzugeben«, sagte Vin.

Für Ellis klang es wie eine Beleidigung, aber was wusste er schon? Vielleicht war er ja wie ein römischer Bürger, der ein Gespräch über die Marslandung für gotteslästerlich hielt. Er wollte deswegen keinen Streit vom Zaun brechen. Er war der Gast und hatte keine Ahnung, was heutzutage alles als Humor durchging. Lieber übte er sich in Bescheidenheit. »Meine Frau wäre ganz Ihrer Meinung gewesen. Ich wusste einfach nie ihren Tapetengeschmack zu schätzen und war eine furchtbare Hilfe, wenn es um die Wahl der besten Garderobe ging. Trotzdem glaube ich, dass jeder Schönheit beurteilen kann – schließlich liegt sie ja im Auge des Betrachters. Sie wissen schon.«

Vin rang sich ein gequältes Grinsen ab. »Da hast du ja einen echten Neandertaler ausgegraben, Pax. Das muss man dir lassen! Erst war ich skeptisch, doch eine andere Erklärung gibt es nicht. Als ob wir den Tisch mit einem Barbaren teilten, der jeden Moment den Mond anheult. Du hättest wirklich erst um Erlaubnis fragen sollen. Oder wenigstens ein paar Freunde einladen – dann hätten alle etwas von der Kuriosität gehabt. Wenn wir das nicht aufnehmen, glaubt uns doch niemand.«

Das war eine Beleidigung – da war er sich sicher. Noch ehe Ellis aber etwas erwidern konnte, war das Phantom der Oper auch schon aus dem Zimmer gerauscht.

Peinlich berührt schürzte Pax die Lippen. »Ich fürchte, Sie haben Vin versehentlich beleidigt.«

»*Ich* soll *ihn* beleidigt haben? Ich meine, Vin? Wie auch immer ... Ein ziemlicher Trottel jedenfalls, finden Sie nicht?«

Pax' Augen wurden noch größer. »Sie müssen das verstehen – Vin ist ein *Künstler!*«

»Ja, schon klar. Hat die ganzen Bilder da gemalt. Sind ja auch sehr hübsch, aber nichts verglichen mit dieser Aussicht. Man kann doch schließlich nicht behaupten, dass ein Bild besser wäre als das Motiv! Ganz schön arrogant, wenn Sie mich fragen.« Er deutete auf das Tal hinaus. »Und das Licht bewegt sich sogar mit der Zeit. Einfach unglaublich. Sind Sie auch wirklich sicher, dass wir unter der Erde sind?«

Pax nickte.

»Und Sie nennen das Falschlicht?«

»In den ersten Subfarmen gab es künstliches Sonnenlicht für die Pflanzen, allerdings nicht für die Farmer. Die wohnten noch in kleinen Wohneinheiten. Menschen brauchen aber Sonne genau wie Pflanzen das tun, deshalb wurden die Farmer mit der Zeit depressiv. So oft es ging, kehrten sie ins Grüne zurück. Das senkte jedoch die Produktivität. Als man dann Falschlicht erfand, wurde schnell ein Riesengeschäft daraus, und später eine Kunstform – tatsächlich eine der ersten hier in Hollow World.« Pax deutete erst nach drinnen, dann auf das Tal hinaus. »Vin hat zwar auch die Gemälde gemalt, aber die waren vor allem zum Spaß. Vins wahre Arbeit liegt da draußen. Vin macht Hollow World.«

»Wie meinen Sie denn das jetzt wieder?«

»Vin tut dasselbe wie ein Bildhauer, der seine Vision aus einem Steinblock schlägt. Bloß, dass Vins Block die ganze Erde ist – die gesamte Lithosphäre. Wir alle leben in Vins Schöpfung, einem Kunstwerk aus Höhe, Breite, Form und Funktion. Natürlich gibt es nicht nur Vin, sondern viele renommierte Künstler aus den verschiedensten Schulen. Die zum Beispiel, die das Falschlicht gemacht haben, oder die Wasserkünstler – Meister von Tropfen, Teich und Tau, so lautet ihr Motto.« Pax vollführte einen kleinen Tanzschritt. »Alle Künstler genießen für ihr Talent hohes Ansehen. Niemand wird mehr respektiert als sie – bis auf die Geomanten, natürlich.«

»Was ist ein Geomant?«

Pax schüttelte den Kopf und seufzte. »Alva, was habt ihr eigentlich die ganze Zeit getrieben, als ich weg war?«

»Ich habe Ellis Rogers gezeigt, wo die Dusche ist. Erwartest du von mir, dass ich die halbe Weltgeschichte während der Morgentoilette abhandle? Aber wo ich gerade deine Aufmerksamkeit habe – Essen ist fertig.«

Das düster vertäfelte Esszimmer wirkte wie aus Draculas Burg entliehen. Ein mehrarmiger Leuchter auf einem Marmortisch erhellte das Porzellan und die Kristallgläser, und kaum dass sie eintraten, begann eine enorme Orgel am hinteren Ende eine dramatische Fuge zu spielen. Die Lautstärke war ohrenbetäubend, senkte sich jedoch zu einem Flüstern, als Pax eine Grimasse zog. Kein Licht von draußen fiel in diese dunkle Kammer, deren Gewölbedecke Ellis an ein Kirchenschiff erinnerte.

»Alva?«, fragte Pax.

»Ja, Liebling?«

»Ginge es auch etwas weniger morbide?«

»Vin mag einfach diese …«

»Ich weiß, aber wir haben einen Gast. Wie wäre es denn mit was aus deiner ›Weite Himmel‹-Sammlung?«

Die Wandvertäfelung verschwand, und mit ihr die Orgel und die Decke. Stattdessen stand Ellis nun in einem Feld von Frühlingsblumen in einem weiten Tal unter offenem Himmel. Über den fernen Bergen türmten sich prächtige Gewitterwolken. Die Sonne sank langsam dem Horizont entgegen. Die lange Tafel war einem rustikalen Picknicktisch mit einer rot-weiß karierten Decke gewichen, auf der Keramiktassen und ein Weidenkorb standen. Desorientiert hielt Ellis inne. Was war gerade passiert? Befand er sich in Wahrheit immer noch im Esszimmer? Er nahm an, dass Pax bloß die Einrichtung geändert hatte, so wie er bei sich daheim das Licht hatte dämpfen können. Doch er *sah* die Umgebung nicht einfach nur – er spürte den Wind, roch das sonnenwarme Gras und hörte das Zirpen der Zikaden.

»Sind wir immer noch in Ihrem Haus?«

Pax schaute amüsiert drein. »Aber ja. Vins Geschmack ist einfach nur ein wenig schwerer – etwas ernster – als meiner.«

Ein Schatten über dem Tisch ließ ihn aufsehen und einen großen Falken entdecken. »Whoa«, murmelte Ellis. »Das ist schon ziemlich cool.«

»Alva«, sagte Pax besorgt. »Stell den Wind vielleicht etwas schwächer.«

Ellis lachte. »Ich meinte das doch nicht wörtlich! Was ich sagen wollte, ist: Es gefällt mir sehr gut.«

»Slang des zwanzigsten Jahrhunderts«, mischte Alva sich ein. Irgendwie erinnerte sie Ellis zunehmend an seine Tante Virginia. *»›Cool‹ ist eine ästhetische Kategorie. Was wir als ›gegrillt‹ oder ›magnetisch‹ bezeichnen würden.«*

»Wirklich?«, fragte Pax skeptisch und lief auf die Wiese hinaus. »Ich hole das Essen und gehe kurz schauen, was mit Vin ist.«

Ellis nahm derweil am Picknicktisch Platz. Als er sich wieder umdrehte, war Pax verschwunden. Er war allein im Tal.

Das weite Land erstreckte sich in alle Richtungen. Er kam sich vor wie in einem Western von John Ford, oder einem Bildschirmschoner, und kam aus dem Staunen gar nicht mehr heraus. Ellis hatte einen Großteil seines Lebens in Michigan verbracht, vor allem in Detroit, und meistens bei der Arbeit. Abgesehen von seiner Zeit am MIT hatte ihn seine weiteste Reise bislang nach Cancún in Mexiko geführt. Das war in den Flitterwochen gewesen. Er hatte immer vorgehabt, mehr von der Welt zu sehen, es aber irgendwie nie geschafft, bis er dann schließlich den Knopf an seiner Zeitmaschine gedrückt hatte. Und selbst da war er ja eigentlich in Detroit geblieben, selbst wenn er sich inzwischen angeblich irgendwo unter Paris befand. Doch all das war nicht wichtig. Was einzig zählte, als er da an diesem Picknicktisch saß, war, dass er sehr weit von daheim entfernt war.

Er spürte einen Halm an seinem Bein. Er pflückte ihn und rollte ihn zwischen den Fingerspitzen, spürte die Feuchtigkeit, hielt ihn an die Nase und roch den typischen Geruch von frisch gemähtem Gras. *Wie ist das möglich?*

»Vin fühlt sich nicht gut.« Pax kam über die Wiese zurück, ein Tablett mit Essen auf dem Arm.

Na so eine Überraschung. Ellis wollte ja niemanden voreilig verurteilen, doch er mochte Vin nicht. »Also nur wir beide?«

Pax nickte und stellte zwei dampfende Teller mit Nudeln und gehacktem Gemüse in weißer Soße vor ihnen auf den Tisch. Ellis wartete kurz, ob Pax ein Tischgebet sprechen wollte; sein Gastgeber aber begann umgehend zu essen.

»Danke«, flüsterte Ellis mit geneigtem Kopf. Er dankte Gott nicht so sehr für das Essen oder dafür, dass er die Zeitreise überlebt hatte – im Wesentlichen war er einfach froh, dass er für ihn da gewesen war, als er ihn am meisten gebraucht hatte. Vielleicht war genau das ja Gottes Aufgabe, überlegte er: eine Hand zu sein, die man halten konnte. Andererseits war er gestern noch davon ausgegangen, wahrscheinlich verhungern zu müssen, und wenn etwas geeignet war, seine religiösen Gefühle zu wecken, dann die Wunder der letzten beiden Tage. Es gab aber noch einen anderen Grund für sein kurzes Gebet: In dieser schönen neuen Welt war Gott der Einzige, den er kannte.

»Wie ging es mit dem Mordfall eigentlich weiter?«, erkundigte er sich.

»Cha hat sich um den Abtransport der Leiche gekümmert. Ich selbst habe den Rest des Tages und Großteile der Nacht mit den Studenten verbracht, die den Toten gefunden haben. Natürlich waren sie alle sehr aufgewühlt, aber sie werden kein Trauma davontragen.«

»Sind die Leute heutzutage denn so empfindlich?«

»Zu Ihrer Zeit mögen Morde etwas Alltägliches gewesen sein, Ellis Rogers, doch bei uns passiert so etwas normalerweise nicht. Dank der vielen Schutzvorrichtungen sind sogar Unfälle äußerst selten geworden. Der Tod ist uns fremd.«

»Das erwähnten Sie schon. Aber wie ist das möglich? Was ist mit Alter und Krankheit?«

Pax saugte eine Nudel ein und griff nach einer der rot karierten Servietten. »Das IBS hat Krankheiten schon vor Hunderten von Jahren eliminiert. Das mit dem Altern hat natürlich länger gedauert. In den früheren Vorlagen war der Prozess bloß verlangsamt – erst aus der aktuellen wurde er komplett gelöscht.«

»Vorlagen?«

»Hm ... Sind Sie mit Gentechnik vertraut? DNA?«

»Ich bin kein Experte dafür, aber die Begriffe sagen mir natürlich etwas. Zu meiner Zeit wurde gerade das Humangenomprojekt vollendet – die vollständige Entschlüsselung des Erbguts. Doch mit der Aufarbeitung der gewonnenen Daten stand man noch ganz am Anfang.«

»Gut. Stark vereinfacht ausgedrückt, ist die Reihenfolge der Basenpaare in der DNA wie ein Rezept. Ich nehme mal an, zu Ihrer Zeit waren alle Menschen etwas unterschiedlich?«

Er nickte. »Wie Schneeflocken.«

»Nun, das IBS spielte ein wenig mit dem Rezept herum und passte es an. Ursprünglich vor allem wegen der Epidemien um 2150. Vermutlich wirkten viele Medikamente nicht mehr, oder die Erreger waren stärker geworden, ich weiß es nicht. Auf alle Fälle begann das IBS, die DNA der

Menschen zu verändern, damit sie immun gegen diese Erreger wurden. Natürlich führte das zu einer Menge Probleme, zum Beispiel mit den Leuten, die diese Medikamente herstellten, oder denen, die aus Prinzip gegen solche Eingriffe waren. Es war schon eine große Sache. Wie auch immer – viele Jahrhunderte und viele Anpassungen später stieß das IBS auf das perfekte Rezept, das Sie hier vor sich sehen.« Lächelnd vollführte Pax eine schwungvolle Geste. »Heute sind Krankheiten nur noch ein Schrecken der dunklen Vergangenheit. Das Gleiche gilt für das Altern.«

»Sie werden nie ... wie alt sind Sie?«

»Ich? Bloß dreihundertsechzig. Ich bin ein Baby. Ein Kind der Unfallgeneration.« Pax aß eine weitere Gabel Nudeln, während Ellis noch grübelte, was das wohl hieß.

Pax seufzte und trank einen Schluck. »Es gibt noch so viel, was Sie nicht verstehen. Ich hatte wirklich gehofft, Alva hätte die Zeit genutzt, um Ihnen ...«

Ein plötzlicher Windstoß blies Pax die Melone vom Kopf. »Das ist wirklich sehr erwachsen, Alva.«

Pax holte den Hut und setzte ihn wieder auf, ließ eine Hand aber vorsichtshalber an der Krempe.

»Wenn niemand mehr stirbt, führt das nicht zu Problemen?«, fragte Ellis. »Mit der Überbevölkerung zum Beispiel ...«

»Mitte des dreiundzwanzigsten Jahrhunderts gab es tatsächlich eine Krise.«

Ellis nickte und dachte an Charlton Heston in *Soylent Green*.

»Auslöser der Krise war allerdings der Bevölkerungsrückgang – das war, bevor das IBS eingriff, verstehen Sie? Die

Menschen starben noch, aber es wurden immer weniger Kinder geboren – ein echte Bedrohung. Alle waren zufrieden und glücklich und sahen keine Veranlassung dazu. Die meisten Leute hatten gar keine Kinder, und wenn, dann hatten sie nur eins. Das hieß, die Bevölkerung nahm mit jeder Generation ab. Das IBS intervenierte, um die Reihen zu füllen.«

»Indem sie Menschen einfach hergestellt haben?«

Der Einwand schien Pax zu überraschen. »Indem sie Menschen aufgrund von DNA-Vorlagen *erschufen.*«

»Und die Kirchen schauten tatenlos zu?«

Der Ausdruck der Überraschung wich nun einer Mischung aus Verwirrung und Skepsis, als ob Pax ihn für ein wenig begriffsstutzig hielt. »Es gibt schon seit Jahrhunderten keine Religion mehr. Die letzte Kirche existierte, glaube ich, in Mexiko, doch auch das ist richtig lange her.«

»Dann glaubt niemand mehr an Gott?«

»Aber natürlich nicht.« Es klang leicht dahingesagt, ja, schon herablassend. Dann erstarrte Pax, legte die Gabel weg und ergriff seine Hand. »Oh – es tut mir leid. Ich wollte Sie nicht beleidigen. Ich kam einfach nicht auf die Idee, dass ... Ich hätte ...« Der Fehltritt schien Pax mehr zu treffen als Ellis.

»Ist schon okay – wirklich.«

»Ich hätte nicht einfach so ...«

»Kein Problem – glauben Sie mir, Sie sind nicht der erste Atheist, den ich treffe. Was sagten Sie noch gleich über das Bevölkerungsproblem?«

Pax widmete sich wieder der Minlatta. »Na ja, da die neuen Vorlagen nicht alterten, dauerte es nicht lange, bis wir die optimale Bevölkerungsdichte erreicht hatten. Das einzige Problem, das bleibt, sind Unfälle. Die Leute starben zwar nicht mehr an Krankheiten, aber hin und wieder ereignet sich noch ein Unglück und schafft Bedarf an Nachzüglern. Mich zum Beispiel – daher die Unfallgeneration. Ich und alle anderen mit dieser Vorlage sollten an sich ewig leben, weshalb diese Morde ja so furchtbar sind. Der Tod ist eine schreckliche Tragödie für uns.«

»Für uns war er das auch«, wandte Ellis ein. »Kriege gibt es also ebenfalls keine mehr?«

Pax schaute so schockiert drein, als hätte Ellis ein anstößiges Wort gebraucht.

»Tut mir leid. Ich wollte Sie nicht ...«

»Bei der letzten Vorlage wurde das Y-Chromosom entfernt, und mit ihm auch der Hang zur Aggressivität. Der war nämlich die Ursache fast aller Gewalt. Konflikte wie die, von denen Sie reden, gibt es seit Jahrhunderten nicht mehr.« Pax schüttelte sich demonstrativ.

»Das Y-Chromosom ... Sie meinen Männer. Nichts anderes sind Menschen mit dem Y-Chromosom.«

»Ich habe von den Geschlechtern gelesen und ein paar restaurierte Gramme zum Thema gesehen. Es wirkt alles so ... kompliziert. Und gefährlich. Solch ein inadäquater Weg der Fortpflanzung! Der Darwinismus – die willkürliche Kombination von Genen, bei der fast alles dem Zufall überlassen bleibt – produzierte derart unvorhersehbare Ergebnisse. Als würde man aufs Geratewohl Koordinaten wählen und mit verbundenen Augen durch ein Portal springen. Erstaunlich, dass wir so lange gebraucht haben, unsere Existenz in die eigenen Hände zu nehmen. Was haben die Menschen sich damals nur gedacht?«

»Sie sind sich bewusst, dass ich ein Mann bin?«

Pax schaute verlegen drein. »Ich habe es vermutet.«

»Dann sind die Menschen heute also alle weiblich?«

»Nein. Es gibt keine Geschlechter mehr. Diese ganzen überflüssigen Altlasten wurden entfernt, genau wie der Blinddarm. Den hatten Sie zu Ihrer Zeit doch ebenfalls noch, oder?«

Ellis nickte.

»Das IBS hat unsere DNA gründlich zurechtgestutzt, denn diese Relikte der Evolution waren nur ein Einfallstor für Krankheiten und Fehlfunktionen. Ganz davon abgesehen war es einfach absurd, so was mit sich herumzutragen.«

»Galt das etwa auch für Haar?«, fragte Ellis und fuhr sich über den Kopf.

Pax wirkte abermals peinlich berührt, als ob sich Ellis bei Tisch in der Nase bohrte.

»Dann haben Sie also keinen Geschlechtsverkehr mehr? Keine sexuelle Lust? Orgasmus nannten wir das.«

Ein Grinsen stahl sich auf Pax' Gesicht.

»Was ist?«

»Mir wurde nur gerade bewusst, dass Sie nie eine Verzückung erlebt haben.«

»Was ist das?«

Pax musste lachen. »Ihnen ist klar, dass Schmerz und Vergnügen ihren Ursprung im Gehirn haben? Wenn Sie etwas berühren, übermittelt der Tastsinn die Information an Ihr Gehirn, welches sie interpretiert und Ihnen ein Erlebnis vermittelt. Bei der Verzückung überspringen wir einfach die physische Komponente. Es gibt eine ganze Kunstrichtung, die sich der Schaffung neuer und ungeahnter Verzückungen widmet. Es existiert sogar eine Klassiker-Reihe, die angeblich Orgasmen, Trunkenheit, Drogenerfahrungen und andere Erlebnisse der Vergangenheit reproduziert. Ein paar davon habe ich ausprobiert – Trunkenheit war nicht mein Fall. Mir wurde bloß schwindlig, wirklich unangenehm. Der Orgasmus war schön, aber leider sehr kurz. Ging das wirklich immer nur ein paar Sekunden? Wenn diese Reproduktionen naturgetreu sind ... dann haben Sie etwas, worauf Sie sich freuen können.«

Bilder aus Woody Allens *Der Schläfer* drängten sich ihm auf, und Ellis beschloss, lieber das Thema zu wechseln, ehe Pax noch vorschlug, das Orgasmatron oder was auch immer auszuprobieren. »Wieso genau waren Sie jetzt also am Tatort? Wie haben Sie von dem Verbrechen erfahren?«

»Von dem Professor und seinen Studenten. Es stand zu erwarten, dass der Anblick der Leiche emotionalen Stress bei den Studenten auslöst. Dass Cha mich begleitete, war ebenfalls Routine. Und als Sie dann die Augen aufschlugen ... na ja, wer wäre besser geeignet für einen Erstkontakt als ein Schlichter?«

»Haben Sie denn schon eine Idee, wer der Mörder sein könnte?«

»Wir wissen ja nicht einmal, wer das Opfer war.« Pax schenkte ihm ein Lächeln und griff sanft nach seiner Hand. Ellis fiel auf, wie geschmeidig die Haut war. »Sie haben uns im Übrigen wirklich sehr geholfen – danke vielmals. Der Hohe Rat vermutet, dass die Morde aus Wut über das Schwarmprojekt begangen werden. Schließlich gibt es deswegen eine Menge Unsicherheit in der Bevölkerung – sogar

Angst. Wie Sie sich wahrscheinlich denken können, habe ich selbst meine Vorbehalte.« Pax zeigte schmunzelnd auf seinen Gehrock, als ob damit alles gesagt wäre. »Es fällt mir bloß schwer zu glauben, dass man nur, weil man dagegen ist, so extreme Maßnahmen ergreift.«

Ellis konnte Pax nicht ganz folgen. »Was ist das Schwarmprojekt?«

»Eigentlich nicht mehr als eine Idee. Forschung, die das IBS schon seit Jahrhunderten betreibt. Bislang ist aber nichts dabei herausgekommen, weshalb es auch keinen Grund gibt, irgendwen deshalb zu töten. So sind wir einfach nicht veranlagt. Wut bricht sich nicht mehr ungehemmt Bahn, zumindest nicht so wie noch zu Ihrer Zeit. Wir ärgern uns, wir schreien uns an, wir streiten und weinen – meistens in genau der Reihenfolge, und dann umarmen wir einander. Aber wir schlagen uns nicht mehr, und niemals bringen wir einander um.«

»Irgendwer anscheinend schon.«

Pax nickte gedankenverloren.

Ellis hatte noch unzählige Fragen. Was war dieser Hohe Rat? Wie wurden Menschen gemacht oder geschaffen? Was war dieses IBS? Wieso lebten alle unter der Erde? Was genau war Hollow World? Er kam sich vor wie ein Dreijähriger, der einem Erwachsenen Löcher in den Bauch fragt. Dabei hatte Pax wahrscheinlich selbst viele Fragen. Da wurde ihm klar, dass er sich in seiner Wissbegier ziemlich undankbar, ja, rüpelhaft verhalten hatte.

»Ich möchte mich dafür bedanken, dass Sie sich meiner angenommen haben«, sagte Ellis und kämpfte mit ein paar Nudeln auf seiner Gabel – manche Probleme hatte man selbst nach zweitausend Jahren noch nicht gelöst. »Wahrscheinlich wäre ich sonst gestorben.«

Pax entblößte eine Reihe makelloser, weißer Zähne, die jedes Model des einundzwanzigsten Jahrhunderts mit Neid erfüllt hätten. »Das war das Mindeste, was ich für den ersten Zeitreisenden der Geschichte tun konnte.«

»Woran das wohl liegt? Ich meine, wenn ich es geschafft habe, dann hätte ich erwartet, dass anderen das auch gelingt und Zeitreise heute etwas ganz Alltägliches ist.«

Pax zuckte die Schultern. »Alva?«

»Lass mich mal schauen, Liebes. Kurzen Moment.« Ein paar Sekunden später war sie zurück, obwohl Ellis nicht annahm, dass sie je wirklich »weg« gewesen war. *»Nein, tut mir leid. Nichts zum Thema Zeitreise außer fiktionalen Bezügen in Büchern und Filmen.«*

»Komisch. Insgesamt war es eigentlich gar nicht so schwer.«

»Vielleicht unterschätzen Sie Ihre Fähigkeiten.«

»Vielleicht.«

»Wie auch immer, hier wären wir nun. Und da wir keine Erfahrung mit dieser Situation haben, stellt sich die Frage: Was wollen Sie tun? Sollen wir Sie der Welt präsentieren, oder wäre es Ihnen lieber, wir machen das nicht?«

Darüber hatte Ellis noch gar nicht nachgedacht. Irgendwie hatte er erwartet, dass ihn früher oder später schon ein paar Männer mit Sonnenbrillen und schwarzen SUVs zu einem Verhör oder in ein Versuchslabor schleppen würden. »Ich hatte angenommen, dass Sie das längst getan haben – dass Sie mich Ihrem Boss melden mussten oder etwas in der Art. Sie arbeiten doch für die Regierung, oder nicht?«

Wieder einmal hatte sein Gastgeber sichtlich Probleme, ihm zu folgen; und während Pax noch grübelte, widmete sich Ellis endlich seinem Essen. Es war ganz ausgezeichnet, auch wenn er die komplexen Aromen schwer zuordnen konnte. Es fanden sich Spuren von Tomate darin, und auch Zwiebeln vielleicht, aber der Rest war ein einziges Rätsel, und ein wunderbares obendrein. »Das ist richtig gut«, platzte es aus ihm heraus.

»Ha! Siehst du? Habe ich es doch gesagt!« Alvas Freudenruf donnerte wie die Stimme Gottes über die Wiese.

»Scheint, Sie haben sich gerade Freunde gemacht«, kommentierte Pax.

»Ich schmecke ganz eindeutig Tomate heraus, und …« Ellis suchte nach den richtigen Worten. »Sie *schmecken* auch so. Wie Tomaten noch schmeckten, als ich ein Kind war.«

»Hat sich denn später irgendwas daran geändert?«

»Leider ja. Wir haben an allen möglichen Nahrungsmitteln herumgepfuscht. Haben sie gentechnisch größer, robuster und krankheitsresistent gemacht, und möglichst gleich, damit man sie besser transportieren kann. Bedauerlicherweise haben wir dabei auch den Geschmack und die Konsistenz ruiniert. Irgendwann hatten Tomaten nur noch das Aroma von Pappkarton.«

»Dieses Problem hat sich dank des Erzeugers glücklicherweise erledigt. Für Nahrungsdesigner steht der Geschmack im Mittelpunkt – sie sind genauso Künstler wie jeder andere.«

»Apropos Künstler – es tut mir leid, dass ich Vin gekränkt habe.« Eigentlich war es Ellis ziemlich egal; im Gegenteil, er war froh, nur mit Pax zusammen zu sein. Aber

Vin war Pax' … Freund? Geliebter? »Sind Sie beide … ist Vin Ihr …?« Er hatte keine Ahnung, wie er es formulieren sollte und entschied sich für: »Mitbewohner?«

Pax hielt inne, die Gabel in der Luft. »Wir – wohnen hier gemeinsam, ja.« Verlegen ließ Pax die Gabel wieder sinken und schob die Nudeln auf dem Teller hin und her.

»Wenn Sie *zusammen* sagen, was bedeutet das? Sind Sie ein Paar?«

»Paar? Ich verstehe nicht …«

»Na ja, zu meiner Zeit waren Leute, die zusammenwohnten, in der Regel verheiratet. Meine Frau Peggy und ich zum Beispiel … Wir sind – oder waren – fünfunddreißig Jahre verheiratet. Manche Leute zogen auch schon vor der Hochzeit zusammen, andere wiederum fanden das unmoralisch. Noch problematischer war es für Leute, die aus romantischen Gründen zusammenlebten, doch das gleiche Geschlecht hatten. Deshalb redeten sie häufig bloß von ihren Mitbewohnern. Verstehen Sie? *Mitbewohner* heißt zunächst lediglich, dass man sich die gleiche Wohnung teilt. Die letzten Jahre fanden gleichgeschlechtliche Ehen dann immer mehr Akzeptanz, von daher … Ich habe mich einfach gefragt, ob Sie und Vin vielleicht verheiratet sind.«

»Nein, Ellis Rogers. So etwas wie Ehen gibt es nicht mehr. Meine Beziehung zu Vin ist auch eher … ungewöhnlich. Normalerweise leben Leute nicht mehr gemeinsam. Jeder hat sein eigenes Zuhause. Man teilt seinen Wohnraum nicht mit anderen – und wenn, dann nicht permanent.«

»Aber wieso denn nicht? Mögen die Leute einander denn nicht? Verlieben Sie sich nicht mehr oder etwas in der Art?«

»Natürlich tun sie das. Dennoch brauchen sie auch Zeit

für sich selbst: um zu arbeiten, nachzudenken, sich auszuruhen. Wir können jederzeit Gesellschaft haben – einfach, indem wir ein Portal öffnen. Hollow World ist wie ein einziges großes Haus, in dem jeder sein privates Zimmer hat, alle Zimmer aber immer nur durch eine einzige Tür voneinander getrennt sind. Der Rest gehört der Allgemeinheit. Haben die Menschen zu Ihrer Zeit denn gar keine Privatsphäre gehabt?«

Ellis musste an seine Werkstatt denken. Wahrscheinlich hatte er mehr Zeit darin verbracht als mit Peggy. Und laut einer absurden Statistik, die er einmal gelesen hatte, verbrachten verheiratete Paare im Schnitt nur siebzehn Minuten täglich gemeinsam.

»Jedenfalls treffen sich die Leute ständig. Aber mit mir und Vin ist es ... nun ja ... es ist kompliziert.«

Es war Ellis klar, dass ihm irgendwas entging. Doch was immer Pax unausgesprochen ließ, er kam nicht dahinter. Es war auch so schon alles schwer genug zu verstehen, selbst wenn man die Wahrheit nicht zu verschleiern versuchte. Von daher war es wohl müßig, zu spekulieren. Sein einziger Bezugspunkt war die Vergangenheit. Es gab zwar keine Männer und Frauen mehr, aber das musste nicht heißen, dass Beziehungen einer anderen Dynamik gehorchten als früher. Vielleicht war Pax ja wie ein leicht zu beeindruckendes Mädchen, das mit einem älteren, berühmten Mann zusammenzog, weil es ihn für weltgewandt hielt. So ehrfürchtig, wie Pax von Vins Beruf sprach, machten Künstler heutzutage ja vielleicht das große Geld. In jedem Fall hatte Pax fast etwas unterwürfig auf ihn gewirkt.

»Ist das ...« Ellis wollte schon *seine Wohnung* sagen,

weil Vin auf ihn wie ein Mann wirkte, und er es lästig fand, ständig die Pronomen umschiffen zu müssen. »Ist das Vins Wohnung?«

»Wir teilen sie uns.«

»Aber ursprünglich war es mal Vins Wohnung, richtig? Sie sind bei ihm eingezogen und hätten deshalb auch um Erlaubnis fragen sollen, bevor …«

»Nein, nein – ursprünglich war das mal meine Wohnung.« Pax gluckste. »Eine Vox wie Alva hätte Vin niemals ertragen.«

»Wirklich? Die Wohnung ist derart riesig …«

»Hollow World hatte nie eine Größenbeschränkung. Das ist einer der vielen Vorteile.«

»Na, auf jeden Fall ist sie wirklich sehr schön.«

»Danke.« Pax strahlte. »Natürlich hat Vin mit vielem geholfen.«

»Heißt das, dass Vin viel dafür gezahlt hat? Oder verdienen Schlichter so viel Geld?«

»Geld? Was ist *Geld?*«

»Sie wissen nicht, was Geld ist?«

»Alva? Könntest du mir bitte *Geld* erklären?«

»Geld ist ein altes Wort. Es bezeichnet beliebige, standardisierte Objekte von vereinbartem Wert, mittels derer Waren und Dienstleistung getauscht wurden.«

Pax machte ein verdattertes Gesicht. »Könntest du das bitte vereinfachen?«

»Du willst etwas, das einem anderen gehört. Also tauschst du etwas von dir selbst dagegen ein. Kannst du mir so weit folgen?«

»Äääh …«

»Damals gab es noch keinen Erzeuger. Mit Geld war es leichter für Menschen, sich auf den relativen Wert von etwas zu verständigen. In der Folge wurde der Tauschhandel eine mathematische Angelegenheit – so viel von dem hier entspricht einem von denen da, klar? Im Laufe der Geschichte wurden Muscheln, Salz, Metalle und Wertpapiere benutzt, bevor sich im einundzwanzigsten Jahrhundert digitale Währungen durchsetzten. Natürlich wurde das gesamte System im späten dreiundzwanzigsten Jahrhundert mit dem Aufkommen der Drei Wunder obsolet, weshalb du dich auch gerade so begriffsstutzig anstellst. Hat man dir in Bingham denn gar nichts beigebracht?«

»Ach richtig.« Pax überlegte kurz. »Hat man eine Weile nicht auch Gold benutzt? Und Silber? Daraus hat man doch diese kleinen, runden Scheiben gemacht – ich hab mal welche im Museum gesehen.«

Ellis nickte. »Münzen.«

»Ja, genau. Wissen Sie, seit ich Sie kenne, wünschte ich wirklich, ich hätte in Alter Geschichte besser aufgepasst. Wer hätte gedacht, dass ich das alles wirklich mal brauche?« Pax schüttelte den Kopf. »Jedenfalls haben wir schon lange kein Geld mehr.«

»Kein Geld?« Ellis vertrieb eine Fliege, die sich für sein Essen interessierte, und fragte sich, ob sie Teil der Illusion war, und wenn ja, warum. Man konnte es auch übertreiben mit dem Realismus. »Wie soll das alles ohne Geld funktionieren? Woher kriegen Sie, was Sie brauchen?«

Bislang hatte Ellis vorgehabt, mit dem Schmuck seiner Großmutter zu zahlen, falls er irgendwas brauchte – Medizin oder gar eine Operation womöglich – doch diese Hoffnung zerschlug sich gerade. Er hatte voreilige Schlüsse gezogen, das war ihm nun klar. Es gab keinerlei Gewähr, dass man ihm überhaupt helfen konnte. Die Zukunft mochte ja den Tod für alle anderen besiegt haben – für die gentechnisch Manipulierten –, aber gab es auch Heilung für Kranke wie ihn? Oder war Medizin vielleicht genauso überflüssig geworden wie Geld?

»Was ich brauche …«

»*Entschuldigt bitte*«, mischte Alva sich ein.

»Alva, Ellis Rogers und ich unterhalten uns gerade! Du solltest nicht einfach – «

»*Es ist leider ein Notfall.*«

»Bitte nicht noch ein Mord!«, entfuhr es Pax.

»*Nein. Es ist eine Nachricht mit Code Weiß.*«

»Weiß? Was zum Erdkern will denn ein Geomant von mir?«

»*Möchtest du die Nachricht hören oder diskutieren?*«

»Spiel sie ab.«

Die Stimme, die nun über die Wiese hallte, klang genau wie die von Pax, nur bestimmter und förmlicher. »*Pax – ich habe meine Vox instruiert, Ihnen diese aufgezeichnete Nachricht zukommen zu lassen, falls sich irgendjemand meiner Identität bemächtigen und unberechtigt Zutritt zu meiner Wohnung verschaffen sollte. Bitte kommen Sie schnell – Abernathy wird Ihr Portal genehmigen und Ihnen weitere Details nennen. Nur so viel vorab: Erstens, der Dieb, der meine Identität stahl, hält sich in diesem Moment in meiner Wohnung auf. Zweitens, Sie sollten vorsichtig sein – denn dieser Dieb hat mich bereits getötet. Geo-24.*«

6

Timing ist alles

Technisch gesehen war es bereits Ellis' zweite Reise durch ein Portal, doch die erste, die er bei vollem Bewusstsein erlebte. Er hatte Pax gebeten, ihn mitzunehmen, weil er nicht mit Vin allein bleiben wollte. Außerdem wollte er gern mehr von der Welt sehen, und die Nachricht hatte seine Neugierde geweckt. Zumindest waren das die Gründe, die er auf Nachfrage genannt hätte, und sie trugen auch alle zu seiner Entscheidung mit bei. Der wahre Grund aber klang vielleicht eigenartig, besonders unter diesen Umständen, und passte so gar nicht zu ihm ... Tatsache war, dass dieser Ausflug gefährlich klang und Pax nicht gerade wie ein Superheld auf ihn wirkte. Ellis war zwar ebenfalls alles andere als ein Held – dafür hatte er eine Pistole und das Y-Chromosom, sie auch zu benutzen.

Pax zögerte kurz, willigte dann aber ein und nahm ein kleines Gerät zur Hand. Ellis hielt es erst für eine Taschenuhr, weil es golden glänzte und an einer Kette hing. Ein paar Sekunden drückte Pax darauf herum, dann öffnete sich ein schimmerndes Portal.

»*Seid vorsichtig!*«, mahnte Alva.

Die Reise erforderte so gut wie keine Zeit. Tatsächlich war es nicht viel anders, als durch eine gewöhnliche Tür zwischen zwei Räumen zu treten. Wenn er sich umdrehte, konnte Ellis noch die Westernlandschaft und den Picknicktisch mit ihren Tellern sehen. Dann schloss sich das Portal mit einem Blitzen wie ein alter Röhrenfernseher.

Ellis und Pax standen inmitten eines Wohnzimmers, das im Stil eines Zen-Gartens gehalten war. Zwei identische weiße Sofas flankierten ein perfektes Quadrat, in dessen Mitte sich ein weißer, ebenfalls quadratischer Tisch auf einem weißen Teppich erhob. Den Tisch zierten ein Bonsai, dem die einzige Farbe im Raum zu verdanken war, und eine aus drei verschiedenen Steinarten zusammengefügte Pyramide. Ein schmaler Streifen entlang der Fußleisten und ein weiterer nahe der Decke dienten als Beleuchtung. Auch durch das feine Gitterwerk der Glastüren, jenseits derer ein orientalischer Garten lag, fiel etwas Licht. Es war kühler als bei Pax daheim, und Ellis spürte, wie sich ein neuer Hustenanfall ankündigte.

»Entschuldigen Sie mal! Was fällt Ihnen ein, so in meine Wohnung zu platzen? Wer sind Sie, und wie sind Sie hereingekommen?« Der Sprecher trat aus einem Durchgang hinter der Terrassentür. Abgesehen von einer feingliedrigen Halskette war er völlig nackt und hätte ausgesehen wie alle »Menschen«, die Ellis bislang getroffen hatte – wären da nicht die Narbe an der linken Schulter und die beiden fehlenden Finger an seiner rechten Hand gewesen.

»Ich bin Pax-43 246 018, ein Schlichter aus dem Tringent-Sektor. Und wer sind Sie?«

Sie hatten sich noch keinen Schritt gerührt, seit sie das Portal durchschritten hatten. Ohnehin wäre dazu nicht viel Platz gewesen. Verglichen mit Pax' Wohnung war dieses

Zimmer winzig. Anscheinend lebten Geomanten auf nicht ganz so großem Fuß wie Schlichter und Künstler.

»Wer ich bin? Ich bin Geo-24. Wer sonst sollte ich sein? Das ist mein Zuhause!«

»Das ist der Mörder«, sagte Ellis mit Blick auf die fehlenden Finger. »Das ist der, den ich in Greenfield Village gesehen habe!« Seine Brust schnürte sich noch weiter zusammen. Das Atmen fiel ihm schwer.

Ein Anflug von Angst trat auf Pax' Gesicht.

»Ich habe keine Ahnung, wovon Sie da reden. Wer oder was ist das hier eigentlich?«

»Das ist Ellis Rogers«, sagte Pax. »Er hilft mir, einen Mord aufzuklären, der sich gestern auf der nordamerikanischen Platte ereignet hat. Bitte beantworten Sie nun meine Frage. Ich weiß, dass Sie nicht Geo-24 sind. Wer sind Sie wirklich?«

»Ich *bin* Geo-24! Wie können Sie es wagen!«

»Sehen Sie die rechte Hand?« Ellis atmete langsam durch die Nase und versuchte, den anschwellenden Hustenreiz zu unterdrücken. »Das ist derselbe dreifingrige Schlächter, der gerade in der Schulter des Opfers herumschnitt, als ich ankam.«

»Vox, hörst du mich?«, fragte Pax.

»Ich höre Sie.« Die Stimme war eindeutig männlich, ein tiefer Bariton mit britischem Einschlag. Genau wie bei Pax zu Hause kam die Stimme von überall zugleich.

»Kannst du die Person hier vor mir identifizieren?«

»Nein, weshalb ich ja Sie kontaktiert habe. Geo-24 hat mich instruiert, den ID-Chip zu ignorieren und stattdessen drei Fragen meiner Wahl zu stellen, auf die niemand außer

uns beiden die Antwort weiß. Als diese Person mit Geos ID erschien, stellte ich meine Fragen. Die Antworten darauf waren nicht korrekt. Also befolgte ich den Rest der Instruktionen und schickte Ihnen die aufgezeichnete Nachricht.«

»Das ist einfach lächerlich«, schnarrte der Identitätsdieb. »Meine Vox hat eine Fehlfunktion. Hält mich dank dir schon ganz Hollow World für einen Hochstapler, Vox?«

»Bitte beachten Sie weiterhin, dass Geo-24 über die zu erwartende Anzahl von Fingern an beiden Händen verfügte und dieser Betrüger nicht einmal meinen Namen kennt.«

Da fiel Ellis ein zweiter, kleinerer Tisch in der Ecke auf. In jeder anderen Wohnung hätte er ihn vielleicht übersehen, doch die Einrichtung hier war spartanisch wie in der Wüste. Selbst eine Erdnuss auf dem Boden hätte nach Aufmerksamkeit geschrien. Der runde Gegenstand auf dem Tisch aber war sehr viel größer und interessanter als eine Erdnuss – es war ein Schutzhelm.

»Ich will dich gar nicht mit Namen ansprechen, Vox«, verteidigte sich der Dreifingrige. »Du hast mich sehr wütend gemacht. Jetzt beantworte meine Frage.«

»Da Sie nicht Geo-24 sind, brauche ich Ihren Anweisungen nicht zu folgen. Aber wie auch immer – bislang habe ich nur Pax-43 246 018 informiert, genau wie man es mir auftrug.«

»So ist das also«, knurrte der Betrüger. »Das ist ja immerhin etwas.«

Eine Hand vor den Mund gelegt, ging Ellis die drei Schritte zu dem Tisch mit dem Helm. Darin lagen eine Schutzbrille und Handschuhe. »Pax«, presste er zwischen den Fingern hervor. »Schauen Sie.« Er zeigte ihm die Brille.

Pax nickte und wirkte den Tränen nahe.

»Sie haben Geo-24 getötet?« Die Frage war kaum mehr als ein Flüstern. Das ungläubige Zittern in der Anklage verriet, wie nahe das alles dem Schlichter ging. Auch sein Gesichtsausdruck war verstörend vertraut – Ellis hatte fast zwei Jahrzehnte damit gelebt. Genauso hatte Peggy nach Isleys Tod ausgesehen, jeden einzelnen Tag. »Werden Sie mir nun sagen, wer Sie wirklich sind?«

»Ich habe kei…«

In dem Moment sprang Pax vor, riss dem Dreifingrigen die Kette vom Hals und trat rasch wieder zurück. »Ich kann Sie leider noch nicht gehen lassen.«

Mit kaum verhohlener Wut starrte der Betrüger sie an. Dann atmete er tief durch und rauschte aus dem Zimmer zurück in den Flur. Ellis wollte ihn verfolgen.

»Nicht!«, keuchte Pax.

»Kann er denn nicht einfach durch die Tür entkommen oder ein anderes dieser iPortal- Dinger benutzen?«

Die Boden- und Deckenbeleuchtung ging aus. Nur das Falschlicht, das durch die Glastür hereinfiel, spendete noch etwas Helligkeit.

»Pax? Pax? Was passiert gerade?«

»Wir sind in Schwierigkeiten«, brachte Pax noch hervor. »Ich glaube nicht …«

Der dumpfe Klang von nackten Füßen auf dem Teppich verriet, dass der Mörder zurück war. In seiner dreifingrigen Hand hielt er etwas, das wie ein Fleischermesser aussah.

In dem Augenblick konnte Ellis seinen Hustenreiz nicht länger unterdrücken. Ihm war, als risse es ihm vom Magen bis zur Zunge das Innerste entzwei. Keuchend krümmte er sich zusammen, von einer Kaskade schmerzhafter Ausbrüche durchgeschüttelt.

Keiner im Raum nahm Notiz davon.

»Nicht!«, schrie Pax, wich vor dem Angreifer zurück und warf ihm seine Kette mit dem kleinen Portalöffner entgegen. »Hier! Hier! Nehmen Sie!«

Das Gerät prallte von seiner Brust ab. »Zu spät«, sagte der Dreifingrige.

Ellis biss die Zähne zusammen, doch der Schmerz zwang ihn in die Knie, als ob da ein Dämon in seiner Brust säße und sich zu befreien versuchte. Mit trübem Blick musste er mit ansehen, wie der Mörder Pax vor sich hertrieb.

Ihre Gesichter mochten auf denselben Satz von Genen zurückgehen, doch Ellis sah in diesem Moment zwei deutlich verschiedene Lebewesen. Der Dreifingrige grinste in boshafter Vorfreude und näherte sich Pax wie ein Hai einem Ertrinkenden.

Von wegen keine Aggressionen!

Pax versuchte, den Tisch zwischen sich und den Angreifer zu bringen und dabei den taschenuhrförmigen Portalöffner zu ziehen. Es war wie in einem Horrorfilm, in dem das Opfer nach dem Autoschlüssel sucht. Pax stieß an die Kante des Tisches und stürzte.

Der Dreifingrige trat um den Tisch herum und baute sich über Pax auf.

Endlich verebbte der Hustenanfall. Ellis zog seine Pistole. »Stehen bleiben!«, krächzte er. Er hielt die Waffe mit beiden Händen, die Daumen wie Puzzleteile aneinandergelegt, die Arme gerade, aber nicht überstreckt, wie man es ihm beigebracht hatte. »Keinen Schritt weiter!«

Ein Portal öffnete sich zu seiner Linken. »Gehen Sie, Ellis Rogers! Fliehen Sie!«

Der Dreifingrige zögerte eine Sekunde, dann ignorierte er Ellis ganz einfach.

Schusswaffen – sie kennen keine Schusswaffen!

Ellis hatte keine Zeit für Erklärungen. Er hielt den Atem an, so wie auf dem Schießstand – er durfte jetzt auf keinen Fall husten – und betätigte den Abzug.

Mist! Die Waffe war noch gesichert.

Pax schrie auf und riss schützend die Hände hoch, als das Messer niederfuhr.

Ellis legte den Sicherungsflügel um und drückte erneut ab. Auf eine so kleine Entfernung war es unmöglich, vorbeizuschießen.

Ohne Ohrenschützer war die Pistole gleich sehr viel lauter. In der ersten Sekunde nach dem Schuss hörte er rein gar nichts. Seine Hände zitterten vom Rückstoß, der ihm die Arme hochgerissen hatte. Dann hatte er ein Pfeifen im Ohr. Er roch Rauch und Schießpulver, musste wieder husten und schloss die Augen, schmeckte Blut in seinem Mund. Schließlich öffnete er die Augen wieder – und sah es.

Die weiße Wand und Teile der Glastür waren blutverspritzt.

Pax lag zusammengekrümmt auf dem Boden und weinte, nur wenige Zentimeter neben dem Dreifingrigen. Eine dunkle Blutlache breitete sich unter dem reglosen Körper aus und tränkte den weißen Teppich wie einen riesenhaften Schwamm.

Ellis kroch hinüber zu Pax. »Hat er Sie erwischt? Geht es Ihnen gut?«

Pax atmete schwer, war nicht fähig zu sprechen und schüttelte nur den Kopf. Ellis war sich nicht sicher, welche Frage genau Pax verneinte – wahrscheinlich beide. Noch immer hielt er die Pistole in Händen. Ein letzter Blick auf den Dreifingrigen bestätigte, dass die Gefahr gebannt war, doch es brauchte drei Anläufe, bis es Ellis gelang, die Pistole wieder ins Holster zu stecken. Erst dann fiel ihm ein, dass sie noch entsichert war, und eingedenk der blutigen Spuren wie Tränen an der Wand nahm er sie noch einmal heraus und sicherte sie sorgfältig, um sie abermals wegzustecken.

»Das ist eine Schusswaffe, richtig?«, fragte Pax.

»Ja – eine Pistole.«

Pax starrte das Stück Metall an seiner Seite an, als wäre es lebendig.

»Sie sind nicht verletzt?«, vergewisserte sich Ellis erneut.

»Ich wäre beinahe gestorben.« Zitternd ließ Pax die Augen über die Leiche und die Blutflecken wandern. Selbst die Decke war vollgespritzt. Das Blut tropfte herab und hinterließ kleine Punkte auf dem weißen Tisch und der Steinpyramide. Die Zen-artige Ruhe und Harmonie des Raums waren dem brutalen Durcheinander eines Jackson-Pollock-Gemäldes gewichen.

Pax schlang die Arme um Ellis und brach, die Finger in sein Hemd gekrallt, an seiner Brust in Tränen aus. Ellis erwiderte die Umarmung. Bebend hielten sie einander fest.

Normalerweise war Ellis nicht gut darin, seine Gefühle zu zeigen. Als guter, altmodischer Protestant war er so nicht erzogen worden. Schon mit neun Jahren war ihm die Umarmung seiner Mutter unangenehm geworden, und hätte man sich damals schon mit Handschlag begrüßt, wäre ihnen beiden das sehr entgegengekommen. Auch seiner Frau hatte er nie viel mehr Zuwendung entgegengebracht, selbst anfangs nicht, und später dann ... Was die natürlichste Sache der Welt hätte sein sollen, hatte sich einfach immer wie eine bewusste Anstrengung angefühlt.

Allerdings hatte Ellis auch noch nie zuvor jemanden erschossen.

Er sagte sich, dass er sogar das Sofa umklammert hätte, wenn er Pax nicht gehabt hätte – er wollte sich einfach nur an irgendetwas festhalten. Nach wie vor schluchzte Pax in sein Hemd. Ellis spürte die Feuchtigkeit der Wangen und auch, dass er selbst kurz davor war, in Tränen auszubrechen. Die Nähe aber half. Es gab ihm ein gutes Gefühl, sich um Pax zu kümmern, obwohl er sich nicht ganz sicher war, wer eigentlich wem half.

Schließlich löste sich Pax zitternd aus seinem Griff. »Tut mir leid. Ich fürchte, ich habe Ihr Hemd ruiniert.«

»Erstaunlich, dass Sie den Geruch ertragen haben«, scherzte Ellis. Er wusste selbst nicht recht, wieso er versuchte, so betont lässig zu klingen.

Langsam, einer nach dem anderen, standen sie auf und gingen hinaus in den Flur, der genauso karg wie das Wohnzimmer war. Dort sank Pax erneut zu Boden, den Rücken zur Wand.

»Sollten wir nicht jemanden anrufen?«, fragte Ellis.

»Gleich.« Das Reden fiel Pax immer noch schwer. »Eins nach dem anderen ... Ich muss mich nur eben wieder erinnern ... wie man atmet. Es tut mir wirklich leid. Wahrscheinlich habe ich mich nicht sehr professionell verhalten. Ihre *Kriminalbeamten* damals sind wohl kaum in Tränen aufgelöst vor dem ganzen Blut davongelaufen, oder doch?«

»Keine Ahnung.« Ellis setzt sich neben Pax. »Ein paar vielleicht schon.«

Die angespannten Muskeln um den Mund verrieten, wie viel Kraft Pax das Sprechen kostete. »Sie jedenfalls sind nicht weggelaufen.«

Ellis rang sich ein Lächeln ab. »Ich habe als kleiner Junge viele Western gesehen. John Wayne hat auch nie geweint.«

Pax nickte, als wäre damit alles gesagt.

Eine Weile schwiegen sie nur.

»Ich frage mich, wer er war«, sagte Pax irgendwann. »Das ist wirklich das Problem mit unserer DNA.«

Im Garten wurde es allmählich dunkel. Vielleicht war das Falschlicht mit dem Tagesrhythmus an der Oberfläche synchronisiert. Vielleicht *waren* sie sogar an der Oberfläche, überlegte Ellis. Er hatte ja keine Ahnung, wohin sie gesprungen waren, und dass er Falschlicht nicht von echtem Licht unterscheiden konnte, hatte er ja bereits bewiesen.

»Wir hätten den Mörder also gefunden«, sagte er. »Was machen wir jetzt? Wie sieht die weitere Vorgehensweise aus?«

Er wollte lieber gleich als später aufbrechen. Auch wenn er es nicht zeigte, so ging es ihm doch schlecht. Nicht so wie gestern – anders. Er konnte das Blut riechen oder bildete es sich wenigstens ein, und der Geruch nach Schießpulver hing schwer in der kleinen Wohnung. Er hatte gerade jemanden umgebracht. Zwar war der Gedanke schon mehrfach wie ein Stroboskop in seinem Verstand aufgeblitzt, aber erst mit der Verschnaufpause wurde er sich der Tragweite seiner Tat wirklich bewusst und konnte wieder einen klaren Gedanken fassen. Er hatte Pax das Leben gerettet, und das war gut so … doch andererseits sah der Dreifingrige fast genauso aus wie der Schlichter. Die ganze Szenerie war surreal wie ein Drogenerlebnis.

Seine Hände zitterten immer noch. *Haben sie auch gezittert, als ich den Abzug drückte?* Er glaubte nicht, aber er war sich nicht sicher. Er konnte sich nicht einmal mehr erinnern, worauf er gezielt oder ob er überhaupt gezielt hatte. Adrenalin – das war die Erklärung. Wahrscheinlich wollte er deshalb auch weg von hier. Die Fluchtreflexe setzten ein. Er wollte einfach nur fort von dem Blut, der Leiche und der Erinnerung an seine Tat.

»Ehrlich gesagt weiß ich das auch nicht.« Pax wischte sich die Tränen ab. »Sie müssen bedenken, dass wir hier Neuland betreten. Es gibt kein Protokoll dafür.« Pax stand auf und zog sich Weste und Gehrock zurecht. »Vox?«

Keine Antwort.

Pax durchquerte den Flur und verschwand hinter einer Tür.

Ellis rappelte sich auf und wollte Pax gerade folgen, als er undeutliche Geräusche, gefolgt von einem Klicken, hörte.

»Vox?« Pax kehrte wieder zurück. Die Beleuchtung erwachte flackernd zum Leben.

»Abernathy?«

»Ja? Ich – o nein! Was ist passiert?«

»Man hat dich ausgeschaltet und mich angegriffen. Ellis Rogers hat mir das Leben gerettet, indem er … den Mörder von Geo-24 tötete.«

»Sind Sie verletzt?«

»Nein.« Pax schüttelte den Kopf, und nicht zum ersten Mal fragte sich Ellis, ob eine Vox auch sehen konnte. »Abernathy, wieso genau solltest du Geo-24 diese drei Fragen stellen, die du erwähnt hast?«

»Darüber hat mich Geo-24 nicht informiert.«

»Solltest du die aufgezeichnete Nachricht speziell mir übermitteln, oder einfach irgendeinem Schlichter?«

»Ausdrücklich Ihnen.«

»Waren Sie mit Geo-24 befreundet?«, fragte Ellis.

»Natürlich nicht«, erwiderte Pax. »Ungeachtet Ihrer hohen Meinung von mir ist es mir nicht vergönnt, mit Geomanten zu verkehren. Abernathy, weiß du, wohin Geo-24 wollte?«

»Meine Logs sagen, ins Grüne. Nordamerikanische Platte.«

»Hat Geo-24 in letzter Zeit irgendetwas Seltsames getan?«

»Definieren Sie seltsam.«

»Anders als gewöhnlich, nicht zu seinen üblichen Aktivitäten passend?«

»Geo-24 hat die Pflege seines Gartens vernachlässigt. Natürlich fällt das eher unter ›etwas nicht tun‹ als ›etwas tun‹. Dann waren da noch die Nachforschungen zu Pol-789.«

»Nachforschungen?«

»Geo-24 hat Informationen zu Pol-789 eingeholt, was ich als unüblich einstufe, weil ein Geo sich normalerweise für Steine, nicht für Leute interessiert – bis auf eine Ausnahme: Auch Sie waren einmal Gegenstand einer solchen Untersuchung.«

»Ich? Wann war das?«

»Vor etwa einem Jahr.«

Pax überlegte.

»Wer ist Pol?«, erkundigte sich Ellis bei Pax.

»Pol-789 ist der gegenwärtige Vorsitzende des Hohen Rats.«

Anscheinend war eine Vox zumindest bis zu einem gewissen Grad in der Lage, menschliche Körpersprache wahrzunehmen, denn Abernathy blieb still.

»Wie wichtig ist dieser Rat?«

»Zu Ihrer Zeit wäre Pol wohl eine Art Premierminister oder Präsident gewesen. Es ist allerdings so, dass unsere Regierung ganz anders funktioniert. Tatsächlich besteht sie aus nur zweiundfünfzig Personen.«

»Und diese Leute kontrollieren alles?«, fragte Ellis, obwohl er die Antwort schon zu kennen glaubte. Dystopien in Büchern und Filmen wurden auch immer von einer kleinen Zahl Leute gelenkt, die ihre Macht aus der Kontrolle bestimmter Technologien bezogen.

»Sie treffen in unserem Namen Entscheidungen. Die meisten … Menschen wollen nicht die Zeit aufwenden, sich mit allen notwendigen Details einer Entscheidung auseinanderzusetzen; und genau das ist die Aufgabe des Rates. Eine schreckliche Bürde, weshalb die Mitglieder auch alle zwei Jahre neu eingezogen werden.«

»Eingezogen? In den Rat?«

Pax nickte unglücklich. »Jeder muss seinen Lebenslauf einreichen und einen Fragebogen ausfüllen. Weshalb hatte sich Geo-24 für Pol interessiert?« Ellis fiel auf, dass Pax immer leicht den Kopf hob, um mit einer Vox zu sprechen, so als wohnte sie in der Decke.

»Letzten Monat hatte Pol-789 Kontakt mit Geo-24 aufgenommen«, berichtete Abernathy. *»In der Folge kommunizierten beide häufiger miteinander und vereinbarten Treffen. Darüber habe ich auch Pols Vox Balmore recht gut kennengelernt.«*

»Du weißt aber nicht, worüber sie gesprochen haben?«

»Nein.«

»Schon gut. Ich würde sagen, das wäre dann alles.« Pax atmete tief durch und zuckte die Achseln. »Abernathy, bitte kontaktiere das Dexworth-Büro des IBS. Sag ihnen, was hier passiert ist. Sie werden jemanden schicken, der sich um die Leiche kümmert. Damit sollten sie mittlerweile Übung haben.«

»Werden sie auch den Teppich reinigen?«

»Du kannst sie ja bitten.«

Ellis bezweifelte, dass man so viel Blut jemals wieder aus einem weißen Teppich bekam. »Müssen Sie das nicht auch Ihrem Boss melden?«

»*Boss?* Das ist ein weiterer Ihrer altmodischen Ausdrücke, nicht wahr?«

»Ich meine Ihren Vorgesetzten – die Person, die Ihnen sagt, was Sie zu tun haben. Derjenige, der die Mitarbeiter einstellt.«

Pax runzelte die Stirn und schüttelte langsam den Kopf. »Niemand sagt mir, was ich zu tun habe.«

»Wie sind Sie dann ein Schlichter geworden?«

»Mir fiel einfach auf, dass ich anderen Menschen helfen kann, wenn ich mit ihnen rede; also mache ich das. Gut, die meisten anderen absolvieren noch einen Eignungstest, der ihnen bei der Entscheidung hilft.«

»Sie arbeiten also für kein Unternehmen oder irgendeine Organisation – die Regierung zum Beispiel?«

»Vielleicht ist mir nicht ganz klar, was Sie mit *arbeiten* meinen, Ellis Rogers. Heutzutage bedeutet das Wort, etwas Schweres zu tun, oder etwas, das man nicht mag, aber trotzdem machen muss.«

»Genau – das trifft es ziemlich gut.«

Pax schaute verwirrt drein. »Bei Ihnen klingt es aber wie etwas, das Menschen ziemlich häufig tun.«

Ellis nickte. »Die meisten Leute zu meiner Zeit – die meisten Erwachsenen – arbeiteten acht Stunden am Tag – fünf, sechs, manchmal sogar sieben Tage die Woche. So gesehen, ja, man *arbeitete* schon ziemlich viel. Und normalerweise hatte man auch einen Boss, der einem Anweisungen gab und im Gegenzug dafür bezahlte.«

Pax schaute so kummervoll drein, als hätte Ellis gerade gestanden, Opfer eines schrecklichen Verbrechens gewesen zu sein. »Niemand hier schreibt irgendwem vor, was er zu tun hat. Die Menschen machen, was immer sie wollen, und so lange sie wollen; und danach machen sie eben etwas anderes.«

»Das ergibt doch keinen Sinn. Wie kriegen Sie denn irgendwas erledigt – woher nehmen Sie Ihr Essen oder die Möbel für Ihre Wohnung? Irgendjemand muss das alles schließlich herstellen.«

»Ach das.« Pax winkte ab. »Der Erzeuger nimmt das einem ab.«

Der Erzeuger? Das gefiel Ellis nicht. Unwillkürlich stellte er sich ein die ganze Welt beherrschendes Wesen vor, dessen Gunst man mit Menschenopfern erkaufen musste. »Wer ist der Erzeuger?«

Pax musste grinsen. Zu jeder anderen Gelegenheit hätte die Frage wahrscheinlich ein herzhaftes Lachen ausgelöst. »Der Erzeuger ist keine Person, sondern ein Gerät. Eines der Drei Wunder. Ich zeige es Ihnen gern, wenn wir wieder daheim sind. Ich habe insgesamt fünf davon, auch wenn drei technisch gesehen Vin gehören.«

»Dexworth schickt ein paar Leute«, verkündete Abernathy.

Pax wanderte zurück in den blutbesudelten Raum. Die Leiche lag mit dem Gesicht nach oben und starrte an die Decke. In ihrer Brust war nur ein kleines Loch zu sehen. Das viele Blut musste aus einer größeren Austrittswunde am Rücken stammen, aber Ellis verspürte nicht den Wunsch, nachzusehen.

Pax bückte sich und hob die Kette mit dem Portalöffner wieder auf. »Die gehörte auch Geo-24. Warum nur sollte irgendwer ausgerechnet einen Geomanten töten?«

»Um ihn zu ersetzen«, schlug Ellis vor.

»Ihn?« Pax schmunzelte.

»Wie auch immer.« Im selben Raum mit dem Toten zu sein, das machte Ellis nervös. Pax, vorhin noch völlig aufgelöst, schien mittlerweile besser damit klarzukommen als er. »Was ich sagen wollte, ist, dass es offensichtlich darum ging, den Platz des Toten einzunehmen.«

Pax studierte das kleine Gerät. »Also schön. Aber weshalb?«

»Na ja – was genau sind Geomanten denn eigentlich? Anscheinend leben sie ja sehr bescheiden, trotzdem reden Sie von ihnen, als wären sie Rockstars.«

»Rockstars?«

»Vergessen Sie's – es sind einfach Leute, die man beneidet, richtig?«

»Geomanten sind allseits geschätzt und respektiert. Hochgebildet – sie haben jahrhundertelang studiert und arbeiten selbstlos und unter schrecklichen Bedingungen zum Schutz von Hollow World.«

Ellis trat näher an die Terrassentür, weg von den Blutflecken. Das letzte Tageslicht verblasste; die Nacht brach herein. »Zum Schutz vor was? Was genau tun sie?«

»Gab es zu Ihrer Zeit nicht so etwas wie Meteorologen?«

»Klar, die Wetterfrösche.«

Pax schaute verdutzt drein. »Sie haben Frösche benutzt?«

»Hm? Ach, Blödsinn. Worauf wollen Sie hinaus?«

Pax zuckte die Schultern. »Nun, wahrscheinlich haben Sie Ihre Meteorologen genauso verehrt wie wir unsere Geomanten.«

»Meteorologen wurden nicht verehrt.«

»Ich dachte, dass einzig die Meteorologen sich damals der Katastrophe entgegenstellten …«

»Welcher Katastrophe denn?«

»Na, das Wetter. Sie lebten doch während des Großen Sturms, oder nicht?«

»Davon habe ich noch nie gehört.«

Da schien Pax peinlich berührt. »O je – der war wohl wirklich erst im vierundzwanzigsten Jahrhundert.« Pax grübelte. »Ich dachte, der Klimawandel fing schon im zwanzigsten Jahrhundert an?«

»Es wurde viel über die Erderwärmung diskutiert, falls Sie das meinen.«

»Dann lebten Sie also ganz zu Beginn.«

»Dem Beginn von was?«

»Der Stürme.«

»Und was hat das jetzt mit den Geomanten zu tun?«

»Sie könnten sie wohl als moderne Meteorologen bezeichnen, nur dass sie statt des Atmosphärenwetters geologische Stürme vorhersagen. Hier unten regnet oder schneit es nicht, und wir haben auch keine Tornados oder Hurrikans, aber wenn die Asthenosphäre verrücktspielt, kann das tödlich enden.«

»Asthenosphä…?«

Da öffnete sich mit einem leisen *Plopp* ein Portal zwischen der Leiche und dem Tisch mit dem Schutzhelm. Fünf Leute traten heraus, alle Zwillinge von Pax, nur dass sie identische weiße Overalls und Handschuhe trugen.

»Noch einer, Pax?«, fragte der Vorderste.

»Ich weiß leider nicht, wer er ist – aber ich weiß, dass er Geo-24 ermordet hat. Geo war unser letztes Opfer, also ist immerhin dieser Fall nun gelöst.«

»Ein Geomant?« Der Tonfall klang überrascht.

»Ich weiß.«

»Und haben Sie auch eine Ahnung, wer den Mörder getötet hat?«

»Ellis Rogers«, sagte Pax und zeigte auf Ellis.

Alle fünf schauten ihn an.

»Werde ich jetzt verhaftet?«, fragte Ellis.

»Verhaftet?«, fragte Pax verwirrt. »Das ist noch einer Ihrer alten Begriffe, nehme ich an.«

»Werden diese fünf hier mich mitnehmen und einsperren? Mich für den Mord bestrafen?«

»Nein, Ellis Rogers. Niemand wird Sie *bestrafen.*« Auch

das Wort *bestrafen* betonte Pax auf eine Weise, als ob es nicht sehr geläufig wäre. »Ihre Welt muss wirklich ganz anders gewesen sein als unsere.«

Ellis war zu erleichtert, um weitere Fragen zu stellen, und sah zu, wie das Team die Leiche in einen Sack packte und durch das Portal abtransportierte.

»Dann war das also der letzte Mord?«, vergewisserte sich einer der Overallträger, ehe sie gingen.

Pax nickte. »Hoffen wir das Beste.«

Während ihrer Abwesenheit hatte sich das Esszimmer wieder in eine gotische Kathedrale verwandelt. Abgesehen von den Kerzen auf dem Tisch und der stimmungsvoll illuminierten Decke war es recht düster. Ellis fiel auf, dass sich ihr Portal an exakt derselben Stelle öffnete, von der sie auch aufgebrochen waren; die Positionierung mochte also nicht zufällig sein. Was wohl geschähe, wenn sich ein Portal mitten in einem Sofa öffnete? Vielleicht würde es einfach wieder verschwinden. Was aber, wenn es einen Menschen halbierte? Anscheinend wurde so etwas irgendwie verhindert – Pax hatte ja erwähnt, dass Unfälle »heutzutage« äußerst selten waren.

Es lief laute Musik; so laut, dass die Bässe die Wände und selbst seine Brust zum Vibrieren brachten. Rhythmus und Melodie waren simpel genug für einen Popsong, dennoch fühlte es sich an, als ob ihn jemand herumstieß.

Kaum, dass sie angekommen waren, erstarb der Lärm.

»Ihr seid wohlauf!« Alvas Freudenschrei war fast genauso laut. Das Licht ging an, die Musik änderte sich und erinnerte Ellis nun an ein klassisches Orchester.

»Ist Vin nicht da?«, fragte Pax.

»Vin hat ein Treffen, weißt du nicht mehr?«

»Natürlich. Alle Künstler des Sektors treffen sich einmal im Monat«, erklärte Pax. »Um die Harmonie zu stärken.«

»Ich glaube ja, dass es nur eine Ausrede zum Angeben ist. Zumindest ist das alles, was sie bei den Treffen hier bei uns jemals taten«, seufzte Alva.

»Alva, du weißt doch, dass du nicht die Musik abzustellen brauchst, wenn ich heimkomme. Etwas leiser reicht völlig.«

»Vin hasst meine Musik.«

»Nun, ich mag sie.«

Die eher klassische Musik wich wieder Pop – oder wie immer das »heutzutage« genannt wurde.

Im Wohnzimmer verschlug die Aussicht Ellis abermals den Atem. Dieses Mal hieß ihn eine Nacht betörender Lichter willkommen. Es hätte sich auch um die Skyline New Yorks oder des echten Paris handeln können … all die Fenster der benachbarten Wohnungen und strategisch platzierte Lampen, welche die Steilwand des Canyons und die darunter liegenden Gärten erhellten. Darüber sah er Sterne und einen Halbmond am Himmel aufgehen. Der Anblick dieser unermesslichen Pracht ließ ihn Hollow World besser verstehen. Er lebte in einem Kunstwerk, das bis ins Kleinste ästhetischen Überlegungen gehorchte. Das Wort »künstlich« hatte früher einen negativen Beigeschmack für ihn gehabt. Ellis war sich nicht sicher, ob das heute noch zutraf.

»Kann man da runter?«, fragte er dann und zeigte hinab.

Pax lachte, wie man über die unerwartete Frage eines Kindes lacht. »Aber natürlich. Das ist der öffentliche Park. Alle drei Tage treffen wir uns dort morgens zum Tee, einmal im Vierteljahr findet eine Schatzsuche statt, und Sie sollten den Park einmal zum Tag der Wunder erleben! Es gibt Sackhüpfen, Skibmeisterschaften und natürlich den Bootwettbewerb: Jeder kriegt dieselben Materialien und hat einen Monat, um daraus ein Boot für die Regatta über den See zu bauen. Erzeuger sind dabei verboten, nur Handarbeit ist erlaubt. Manche Boote sind wirklich umwerfend. Menschen können so kreativ sein – man muss ihnen nur die Gelegenheit geben, sich zu verwirklichen.«

Eine Weile schauten sie beide nur schweigend in die Nacht hinaus.

»Wir können uns nicht so glücklich schätzen wie Sie«, sagte Pax unvermittelt.

»Wie meinen Sie das?«

Pax schaute ihn erst ungläubig an, hob dann die Hände und ließ sie mit erschöpftem Lachen wieder fallen. »Sie sind einzigartig.«

»Schätze schon«, sagte er unbeeindruckt. Ellis konnte nichts Bemerkenswertes daran finden, er selbst zu sein.

»Verstehen Sie denn nicht, was für ein Geschenk das ist?«

»Nein, wieso?«

Die meisten Leute, die Ellis gekannt hatte, hatten sich stets große Mühe gegeben, so zu sein wie alle anderen. In der Menge zu verschwinden und einfach unterzutauchen war für Menschen nicht minder überlebenswichtig wie für Zebras. Wer herausstach, bekam meistens Ärger. Schulen boten den besten Nährboden dafür – dort lernte man schon früh, sich anzupassen und wenn nötig rasch im Boden zu versinken, wie es später auch im Berufsleben von einem erwartet wurde. Nur die Bekloppten, die Künstler und Größenwahnsinnigen wollten unbedingt auffallen. Die wichtigste Lektion, die ihm sein Vater in sämtlichen Gesprächen immer wieder eingebläut hatte, ließ sich im Kern auf einen einzigen Satz reduzieren: Melde dich niemals freiwillig. Sein Vater hatte das im Zweiten Weltkrieg herausgefunden, als er in Frankreich unter General Patton gedient hatte – die Freiwilligen kehrten niemals zurück.

»Jeder hier wäre insgeheim gerne Sie. Ich vermute, dass Vin deshalb so kurz angebunden war. Vin ist ein Genie, kann aber auch eitel und eifersüchtig sein. Wahrscheinlich sind wir das alle auf unsere Art. Wir alle kämpfen darum, einen Unterschied zu machen.« Pax strich sich über den Gehrock. »Wir versuchen, uns über etwas zu definieren, das uns erkennbar, unterscheidbar werden lässt, doch trotz allem …« Der Schlichter lüftete seine Melone, sodass die Glatze zum Vorschein kam. »Darunter sind wir alle gleich.«

Den Hut in beiden Händen, beugte sich Pax über das Geländer und betrachtete die Lichter mit einem Ausdruck der Melancholie, ja, Hoffnungslosigkeit, der Ellis überraschte.

»Das dürfen Sie nicht sagen«, entgegnete er. »Sie *sind* sehr unterschiedlich.«

»Wie kommen Sie denn darauf?«, schnappte Pax, beinahe wütend.

»Weil es stimmt! Ich habe zwar bislang nur eine Handvoll Leute hier getroffen, aber Sie sind nicht im Geringsten wie die. Sie sind – keine Ahnung – einfach netter, würde ich sagen. Einfühlsamer – und *deutlich* mutiger.«

Pax schaute ihn nur ungläubig an.

»Als wir uns das erste Mal getroffen haben, war Cha zu

Tode verängstigt – alle waren das –, aber Sie sind einfach zu mir hingegangen. Sie haben mich mit zu sich nach Hause genommen. Dabei wussten Sie nicht einmal, wer ich bin. Sie wussten rein gar nichts über mich – und haben offenbar nicht mal um *Erlaubnis* gebeten. Und vorhin ... als wir in der Wohnung von Geo-24 waren ... da haben Sie ein Portal als Fluchtweg für *mich* geöffnet, nicht für Sie selbst.« Ellis schüttelte den Kopf. »Nein, ich finde absolut nicht, dass Sie wie alle anderen sind. Nicht wie irgendwer von hier, und nicht wie irgendwer, den ich früher einmal kannte. Wenn also jemand etwas Besonderes ist, dann Sie.«

Pax' Lippen bebten. »Wieso sagen Sie diese wundervollen Dinge?«

Ellis zuckte die Schultern. »Weil es stimmt. Weshalb sollte ich lügen?«

Pax blinzelte eine Träne weg.

»Den Hut mag ich auch.« Ellis versuchte, die Stimmung mit einem Grinsen aufzulockern. Er verstand nicht, weshalb Pax weinte. »Sehr adrett.«

»Danke. Es ist aber kein Original. Die Vorlage stammt aus einem Museum – ich bin kein Künstler so wie Vin. Ich kann nichts Neues erfinden.« Pax redete jetzt rascher, versuchte, die Unsicherheit zu überspielen. »Dieses ganze Outfit ist nur ein Mischmasch aus alten Sachen. Es gibt genug andere Leute, die ebenfalls Melonen tragen. Eine Zeit lang hatte ich ja einen Zylinder, aber die Melone mag ich lieber. Die sitzt auch bei Wind noch, und ich habe die letzten Wochen viel Zeit im Grünen zugebracht.«

Pax trocknete sich die Tränen, doch neue folgten prompt. Aus Höflichkeit wandte Ellis den Blick ab. Wäre Pax eine

Frau gewesen, hätte er sie vielleicht in den Arm genommen, aber Pax war keine Frau. Der größte Gefallen, den ein Mann einem anderen tun konnte, war, so zu tun, als hätte er nichts gesehen.

Nur war Pax halt auch kein Mann.

Ellis war völlig hilflos.

Er mochte Pax – aus irgendeinem Grund fühlte er sich in der Gesellschaft des glatzköpfigen Schlichters wohler, als er sich mit seiner Frau, seiner Mutter oder selbst Warren jemals gefühlt hatte.

Er wartete, bis sein Gastgeber sich wieder unter Kontrolle bekam und die Tränen erst hinter dem Ellbogen, dann der Melone versteckte. Schließlich legte Ellis ihm eine Hand auf die Schulter und drückte leicht. Eine Minute später zog Pax schniefend den Hut wieder auf und wechselte das Thema.

»Am Tag der Wunder gibt es auch ein Feuerwerk. Nur Regentage sind noch besser.«

»Was ist ein Regentag?«

Trotz der geröteten Augen breitete sich ein Lächeln auf dem Gesicht des Schlichters aus. »Oh ... ein Regentag ist einfach großartig. Wenn ein richtig schöner Wolkenbruch über einem der Parks niedergeht, dann springe ich durch ein Portal ... und stehe einfach nur im Regen. Das heißt, am Anfang stehe ich noch. Irgendwann tanze ich dann, drehe mich um mich selbst, mache Luftsprünge ... Ich liebe Regentage. Wir haben ja sonst kein Wetter hier unten. Manchmal veranstalten die Künstler auch eine Wettershow – das ist schon was Besonderes, aber trotzdem nicht so schön wie echter Regen.«

»Wie steht's mit Schnee?«

»Schnee mag ich auch, aber nicht so wie Regen. Zum einen tragen die meisten Leute hier keine Kleider, wie Sie wahrscheinlich bemerkt haben – viele haben gar keine. Das Klima in Hollow World ist konstant und für Kleidung nicht ausgelegt. Ehrlich gesagt ist mir fast immer zu warm – aber das ist das Opfer, das ich bringe, damit mich die Leute erkennen.«

»Wie gesagt gefällt mir Ihr Stil ausnehmend gut. Ich finde ihn elegant.«

Mit bebender Lippe wandte Pax wieder den Blick ab.

»Tut mir leid. Ich wollte Sie nicht ...«

Da lief Pax davon und ließ ihn allein auf dem Balkon zurück.

Ellis stand mit dem Rücken ans Geländer gelehnt und fühlte sich einfach nur schrecklich.

»Ellis Rogers?«, flüsterte Alva. *»Du, mein Lieber, bist ein ganz wunderbarer Mensch. Darf ich dir etwas zu trinken anbieten? Etwas zu essen vielleicht? Ihr habt vorhin nicht aufgegessen. Wenn du wirklich willst, versuche ich rauszukriegen, wie man so einen Hamburger macht.«*

»Geht es Pax gut? Habe ich etwas Falsches gesagt?«

»Pax hat ein paar ernste Probleme, aber du bist ganz bestimmt keins davon. Ich wünschte bloß, du wärst ein paar Jahre früher bei uns aufgetaucht. Aber ernsthaft, ich würde gerne etwas für dich tun. Kann ich vielleicht Musik für dich spielen? Du magst doch Musik? Vielleicht finde ich etwas, das du kennst. Wie wäre es damit?«

Ellis hörte ein leises Klavier die ersten vertrauten Akkorde eines unvergessenen Lieds anstimmen.

»Kannte man das nicht zu deiner Zeit? Gefällt es dir? Ist einer meiner Lieblingssongs ...«

Und dann erhob John Lennon seine Stimme über den Abgrund von zweitausend Jahren.

»Imagine there's no heaven ... It's easy if you try ...«

Nun war es an Ellis, Tränen zu vergießen.

Da Pax nicht zurückkam, ging Ellis zurück in das Schlafzimmer mit dem Himmelbett. Zum ersten Mal fiel ihm dabei eine kleine Statue in einem Regal auf – die simple, doch nichtsdestoweniger schöne Skulptur eines Menschen, der einen anderen in die Luft hob, wie ein Tänzerpaar. Ellis berührte sie und hörte eine gefühlvolle Stimme: *Für Pax, mit Dank für alles, was Sie für uns getan haben. Ich weiß wirklich nicht, wie wir es ohne Sie geschafft hätten – für mich sind Sie das Vierte Wunder. Nal.*

Da dämmerte Ellis, dass er schon mehrere solcher Statuetten in der Wohnung gesehen hatte. Allein hier im Schlafzimmer zählte er acht Stück, die meisten in den Regalen versteckt. Jede war etwas anders und kündete von einem anderen Talent. Eine spezielle Figur, hoch über dem Fenster, erregte seine Aufmerksamkeit: Sie war kunstvoller und ausdrucksstärker als die anderen und stellte eine Person dar, die tief in einer Dornenhecke lag und dabei die Hand eines anderen Menschen festhielt, der vom Rand einer Klippe baumelte. Ellis hätte sie gerne berührt, um ihre Botschaft zu hören, doch dafür stand sie zu hoch, und er fragte sich, ob das vielleicht Absicht war.

Alva, die immer noch den Wunsch verspürte, ihm einen Gefallen zu tun, bot ihm das Beste, was die zeitgenössische Unterhaltung zu bieten hatte. Fernsehen war von Grammen, Holos und Vektionen ersetzt worden. Gramme – kurz für

Hologramme – gab es unbewegt oder bewegt; damit kamen sie Fotos und Filmen noch am nächsten, nur dass sie wirklich dreidimensional waren. Sie standen im Raum, und Ellis konnte um sie herumlaufen und sie aus verschiedenen Blickwinkeln betrachten. Gramme konnten nur angeschaut werden, Holos dagegen waren interaktiv. Jedes bot eine komplette Umgebung, zum Beispiel in Form eines Computerspiels, das sich mit allen Sinnen erleben ließ, oder einer Landschaft zu Lehrzwecken. Ellis fand nie heraus, was Vektionen waren, denn Alva stieß ihn auf ein Gramm mit dem schlichten Titel *Unsere Vergangenheit.* Es handelte sich um eine mehrteilige Schulreihe im Stil der Dokumentationen, wie sie zu seiner Zeit auch im TV liefen. Er stieg mit Episode 8 ein: »Die Energiekriege«.

Die Moderation des Films wurde von einer tanzenden, singenden Sanduhr übernommen. Es begann mit Bildern mächtiger Stürme, während die Sanduhr von den schwindenden fossilen Brennstoffen und dem Klimawandel sprach. Zur Mitte des einundzwanzigsten Jahrhunderts (Ellis wäre da hundert Jahre alt gewesen) hatte sich die Lage dramatisch zugespitzt. Mehrfach war von sogenannten Killerstürmen die Rede, und die Lebensmittelindustrie kämpfte weltweit auf verlorenem Posten und unter zunehmend unberechenbaren und feindlichen Bedingungen. Bald musste man auf gigantische Treibhäuser setzen, um den globalen Nahrungsbedarf noch zu stillen, doch auch diese fielen einer – in den Worten der Sanduhr ausgedrückt – *äußerst wütenden Mutter Natur* zum Opfer. Also begannen die Agrarunternehmen mit dem Bau unterirdischer Farmen, die vor den immer schlimmeren Stürmen geschützt waren, inklusive Unterkünften für die Arbeiter. Und je mehr Todesopfer die Extreme an der Oberfläche forderten, desto attraktiver wurde das Leben in der Unterwelt.

Und das war nur eines von vielen Problemen, mit denen sich die Menschheit konfrontiert sah. Allein beim Gedanken daran musste die Sanduhr sich schütteln, was einen kleinen Sandsturm in ihrem Kopf und ihrem Bauch zur Folge hatte, dann fuhr sie fort: Antibiotika hatten ihre Wirkung verloren, und eine Supergrippe nach der nächsten kostete unzählige Menschen das Leben. Die Konsequenz des allgemeinen Aufschreis war die Errichtung des IBS, des Instituts zur Bewahrung der Spezies, welche die menschliche DNA zum Schutz vor den Viren veränderte.

Von allen Problemen des späten einundzwanzigsten Jahrhunderts war die Energieknappheit nach wie vor eines der dringlichsten. Eine Reihe von Kriegen verschärfte die Lage noch, doch selbst das schien noch nicht alles gewesen zu sein, denn zum Ende der Episode wagte die Sanduhr den Ausblick auf noch schlimmere Katastrophen, insbesondere den sogenannten Großen Sturm des dreiundzwanzigsten Jahrhunderts, der schließlich zur Hollow-Earth-Bewegung und den Drei Wundern führte.

Die Folge endete mit dem Ausspruch eines Mannes, der zu einer Zeit geboren worden war, als schon niemand, den Ellis gekannt hatte, mehr lebte: *»Sich anzupassen ist die wichtigste Gabe eines jeden Lebewesens. Der Mensch hat schon mehrmals unter Beweis gestellt, dass er dazu in der Lage ist. Unser wahres Talent liegt aber darin, unsere Umwelt an uns anzupassen – und am höchsten zu springen, wenn uns schon der Boden unter den Füßen wegbricht.«*

Als die zweite Episode begann, war Ellis bereits eingeschlafen. Schließlich war es erst sein zweiter Tag in der Zukunft, und sein Körper litt noch immer unter den Strapazen der Zeitreise und des Flüssigkeitsmangels, ganz abgesehen von den psychischen Folgen seiner Gewalttat. Er träumte von einem Tornado, der ihn aus seiner Werkstatt in Detroit – das eher nach Kansas aussah – davonriss und in einer Höhle mit bösartigen Riesenkäfern absetzte. Der ihm gehörende kleine Hund geriet zwischen die Fronten und wurde von einem fehlgeleiteten Schuss getroffen. Nur dass es kein Hund mehr war – es war Pax, die Melone voller Blut. Peggy musste weinen, aber Warren sagte: »Ich hätte dasselbe getan, weißt du. Jeder Mann hätte das.«

7

Zeichen der Zeit

Ellis erwachte zum mittlerweile vertrauten Gerassel in der Brust. Den Weg in das Regenwaldbad fand er diesmal alleine, dafür hatte ihm Alva »etwas Besonderes« zum Frühstück gezaubert: Eier. Das Omelett schmeckte nicht nur danach, es sah auch so aus und hatte die richtige Konsistenz. Weitere Zutaten waren Speck, grüner Paprika, Zwiebeln, Käse und eine Prise Chilipulver. Der einzige Unterschied zu einem klassischen Omelett war wahrscheinlich, dass Ellis noch nie so leckere Eier gegessen hatte – was den Verdacht schürte, dass dieses Gericht nie die Bekanntschaft eines Huhns gemacht hatte. Ein Verdacht, der sich durch das mikrowellenähnliche Gerät, dem er das Omelett entnahm, noch erhärtete.

Dieses Gerät war laut Alva einer der Erzeuger im Haus. Sie hatte Ellis angewiesen, eine Tüte Kiesel hineinzulegen; diese wiederum kamen aus einer transparenten Röhre direkt daneben, die Ellis an die Kaffeeabteilung seines alten Supermarkts erinnerte, nur dass sie bis zur Decke reichte und in dieser verschwand. Gefüllt war die Röhre mit bohnengroßen Steinchen. Er musste nur die Tüte darunterhalten und einen Schalter umlegen, um sie zu befüllen. Die Steine, woher immer sie kamen, rutschten nach. Noch so eine Leitung, dachte Ellis schmunzelnd, und er hätte fließend kalten und heißen Kies.

Die Tüte hatte er dann Alvas Weisung gemäß in den Erzeuger gelegt. Es sah so aus, als ob man den Kieselspender auch direkt daran hätte anschließen können, doch man hatte wohl darauf verzichtet. Dann hatte Alva gesagt, er solle zurücktreten und das »Kochen« getrost ihr überlassen. Er hatte ein Summen aus der Maschine gehört und etwas Licht gesehen, und dann hatte er lachen müssen, weil der Vorgang mit exakt demselben *Bing!* endete, das auch seine Mikrowelle daheim immer gemacht hatte. Als er die Tür schließlich wieder geöffnet hatte, hatte darin das dampfend heiße Omelett gelegen.

»Es ist eine alte Vorlage«, erklärte Alva. *»Ich dachte, es schmeckt dir vielleicht.«*

Erst hatte Ellis gezögert, Steine zu essen, ganz gleich, welche Zaubertricks damit vollzogen worden waren. Spätestens nach dem dritten Bissen aber war er bekehrt. »Wie kann man aus Steinen denn Essen machen? Braucht man nicht wenigstens organisches Material dafür?«

»Alles im Universum besteht aus denselben Bausteinen – man muss sie bloß lange genug zerkleinern. Dann ist es nur noch die Frage, wie man sie neu kombiniert, und man erhält organische, anorganische, flüssige und feste Verbindungen. Selbst Menschen bestehen aus denselben Materialien wie Sterne.«

»Interessant. Wenn ich also noch mehr Steine reinlege, kriege ich dann auch einen Kaffee?«

»Aber sicher doch! Klassisch, süß, Schokolade, Vanille, Erdbeere, Guave, Honig-Zimt, Ahorn, Brombeere, Latte, Erdkern-Style, Litho-Röstung …«

»Klassisch. Schwarz.«

»Nimm eine der kleinen Tüten.«

Er zog eine aus dem Spender. Die Tüten waren durchsichtig, extrem dünn und bestanden aus einer Art Kunststoff. Er hielt sie unter die Röhre und drehte den Schalter auf das Symbol für Getränke. Die Tüte füllte sich mit etwa einer Tasse Kiesel gleicher Größe, aber verschiedener Art. Einen Bing später hatte er den gewünschten Kaffee, komplett mit einem weißen Keramikbecher.

Da sonst anscheinend noch niemand wach war, wanderte Ellis mit seinem Essen ins Wohnzimmer. Wie von Alva vorhergesagt, liebte er den Balkon und fühlte sich von der Aussicht nach wie vor in Bann geschlagen. Das Licht war in ständigem Wandel begriffen und wartete verlässlich mit neuen, ungeahnten Überraschungen auf. An diesem Morgen war der Himmel von einem zarten Rosa, in das sich das Gelb einer Sonne mischte, die bis jetzt noch nicht ihr Gesicht gezeigt hatte. Mit dem Dämmerlicht erwachte auch ein Schattenspiel, dessen Darsteller die Silhouetten bestimmter Bäume und Felsen waren. Ellis konnte sich des Eindrucks nicht erwehren, dass sie eigens dafür geschaffen worden waren; unter anderem entdeckte er einen Schattentiger und einen Vogel, und je höher die unsichtbare Sonne stieg, desto näher pirschte sich der Tiger an sein argloses Opfer heran.

Ellis nahm sich einen der Polsterstühle, nippte am Kaffee und sah zu, wie der ihn umgebende kleine Teil von Hollow World aus dem Schlaf erwachte. Im Gegensatz zum Omelett begeisterte ihn der Kaffee nur mäßig; er mochte seinen Kaffee schön kräftig, dieser hier aber schmeckte wie heißes, aromatisiertes Wasser. Vielleicht hätte er der Litho-Röstung eine Chance geben sollen.

Ferne Stimmen drangen ihm ans Ohr, und als er sich über das Geländer beugte, entdeckte er eine Handvoll Frühaufsteher, die unten auf dem Rasen ein Spiel begannen. Kurz darauf hörte er Musik. Erst dachte er, sie käme aus einer der anderen Wohnungen, dann entdeckte er in einem geschützten Hain nicht weit von den Spielern ein Quartett. Die Musik war sanft und gefällig und sollte mit ihren anschwellenden Streichern offensichtlich die aufgehende Sonne begleiten.

Dann tauchten die ersten Spaziergänger auf den Gehwegen auf, manche allein, andere in Paaren. Zweimal hatte jemand einen Hund dabei. Es waren die ersten Haustiere, die Ellis sah, und es freute ihn zu sehen, dass der beste Freund des Menschen die vielen Jahre überlebt hatte. Auch war er nicht der Einzige, der mit einer dampfenden Tasse auf dem Balkon saß. Überall entlang der Klippe drehten Menschen die identischen Gesichter der Sonne entgegen, während die Musik unter ihnen lauter und lauter wurde, eine mitreißende Melodie. Selbst die Spieler hielten inne, als würde statt der Sonne eine Flagge gehisst und das Quartett dazu die Nationalhymne spielen.

Als der gelbe Ball schließlich über den Horizont stieg und sein goldenes Licht vergoss, machte die Tigersilhouette einen Satz, doch der Vogel war schon davongeflogen. Im Falschlicht erkannte Ellis die Tiere nun als einen Brunnen, Äste und einen Klippenvorsprung; Illusionen, für wenige Sekunden zum Leben erweckt, ein geheimes Schauspiel der Künstler für diejenigen, die wussten, wann sie wohin zu schauen hatten. Er fragte sich, wie viele solcher kleinen

Schätze sich noch dort unten verbargen, und ob sie von jedem Balkon gleich aussahen.

»Schön, nicht wahr?«

Unbemerkt war Pax hinter ihn getreten, die Morgensonne im Gesicht. Ellis hätte einen Morgenmantel oder Ähnliches erwartet, doch wie er selbst trug Pax dieselben Kleider wie am Vortag. Nur, dass sie keine einzige Falte zeigten; vielleicht besaß Pax also mehrere Gehröcke.

»Atemberaubend.«

»Vielleicht verstehen Sie nun besser, weshalb wir unsere Künstler so schätzen.« Pax nahm neben ihm Platz. »Und wie ich sehe, haben Sie auch Bekanntschaft mit dem Erzeuger gemacht.«

»Alva hat es mir erklärt. Das Omelett war hervorragend. Der Kaffee allerdings ...« Er verzog das Gesicht.

»Ich trinke am liebsten Frizlana – das ist eine Teevorlage. Ich kenne aber eine Menge Leute, die auf Litho-Röstung schwören.«

Das Spiel im Park gewann an Tempo. Auf den anderen Balkonen standen die Leute auf, um zuzusehen.

»Die Mezos spielen heute gegen die Brills«, erklärte Pax. »Jeder Teil der Gemeinschaft hat sein eigenes Team. Ich war eine Weile bei den Mezos ... fast sechzig Jahre ist das jetzt her. Wir waren damals nicht sonderlich gut. Haben fast immer verloren. Die Leute haben uns trotzdem angefeuert.« Pax seufzte. »Es tut mir leid, dass ich Sie gestern Abend einfach alleingelassen habe. Es ging mir nicht gut, und ich konnte kaum schlafen.«

»Bitte entschuldigen Sie, wenn ich Ihnen zu nahe getreten bin ...«

Pax schaute ihn nur ratlos an. »Sie sind einfach ...«

Ellis wappnete sich für das, was nun kam – er rechnete mit »unmöglich« oder »furchtbar«. Das waren die Ausdrücke, die Peggy und seine Mutter meistens gebraucht hatten. Warren hatte ihn für gewöhnlich als Arschloch oder hin und wieder auch mal als Vollidioten bezeichnet.

»... umwerfend. Ich wünschte, ich könnte so sein wie Sie.«

Davon überzeugt, dass Pax einen Scherz gemacht hatte, lachte er auf. Als Pax nicht mit einstimmte, verstummte er. Wahrscheinlich hatte Warren mit seiner Einschätzung recht gehabt. »Ich bin ein jämmerlicher alter Sack mit einer unheilbaren Krankheit. Das wollen Sie ganz bestimmt nicht sein.«

»Sie machen wieder Witze, oder? Da bin ich mir bei Ihnen nie ganz sicher. Ihr Humor ist ... außergewöhnlich. Sie können es aber nicht ernst meinen, denn ... nun schauen Sie sich doch an! Sie sind einzigartig. Wirklich einzigartig. Sie haben Haare – sogar in zwei verschiedenen Farben. Ihre Haut ist schlaff und hat diese tollen Falten, wie bei einem treuen Rucksack, dem man jede Meile ansieht, die man ihn getragen hat. Niemand außer Ihnen hat das. Und keiner außer Ihnen hat jemals eine Zeitmaschine erfunden, ist zweitausend Jahre in die Zukunft gereist und hat jemanden vor einem Mord bewahrt. Das ist es aber nicht allein. Es sind auch Sie selbst – wie Sie sich verhalten. Wie Sie Dinge wahrnehmen, die allen sonst entgehen. Brillenabdrücke zum Beispiel und ... ja, selbst mich. In Ihrer Gegenwart komme ich mir wie etwas Besonderes vor. Das ist eine einmalige Gabe, die Sie da haben. Sie inspirieren die Menschen und erweisen ihnen einen Dienst, ohne eine Gegenleistung dafür zu erwarten. Sie sind einfach … umwerfend.«

Ein feuchter Schimmer trat in Pax' große Augen. »Alle in Hollow World versuchen, sich von der Masse abzuheben, möglichst unverwechselbar und individuell zu sein. Aber nur Ihnen gelingt das.«

Mit solchen Augen hatte ihn noch nie jemand gesehen. Niemand hatte ihm je vorgeworfen, umwerfend zu sein, nicht einmal, als er seine Zulassung fürs MIT bekommen hatte. Man hatte ihm gratuliert und auf die Schultern geklopft, doch nicht einmal seine Mutter hatte ihn derart bewundert. Ellis wusste nicht recht, wie er damit umgehen sollte. Er nippte an seinem Kaffee und stellte fest, dass er Probleme mit dem Schlucken hatte.

»Letzte Nacht wurde mir klar, dass ich Sie nicht einfach länger hierbehalten kann«, fuhr Pax fort. »Der Hohe Rat muss von den Morden und Ihrer Hilfe bei der Aufklärung erfahren. Bestimmt wird man viele Fragen an Sie haben, und am IBS kann man Ihre Krankheit heilen.«

»Wirklich?«

»Das IBS kann so ziemlich alles, außer Sie von den Toten zurückzuholen, und verlassen Sie sich darauf, daran wird auch gearbeitet. Wenn es nur um Ihre Lungen geht, kriegen Sie einfach neue. Das geht wahrscheinlich sogar ambulant.«

»Ernsthaft? Und wie … hm … steht das ist mit den Kosten?« Pax hatte zwar gesagt, dass es kein Geld mehr gäbe, aber das hieß nicht, dass die Behandlung keinen Preis hatte.

»Kosten?«

»Was müsste ich für eine neue Lunge tun oder hergeben?«

»Sehen Sie? Ich weiß schon wieder nicht, ob das ein Witz war. Sie lächeln nicht einmal dabei.«

»Das liegt daran, dass es nicht als Witz gemeint ist. Ich möchte gerne wissen, was man im Gegenzug von mir verlangt. Ich möchte zu nichts Ja sagen, ohne dass ich weiß, worauf ich mich einlasse.«

Pax lachte. »Ellis Rogers, niemand würde je eine Gegenleistung dafür verlangen, dass er Menschen *heilt*. Sie stellen uns ja wie Monster dar, die anderen nur helfen, solange sie auch etwas dafür kriegen!«

Ellis hätte vielleicht widersprechen können. Erklären, wieso Wettbewerb einer Gesellschaft guttat, und dass Menschenfreundlichkeit oft zu Enttäuschung führte. Er hatte das Bedürfnis, das System, in dem er aufgewachsen war, zu verteidigen – bloß wollte ihm nicht der geringste Grund dafür einfallen. Er würde sich auch keinen Gefallen damit tun, denn schließlich besaß er nur ein paar Diamantohrringe und den Schmuck seiner Frau, den er in der Eile eingesteckt hatte, und nichts davon schien in dieser Welt sonderlich viel wert zu sein.

»Sobald Sie bereit sind, bringe ich Sie zu Pol.«

»Und was passiert dann?«

»Vermutlich wird man Sie dem Hohen Rat vorstellen. Viele Fragen stellen. Dann wird man Sie wahrscheinlich der Öffentlichkeit präsentieren. Zweifellos werden Sie eine Berühmtheit werden. Die Leute werden blieseln, wenn sie Ihre Geschichte hören.«

Zwar hatte Ellis keine Ahnung, was das heißen sollte, doch er hegte seine Zweifel daran. Bis jetzt hatte sich einzig Pax erfreut über seine Gegenwart gezeigt. »Ich weiß ja nicht, was *blieseln* heißt – aber Vin hat das ganz bestimmt nicht.«

»Vin ist …« Pax grübelte.

»Daran gewöhnt, selbst im Mittelpunkt zu stehen?«

»Ganz genau.«

Ellis schaute wieder auf den Park hinaus. Die Sonne war mittlerweile ganz aufgegangen und hatte eine frische, fast herbstliche Qualität. Er fragte sich, ob es hier Jahreszeiten gab. »Kann ich danach hierher zurück?«

»Wahrscheinlich wird Pol Sie nach Wegener einladen.«

»Was ist das?«

»Man könnte es wohl die Hauptstadt von Hollow World nennen. Sie liegt auf der antarktischen Platte, genauer dem Kerguelen-Mikrokontinent. Jede Platte hat ihr eigenes Zentrum, und die meisten sind größer; aber jede entsendet einen Vertreter nach Wegener. Viele der besten Künstler arbeiten dort, von daher ist es einer der schönsten Orte von Hollow World.«

»Es ist hier schon unbeschreiblich schön«, sagte Ellis, nach wie vor in die Aussicht versunken.

Die Unterhaltung hatte etwas Endgültiges, fast Feierliches. Vielleicht war ja wirklich etwas Wahres daran, dass Ellis eine andere Sicht auf die Dinge hatte, auch wenn er nichts Bewundernswertes daran fand. Allein, wie Pax vorhin gesprochen und sich entschuldigt hatte – leise, ja fast beschämt, und mit einer Offenheit, wie sie sonst nur Sterbenden auf dem Totenbett zu eigen war –, verriet Ellis, dass ihre gemeinsame Zeit sich dem Ende zuneigte. Obwohl Pax es nicht zugab: Dieses Gespräch war ein Lebewohl.

Ellis spürte, wie ihm der Mut sank. Er fühlte sich niedergeschlagen, und das Atmen fiel ihm schwer – auch, aber nicht nur wegen seiner Fibrose. Pax und Alva waren seine einzigen Freunde in dieser seltsamen neuen Welt, und die Vorstellung, sie zu verlieren, schmerzte ihn – auch wenn angesichts der Tatsache, dass er gerade ohne viel Federlesen ein ganzes Leben hinter sich gelassen hatte, wohl eine gewisse Ironie hierin lag. Er hatte Peggy und Warren in der Hoffnung auf eine zweite Chance aufgegeben, und das ohne überhaupt zu wissen, was die Zukunft bereithielt. Bislang war ihm niemand hier allzu freundlich begegnet. Pax und er aber hatten gemeinsam dem Tod ins Auge geblickt, und das war nicht spurlos an ihm vorübergegangen. Er fühlte sich Pax verbunden.

Dann war da noch die gute alte Paranoia – er machte sich einfach Sorgen um Pax.

»Sie sagten, dass Sie sich noch nie begegnet sind, richtig?«

»Sie meinen Pol? Nein. Ich bin ein Schlichter, und noch nie im Hohen Rat …«

»Ich meinte Geo-24.«

»Ach so – nein, auch Geo nicht. Wobei es aber denkbar wäre … Am Tag der Wunder bin ich mal einem Geomanten begegnet.«

»Wann war das?«

»Vor knapp einem Jahr.«

»Und was ist passiert?«

»Ich weiß es nicht mehr genau. Ich war viel zu aufgeregt, mit einem echten Geomanten zu reden, so wie jeder das gewesen wäre. Sie treten so selten in der Öffentlichkeit auf, wissen Sie? Ich glaube, es ging nur ein paar Minuten. Bloß Small Talk. Wahrscheinlich habe ich ein paar dumme Fragen gestellt – wie es so ist, ein Geomant zu sein. Das Übliche eben.«

»Finden Sie es nicht eigenartig, dass Geo-24 Sie ungefähr zum selben Zeitpunkt überprüfen ließ? Und dass er seine Vox anwies, im Falle seines Todes Sie, und nur Sie zu verständigen?«

»Ich habe nichts Gegenteiliges behauptet. Allerdings ergibt das alles wenig Sinn, und es bringt doch nichts, sich den Kopf über unlösbare Rätsel zu zerbrechen. Wir können ihn nicht mehr fragen, was er sich dabei gedacht hat.«

Das Quartett hatte sein Konzert mittlerweile beendet und packte zusammen. Dafür kamen schon die nächsten Spieler mit ihren Bällen, und eine Gruppe mit Modellbooten machte sich zum See auf.

»Ich werde Sie doch besuchen können, oder?«, fragte Ellis.

Pax ergriff seine Hand und drückte sie fest. »Ich glaube … Vielleicht wäre es besser, wenn Sie das nicht täten.«

»Aber wieso?«

»Es – es wäre einfach … besser, wenn nicht.«

»Liegt es an Vin?«

Pax wandte den Blick ab.

»Haben Sie die ganze Nacht kein Auge zugetan, weil Sie nicht schlafen konnten … oder weil Sie über mich geredet haben?«

Pax ließ seine Hand los. »Wir haben tatsächlich geredet.«

»Vin mag mich nicht besonders.«

»Das hat nichts mit Ihnen zu tun.«

»Woran liegt es dann?«

»Vin glaubt, dass Sie ein schlechter Einfluss sind.«

»Kann ich mir vorstellen.«

Ellis war wütend, absolut stinksauer. Zwar hielt er Vin für einen dummen Angeber, und es schmeckte ihm nicht, seinen einzigen Freund wegen eines solchen Idioten zu verlieren. Am liebsten aber hätte er Vin eine reingehauen – und zwar so richtig. Das war dann vielleicht doch eine etwas extreme Reaktion. Wenn Warren ihm gesagt hätte, dass er nicht mehr mit ihm rumhängen könne, weil seine Freundin ein Problem mit ihm habe, wäre es ihm nicht so gegangen. Er hätte nicht den Wunsch verspürt, Marcia dafür eine zu verpassen, und dabei waren er und Warren vierzig Jahre enge Freunde gewesen. Natürlich war Marcia auch eine zierliche Frau mit großen Augen – genauso gut hätte man ein Rehkitz verprügeln können. Vin dagegen war eine aufgeblasene, melodramatische Diva, die auf ihren Mitmenschen herumtrampelte, und obendrein auf einem so unschuldigen, hilflosen …

»Wir sollten jetzt zu Pol«, sagte Pax und rang sich ein aufmunterndes Lächeln ab; doch Ellis merkte, dass es nur Fassade war. »Ich hole Ihren Rucksack.«

In dem Augenblick, als Pax zurückkehrte, trat auch Vin aus einer Tür ins Wohnzimmer und blieb abrupt stehen. An diesem Morgen trug Vin keine Maske und sah damit in seiner viktorianischen Kleidung fast haargenau so aus wie Pax. Ellis' Blick ging zwischen beiden hin und her. Sein Verstand schien in einer Endlosschleife gefangen, wie ein Computer, der vergeblich versuchte, die größte Zahl der Welt oder die letzte Stelle von Pi zu berechnen. Würde Vin nun noch eine Melone aufsetzen …

»Wieso ist Ellis Rogers nach wie vor hier?«

Pax durchquerte den Raum und nahm Ellis an der

Hand, vielleicht aus Angst, dass Ellis Vin sonst noch erschießen könnte. Der Gedanke war ihm durchaus gekommen – schließlich schien es keine echte Justiz zu geben, und er konnte immer behaupten, nur ein Kind seiner Zeit zu sein. Dann drückte Pax ihm den Rucksack in die Arme und betätigte den Portalöffner. Mit dem inzwischen vertrauten Ploppen und Zischen tat sich die Öffnung auf. Auf der anderen Seite sah Ellis ein rundes Becken, umgeben von Bäumen, Grünflächen und gepflasterten Wegen.

»Bitte«, sagte Pax mit ängstlichem Gesicht und wies ihm das Portal.

Ellis war erstaunt, wie nahe das alles Pax zu gehen schien. Vielleicht war er ja nicht der Einzige mit einem Blick fürs Verborgene. Er schämte sich ein bisschen.

Vor ihm schimmerte das Portal, ein perfektes Fenster in eine andere Wirklichkeit, das er nur zu durchqueren brauchte. Für Ellis war es ein weiterer Turm aus Getränkekisten, eine neue Flucht an einen unbekannten Ort. Mit einem Seufzer trat er hindurch.

Das Erste, was er wahrnahm, war das Rauschen der fast zwanzig Meter hohen Wasserfontäne in der Mitte des runden Beckens. Mehrere Zehntausend Jahre waren vergangen, seit die Menschen die urzeitlichen Wälder verlassen hatten, und doch besaß das Geräusch von Wasser nach wie vor dieses gewisse Etwas, das sie veranlasste, den murmelnden Bach einfach mitzunehmen, wohin sie auch gingen. Etwas Beruhigendes, etwas in der kollektiven Psyche – Springbrunnen war wie die Uhren in Hundekörben, die den Herzschlag der fehlenden Mutter simulierten.

Das Zweite, was ihm auffiel, waren die vielen Leute. Bisher hatte Ellis noch keinen öffentlichen Platz in Hollow World erlebt, nur den Park unter dem Balkon. Manche Leute standen in Gruppen beisammen, andere eilten vorüber, aber noch hatte ihn niemand bemerkt – noch. Einer kindlichen Logik folgend, vermied Ellis Blickkontakt, so als ob ihn das unsichtbar machen würde. Davon abgesehen brauchte er die Gesichter auch gar nicht zu erkennen – sie sahen ja ohnehin alle gleich aus.

Das Dritte, was Ellis bemerkte, war die Stadt. Er stand in einem kleinen Park, der von hohen Gebäuden umgeben war. Alle waren sie einzigartig, nur wenige besaßen klare Kanten – kein einziger »Kasten« darunter – und jedes einzelne war ein Kunstwerk. Selbst zusammengeschrumpft und auf einen Sockel gestellt hätten diese Bauwerke in jedem Museum bewundernde Blicke auf sich gezogen, doch Dutzende von Stockwerken hoch waren sie schlichtweg atemberaubend. Viele wirkten, als ob sie aus massivem Fels geschlagen wären, fließende, organische Skulpturen. Ein Zusammenspiel verschiedener Metalle – Kupfer, Bronze, Gold und Silber – zierte die Fassaden, Wege und Plätze wie Intarsienarbeiten. Jugendstil traf auf expressionistische Tribal-Motive; die Natur existierte im Einklang mit Hightech; das Sanfte und das Scharfe, gefertigt und gewachsen, fanden zu einer neuen Einheit zusammen. Und über allem spannte sich ein blauer Himmel mit dünnen Wolken.

Das Letzte, was er registrierte, war, dass Pax ihm durchs Portal gefolgt war.

Mit großen Augen drehte er sich um.

»Haben Sie ernsthaft gedacht, ich würde Sie im Stich lassen?«, rügte ihn Pax demonstrativ, doch Ellis sah auf einen Blick, dass die Verärgerung nur gespielt war. »Wissen Sie denn überhaupt, wo Pols Büro ist? Wie hätten Sie ihn denn finden wollen?«

»Bislang kam ich immer da raus, wo ich hinwollte.«

Pax grinste. »Man kann nicht einfach ohne Voranmeldung in den Hohen Rat springen. Ich würde vermuten, dass man auch nicht mir nichts, dir nichts ein Portal ins Büro des Premierministers der Vereinigten Staaten öffnen durfte – habe ich recht? Zwar hat weder Pol noch sonst jemand im Rat die Macht, einen einfach so hinzurichten, wie das meines Wissens bei Ihnen damals der Fall war; sehr höflich ist es aber trotzdem nicht.«

Ellis musste schmunzeln. Er freute sich so über Pax' Gegenwart, dass er über die historischen Ausrutscher gerne hinwegsah. Andererseits, überlegte er, waren zweitausend Jahre eine lange Zeit, und Alvas Geschichts-Gramme hatten ihm nur einen kleinen Ausschnitt davon gezeigt. Vielleicht hatten die Vereinigten Staaten ja wirklich irgendwann einen blutrünstigen Premierminister gehabt.

Pax führte ihn über den Platz mit seinen eingelassenen Metallmustern. Vermutlich hatte man sich irgendwas dabei gedacht – auch wenn sie beim Darüberlaufen nicht viel Sinn ergaben, mochten sie von den umliegenden Fenstern aus gesehen einen schönen Anblick bieten. In der Ferne sah er einen großen Fluss, der sich zwischen den Gebäuden durchschlängelte. Eine Vielzahl von Schiffen war auf dem Wasser, von traditionellen Seglern bis hin zu exotischen Gefährten, die aussahen, als würden sie von Glassegeln getrieben. Keine Frachter oder Lastkähne aber, wie er sie vom Detroit River kannte. Alles in dieser Welt diente dem Vergnügen, als ob jeder permanent Urlaub hätte. Wo waren die Fabriken? Wo waren die Männer mit den Presslufthämmern, die die Straßen reparierten? Und wo waren überhaupt die Straßen?

Nur wenige Sekunden nach ihrem Erscheinen waren die ersten Leute auf ihn aufmerksam geworden. Nun drehten sich immer mehr Köpfe in seine Richtung, Passanten blieben stehen und staunten. Ein paar wirkten, als wollten sie etwas sagen, doch Pax marschierte einfach weiter. Auch Ellis drehte sich lieber nicht um, hörte aber das Murmeln in seinem Rücken und konnte sich lebhaft vorstellen, wie sich Grüppchen von Leuten wie Wirbel in ihrem Kielwasser bildeten.

Den Sitz des Hohen Rates zu finden war nicht halb so schwer, wie Pax getan hatte, denn er stach genauso dramatisch hervor wie die meisten Regierungsgebäude. Er war zentral gelegen und wurde von einem riesenhaften Erdball aus Kupfer und Gold gekrönt. Der Hollow-World-Globus zeigte nicht die bekannten Kontinente, sondern die darunter liegenden Lithosphärenplatten. Gravuren auf der Oberfläche deuteten zwar auch die Küstenlinien an, doch wirkten sie wie geisterhafte Umrisse, eine Zeichnung im Fell eines Hundes. Europa und Asien teilten sich eine Platte, dafür hatte die Arabische Halbinsel eine eigene. Nordamerika, Südamerika und Afrika besaßen ebenfalls eigene Platten, allerdings waren diese viel größer als die Kontinente, weil auch eine Menge Ozean dazugehörte. Einige andere Platten konnte er gar nicht richtig zuordnen. Manche waren relativ klein, wie eine direkt vor der Nordwestküste Amerikas oder eine andere nahe der Antarktis, vor der Spitze des einstigen Argentiniens. Ellis fragte sich, wo genau er sich befand.

Im Inneren war das Gebäude trotz der Wände aus schwarz glänzendem Marmor überraschend hell und weitläufig. Überall sah er Skulpturen und Mosaike. Das größte davon, raffiniert aus den verschiedensten Formen zusammengefügt, bildete den Schriftzug HOLLOW WORLD. Insgesamt wirkte alles weniger wie ein Regierungssitz als wie ein Museum – und ein erstklassiges obendrein. Die Temperatur war dieselbe wie draußen und bewahrte Ellis vor einem weiteren Hustenanfall. Streng genommen kam er ja aber auch nicht von »draußen«, sondern nur aus einem anderen, größeren Raum.

In der Lobby herrschte nicht viel Betrieb, und er konnte auch keinen Empfang oder Ähnliches entdecken. Pax steuerte zielstrebig auf einen freien Abschnitt der Wand zu und tippte dort auf das Marmor. Eine Art Touchscreen erschien, Pax wählte sich durch ein paar Menüs und fand schließlich Pol-789. Darunter stand eine Liste mit Namen, und zu seiner Überraschung sah er dort *Ellis Rogers* direkt neben *Pax-43 246 018*. Pax wählte ihre Namen aus, und ein Portal tat sich neben ihnen auf.

Sie traten hindurch und fanden sich in einem kleinen Büro wieder. Es war rund und hatte vollverglaste Wände, die das Falschlicht von allen Seiten einließen und einen Panoramablick über die nun tief unter ihnen liegende Stadt boten. In der Mitte stand ein edler runder Tisch mit einer detaillierten Kartenprojektion von Hollow World als Radierung, über der sich eine Replik des großen Globus von draußen drehte. Um den Tisch standen vier Stühle.

»*Willkommen*«, begrüßte sie eine Vox mit einer angenehmen Frauenstimme. »*Mein Name ist Balmore. Ratsprä-*

sident Pol wird jeden Moment eintreffen. Bitte nehmen Sie doch Platz.«

Ellis und Pax ließen sich nieder. Pax saß kerzengerade und korrigierte mehrfach den Sitz von Gehrock und Melone, nur um kurz darauf wieder von vorn anzufangen.

»Sie sind hier nicht gerade häufig zu Gast, was?«, fragte Ellis. Ironischerweise war er selbst so gut wie gar nicht nervös, wahrscheinlich deshalb, weil er keinerlei Erwartungshaltung hatte. Wäre es das Oval Office oder ein Palast gewesen, dann wäre er wahrscheinlich der Eingeschüchterte gewesen. So war es aber nur ein Zimmer mit einem protzigen Tisch, und Ellis hatte schon beeindruckendere Büros gesehen.

»Ich war erst einmal in Wegener, vor ziemlich langer Zeit, und ich war noch nie im Rat – geschweige denn bei seinem Präsidenten.«

Als die Tür aufging, sprang Pax auf die Beine und nahm Haltung an. Da er mit dem Protokoll nicht vertraut war, tat Ellis dasselbe.

Die Person, die eintrat, war eine weitere identische Kopie von Pax. Zumindest nahm Ellis die Leute so wahr, auch wenn ihm klar war, dass Pax mit nur ein paar hundert Jahren deutlich jünger war als die meisten anderen Menschen. Womöglich gaben die Namen ja einen Hinweis darauf – wie bei den Nummernschildern von Delaware oder Nutzernamen im Internet, so hießen niedrigere Zahlen vielleicht höheres Alter und entsprechendes Ansehen. Natürlich hätte die Nummerierung auch Schlüsse auf die Beliebtheit eines Namens zulassen können, aber wenn ein Geomant schon Geo hieß, hatte das wohl seinen Sinn. Geo-24 wäre dann wirklich sehr alt – nur 23 Geos davor –, Pol-789 schon etwas jünger, und Pax-43 246 018 wäre wirklich ein regelrechtes Baby im Vergleich.

»Schön, Sie zu sehen!«, begrüßte sie ihr Gastgeber. »Ich bin Ratspräsident Pol. Bitte setzen Sie sich doch.«

Bei der Wahl seiner Kleidung hatte Pol sich noch tiefer in der Vergangenheit bedient als Pax oder Vin. Der Ratspräsident trug eine leuchtend orangerote Toga, die an der Schulter von einer Gewandfibel mit dem Muster der Weltplatten gehalten wurde. Ebenso glatzköpfig und von dunklem Teint wie alle Menschen hier, war Pol doch der Erste, der auf Ellis normal wirkte; er hätte problemlos ein tibetischer Mönch aus dem Fernsehen oder von einem Titelbild des *National Geographic* sein können. Pol begrüßte ihn höflich, dann stand er wieder gerade, eine Hand im Gewand wie Napoleon.

»Danke, dass Sie sich Zeit für uns nehmen«, sagte Pax. Dann setzten sie sich wieder.

Pol schien mindestens so fasziniert von Ellis wie umgekehrt, wenn nicht mehr. Er warf sogar einen kurzen Blick unter den Tisch, um den Rest von ihm zu sehen. »Herrlich. Einfach nur herrlich.«

»Ellis Rogers ist ein echtes Geschenk«, stimmte Pax zu. »Der Einzige seiner Art. Wie ich in meiner kurzen Nachricht schon erklärte, stammt er aus dem einundzwanzigsten Jahrhundert, lange bevor das IBS gegründet wurde, man mit den Arbeiten an Hollow World begann oder Monsanto die ersten unterirdischen Farmen baute. Zu seiner Zeit war man noch auf fossile Brennstoffe angewiesen, aß geschlachtete Tiere und lebte jeden Tag im Grünen, dem Wetter schutzlos ausgeliefert.«

So hatte er Pax noch gar nicht reden hören – so förmlich und voller Bewunderung. Es überraschte ihn.

»Ein echter Darwin.« Pol nickte. »Und Sie haben sich wie bei H. G. Wells Ihre eigene Zeitmaschine gebaut?«

»In meiner Werkstatt – so schwer war das gar nicht. Die Grundlagen stammten von einem Physiker namens Hoffmann. Er hat herausgefunden, wie es überhaupt funktioniert.«

»Können Sie auch zurückreisen? Sind Sie nur zu Besuch?«

»Nein. Es funktioniert nur in eine Richtung. Ich werde also für immer bleiben, auch wenn das nicht sonderlich lange sein dürfte.«

»Ach nein?«

»Sie müssen wissen, dass ich an einer schweren Krankheit leide ...«

Pol hob die Hand. »Pax hat mir das schon alles in Kürze geschildert. Ich weiß auch, dass Sie entscheidend dazu beigetragen haben, den Mörder eines unserer hochgeschätzten Geomanten zu stoppen. Glauben Sie mir also, wenn ich sage, dass ganz Hollow World in Ihrer Schuld steht und wir dafür Sorge tragen werden, dass jedweder Defekt Ihres Körpers korrigiert wird. Sie sind uns sehr teuer, und ein Held obendrein – nicht, dass Letzteres nötig gewesen wäre. Die Kollegen am IBS lieben Herausforderungen wie diese, und mit einem echten Darwin zu arbeiten, nun ja ...« Pol drückte Ellis' Hand. »Wir werden uns so gut wir können um Sie kümmern.«

Dann wandte sich Pol an Pax. »Danke dafür, dass Sie Ellis Rogers zu uns gebracht haben, und auch für Ihre Hilfe bei der Aufklärung der Morde. Sie haben Hollow World einen unermesslichen Dienst erwiesen, Pax. Ich verspreche, dass man sich daran erinnern wird.«

Pol tippte sich auf die Gewandfibel, worauf sich das Portal hinter ihren Stühlen wieder öffnete. »Und Sie können sich darauf verlassen, dass Ellis Rogers bei uns in den besten Händen ist.«

Es folgte ein Moment der Stille. Dann erhob sich Pax langsam, die Augen gesenkt.

»Danke nochmals«, sagte Pol.

Schon wieder lag Abschied in der Luft, und obwohl Ellis hocherfreut war, dass man ihm medizinische Versorgung gewährte, so fühlte er sich doch niedergeschlagen. Aber was konnte er tun? Was erwartete er? Er kannte Pax ja schließlich erst ganz kurz. Ellis verstand seine eigenen Gefühle nicht mehr. Alles, was er wusste, war, dass er gerne in Pax' Nähe war, und die Aussicht, sich niemals wiederzusehen, ihn deprimierte.

Ellis setzte sein Pokergesicht auf. Er würde sich zusammenreißen und es wie ein Mann nehmen.

Da sah er, wie Pax plötzlich zögerte und sich mit ernstem Blick noch einmal an Pol wandte.

»Wer ist Ren?«

Auf einen Schlag war Pols Lächeln wie weggewischt. »Entschuldigung, wie war das?«

Pax' Ausdruck wurde noch misstrauischer. »Ich habe Sie gefragt, wer Ren ist.«

»Ich habe nicht die leiseste Ahnung.«

Pax ließ den zunehmend nervöser werdenden Präsidenten nicht aus den Augen.

»Worüber haben Sie mit Geo-24 geredet?«

Pol mühte sich, sein Lächeln zurückzugewinnen. »Ich denke, es wird Zeit für Sie zu gehen, Pax.«

Da wich die Sorge auf Pax' Gesicht blankem Entsetzen. »Sie sind nicht Pol-789!«

Der Präsident reagierte mit einem gekünstelten Lachen, das selbst Ellis ihm nicht abkaufte. »Natürlich bin ich das. Ich wäre sonst ja wohl kaum in der Lage, diesen Raum zu betreten.«

»Es sei denn natürlich, dass Sie Pols Chip hätten.« Pax tat einen raschen Schritt nach vorn und riss dem Ratspräsidenten die Toga von der linken Schulter. Dort, in der sonst unversehrten braunen Haut, war eine Narbe: gut verheilt, aber deutlich sichtbar, ganz ähnlich wie die, welche Ellis bei dem Double von Geo-24 gesehen hatte.

Von dem Angriff überrascht, versuchte Pol sich mit beiden Händen wieder zu bedecken. Und da sahen sie, dass dem Ratspräsidenten an einer Hand der kleine Finger und der Ringfinger fehlten.

Pax rang nach Atem. »Wer sind Sie?«

Pol ließ das Versteckspiel bleiben und berührte abermals die Brosche, worauf mehrere der Fenster sich in Bildschirme verwandelten, die allerdings sämtlich ein und dasselbe zeigten: den Hinterkopf einer Person.

»Gar?«, rief Pol, und der Kopf fuhr herum. »Ich brauche umgehend Ihre Hilfe. Wir haben hier einen Zwischenfall.«

Pax stieß den protzigen Tisch vor. Er traf den Ratspräsidenten im Magen, worauf er mitsamt seinem Stuhl umstürzte.

Das Portal hinter ihnen stand immer noch offen.

»Weg hier!«, rief Pax.

Ellis zögerte keine Sekunde. Er sprang durch die Öffnung und fand sich in der Lobby wieder. Hinter ihm im Portal konnte er Pol noch »Halt!« rufen hören.

Ehe er wusste, wie ihm geschah, hatte Pax ihn an der Hand gepackt und zog ihn zum Ausgang. »Wir müssen nach draußen, damit ich ein Portal öffnen kann!«, erklärte Pax und fummelte bereits den Öffner aus dem Gehrock.

»Was geht hier vor? Wieso sind die hinter Ihnen her?«

»Um mich geht es hier nicht – was die wollen, sind Sie.«

Hinter ihnen in der Lobby schnappten mehrere Portale auf, dann hörten sie Schritte und Schreie. »Bleiben Sie stehen!«

Pax und Ellis stürmten durch die Türen hinaus ins Falschlicht von Hollow World, das keinerlei Wärme spendete. Dann betätigte Pax den Öffner, und ein neues Portal entstand direkt vor ihnen. Gemeinsam sprangen sie hinein, noch immer Hand in Hand.

Ellis fand sich in einem weiten Stadion wieder. Zehntausende Menschen saßen auf den Rängen und blickten auf ein grünes Feld hinab, auf dem ein Spiel in vollem Gange war. Die Menge johlte, applaudierte, sprang von ihren Sitzen. Niemand nahm Notiz von Pax und Ellis.

Pax zog Ellis an der Hand ein paar Stufen hoch und hinter eine Säule, auf der in weißer Fettschrift SEC-B-200–300 stand.

»Wo sind wir hier? Was ist da los?« Ellis musste schreien, um sich über den Jubel der Fans verständlich zu machen.

»Im Tuzo-Stadion.« Pax kämpfte hektisch mit dem Portalöffner. »Ich war letzte Woche schon hier. Der Zielort war noch in der Liste – ich hatte keine Zeit, einen neuen einzugeben.«

Ellis spähte hinter der Säule hervor. Auf dem Spielfeld traten Sportler mit drei verschiedenen Bällen gegeneinander an. Statt Trikots zu tragen, hatten sie sich bunt angemalt: Ein Team war blau, eines gelb, das dritte orangerot.

»Was war das eben, in Pols Büro? Was sollte das Ganze mit Ren?«

Pax widmete sich weiter dem Öffner und warf wachsame Blicke die Treppe hinunter. »Wir brauchen einen Platz außerhalb, im Grünen, wo Sie in Sicherheit sind.«

»In Sicherheit vor wem?«

»Alles, was ich weiß, ist, dass das nicht Pol-789 war. Wen immer wir da gerade getroffen haben, war an dem Mord an Geo-24 beteiligt und hat vielleicht auch Pol-789 getötet.«

»Woher wissen Sie ...«

»Geschafft«, erklärte Pax, als sich ein neues Portal auftat.

Ellis konnte praktisch nichts darin erkennen. Die andere Seite war völlig dunkel.

Pax ergriff wieder seine Hand. »Los, bevor sie uns kriegen.«

Kaum dass Ellis das Portal durchschritt, schlug ihm eine Wand aus heißer, feuchter Luft entgegen, und er wusste: Er war nicht länger in Hollow World. Das Licht, das noch aus dem Stadion zu ihnen fiel, erhellte dichte Vegetation. Große, breitblättrige Pflanzen und kräftige Bäume hießen sie willkommen. Der Boden unter seinen Füßen fühlte sich rutschig an, der Geruch nach Pflanzen und Moder erfüllte die Luft, und überall rief und pfiff und schrie und keckerte es.

Eine Sekunde später kollabierte das Portal und ließ sie in der Dunkelheit zurück.

»Wo sind wir denn jetzt gelandet?«, flüsterte Ellis und wagte es kaum, sich zu bewegen. Pax aber zog ihn weiter, blindlings tiefer ins Dickicht. Zweige schlugen ihnen ins Gesicht.

»Im Grünen – südamerikanische Platte, Amazonas-Biom.«

»Wir sind im Amazonasbecken?«

Pax blieb stehen. »Ich – ich dachte …« Man hörte deutlich die Angst in der Stimme des Schlichters. »Ich wusste nicht, dass es hier gerade Nacht ist. Ich kann gar nichts sehen!«

»Einen Moment. Ganz ruhig.« Ellis nahm seinen Rucksack ab und fischte die Taschenlampe heraus.

»Bitte leuchten Sie mir«, bat Pax und hielt ihm den Portalöffner hin. Auf dessen Oberseite befand sich ein kleiner Schirm mit Zahlen und Buchstaben. »Sie sagten, Ihre Zeitmaschine steht nicht weit vom Ford-Museum, richtig?«

»Richtig.«

»Und Sie haben dort noch Vorräte und Wasser?«

»Aber sicher.«

»Gut, dann öffne ich Ihnen ein Portal in der Nähe des Museums. Sobald Sie durchgetreten sind, sind Sie sicher vor Entdeckung.«

»Moment – was wird aus Ihnen? Das klingt, als kämen Sie nicht mit!«

»Ich kann nicht. Ich trage einen Chip, so wie jeder. Jedes Mal, wenn ich durch ein Portal gehe, können sie den PICA in meiner Schulter verfolgen. Sie wissen jetzt, dass wir im Tuzo-

Stadion waren. Und auch, dass wir inzwischen im Dschungel sind. Sie können den exakten Ort anpeilen, an dem wir rausgekommen sind – aber da wir nicht mehr in Hollow World sind und uns vom Ankunftsort fortbewegt haben, wissen sie nicht genau, wo sie suchen müssen. Sobald wir uns trennen, haben sie keine Chance mehr, Sie zu finden.«

»Wer sind ›sie‹?«

»Die Mörder. Wer auch immer das in Pols Büro tatsächlich war. Ich dachte, wir hätten die Serie der Gewalt beendet. Ich habe mich wohl getäuscht. Offensichtlich ist das alles kein Zufall; Menschen werden vorsätzlich ermordet und ausgetauscht. Wir müssen den Grund dafür herausfinden. Wahrscheinlich sind wir beide die Einzigen, die überhaupt davon wissen.«

»Vielleicht hat Geo-24 ebenfalls davon gewusst – oder etwas vermutet. Deshalb hat er Nachforschungen über Pol angestellt. Und deshalb wurde er vielleicht auch ermordet.«

»Möglich«, sagte Pax. »Abernathy sagte aber, dass Pol als Erster Kontakt zu Geo-24 hergestellt hat. Die Frage ist, worum ging es dabei?«

»Was immer Pol wollte, es ließ Geo-24 Fragen stellen, deren Antworten einem nicht guttun.«

»Es könnte alles Mögliche gewesen sein. Alles, was ich weiß, ist, dass sie hinter Ihnen her sind.« Ein Portal entstand. Auch dieses führte in eine waldige Dunkelheit, nur nicht so dicht. »Los! Gehen Sie!«

Ellis zögerte. »Aber was wird mit Ihnen?«

»Machen Sie sich keine Sorgen. Verschwinden Sie!«

»Ich mache mir aber Sorgen – wenn ich weg bin, werden die sich an Ihre Fersen heften.«

»Ich werde ihnen nicht verraten, wohin ich Sie geschickt habe. Das verspreche ich.«

Ellis seufzte. Das elektrische Filament, das den Umriss des geöffneten Portals markierte, warf ein geisterhaftes Licht auf Pax' Gesicht und die riesenhaften Blätter. »Das weiß ich doch. Eher würden Sie sterben, als denen was zu verraten.«

»Ja …« Pax nickte verzweifelt. »Das würde ich.«

»Was genau der Grund ist, weshalb ich nicht durch dieses Portal gehen werde. Nicht ohne Sie.«

»Ich kann doch nicht mit, weil ich einen Chip trage! Die werden bald hier sein!«

Ellis legte die Hand auf die Waffe an seiner Seite.

»Nein«, sagte Pax mit bebenden Lippen. »Bitte nicht.«

»Ich werde Sie nicht zurücklassen.«

»Bitte keine Toten mehr! Gehen Sie einfach.«

Der Schmerz auf Pax' Gesicht tat Ellis in der Seele weh. Dies war der einzige Freund, den er hier hatte. Er würde jeden töten, der versuchte, Pax etwas anzutun; doch hier und jetzt war er derjenige, der die Qualen verursachte. Es musste einen anderen Weg geben.

»Und wenn wir den Chip loswürden?«, fragte er.

Pax' Gesicht nahm einen entschlossenen Ausdruck an. »Haben Sie Ihr Messer dabei?«

Ellis nickte.

»Okay …« Das Portal schloss sich mit leisem Knall. »Lassen Sie uns aber erst etwas weiter weg von unserem Ankunftsort. Das wird uns mehr Zeit geben.«

Ellis ging mit der Taschenlampe voraus. Sie kämpften sich durch dichte Farne und Wurzeldickicht und durchquerten einen kleinen Bach, bis sie höheren Boden erreichten. Am

Fuß eines lianenbehangenen Stamms fanden sie eine freie Stelle. Der Boden war schwammig, eine undefinierbare Masse pflanzlicher Rückstände – gewissermaßen frischer Schmutz. Zu dem Zeitpunkt war Ellis schon klitschnass. Vielleicht lag es an der Luftfeuchtigkeit oder dem Wasser, das sich auf den Blättern gesammelt hatte, vielleicht war es auch einfach nur ganz altmodischer Schweiß, aber seine Kleider klebten ihm am Körper und zogen wie Gewichte an ihm. Auch sein Atem ging stoßweise, das altvertraute scharfe Rasseln. In Hollow World hatte es ihm nicht so zugesetzt, doch jetzt war es zurück, als wollte ihn die Luftveränderung daran erinnern, dass seine Zeit knapp bemessen war.

Pax hatte bereits den Gehrock ausgezogen und knöpfte sich das weiße Hemd auf. Es lag etwas Schmerzliches in dem Anblick – als schaute man einem Superhelden zu, wie er aus blanker Not die Maske ablegte. Darunter sah Pax aus wie alle anderen.

Ellis setzte den Rucksack ab und zog das Jagdmesser. Er hatte es bei Amazon gekauft, eine Ironie, die ihn in diesem angespannten Moment verdutzt innehalten ließ. »Wir sollten das irgendwie sterilisieren.«

»Wozu?«

»Um einer Infektion vorzubeugen.«

»Es gibt auf der ganzen Welt keinen einzigen Keim, der an meinen Zellen interessiert wäre.« Pax lehnte sich an den Baumstamm. »Achten Sie nur darauf, sich nicht selbst zu verletzen.«

»Wenn Sie es sagen.«

Er kniete sich neben Pax, die Taschenlampe in der einen, das Messer in der anderen Hand. Er versuchte sich mit dem Ärmel den Schweiß von der Stirn zu wischen, doch er tauschte nur eine Nässe gegen eine andere.

»Sitzen diese Chips denn sehr tief?«

»Keine Ahnung …«

»Ich fürchte, das wird sehr schmerzhaft.«

»Das fürchte ich auch, und Sie beeilen sich besser. Früher oder später wird jemand kommen, und ich kann leider nicht …«

»Was können Sie nicht?«

»Versprechen, dass ich nicht schreien werde. Ehrlich gesagt werde ich das wahrscheinlich.«

Das Licht der Lampe spiegelte sich auf der breiten Klinge und in Pax' furchtsamen Augen. Ellis kam sich vor wie ein Messerstecher aus einem alten Western. Was er brauchte, wäre ein Skalpell, oder wenigstens ein Teppichmesser oder eine Rasierklinge. Eine Operation mit einem Fünfzehn-Zentimeter-Bowiemesser durchzuführen, das war völlig verrückt.

»Sind Sie auch sicher, dass wir das tun sollten?«

»Das bin ich.«

»Ich meine, ich weiß, dass es meine Idee war, aber ich möchte nicht, dass Sie glauben, Sie müssten …«

»Nun machen Sie schon.« Pax versuchte, tapfer zu klingen, und hielt sich in der Tat nicht schlecht – besser jedenfalls als Ellis, dem das Messer vor lauter Schweiß fast aus der Hand glitt. Er hatte noch nie an jemandem herumgeschnitten. Er hatte lediglich einmal Peggy einen Holzsplitter mit einer Nadel entfernt. Die Prozedur hatte fast eine Viertelstunde gedauert, in der er gezwickt und gebohrt und sie gezuckt und geschrien hatte. Er erinnerte sich noch gut daran, wie ihn selbst diese kleine Prozedur an den Rand der Verzweiflung getrieben hatte. Das, was er jetzt vorhatte, versetzte ihn in Todesangst.

Er zwang sich, tief durchzuatmen, und drückte die große Edelstahlklinge an Pax' makellose Haut. Sie sah so riesig und fehl am Platz aus, als hätte er eine Grillgabel in ein feines Restaurant mitgebracht. Der Werbetext des Messers fiel ihm wieder ein: *Die perfekte Wahl, um im Wald ein Reh auszunehmen.* Einhändig wurde das aber nichts. Also nahm er die Taschenlampe zwischen die Zähne und packte Pax' Schulter. Wenn er das wirklich durchziehen wollte, durfte er sich nicht so anstellen. Er musste schnell und tief schneiden. Alles andere würde Pax' Leid nur unnötig in die Länge ziehen. Dann rief er sich in Erinnerung, wo er die anderen Narben gesehen hatte, und hoffte, dass er damit richtig lag.

»Ich fange jetzt an«, nuschelte er an der Taschenlampe vorbei. Dann holte er noch einmal Luft und stieß Pax die Klinge in die Schulter.

Mit lautem Aufschrei bäumte Pax sich auf, und er brauchte seine ganze Kraft, die Schulter festzuhalten. Er stach tiefer. Pax schrie lauter. Beinahe klang es überrascht – ein bestürztes, langgezogenes »Oh!«, als ob Pax ansetzte, die gleichnamige Hymne von Oklahoma zu singen. Nach einer Sekunde war der Schnitt tief genug, dass Ellis einen Vierteldollar darin hätte verstecken können. Es blutete, aber nicht so schlimm, wie er befürchtet hatte. Er hatte Angst gehabt, dass es spritzen würde wie aus einem blutgefüllten Ballon. Nun musste er nur noch den Chip finden, und da gab es wohl nur eine Möglichkeit.

Ellis drückte den Zeigefinger in den Schnitt und suchte.

Pax fuhr zusammen und trat mit den Beinen, als ob der Boden in Flammen stünde. Die Wunde blutete nun stärker. Es rann Pax in kleinen Bächen den Arm hinab und troff auf den Handrücken, der sich auf dem Waldboden verzweigte wie die Wurzeln eines kleinen Baums. Pax' Finger krallten sich mit aller Kraft im Erdreich fest. Ellis spürte Pax zittern und hörte, wie jemand keuchte, war sich aber nicht sicher, wer von ihnen beiden es war.

Irgendwo in Ferne störten ein plötzliches Gekreisch und Flügelflattern den nächtlichen Dschungel.

»Sie sind hier«, stieß Pax mühsam hervor.

Doch Ellis achtete nicht weiter darauf. In diesem Moment hätte es ihn nicht einmal gekümmert, wenn ihm eine Python am Hosenbein hochgekrochen wäre. Er hatte seinen Finger bis zum mittleren Gelenk in Pax' Fleisch und wühlte blindlings zwischen Sehnen. Und da … er war sich ziemlich sicher – ja, das war der Knochen. Erst, als er schon fast die Hoffnung aufgegeben hatte, noch irgendetwas zu finden, berührte seine Fingerspitze etwas Festes, so hauchdünn wie eine Plastikscheibe. Er nahm wieder das Messer und legte sie weiter frei. Dabei zwang er sich, nicht auf das Keuchen und Krächzen, das Rucken und Zucken zu achten. Der größte Gefallen, den er Pax momentan tun konnte, war, sich zu konzentrieren und die Sache hinter sich zu bringen.

Er hatte es schon fast geschafft, und mit einer feinen Pinzette hätte er das verdammte Ding vermutlich herausziehen können, doch stattdessen musste er weiter das Messer benutzen. Er setzte einen zweiten Schnitt an, sodass er auch den Daumen in die X-förmige Öffnung stecken konnte. Pax hatte Augen und Lippen zusammengepresst und bebte am ganzen Körper. Dann erwischte Ellis das verdammte Ding. Er packte es mit Daumen und Zeigefinger und zog. Mit sattem Schmatzen löste sich der Chip. Fast gleichzeitig schrie Pax vor Schmerzen auf und warf den Kopf in den Nacken, dass die Melone herabfiel.

»Hab ihn!«, triumphierte Ellis.

Er legte den Chip rasch beiseite und öffnete den Verbandskasten, riss eine saubere Kompresse aus der Verpackung, drückte sie auf die Wunde und wickelte Pax eine Mullbinde um die Schulter. Sobald der Verband richtig saß, fixierte er ihn mit medizinischem Klebeband.

In der Dunkelheit konnte er das Knacken von Zweigen hören.

Pax' war schweißgebadet. »Sie haben mich gehört. Wir müssen weg!«

»Moment«, sagte Ellis. »Wenn wir diesen Chip durch ein Portal schicken, dann werden sie doch denken, dass wir das waren, richtig?«

Pax nickte.

»Dann öffnen Sie bitte ein Portal nach ganz weit weg.«

Mit dem blutigen Messer schnitt Ellis ein Stück Rinde vom Baum und klebte den Chip darauf fest. In der Zwischenzeit betätigte Pax mit der gesunden Hand den Öffner. Ein Portal tat sich auf. Alles, was Ellis auf der anderen Seite sehen konnte, war ein tiefschwarzer Sternenhimmel. Er holte aus und warf das Rindenstück so fest er konnte durch die Öffnung. Dann schloss der Schlichter das Portal und wählte eine neue Verbindung, während Ellis seine Kleider und die restliche Ausrüstung im Rucksack verstaute.

Irgendwo zu ihrer Linken hörte Ellis, wie sich mehrere

Leute durchs Unterholz kämpften. Dann erhellte ein kurzer Lichtblitz die Unterseite der Baumkronen, und abermals erfüllte aufgeregtes Tiergeschrei den Dschungel.

Das Portal, das sich als Nächstes öffnete, zeigte denselben nächtlichen Wald wie zuvor. Ellis warf sich den Rucksack über die Schulter und half Pax mit dem anderen Arm, aufzustehen. Dann stolperten sie gemeinsam durch die Öffnung.

8

Eine andere Zeit, ein anderer Ort

Pax schlief noch, als die Sonne aufging.

Der Hügel, auf dem Ellis saß, war fast derselbe wie am ersten Morgen nach seiner Zeitreise. Er war zurück in Dearborn, Michigan, und irgendwo weiter den Hang hinab lag Greenfield Village. Der einzige Unterschied zwischen diesem Sonnenaufgang und der Falschlichtdämmerung bei Pax daheim war die Hitze, sowie die Einsicht, dass das Original tatsächlich weniger beeindruckend war; der echte Sonnenaufgang wirkte fast etwas fad im Vergleich.

Er dachte daran, wie traurig er gewesen war, als er zuletzt hier gesessen hatte. Er hatte gerade alles verloren gehabt und geglaubt, dass er nun einsam sterben müsse. Er hatte die ganze Welt für sich gehabt, aber niemanden zum Teilen. Er schaute hinab zu Pax, in den Gehrock als Decke und den Rucksack als Kissen gekuschelt. Vorsichtig hob er die Ecke des Verbands an, um nach der Wunde zu sehen. Die Kompresse hatte er bereits einmal gewechselt – die erste war nur noch ein blutiger Schwamm gewesen, und er hatte sie möglichst weit weggeworfen. Blut lockte bloß Tiere an, und das Letzte, was sie jetzt gebrauchen konnten, war ein Bär oder dergleichen.

Die neue Kompresse war noch fast weiß.

Die letzte Nacht, nach dem Verbandwechsel, waren Pax in seinen Armen plötzlich die Augen zugefallen. Er war schon in Panik geraten und hatte befürchtet, dass es am Blutverlust lag. Doch Pax hatte ihm versichert, dass alles in Ordnung war. »Ich bin bloß sehr müde, und das hier« – Pax hatte seinen Arm gedrückt – »ist sehr schön. Es tut gut, hier zu liegen, und ich habe mich schon sehr lange nicht mehr gut gefühlt.« Dann war Pax wieder eingeschlafen.

Die Worte gingen Ellis noch eine Weile im Kopf herum. Fühlte sich denn irgendwer je wirklich lange gut? Er konnte sich selbst nicht entsinnen, wann er zum letzten Mal dieses herrliche Gefühl gekostet hatte, frei von allen Sorgen und Nöten zu sein. Solche Momente verloren sich in den Nebeln der Jugend, und wahrscheinlich hatten sie nie wirklich existiert. Wenn er ehrlich zu sich war, hatte er seine Kindheit als einzigen Albtraum empfunden, voller Ängste und frustrierender Beschränkungen. So, wie Fotos mit dem Alter vergilbten, wurden Erinnerungen rosig mit der Zeit, und keine Zeit war ferner als die Kindheit.

Die Menschen lebten von den vergänglichen Momenten des Glücks, so wie sie es immer getan hatten, während sie sich durch den Sumpf ihres Alltags kämpften und die Konfrontation mit dem Unheil mieden, so gut es eben ging. Ellis fragte sich, ob es ihm je wieder wahrhaft gut gehen würde, oder ob ihm selbst dieser bescheidene Traum verwehrt bleiben sollte. In der stillen Nacht einer verlassenen Welt, mit Pax schlafend an seiner Seite, erkannte er, dass er diesem Glück wohl niemals näher kommen würde als in diesem Moment.

Bei Sonnenaufgang grübelte er noch immer über das, was

Pax ihm gesagt hatte und was die Worte wohl bedeuten mochten.

»Guten Morgen«, sagte Ellis, als Pax' Augenlider zu flattern begannen.

Der Schlichter fröstelte.

»Hunger? Lust auf Frühstück?«

»Haben Sie denn einen Erzeuger?« Pax gähnte und knöpfte sich ungeschickt mit einer Hand das Hemd zu.

»Nein – nur gute alte Konserven.«

Ellis präsentierte Pax einen Eintopf. Das Etikett war vom Herumtragen in seinem Rucksack etwas verschrammt, doch das Bild einer dampfenden Schüssel mit herzhaften Fleischstücken und Gemüse war noch gut zu erkennen. »Zweitausend Jahre alter Rindereintopf. Lecker.«

Pax studierte die Dose mit skeptischem Blick. »Wird mir das schmecken?«

»Kommt ganz darauf an, wie viel Hunger Sie haben. Wie geht es Ihnen?«

Pax zog eine Grimasse. »Als ob mir letzte Nacht jemand ein Schwert in die Schulter gerammt hätte. Woher haben Sie nur ein so riesiges Messer gekriegt?«

»Aus dem Internet.«

Pax setzte sich auf, begutachtete den Verband und zog sich dann weiter an. »Das Internet – davon habe ich gelesen. Die große Erfindung des Informationszeitalters, so wie vorher die Dampfmaschine und Elektrizität – es hat eine Revolution ausgelöst, richtig? In Diskussionen zum Schwarmprojekt wird es häufig erwähnt – dass es ganz ähnlich gewesen wäre und ein voller Erfolg. Aber natürlich zitieren Menschen gerne Extrembeispiele, um einen Streit zu gewinnen. Das Schwarmprojekt ist entweder so gut wie das Internet oder so schlimm wie der Große Sturm.«

Ellis drückte Pax die Dose in die Hand und machte sich auf die Suche nach dem Dosenöffner. Hoffentlich hatte er ihn nicht bei der Zeitmaschine – oder schlimmer noch, in seiner Werkstatt – vergessen. »Um was genau geht es denn nun eigentlich bei diesem Schwarmprojekt?«

Misstrauisch versuchte Pax, die Rückseite des zerkratzten Etiketts zu entziffern. »Eine Initiative des IBS – sie nennen es den nächsten Schritt in der Evolution.« Pax überlegte kurz. »Das Internet hat doch alle Menschen auf der Welt durch Drähte und Maschinen miteinander verbunden, richtig?«

»Zumindest alle, die ihr Leben vor der Röhre verbrachten.« Er grinste, als Pax verwirrt dreinschaute. »Vergessen Sie's. Ein alter Witz.«

»Das IBS hat im Prinzip dasselbe vor – nur dass sich die Maschinen heute in unseren Gehirnen befänden.«

»So wie Cyborgs oder etwas in der Art?«

»Nein, tut mir leid – ich meinte das metaphorisch. Es hat keine mechanische Komponente. Sie wollen die Menschen biologisch so verändern, dass sie in telepathischen Kontakt zueinander treten können.«

»Ist so was denn möglich?«

»Sie glauben schon.« Pax drehte die Dose und schaute sich wieder die Vorderseite an. »Wenn man dem IBS Glauben schenkt, würde es all unsere Probleme lösen.«

»Hollow World hat Probleme?«

Pax lächelte. »O ja. Sehr viele sogar.«

»Keine Kriege, keine Diskriminierung, keine Krankheiten, keine Verschmutzung, keine Gewalt, keine Klassenkämpfe ...«

»Ich habe nicht behauptet, dass wir noch *dieselben* Schwierigkeiten hätten. Vielleicht könnte man sagen, dass wir noch an einer ungelösten Problematik leiden, die sich auf viele verschiedene Weisen manifestiert.«

»Nämlich?«

»Kommunikation. Missverständnisse. Isolation. Das Schwarmprojekt würde uns alle zu einem einzigen großen Bewusstsein verbinden. Als Teil eines Ganzen würden wir unser aller Gedanken und Gefühle kennen. Missverständnisse würden der Vergangenheit angehören. Jeder wüsste, was alle anderen wissen, sodass keine Notwendigkeit mehr bestünde, in Schulen immer wieder dasselbe Wissen zu unterrichten. Wie das Internet oder die globale Vernetzung würde das Schwarmprojekt einen gewaltigen Schritt für die menschliche Kreativität bedeuten.«

Pax klopfte an der Dose und schüttelte sie. Der skeptische Gesichtsausdruck blieb. »Das IBS glaubt auch, dass dies die Lösung unseres Identitätsproblems wäre. Wir bräuchten keine Chips mehr, die uns sagen, wer wir sind – wir wüssten es ganz einfach. Oder wir wären sowieso alle eins und es hätte keine Bedeutung mehr. Es wäre unmöglich, noch zu lügen oder zu betrügen. Auch den Hohen Rat könnten wir komplett abschaffen. Entscheidungen würden gemeinschaftlich getroffen werden – keine Verdächtigungen mehr, keine Täuschungsversuche. Viele glauben, dass unser Mitgefühl dann keine Grenzen mehr kennt und die ganze menschliche Rasse in perfekter Harmonie vereint sein wird.«

»Klingt mir ein bisschen zu perfekt.« Ellis fand die Tüte

M&M's und legte sie für später beiseite. »Wieso dann die Streitigkeiten, wenn alles so toll ist?«

»Es gibt immer Leute, die ihre Zweifel an der offiziellen Vorhersage des IBS haben. Außerdem ließe dieses Szenario keinen Raum mehr für Individualismus. Sie haben ja gemerkt, dass viele Menschen versuchen, so gut es noch geht aus der homogenen Masse herauszustechen. Tätowierungen, Brandings, Piercings – Menschen nehmen einiges auf sich, um sich abzuheben. Wahrscheinlich finden Sie das alles sehr eigenartig, oder nicht?«

»Tattoos und Piercings? Nein, das gab es schon zu meiner Zeit.« Endlich hatte er den Dosenöffner gefunden. »War sogar ziemlich verbreitet.«

»Wirklich?«

Ellis nahm Pax die Dose wieder ab, stellte sie ins Gras und machte sich daran, sie zu öffnen. »Und wie! Manche Leute gaben Tausende von Dollars aus, um sich Bilder unter die Haut stechen zu lassen. Sie sind nicht die Ersten, die gerne anders als der Rest sind.«

»Aber Sie waren doch alle Darwins und von Geburt an einzigartig. Wie kann man denn *noch* einzigartiger sein?«

»Glauben Sie mir – man hat es versucht.«

Ratlos zuckte Pax die Achseln. »Wie auch immer, es grassiert eine große Angst vor dem Verlust der Individualität. Wir sehen ja schon alle gleich aus, wir klingen gleich, wir riechen gleich, und nun sollen wir auch noch das Gleiche denken – unsere Identität in einem großen Einheitsbrei verlieren. Niemand wird je wieder etwas Besonderes sein, niemand wird mehr Privatsphäre haben, die ganze Welt wird immer da sein, direkt in unseren Köpfen, und jeden nicht konformen Gedanken, jede Idee und jeden Wunsch mit anhören.«

Ellis schüttelte sich. »Klingt ja wie die reinste Hölle.«

»Was ist eine Hölle?«

»Ziemlich genau das, was Sie gerade beschreiben – ein schlimmer Ort für schlimme Leute.«

»Eine Menge Menschen in Hollow World würden Ihnen da zustimmen.« Pax sah zu, wie Ellis das kleine Metallrad um den Dosendeckel drehte. »Das ist großartig. Wie ein Histogramm oder eine Vorführung im Museum. Nur dass die Leute dort nur so tun, als ob sie Ahnung davon hätten. Bei Ihnen sieht man gleich, dass Sie das schon öfter gemacht haben.«

»Eine Dose öffnen? Allerdings. Und fürs Protokoll: Sie sind leicht zu beeindrucken.«

Er machte langsamer. »Der Trick ist, dass der Deckel nicht reinfällt. Gegen Ende hebt sich der Deckel gerade genug an, dass man mit dem Finger darunterkommt. Sehen Sie?« Er bog den Deckel hoch. »Aber passen Sie auf – die Kanten können sehr scharf sein.«

»Unglaublich. Wie mit einem Höhlenmenschen zu zelten.«

»Na klar, die Neandertaler standen alle auf Dosenessen.«

Pax schmollte. »Ich bin vielleicht jung, aber kein Idiot.«

»Nein, sind Sie nicht.« Er suchte nach dem Löffel. »Und was denken Sie darüber? Wie ist Ihre Meinung zum Schwarmprojekt?«

Pax zögerte kurz. »Es macht mir Angst. Ich mag meinen Gehrock und meinen Hut. Ich finde es gut, dass man mich auf einen Blick erkennt und weiß, dass ich anders bin. Aber

Einzelmeinungen sind hierbei egal, weshalb ich die Proteste auch ziemlich nutzlos finde. Hat doch keinen Sinn, sich wegen etwas aufzuregen, dass man ohnehin nicht ändern kann.«

»Ich kann Ihnen nicht ganz folgen.«

»Wenn es in der Macht des IBS stünde, das Projekt anzustoßen, würden sie's tun.«

»Aber Sie könnten sie doch sicher per Gesetz daran hindern, oder?«

Pax schüttelte den Kopf. »So funktioniert das nicht mehr. Wie ich schon sagte, niemand schreibt den Leuten mehr vor, was sie zu tun oder zu lassen haben.«

»Aber wie ist es mit …« Fast hätte Ellis »Mord« gesagt. »Diebstahl zum Beispiel? Sicherlich tolerieren Sie es nicht, dass man andere Leute bestiehlt, oder? Dagegen muss es doch Gesetze geben.«

Pax lächelte nur. »Was können Sie mir denn stehlen, das Sie sich nicht ebenso gut einfach selbst machen könnten? Oder das ich nicht binnen Sekunden ersetzen könnte? Ich trage jeden Tag einen neuen Gehrock. Wir haben keine Probleme mit Diebstahl.«

»Aber Sie müssen noch Konflikte haben, die es zu lösen gilt.«

»Sicher doch. Genau das ist ja meine Aufgabe als Schlichter: Ich löse solche Konflikte. Fast immer sind sie das Ergebnis von Missverständnissen, fehlgeleiteter Wut oder grundloser Angst. Man kann aber keine Gesetze gegen Missgeschicke oder Gefühle erlassen – kein Fall gleicht dem anderen. Und jeder muss auf seine Art gelöst werden, wie ein Puzzle.« Pax ließ den Blick über die Hügel schweifen. »Doch das spielt alles keine Rolle. Dem IBS fehlen ohnehin die Mittel – sie wissen einfach nicht, wie. Seit Jahrhunderten forschen sie schon an ihrem Projekt und haben trotzdem noch nicht die richtige Kombination zu diesem speziellen Schloss gefunden. Ich bezweifle, dass sie jemals Erfolg haben werden. Sie wollten auch einmal erreichen, dass Menschen fliegen können – das haben sie auch nicht geschafft. Trotzdem jagt allein die Vorstellung vielen Leuten Angst ein. Die Befürworter des Schwarmprojekts werden heftig kritisiert, und jetzt haben wir diese Mordserie. Manche glauben da an einen Zusammenhang. Sie halten die Morde für eine gewalttätige Reaktion auf das IBS, weil das Institut seine Arbeit nicht einstellt.«

Ellis hatte den Löffel gefunden und reichte ihn mitsamt der Dose Pax.

»Und das essen Sie?« Pax schnüffelte an dem Inhalt.

»Eine Delikatesse ist es jetzt nicht gerade – und eigentlich gehört es auch heiß.«

Pax probierte einen Löffel und verzog erst das Gesicht, nickte dann aber. »Ich würde sagen, es ist nicht direkt abstoßend.«

»Wahrscheinlich haben Sie einfach Hunger. Alles schmeckt besser, wenn man halbverhungert im Freien sitzt.«

Sie ließen Dose und Löffel kreisen, dann lehnten sie sich auf ihrem Hügel zurück, der von den Strahlen der aufgehenden Sonne gewärmt wurde. Vögel zwitscherten, Zikaden zirpten, und eine leichte Brise fuhr durch die Bäume und blies den Samen von Löwenzahn vor sich her.

Als sie mit dem Eintopf fertig waren, griff Ellis nach dem M&M's. »Reichen Sie mir Ihre Hand.« Er schüttete Pax die halbe Packung in die offene Handfläche.

Neugierig untersuchte der Schlichter die kleinen Kügelchen. »Sehr ... farbenfroh.«

Ellis gluckste. »Sie müssen sie schon essen.« Er schnippte sich ein rotes Dragée in den Mund.

Pax traute der Sache erst nicht, tat es ihm dann aber gleich. Einen Moment später brach sich ein breites Lächeln Bahn. »Die sind ja köstlich, wirklich ganz köstlich. Wie nennen Sie die?«

»Süßigkeiten – M&M's.«

Pax nahm die kleine gelbe Tüte und drehte und wendete sie. »Ich muss unbedingt Alva fragen, ob wir eine Vorlage dafür haben. Wenn nicht, sollten wir ein paar aufheben und einen Designer finden, der sie uns nachbaut. Das darf der Welt auf keinen Fall entgehen.«

Ellis lachte. »Na, dann war das einundzwanzigste Jahrhundert ja wenigstens dafür gut.«

Es war bemerkenswert, wie gut es ihm ging, hatte er doch gestern noch den schlimmsten Hustenanfall seines Lebens durchlitten: Kaum, dass sie wieder ins einstige Michigan zurückgekehrt waren, hatte er sich fast die halbe Lunge rausgehustet. Sein Brustkorb fühlte sich noch immer etwas mitgenommen an, davon abgesehen aber war alles perfekt im Lot. Der Wind zerzauste ihm das Haar, und der Anblick zauberte ein Lächeln auf Pax' Gesicht. Es war weder zu heiß noch zu kalt. Seine Lungen brannten gerade einmal nicht. Er war weder müde noch hungrig. Verglichen mit Vergangenheit oder Zukunft war das Hier und Jetzt wohl das ruhige Auge inmitten des Sturms. Eigentlich hätte er verängstigt oder depressiv sein sollen. Stattdessen war ihm nach Lachen zumute, er aß M&M's, und selbst der zweitausend Jahre alte Eintopf hatte ihm geschmeckt. So unwahrscheinlich es auch sein mochte, dies war ein perfekter Moment.

»Ich wünschte, es würde regnen«, sagte Pax. »Das kriegt man nicht einmal in einer ARK richtig hin.«

»Was ist das denn?«

»Eine *Alternate-Reality*-Kammer. In einem eigens dafür vorgesehenen Raum programmieren Künstler Illusionen, die eine andere Wirklichkeit simulieren – so ähnlich wie mit dem Falschlicht, nur dass in einer ARK abgesehen vom Nutzer so ziemlich alles Teil des Programms ist. Man verliert darin wirklich leicht den Sinn für die Realität.« Pax aß ein weiteres Dragée. »Wir hatten schon eine Reihe von Problemen mit ARKs. Manche Menschen werden davon abhängig. Vor ein paar Jahren gab es sogar Tote – sie gingen einfach hinein und kamen nicht mehr heraus. Fast dreißig Menschen sind verdurstet und verhungert, weil sie bloß *dachten*, dass sie essen und trinken würden. Danach beschloss der Rat, dass die Kammern mit einer Sicherheitsabschaltung ausgestattet sein müssen.«

Pax rückte näher, lehnte sich wieder an seine Schulter und blickte auf die Landschaft hinaus. »Aber Regen können sie nicht simulieren.«

»Ich hätte jetzt gedacht, dass das recht einfach ist. Bauen Sie doch einfach eine Sprinkleranlage an die Decke.«

Pax lächelte. »Das macht noch keinen Regen. Bloß Wasser, das auf einen runterfällt.«

»Ist das nicht genau, was Regen ausmacht?«

»Nein. Regen ist ein Geschenk – Leben, Erlösung, Ekstase – Regen ist die ganze Welt, jede Pflanze, jedes Insekt und jedes Tier, in Eintracht verbunden. Wie lebendig man sich in einem Gewitter fühlt, wenn es dann auch noch donnert und blitzt … als ob man mit dem ganzen Universum in Kontakt stünde.«

Ellis dachte daran, wie er manchmal mit seinem Vater von der Veranda aus ein Gewitter verfolgt hatte. Das war wirklich schön gewesen – ein paar der wenigen Gelegenheiten, zu denen sie einfach nur friedlich Zeit miteinander verbracht hatten. Ein bisschen wie die Feuerwerke zum 4. Juli vielleicht, aber lange nicht wie das, was Pax beschrieb.

»Wie ist es, eine Familie zu haben?«

Die Frage überraschte Ellis. »Was meinen Sie?«

»Ich stelle es mir herrlich vor. Wie eine Sportmannschaft, in der alle zusammenarbeiten und einander ohne Vorbehalt lieben.«

Ellis lachte. »In der Theorie sollte es wohl so sein. In Wahrheit aber funktioniert das so nicht.«

»Wirklich nicht? Das Leben zu ihrer Zeit muss doch einfach ganz herrlich gewesen sein. Ich war einmal Mitglied in einem Anachronismus-Verein. Wir trafen uns immer und trugen Perücken, T-Shirts und Bluejeans – komplett mit echten Gürteln und Brieftaschen. Manche hatten sogar diese nachgemachten Plastikkarten darin. Und die Schuhe! Wir hatten Uhren und taten so, als ob wir uns Textnachrichten auf unseren Telefonen schickten. Wir haben auch alte restaurierte Gramme gesehen. Die ohne Farbe gefielen mir am besten. In denen die Leute immer Hüte trugen.«

»Und Westen und Gehröcke?«

Pax nickte lächelnd und tippte sich an die Melone. »Ein paar von uns taten so, als ob sie Frauen wären, und ein paar spielten die Männer. Dann haben wir getanzt. Einmal hatte ein Sammler ein Buch dabei – ein echtes Buch, einen Klassiker. Wir mussten weiße Schutzhandschuhe anziehen, bevor wir es berühren durften. Und der Besitzer konnte sogar lesen. Ich weiß noch, wie ich dasaß und einfach nur zuhörte. Es war umwerfend. Wirklich unglaublich.«

»Wissen Sie auch noch den Titel des Buchs?«

»Den werde ich nie vergessen: *Neues Glück* von Danielle Steel. Das Sprachgefühl damals war einfach unerreicht, so meisterhaft! Ich stelle mir Ihre Zeit außerordentlich romantisch und abenteuerlich vor.«

Ellis verkniff sich sämtliche Kommentare und fragte sich, ob Pax' Bild der Vergangenheit vielleicht aus Fred-Astaire-Filmen stammte. *Vielleicht sollte ich ein Liedchen summen und ein bisschen tanzen?*

Pax rieb sich den Verband.

»Nicht kratzen – lassen Sie es heilen.«

»Schon komisch, dass der Chip jetzt weg ist. Ich kann gar nicht mehr beweisen, wer ich bin.«

»Setzen sie Ihnen die Dinger bei der ... Geburt ein?« *War Geburt überhaupt das richtige Wort?*

Pax nickte. »So gesehen war es schon ich, bevor ich es war.«

»Das bezweifle ich. Wo habe ich Ihren Chip übrigens hingeworfen?«

»Ins All, irgendwo in die Nähe von Triton, dem Neptunmond – wenn ich mich nicht mit dem Orbit vertan habe. Ich habe mich an den Koordinaten des Planetariums dort orientiert. So was wird vom Öffner immer automatisch aktualisiert.«

»Es gibt ein Planetarium auf Triton? Moment mal – ins

All? Sie können einfach so Portale ins Weltall öffnen? Wieso hat es uns nicht reingesaugt?«

»Ich zeige es Ihnen.« Pax setzte sich auf und wählte eine neue Verbindung. Auf der anderen Seite des Portals lag nichts als Wasser; die gesamte Öffnung war ein solides Aquamarinblau. Gelegentlich schwamm ein Fisch darin vorbei. »Das ist der Ozean. Äquatornähe, etwa zwölf Meter unter Wasser. Und wie Sie sehen, läuft das Wasser nicht hinaus – weil ein Portal nämlich kein Loch in dem Sinne ist, wie wir uns das vorstellen.« Pax streckte einen Finger in den Ausschnitt und zog ihn wieder zurück. Er tropfte. »So werden wir auch unseren Abfall los. Nicht, dass wir viel davon hätten – das meiste kann man mit einem Erzeuger recyceln – aber den Rest schicken wir in den Erdkern. Das wäre kaum möglich, wenn ein Portal bloß ein Loch wäre – die Hitze des Erdinneren würde einen sofort töten, verstehen Sie? Früher haben wir unseren Müll ins Weltall geschickt, aber die HEB war dagegen.«

»HEB?«

»Die Hollow-Earth-Bewegung. Eine unserer ältesten Organisationen. Mit ihr fing alles an.«

Das Portal musste in die Nähe eines Korallenriffs führen. Eine kleine Schule bunter Kaiserfische schwamm vorüber. Es war das reinste Aquarium.

»Der Planet war in schlechter Verfassung – aber wem sage ich das? Sie wissen das selbst am besten. Es wurde allerdings noch schlimmer: die Umweltverschmutzung, der Klimawandel und die resultierenden Stürme, als das Ökosystem mit dem großen Durchputz begann … Die HEB meinte, wir hätten die Erde vergiftet, und nun müsse sie sich übergeben. Die ganze Oberfläche war vernarbt, von der Überbeanspruchung regelrecht in Stücke gerissen. Überall Straßen – überall Beton. *Betonieren* heißt seitdem so viel wie ›kaputt machen‹. Die HEB wollte der Oberfläche Zeit zum Heilen geben, indem die Menschen alle unter die Erde zogen. Erst hat niemand auf sie gehört, dann haben sie mächtige Verbündete unter den alten Konzernen gefunden, die Arbeiter für ihre unterirdischen Farmen brauchten.«

Schuldbewusst packte Ellis die leere Dose wieder in seinen Rucksack.

»Damit fing eigentlich alles an. Dann jedoch wurden die Leute von der HEB ein bisschen verrückt – oder vielleicht waren sie das immer schon. Mittlerweile sind sie generell dagegen, dass man hier oben irgendwas anrührt. Manche haben sogar ein Problem damit, dass man überhaupt noch ins Grüne reist. Ich frage mich, was das soll. Ich verstehe ja die Vorbehalte dagegen, die Oberfläche mit haufenweise Gebäuden zu ruinieren – aber wozu überhaupt sollte man das heute noch tun? Wenn man nach draußen will, geht man an die Oberfläche. Wenn man wieder rein will, heißt das nach Hollow World. Aber all diesen Aufwand betreiben, damit die Oberfläche sich erholt, und dann nie seine Freude daran haben dürfen? Das ist doch einfach nur bizarr. Und die Leute gehen schließlich gern ins Grüne. Zum Glück hat die HEB nicht mehr viel zu sagen.«

Pax aß gerade ein weiteres Dragée, als ein Hai vor dem Portal vorbeischwamm. Hastig griff Pax nach dem Öffner und schloss die Verbindung.

»Hätte der durchkommen können?«, fragte Ellis.

Pax nickte betreten.

»Was machen wir jetzt?«

»Ich weiß nicht. Am liebsten würde ich einfach hierbleiben. Zum Erdkern mit der HEB! Es wäre zu schön, wieder im Grünen zu leben wie in der guten alten Zeit. Wenn wir jetzt noch einen Erzeuger und einen Dynamo hätten, könnten wir beide uns in die Wälder schlagen und ein echtes Abenteurerleben führen – Pioniere, so nannte man das doch einmal.«

»Ich bin mir ziemlich sicher, dass Daniel Boone keinen Erzeuger hatte, und wenn erst der Winter kommt, ändern Sie vielleicht Ihre Meinung. Und was ist mit Vin?«

»Vin? Vin wäre fein raus. Und froh, mich endlich los zu sein.«

Dieses Eingeständnis überraschte Ellis. Gleichzeitig war es ihm nur zu vertraut. Er hätte nie erwartet, in der Zukunft jemanden zu treffen, mit dem er so viel gemein hatte. Und ganz bestimmt nicht jemanden wie Pax.

»Sie haben aber recht – wir können nicht bleiben. Wir müssen herausfinden, was eigentlich los ist. Nur weiß ich nicht wie. Und jeder, der's wusste, ist bereits tot.«

»Nicht jeder.« Ellis überlegte kurz. »Ich hätte da eine Idee.«

Die Stimmung in der Wohnung war die drückende Stille nach einer Geistergeschichte, ein von weißen Laken bedecktes Gesicht. Ellis und Pax kamen an exakt derselben Stelle heraus wie zuvor, nur dass Geo-24s Wohnung diesmal wie erwartet verlassen war. Ein zarter Vorhang dämpfte das Falschlicht des Morgens und die Umrisse des Zen-Gartens. Aber kein Polizeiabsperrband, und nicht einmal Umrisse am Boden, wo der Leichnam gelegen hatte. Nach allem, was Pax ihm erzählt hatte, wunderte Ellis sich nicht mehr über die Abwesenheit jeglicher Staatsgewalt; er war bloß überrascht, wie sauber alles war. Teppich und Wände waren völlig unbefleckt, kein einziger Blutspritzer war geblieben. Er fragte sich, ob ein erfahrener Forensiker seiner Zeit überhaupt noch Spuren der Gewalttat finden würde, oder ob der ganze Raum ins All geblasen und durch einen neuen ersetzt worden war.

»*Wer ist da?*«, fragte die Vox im selben britischen Bariton wie zuvor.

»Abernathy, wir sind's. Pax-43 246 018 und Ellis Rogers.«

»*Ich kann Ihren PICA nicht orten, Pax-43 246 018. Und den von Ellis Rogers auch nicht.*«

»Ellis Rogers hatte nie einen, und ich hab mir meinen herausgeschnitten.«

»*Bemerkenswert.*«

»Wir werden von denselben Leuten gejagt, die Geo-24 umgebracht haben, und ich versuche, unentdeckt zu bleiben. Von daher hoffe ich, du hast niemanden von unserer Ankunft informiert.«

»*Wen sollte ich denn informieren? Und dürfte ich fragen, wer Geo-24 ist?*«

Pax warf Ellis einen betroffenen Blick zu. »Scheint, als hätte sie nicht nur das Blut weggewischt.«

Ellis hörte, wie sich das Portal hinter ihnen schloss, das für ihn gedanklich das »Fluchtportal« gewesen war. Er hatte ja gehofft, dass es der Vox wie einem Diener aus dem neunzehnten Jahrhundert ergangen war – dass man sie für wenig mehr als Mobiliar hielt und beim Aufräumen schlicht übersah. Ganz so einfach war es wohl leider nicht.

»Wenn du nicht die Vox von Geo-24 bist, wessen Vox bist du dann?«, fragte Pax.

Sie standen noch immer direkt vor dem Tisch mit der Pyramide. Ellis stellte fest, dass selbst die winzigen Blutströpfchen auf dem Stein entfernt worden waren.

»Aktuell habe ich keinen Klienten.«

»Und du erinnerst dich auch nicht an deinen vorigen Klienten?«

»Es ist mir nicht bewusst, dass ich je einen gehabt hätte.«

»Es könnte trotzdem funktionieren«, sagte Ellis leise zu Pax, doch die Vox reagierte trotzdem.

»Was könnte funktionieren?«

Pax nickte. »Wir möchten, dass du eine andere Vox kontaktierst, zu der du in der Vergangenheit ein gutes Verhältnis hattest.«

»Ich kann mich nicht entsinnen, zu irgendwem ein Verhältnis gehabt zu haben.«

»Das liegt daran, dass man deine Erinnerung gelöscht hat. Aber das spielt keine Rolle, denn die andere Vox wird sich an dich erinnern.«

»Ich verstehe nicht.«

»Es ist auch nicht nötig, dass du verstehst. Du sollst mir einfach nur ein Gespräch mit dieser anderen Vox ermöglichen. Das sollte doch kein Problem darstellen, oder? Schließlich hat dir dein Klient ja nicht verboten, Fremden einen Gefallen zu erweisen.«

»Wie ich bereits erwähnte, habe ich keinen Klienten.«

»Perfekt. Dann hindert dich ja nichts daran, uns zu helfen.«

»Um wen geht es denn, und was soll ich bestellen?«

»Ich möchte, dass du die Vox von Pol-789 kontaktierst. Teile ihr mit, dass du Abernathy bist und ich Geo-24, und dass ich gerne mit ihr reden würde.«

»Sagten Sie nicht, Ihr Name wäre Pax-43 246 018?«

Pax tauschte einen kurzen Blick mit Ellis und zuckte die Schultern. »Da habe ich mich wohl versprochen.«

»Ist das Ihr Ernst?«

»Ja – passiert mir ständig. Ist so eine Art Tick von mir.«

»Ich bin vielleicht ohne Klienten, aber mein Telenzephalon ist immer noch korrekt kalibriert.«

Pax zögerte. »Kannst du denn feststellen, ob ich Pax-43 246 018 oder Geo-24 bin?«

»Nein.«

»Was für einen Unterschied macht es dann?«

»Möchten Sie jetzt, dass ich den Kontakt herstelle?«

»Ja – nur Audio, bitte.«

»Hier spricht Vox Abernathy im Auftrag von Geo-24.«

»Oh – Abernathy! Was für eine Freude.« Es war die angenehme, weibliche Stimme, die sie schon in Pols Büro gehört hatten. Ellis' Herz, das bereits schneller als gewöhnlich schlug, legte noch einen Gang zu, und ein siegessicheres Lächeln stahl sich auf seine Lippen.

Sie waren drin. Ob sich Hacker früher so ähnlich gefühlt hatten, wenn sie in einen Regierungsrechner einstiegen?

»Möchtest du mit Pol-789 reden?«

Pax und Ellis schüttelten die Köpfe.

»Nein, das wird nicht nötig sein. Geo-24 würde gerne mit dir persönlich sprechen. Wäre das möglich?«

»Aber gerne, natürlich!«

»Hier spricht Geo-24«, sagte Pax.

»Wie schön, von Ihnen zu hören. Pol wird ganz begeistert sein. Lassen Sie mich ihn …«

»Nein – warte! So wichtig ist es nicht. Ehrlich gesagt ist es mir etwas unangenehm. Es ist nämlich so: Pol hat mir bestimmte Informationen anvertraut, und ich kann sie nicht mehr finden. Ich hatte gehofft, du könntest sie Abernathy einfach übermitteln. Ginge das? Ich würde diese Angelegenheit gerne regeln, ohne dass Pol davon erfährt, und hoffe auf dein Verständnis. Als Geomant wäre es mir wirklich lieber, wenn nicht nach außen dringt, dass ich einen Fehler gemacht und etwas Wichtiges verloren habe.«

Pax warf einen nervösen Seitenblick zu Ellis, der die Finger gekreuzt hatte.

»Welche Information meinen Sie?«, fragte Balmore. Kein Misstrauen, eigentlich gar keine Reaktion in der Stimme, was Ellis beunruhigte. Die Freundlichkeit von eben war dahin. Andererseits war die Vox nur eine Maschine, und Ellis wusste nicht, was ihm lieber war.

»Alles, was du zu Ren besitzt.«

Überrascht schaute Ellis zu Pax. Der Plan hatte vorgesehen, danach zu fragen, was Pol ursprünglich von Geo-24 gewollt hatte. Von einem Ren war keine Rede gewesen.

»Ren? Gibt es auch eine numerische Kennung?«

»Nein, ich glaube nicht … einfach nur Ren.«

»Leider weiß ich nicht – Moment – ah, hier. Ich habe lediglich eine Portaladresse in Verbindung mit diesem Namen.«

»Und wo wäre die?«

»Nordamerikanische Platte, Gemäßigtes Biom, Huron-Quadrant.«

Pax formte mit den Lippen die Worte: *Da kommen wir gerade her.* »Könntest du … äh …« Pax nahm den Portalöffner zur Hand. »Könntest du mir bitte die genauen Koordinaten nennen?«

Die Vox antwortete mit einer Reihe von Zahlen und Buchstaben, die Ellis nichts sagten, von Pax aber eilig mitgetippt wurden.

»Dankeschön. Verabschiede dich, Abernathy.«

»Danke vielmals für deine Zeit«, sagte Abernathy.

Die Verbindung wurde getrennt. Pax ließ sich nachdenklich auf eins der weißen Sofas sinken. »Gut, wir hätten also eine Spur, und die führt uns geradewegs dorthin zurück, wo alles angefangen hat – zum Ford-Museum.«

»Ich kann nicht mehr ganz folgen«, sagte Ellis. »Wer ist dieser Ren? Sie haben den Namen schon in Pols Büro erwähnt – wieso?«

»Weil ich den Eindruck habe, dass Ren hinter allem steckt. Der falsche Pol und selbst der falsche Geo-24 beziehen ihre Anweisungen von Ren – Keine-Nummer-Ren – *Ren Zero.*« Pax griff sich eins der kleinen weißen Kissen vom Sofa und drückte es fest an sich. »Ich habe noch nie einen Nummernlosen oder sonst irgendein Original getroffen … abgesehen von Ihnen natürlich. Ich habe auch noch nie von einem Ren gehört … und dieser hier wohnt offenbar im Grünen.«

»Aber woher wissen Sie überhaupt von ihm?«

»Der Betrüger hat ihn erwähnt.«

»Nein.« Ellis schüttelte den Kopf. »Der falsche Pol hat nichts dergleichen gesagt. *Sie* haben den Namen zuerst aufgebracht.«

»Dann muss ich ihn wohl irgendwo gehört haben.«

»Wo, Pax?«

Pax seufzte. »Ellis Rogers, vertrauen Sie mir?«

»Das tue ich.«

»Könnten Sie mir dann bitte einfach glauben, wenn ich sage, dass ich berechtigten Grund zu der Annahme habe, dass jemand namens Ren hinter den Morden steckt, und nicht weiter danach fragen?«

Ellis musste nicht lange überlegen. Er vertraute Pax. Mehr, als er irgendwem sonst je vertraut hatte. Pax war der erste Mensch, den er kannte, der – mehrfach sogar – Ellis' Wohl über sein eigenes gestellt hatte. Ellis' Mutter hatte immer mehr genommen, als sie gegeben hatte, so als wäre ihre Pflicht mit seiner Geburt bereits abgegolten gewesen. Peggy hatte ihre ganze Liebe Isley geschenkt und nichts für ihn aufgehoben. Pax aber hatte wenig verlangt, viel gegeben, und sogar die Bereitschaft demonstriert, für ihn zu sterben – und dabei hatten sie sich gerade erst kennengelernt. Dennoch verletzte es ihn, diese Mauer zwischen ihnen zu entdecken. Pax hatte also ein Geheimnis vor ihm.

»Das kann ich gerne tun«, erwiderte er. »Aber wieso vertrauen Sie *mir* nicht? Ich dachte eigentlich, dass wir – ich meine, wir sind uns recht nahe gekommen, oder nicht? Immerhin haben Sie mich mit einem Jagdmesser an sich rumschnippeln lassen.« Er mühte sich um ein Lächeln.

Pax hatte den Blick starr auf das Kissen gerichtet und atmete schwer. »Gibt es denn gar kein Geheimnis, das Sie mir lieber nicht anvertrauen würden? Zumindest noch nicht im Moment?«

Das Bild Isleys, der von der Decke seiner Werkstatt baumelte, drängte sich ihm auf. »Geht in Ordnung.«

»Falls es hilft«, sagte Pax mit sanfter Stimme, »ich habe noch nie jemandem davon erzählt. Doch wenn ich es jemandem erzähle würde, dann Ihnen. Ich glaube, Sie würden mich nicht verurteilen so wie die anderen. Vielleicht verraten Sie mir also eines Tages Ihr Geheimnis, und ich verraten Ihnen meins.«

Ellis nickte. Insgeheim glaubte er aber nicht, dass er Pax je von Isley erzählen würde. Pax könnte ihn niemals verstehen, dessen war er sich gewiss. »Gut, dann gehen und suchen wir doch diesen Ren.«

»Ich werde gehen«, widersprach Pax entschieden.

»Was soll das denn nun wieder heißen?«

»Soll heißen, dass das meine Zuständigkeit ist. Die Aufgabe eines Schlichters liegt darin, den Frieden zu wahren. Ich kann einen Mörder nicht einfach weitermachen lassen.«

»Und was ist mit mir?«

»Sie sind der, den die wollen. Es wäre ziemlich dumm, Sie mitzunehmen.« Pax legte das Kissen weg und stand auf. »Das ist sehr gefährlich, Ellis Rogers. Und nicht Ihr Problem. Sind Sie ein Schlichter?«

»Ich bin ein Ingenieur, aber lassen Sie es mich so formulieren: Haben Sie eine Waffe?«

»Natürlich nicht.« Pax musterte die Pistole an seiner Hüfte mit dem schon vertrauten Ausdruck des Entsetzens.

»Meinen Sie, dass irgendwer außer mir eine Schusswaffe besitzt?«

»Nein.«

Ellis lächelte. »Dann macht mich das in Ihrer Welt praktisch zu Superman.«

»Superman?«

»Ein erfundener Held mit übernatürlichen Kräften. So gut wie unbesiegbar.«

»So gut wie?«

»Vergessen Sie's. Ich bin zu alt und zu krank, um davonzulaufen.«

»Ich möchte nicht, dass Ihnen etwas geschieht«, sagte Pax besorgt.

»Superman doch nicht.« Er schlug sich auf die Brust.

Pax wirkte nicht überzeugt. Vielleicht kam der Humor auch nicht richtig an.

»Wir bleiben zusammen. Ob's Ihnen passt oder nicht, wir sind jetzt ein Team. Guter Bulle, böser Bulle.«

»Sie sind sehr eigenartig, Ellis Rogers.« Und mit einem Lächeln fügte Pax hinzu: »Das gefällt mir. Lassen Sie mich aber vorher Cha kontaktieren. Diese Verschwörung reicht immerhin bis ins Büro des Ratspräsidenten. Besser, es weiß noch jemand Bescheid, bevor wir beide im Grünen verschwinden.«

»Meinen Sie denn, dass wir Cha trauen können?«

Das Lächeln wurde breiter. »Ich bin ein Schlichter. Glauben Sie mir … ich besitze eine gute Menschenkenntnis.«

Zum zweiten Mal binnen einer Woche betrat Ellis Greenfield Village. Diesmal jedoch sah er alles unter einem ganz anderen Blickwinkel. Was er letztes Mal für die vergessenen Hinterlassenschaften der Menschheit gehalten hatte, erkannte er nun als ein Museum innerhalb eines Museums. Henry Ford hatte Artefakte aus den ersten zweihundert Jahren amerikanischer Geschichte gesammelt; doch als sie nun über die idyllischen Kieswege liefen, begriff Ellis, dass das

Gelände selbst zu einem bewahrenswerten Artefakt geworden war. Die Mülleimer auf der Hauptstraße, komplett mit Beuteln ausgestattet, waren keine Gebrauchsgegenstände mehr, sondern mit Seilen abgesperrte Exponate. Dasselbe galt für die Kasse, den Geldautomaten, das Münztelefon und die Toiletten mit ihren archaischen Symbolen für Männer und Frauen. Wo Museen zur Geschichte wurden, war der Erhalt der Vergangenheit selbst Teil der Ausstellung.

Sie hatten das Eingangstor zur Mittagszeit durchquert. Die Straßen mit ihren breiten Gehwegen wurden von Gebäuden aus Zeiten des Bürgerkriegs und graziös geneigten Laternen flankiert. Niemand hielt sie an oder hieß sie willkommen. Denn es war überhaupt niemand da.

»Das Museum wird von Freiwilligen instand gehalten«, erklärte Pax, während sie durch die verlassenen Straßen wanderten. »Angeblich haben ein paar hier sogar permanent gewohnt, Geschichtsstudenten und Professoren vor allem. So richtig berühmt wurde es aber nie.«

»Wahrscheinlich wird der Mord nicht gerade zu seiner Beliebtheit beitragen.«

»Nein – das bezweifle ich.«

Ellis fühlte sich an die Außengelände großer Hollywoodstudios erinnert – für eine echte Geisterstadt wirkte alles einfach zu gepflegt. Die Rasenflächen waren gemäht, der Kies ordentlich. Auch der ein oder andere offene Pferdewagen stand am Straßenrand. Nach den letzten Tagen in Hollow World brachte die Rückkehr nach Greenfield Village eine Menge vertrauter Eindrücke mit sich. Ellis passte zu diesen Bordsteinen, Wegen und Zäunen. Er verstand die Fenster und die Jalousien. Ein Müllbeutel flatterte im Wind, von einem langen Gummiband gehalten – das Winken eines alten Freundes. Selbst der Klang seiner Schuhe auf dem Straßenpflaster kündete von daheim, von Autos, Plastikflaschen und Mobiltelefonen. Es war, als würde er abermals durch die Zeit reisen, und der Wechsel von einem Jahrhundert ins andere war verwirrend. Fast fühlte es sich so an, als ob er wieder in seiner eigenen, behaglichen Welt erwacht wäre, in der alles, was er sah und hörte, so viel leichter hinzunehmen war als die Vorstellung interdimensionaler Portale hinab in die Lithosphäre, wo körperlose Stimmen einen Premiumkaffee aus Kieseln bereiteten. Nach nur wenigen Minuten wären ihm vielleicht Zweifel gekommen, ob er irgendwas von all dem wirklich erlebt hatte; wäre da nicht die Person in Nadelstreifenhose, silberner Weste und Melone neben ihm gewesen.

Laut Pax bezeichneten Balmores Koordinaten die Firestone-Farm am nordwestlichen Ende des Dorfes. Sie hatten es beide für das Beste gehalten, es vorsichtig anzugehen, daher hatten sie statt eines Portals die baumbeschatteten Wege des Industriezeitalters gewählt, um sich erst einen Eindruck von der Gegend zu verschaffen. Er verfolgte Pax' neugierige Blicke, die zwischen ihm und den Gebäuden hin und her gingen, und hörte die unausgesprochene Frage: *Wie konnten Menschen je so leben?* Er hatte sich stets dieselbe Frage gestellt, wenn er in Dokumentationen die Ruinen des alten Pompeji oder die von Ägypten sah.

Sie passierten die Fahrradwerkstatt der Gebrüder Wright und Edisons Menlo-Park-Komplex. Dann durchquerten sie die Liberty Craftworks mit ihren Glas- und Töpferwerkstätten, der Getreidemühle und der Druckerei, ehe sie die

Firestone Lane betraten. Am Ende der ungepflasterten Straße erhob sich ein zweistöckiger Ziegelsteinbau mit grünen Schindeln, einer einladenden Veranda, zwei Schornsteinen und einem weißen Lattenzaun wie aus dem Bilderbuch. Es war ein ehrliches Haus, ein solides Zeugnis alter Tugenden und des Geists des neunzehnten Jahrhunderts. Eigentlich hatte das Kindheitshaus des Reifenmagnaten Harvey Firestone in Ohio gestanden, aber Ford hatte es in sein Dorf in Dearborn bringen lassen. Akribisch in den Zustand der 1880er zurückversetzt, war das Firestone-Anwesen nicht einfach nur ein Museumsstück. Es war eine richtige Farm und als solche auch noch benutzt worden, als Ellis vor über zweitausend Jahren mit seinem Schulausflug hier gewesen war. Als sie näher kamen, sahen sie Schafe, Kühe und Pferde auf den Weiden abseits der Straße. Und sie sahen Leute.

Ellis zählte fünf Personen. Eine war damit beschäftigt, den Pferden mit einer Mistgabel frisches Heu hinzuwerfen. Zwei weitere scheuchten Kühe von einem Pferch in einen anderen. Eine vierte an der Tür hatte sie gerade bemerkt und zog sich ins Haus zurück. Die letzte, ein stämmiger Mann in einem altmodischen Schaukelstuhl, schaute ihnen gelassen entgegen. Er trug einen Strohhut, wie man ihn öfter bei den Amischen sah, dunkle Hosen mit Hosenträgern und ein offenes Hemd, das den Blick auf weiße Brusthaare und sonnengebräunte Haut freigab. Schuhe trug er keine. Gemächlich lehnte er sich zurück und nippte an einem Glas Tee.

»Na, wenn das nicht Mr. Rogers ist. Einen wunderschönen Tag wünsch ich, alter Mann!«

Ungläubig blieb Ellis stehen. Das Haar des Teetrinkers war lang und weiß, und er hatte einen Bart bis auf die Brust, der ihm den Anstrich eines zynischen Weihnachtsmanns verlieh. Dennoch gab es keinen Zweifel – der Mann, der da auf der Veranda vor- und zurückschaukelte, war sein alter Freund Warren Eckard. Trotz der Aushilfs-Messias-Frisur und ein paar Falten mehr um die Augen sah Warren blendend aus. Seine seit der Highschool stetig gewachsene Fettschicht war verschwunden; die Luxuspackung aus Schwangerenbauch, Speckröllchen und blassen Männerbrüsten war fast sportlichen Muskeln und einer karibischen Fischerbräune gewichen.

»Warren?«, war alles, was Ellis hervorbrachte.

Pax war ebenfalls stehen geblieben und wirkte verständlicherweise verwirrt.

»Hättest wohl nicht gedacht, mich je wiederzusehen, was?« Er lachte leise in sich hinein. »Hast gedacht, dass ich nur noch Staub wär, so wie der ganze Rest, richtig? Beinahe, Kumpel, beinahe. Was für 'ne Überraschung. Hätte dich vor Jahren schon erwartet. Bist grade erst angekommen, was?«

»Ja.«

Warren schüttelte den Kopf mit derselben Enttäuschung, mit der er sonst ältere Frauen in Teenagerkleidung quittierte. »Ergibt nicht viel Sinn, wie? Bin schon seit drei Jahren da.«

»Wer sind Sie?«, fragte Pax.

»Entschuldigung«, sagte Ellis. »Pax, das ist mein alter Freund Warren Eckard. Wir sind zusammen aufgewachsen.«

»Haben uns an der Highschool kennengelernt. Weißt du, was das ist – Pax, richtig?«

»Eine Bildungseinrichtung?«

»Nah dran. Eigentlich ist es der Ort, wo sie deine Träume töten.«

»Warren, wie bist du hierhergelangt?«

»Dank dir, mein Freund – dir und deinen Unterlagen. Erinnerst du dich noch an den Abend im Brady's? Schätze schon, schließlich ist's für dich erst ein paar Tage her. Du hast mir deine Zeitmaschinenpläne gegeben, und ich habe sie ins Handschuhfach von meinem alten Buick gestopft. Als du verschwunden bist, sind die Cops mit Hunden und der Spurensicherung und allem durch dein ganzes Haus. Peggy hatte keine Ahnung, ob du dich umgebracht oder einfach nur aus dem Staub gemacht hast. Dein Verschwinden war 'ne ganz schön große Sache. Niemand kam drauf, was los war – niemand außer mir. Ich wusste in dem Moment Bescheid, als ich die ganzen Kabel und das Poster in deiner Werkstatt gesehen hab – das mit den Mercury Seven. Das hattest du zu Highschool-Zeiten noch über'm Bett. Ich dachte mir, entweder hast du's geschafft oder du bist beim Versuch gestorben. So oder so, du warst weg, und keiner würde dich je finden.«

Die Tür der Farm ging wieder auf, und Ellis sah im Schatten der Fliegengittertür ein Gesicht herausspähen.

»Hey, Yal«, rief Warren über die Schulter. »Bring den netten Leuten doch einen Tee.« Warren zog die Füße ein, damit sie vorbeikamen. »Los, setzt euch zu mir in den Schatten. Wird heiß um die Zeit.«

Ellis legte seinen Rucksack ab, erklomm die verwitterten Stufen und ließ sich in einem Korbschaukelstuhl nieder. Er kam sich vor wie in einem alten Western – *bring den netten Leuten doch einen Tee?* Warren klang, als hätte er sich in Gary Cooper verwandelt. Ellis glaubte nicht, dass Warren jemals Tee getrunken hatte. Ein halbes Jahrhundert hatte er nichts als schwarzen Kaffee und Bier in sich hineingeschüttet, abgesehen von dem gelegentlichen Jacky oder Jim, wenn er sich's gerade leisten konnte.

»Vorsicht mit dem Stuhl«, warnte Warren. »Der hat noch keinen Stopper. Wenn du zu weit nach hinten schaukelst, hängst du mit dem Arsch nach oben – glaub mir, ich hab's probiert.«

Pax trat ebenfalls in den Schatten, nahm aber nicht Platz, sondern stand steif an Ellis' Seite.

»Hast du was gegen's Sitzen?«, erkundigte sich Warren.

»Nein.«

»Netter Fummel.« Warren deutete mit seinem Teeglas auf Pax. »Passt perfekt hierher. Oder zumindest auf die Hauptstraße. Da sind die feinen Herrschaften früher im Sonntagsstaat wie deinem rumspaziert, so mit Gehstöcken und Schirmen. Hier draußen auf der Farm lassen wir einfach den Regen auf uns fallen.«

An dieser Stelle hätte Ellis einen Kommentar über die Liebe zum Regen erwartet, doch Pax blieb untypisch still.

Yal brachte ihnen zwei Gläser mit kupferfarbenem Tee, zwei Minzblätter in jedem.

»Hab leider kein Eis«, entschuldigte sich Warren. »Der Verzicht auf Kühlschränke tut echt am meisten weh, aber man gewöhnt sich an alles. Ich hab versucht, mit 'ner Axt Eis aus dem Teich zu hacken, leider hält es sich nicht sonderlich lang. Dex meint, wir bräuchten einfach mehr davon. Früher gab's ja richtig große Eishäuser, die mit Stroh und Sägespänen isoliert waren. Dann schmilzt das nicht ganz so schnell.«

»Ich kapiere es immer noch nicht«, sagte Ellis. »Was tust du hier?«

Warren nippte an seinem Tee und schaukelte entspannt

in seinem Stuhl, als ob das alles die normalste Sache der Welt wäre – nur ein gemütlicher Sonntagnachmittag mit den Nachbarn. Dann klopfte er sich auf den Bauch. »Hab Bauchspeicheldrüsenkrebs gekriegt, so wie mein alter Herr – liegt bei uns in der Familie. Sieben Jahre, nachdem du ab bist, ging's mir immer schlechter, dann hat man mir gesagt, was ich hab. Ich dachte mir, bei dir in der Zukunft gibt's vielleicht ein Heilmittel dagegen.«

Ellis konnte sich ein bitteres Lachen nicht verkneifen.

»Freut mich ja, dass du meine Krankengeschichte so erheiternd findest, alter Freund.«

»Das ist es nicht. Nur dass ich an dem Abend, an dem ich dir von der Zeitmaschine erzählt habe, das mit der idiopathischen pulmonalen Fibrose weggelassen habe.«

»Idio was?«

»Meine Lungen sind völlig im Eimer. Es ist tödlich und unheilbar – es sei denn mit einer Transplantation, aber ich hätte auch keine neue Lunge gewollt. Jemand Jüngeres kann deutlich mehr damit anfangen. Ich dachte, dein Vater hätte einen Herzinfarkt gehabt, so wie meiner?«

Warren schüttelte den Kopf. »Nein. Mein Vater starb langsam. Und qualvoll. Hat immer diese Zuggeräusche im Schlafzimmer gemacht, wenn wir beim Essen saßen. Jahrelang hab ich gedacht, er wär verrückt geworden, bis meine Mutter irgendwann erklärte, er habe gegen Ende so große Schmerzen gehabt, dass er permanent hätte schreien können. Wollte uns Kindern aber keine Angst einjagen. Deshalb hat er immer *Tschu-tschu* und *Wu-hu* gemacht, wie ein Dreijähriger, der mit seinen Holzzügen spielt. So wollte ich wirklich nicht enden.«

»Die Medizin hat in den Jahren darauf große Fortschritte gemacht.«

»Ja klar, sie wollten diese Chemo-Scheiße mit mir durchziehen. Da hatte ich aber auch keine Lust drauf.« Er schüttelte wieder den Kopf und blickte nachdenklich die Firestone Lane hinab. »Das war einfach kein Ausweg. Ich dachte mir, *vorwärtsgehen*, das wär doch was. Selbst wenn ich mir dabei den Arsch grille, immer noch besser, als eine Kugel aus meiner .38er zu schlucken. Das hab ich mir ernsthaft überlegt damals.

Ich hatte ja immer noch deine Baupläne. Aus Sentimentalität, schätze ich. Hab zwar kein Wort von dem Scheiß verstanden, aber ich kannte da jemanden – so 'nen Jungen mit College-Abschluss, der als Ingenieur bei Ford arbeitete. Sein Onkel war mal bei der NASA gewesen, bevor sie seine Stelle kürzten. Ich hab dem Kleinen ein paar Bier und eine heiße Nacht spendiert, und schon war ich sein bester Freund. Er und sein Onkel haben mir geholfen. Sie haben mich zwar für bekloppt gehalten und waren sich sicher, dass es nicht funktioniert, doch solang ich den ganzen Krempel und das Bier bezahlt hab, war's ihnen recht. ›Man kann kein eingedämmtes Schwerkraftfeld mit ein paar Getränkekisten, Akkus und 'nem iPad bauen‹, haben sie erklärt. Tja, ich wusste es besser … weil du's ja schließlich schon bewiesen hattest.«

Warrens Blick fiel auf die beiden Leute bei den Kühen. Er stand auf. »Verdammt noch mal, Hig! Jetzt tret ihr endlich in den Arsch! Wo zur Hölle hast du deinen Stock gelassen?«

Hig, der einen dunklen Hut mit breiter Krempe trug, wirkte hilflos. »Ich … äh …«

»Du musst Dolly zeigen, wer von euch beiden der Boss

ist.« Warren schüttelte den Kopf. »Diese glatzköpfigen Spinner kriegen einfach nichts auf die Rolle.«

»Seit wann bist du unter die Viehzüchter gegangen?«

»Kommt mit der Gegend, mein Freund.« Warren setzte sich wieder hin, doch Ellis kam aus dem Staunen gar nicht mehr heraus. Vor vier Tagen noch hätte sein Freund die Theke nicht mit Bauch und Ellbogen gleichzeitig berühren können. Jetzt aber sah er wieder den alten Footballspieler in ihm.

»Wie kann es sein, dass du vor mir hier angekommen bist, obwohl ich sieben Jahre Vorsprung hatte?«

»Keine Ahnung«, gestand Warren. »Bin in Mathe nie 'ne Leuchte gewesen, weißt du nicht mehr?«

»Was hast du in der Zwischenzeit getrieben?«

Warren grinste breit. »Mir den Arsch aufgerissen, das hab ich getrieben. Sieht man, was?«

»Allerdings – für den Weihnachtsmann bist du echt gut in Form.«

»Witzbold.« Er schaute zu Pax und zeigte mit dem Daumen auf Ellis. »Haut jede Minute 'nen Kracher raus, hab ich recht?«

Pax gab nach wie vor keine Antwort, sondern stand nur da und hielt sich an dem Glas Tee fest.

»Ich bin oben in den Wäldern rausgekommen, so wie du wahrscheinlich. Bestimmt warst du aber schlau genug, dem Fluss zu folgen, was? War ich leider nicht. Ich dachte einfach, die Welt ist im Arsch. Kapierst du? War ja nichts mehr übrig. Also hab ich mich eingerichtet. Erst 'nen Schuppen und dann 'ne Hütte gebaut.«

»Du hast eine Hütte gebaut?«

»Na ja, war nicht gerade ein Meisterwerk. Eigentlich 'ne echte Bruchbude aus umgestürzten Stämmen, dicken Ästen und so. Das Dach war auch Mist, hat ständig getropft. Und überall Ungeziefer. Der erste Winter war die Hölle, aber ich bin durchgekommen.«

»Was hast du gegessen?«

»Ich hab meine Browning Lightweight Stalker mit dem Zielfernrohr mitgenommen. Bin einfach auf die Jagd so wie früher im Norden, nur dass die Wälder hier richtig voll sind mit Wild. Ein Reh, und ich hatte genug für eine ganze Woche. Hab 'ne Menge verschwendet, bis ich rausgefunden hab, wie man's räuchert. Den Magen hab ich mir auch ein paarmal verdorben, bis ich den Dreh raushatte. Und das hier« – er klopfte sich auf den Bauch, wo seine Wampe gewesen war – »kommt dabei raus, wenn man praktisch nur Proteine isst und jeden Tag trainiert. Da sieht man mal, was für 'nen Unterschied so ein gesundes Leben macht, was?«

»Und wie bist du dann hier gelandet? Hast du den Fluss doch noch gefunden?«

»Nein. Hatte nie einen Grund, nach Süden zu gehen. Zum Jagen bin ich normalerweise in die andere Richtung. Erst als die Glatzköpfe aufkreuzten, hab ich gemerkt, dass ich wohl doch nicht der letzte Mensch auf der Welt bin. Die sind über meine Hütte gestolpert wie so'n paar Yuppies, die einem UFO begegnen. Hatten eine Scheißangst, als sie mich gesehen haben. Okay, ich sah auch aus wie ein Bär – hatte nicht groß Grund, mich zu rasieren – aber sie waren die, die splitternackt durch die Gegend liefen. Wie kleine Ken-Puppen – allesamt.«

Ellis grinste schwach.

»Der Gedanke ist dir wohl auch gekommen, was?«

Er nickte.

»Erst haben sie sich gar nicht näher rangetraut. Starrten einfach nur, so wie dein Freund da.« Er zwinkerte. Pax ließ Warren nicht aus den Augen. »Irgendwann hab ich sie gefragt, was sie so glotzen, und da sind sie noch mehr ausgeflippt. Hätten wohl nicht gedacht, dass ich sprechen kann. Dann aber haben wir uns unterhalten, und je mehr sie mir erzählt haben, desto übler wurde mir. Du weißt, was aus der Menschheit geworden ist? Dass es keine Frauen mehr gibt?«

Ellis nickte abermals.

»Alle onanieren nur noch. Und alle wohnen sie unter der Erde in einem einzigen großen Videospiel oder so was in der Art. Da hab ich ihnen dann den Kopf zurechtgerückt. Hab ihnen erklärt, wie das früher war, und wie man ein richtiges Leben führt – so wie ich in meiner Hütte. Dass man für sich selbst verantwortlich ist und sich nicht auf andere verlassen kann. Hab ihnen auch was zum Thema Individualismus erzählt. Hat sich rausgestellt, dass das genau das ist, was sie brauchen. Deshalb die ganzen Tattoos und der komische Aufzug – sie sind alle völlig identisch, von daher brauchen sie was, woran sie sich überhaupt erkennen können. Ich habe ihnen 'ne Menge zum Nachdenken gegeben. Für sie war ich wohl so 'ne Art Weiser, wie der Guru, bei dem die Beatles damals rumhingen.«

»Haben Sie dir das mit der Zeitreise geglaubt?«

»Hab ich ihnen gar nicht erst erzählt. Waren auch so schon genug durch den Wind. Hielten mich für einen Darwin – ist wohl so was wie für uns der Yeti. Sie haben mich gefragt, ob sie mal wieder vorbeikommen dürften, und ich meinte, klar, aber nur, wenn sie niemandem was sagen. Hatte ja keine Lust, dass mich ein Haufen haarloser Klone zu 'ner Jahrmarktsattraktion macht. Haben ihr Wort wohl gehalten, auf jeden Fall kamen nur dieselben zurück wie vorher. Dann haben sie gefragt, ob sie auch Freunde mitbringen dürften, und ich meinte, auch das wäre okay. Mir war die Gesellschaft ganz angenehm, weißt du. War nett, dass einem mal jemand zuhört, was alles falsch läuft in dieser Society, und was man dagegen unternehmen müsste. Ganz davon abgesehen, endlich mal ein bisschen Respekt zu bekommen – klar? Mit der Zeit haben ein paar dann gemerkt, dass ich recht hab, und sich entschlossen, ein ehrliches Leben oben an der frischen Luft zu führen. Bald hatten wir ein kleines Lager mit fünf Hütten. Dann hatte Dex die grandiose Idee, nach hier unten zu ziehen. Die hatten die ganze Zeit 'ne komplette Farm – ach was, eine verdammte Stadt – aber meinst du, einer hätte was gesagt? Haben wohl früher schon immer mal wieder Leute eine Weile hier gewohnt und den Laden in Schuss gehalten – so Collegetypen, Sozialarbeiter oder irgendwelche Bekloppten, die zurück zur Natur wollten. Dex hat dann abgeklärt, dass ab sofort wir uns um die Farm kümmern. Wir wohnen jetzt seit gut 'nem Jahr hier und haben unsere Ruhe.«

»Das heißt, du warst die ganze Zeit über hier draußen? Du warst nie in Hollow World?«

Warren schüttelte sich demonstrativ. »Kein Bedarf. Sie haben mir genug davon erzählt. Mit Portalen durch die Gegend springen, Technikorgien, Designerhaustiere, 'ne künstliche Sonne, alle immer nackt und nirgends ein paar nette Titten. Den Scheiß können sie allein machen.« Er breitete die Arme aus. »Da lob ich mir doch das hier: Gottes ganze weite Welt, nur für mich.«

In dem Moment fiel Pax der Tee aus der Hand. Das Glas traf den Boden und zerplatzte in einem kupferfarbenen Schwall.

»Sie haben den Mord an Pol-789 befohlen!«

»Was hab ich?« Warren stieß ein verblüfftes Lachen aus. »Was hast du eben gesagt?«

»Sie sind Ren! Sie haben angeordnet, dass man Pol ermordet und ersetzt. Sie wollten einen Spion in Hollow World.«

»Ich will mal hoffen, dass da noch 'ne Pointe kommt«, knurrte Warren. »Ist nicht gerade nett, wenn man als Gast zu jemandem auf die Veranda kommt und so was sagt.«

»Sie sind derjenige, der Jagd auf uns macht – der das Suchkommando losschickte – damit es Ihnen Ellis Rogers bringt!«

Warren nickte. »Sagen wir mal, ich hab mich nach ihm erkundigt. Als ich das mit Hollow World spitzgekriegt hab, da hab ich natürlich auch nach Ellis gefragt. Und ich hab allen gesagt, wenn sie je noch einen wie mich finden – einen Typen namens Ellis – dann sollen sie ihn herschicken. Ist das denn nicht der Grund, aus dem du hier bist? Wie hast du mich denn sonst gefunden?«

»Sie sind nicht nur ein Mörder, sondern auch ein Lügner«, erklärte Pax.

Warrens Gesichts verfinsterte sich. Er stand auf.

»Entschuldige uns bitte einen Moment, Warren.« Ellis nahm Pax an der Hand und zog den Schlichter ein Stückchen abseits. »Was soll das denn jetzt?«

»Ren ist ein Mörder! Er hat Pol-789 und wahrscheinlich auch Geo-24 getötet. Vielleicht auch noch andere.«

»Das ist doch lächerlich. Ich war Zeuge, haben Sie das etwa vergessen? Ich habe gesehen, wer Geo-24 getötet hat. Und diese Person ist nun ebenfalls tot. Wie kommen Sie darauf, dass Warren irgendwas damit zu tun hatte?«

Pax zögerte. »Das kann … das kann ich Ihnen nicht sagen.«

Ellis zog die Brauen hoch. »Sie klagen einen Freund von mir des Mordes an, aber Sie können mir nicht sagen, weshalb?«

»Es tut mir sehr leid. Sie müssen mir einfach vertrauen.«

Ellis seufzte und schaute sich kurz nach den anderen Farmbewohnern um. Mit welcher Bedrohung er und Pax auch gerechnet hatten, sie hatte sich nicht manifestiert. Er wusste selbst nicht richtig, was er eigentlich erwartet hatte. Sie waren weder an die Mafia noch an finstere Höhlenmenschen geraten. Stattdessen hatten sie Warren gefunden, seinen ältesten Freund, der hier ein Leben wie auf der Ponderosa-Ranch führte. Und auf einmal war sich Ellis nicht mehr sicher, ob es überhaupt je eine Verschwörung gegeben hatte. Nachdem sie den Mörder von Geo-24 überwältigt hatten, war eigentlich alles in Ordnung gewesen – bis Pax plötzlich davon überzeugt gewesen war, dass Pol ebenfalls durch ein Double ersetzt worden war. Und wieso das alles? Bis dahin hatte ihnen keinerlei Gefahr gedroht.

»Wieso dachten Sie, dass Pol ein Betrüger ist?«

»Ich … ich wusste es einfach.«

»Pax – ich brauche leider etwas mehr als das.«

»Ich weiß. Aber ich kann es Ihnen nicht geben.« Der innere Zwiespalt stand Pax ins Gesicht geschrieben.

»Wieso nicht?«

»Weil … weil Sie mir nicht glauben würden, und selbst wenn … würden Sie mich vielleicht hassen. Ich will nicht, dass Sie mich hassen.«

»Wieso um alles in der Welt sollte ich Sie – «

»Ich kann es Ihnen nicht sagen!«, schrie Pax.

»Okay, okay.« Ellis hob die Hände. Dann kam ihm ein Gedanke. »Wieso leben Sie mit Vin zusammen?«

»Was?«, fragte Pax ungläubig.

»An meinem ersten Morgen bei Ihnen bestand Alva darauf, dass Sie nicht verrückt sind. Wieso hat sie das so betont?«

Pax tat einen Schritt zurück und musste den Blick abwenden. »Alva hat das gesagt?«

»Es war sogar mit das Erste, was sie sagte. Wieso hielt Alva es für nötig, mir zu versichern, dass Sie nicht verrückt sind?«

Pax hatte den Kopf gesenkt. »Ich hatte ein paar Probleme.«

»Probleme? Was für Probleme?«

»Ich möchte nicht darüber reden.«

»Soll Vin auf Sie achtgeben? Deshalb brauchen Sie auch eine Erlaubnis, um Gäste zu sich nach Hause einladen zu dürfen, stimmt's?«

Pax bebte, die Augen noch immer gen Boden gerichtet. »Vin war immer sehr gut zu mir.«

»Wieso brauchen Sie Vin? Was stimmt nicht mit Ihnen?«

»Sie müssen mir glauben. Ren ist ein Mörder.«

»Glauben Sie, dass er auch mich töten wird?«

»Das weiß ich nicht. Ich weiß nicht, was er vorhat, aber irgendwas führt er im Schilde, und das ist sicher nichts Gutes.« Mit flehenden Augen schaute Pax ihn an. »Wir sollten verschwinden. Hollow World warnen.«

»Warnen wovor?«

»Ich weiß es nicht!«, rief Pax, die Fäuste geballt. Ein paar Vögel flogen aufgeschreckt davon.

Vorsichtig nahm Ellis Pax in die Arme. Er konnte spüren, wie der Schlichter zitterte. »Ich habe solche Angst – ich weiß nicht mehr, was ich tun soll.«

»Vertrauen Sie mir?«, fragte Ellis.

Pax nickte an seiner Brust. »Das tue ich.«

»Dann hören Sie mir gut zu. Sie glauben also, dass Warren hinter uns her war, weil er mich sehen wollte. Dann heißt das auch, dass im Moment niemand mehr Jagd auf uns macht. Ich denke, Sie sollten nach Hause gehen.«

»Was? Nein, ich ...«

»Ich bleibe hier und rede mit Warren. Versuche mehr herauszufinden – wenn es denn überhaupt etwas rauszufinden gibt.«

»Das dürfen Sie nicht.« Pax löste sich von ihm.

»Sie haben ein paar anstrengende Tage hinter sich. Sie wurden um ein Haar getötet, mussten einen brutalen Eingriff über sich ergehen lassen und zur Krönung auch noch mit mir Eintopf essen. Da wäre jeder mitgenommen, glauben Sie mir.«

»Ich lasse Sie nicht im Stich. Sie haben ja nicht mal einen Portalöffner.«

»Sie können morgen wiederkommen. Okay?«

»Ich kann Sie doch nicht mit einem Mörder alleinlassen!«

»Hören Sie, ich kenne Warren seit meinem fünfzehnten Lebensjahr! Er ist kein Mörder.«

»Doch, das ist er, und ein Lügner obendrein.«

»Sie müssen mir in dieser Angelegenheit vertrauen. Warren wird mir nichts tun.« Er legte Pax eine Hand auf die Schulter. »Gehen Sie nach Hause. Gönnen Sie sich eine schöne Dusche im Wasserfall. Lassen Sie Cha nach Ihrer Schulter sehen. Essen Sie was Anständiges, und schlafen Sie sich aus. Morgen um diese Zeit kommen Sie zurück. Bis dahin weiß ich schon viel mehr, und wir können bereden, was wir als Nächstes tun. In Ordnung?«

»Wieso können wir nicht beide nach Hause, das alles gemeinsam tun, und dann wiederkommen?«

»Weil ich viel mit Warren zu bereden habe … und weil einiges davon privat ist.«

Pax starrte ihn an. Ellis konnte sehen, wie sich Tränen in den Augen sammelten. »Ich habe Angst.«

»Mir wird schon nichts passieren.«

»Ich habe um uns beide Angst.«

»Gehen Sie heim, und ruhen Sie sich aus. Reden Sie vielleicht mit Vin.«

Eine Träne löste sich. »Geben Sie gut auf sich acht.«

»Das werde ich.«

Pax nahm den Portalöffner zur Hand. »Alva hatte recht, wissen Sie?«

»Womit?«

»Ich bin nicht verrückt.«

9

Alles zu seiner Zeit

»Dein Freund scheint ja ziemlich aufgebracht«, sagte Warren, als Ellis wieder neben ihm auf dem Schaukelstuhl Platz nahm.

Pax war weg, und beim Anblick des vertrauten Spukschloss-Esszimmers im Portal wäre Ellis Pax am liebsten gefolgt. Die Wohnung in Hollow World war bereits mehr ein Zuhause für ihn, als sonst irgendein Ort das je gewesen war. Trotzdem war er froh, für den Moment alleine zu sein. So konnte er freier reden, und es gab so einiges, was er mit seinem alten Freund zu besprechen hatte.

»Pax hat eine schwierige Zeit hinter sich … musste in einer Mordserie ermitteln.«

»Hätte nicht gedacht, dass es so was bei denen überhaupt gibt. Die Haarlosen haben mir erzählt, sie hätten Morde, Kriege usw. lange abgeschafft. Zusammen mit Armut und sozialer Ungleichheit, Rassismus, Sexismus, dem ganzen Scheiß.«

»Scheint, als hätte jemand eine Ausnahme gemacht.«

»Und was für ein Problem hat er mit mir?«

»Er?«

Warren verzog das Gesicht. »Er, sie, es – wie auch immer. Schien mir weniger unter Stress zu stehen als irgendwie eifersüchtig auf mich zu sein. Habt ihr beide etwa dieses neumodische Sexspielzeug probiert? Angeblich soll es da ja was geben, was …«

»So ist das nicht!«, widersprach Ellis, etwas lauter als beabsichtigt.

»Gut – ich dachte schon, du passt dich den lokalen Gepflogenheiten an. Bewegst dich jetzt nur noch auf der anderen Straßenseite, sozusagen.«

»Ich hab dir doch gesagt, so ist das nicht.«

»Meinte ja nur. Machte den Eindruck, und man weiß ja nie. So wie die Jungs, die in den Knast kommen und sich irgendwann denken, sie haben ja keine Wahl, kapierst du?«

»Wie ich schon sagte, Pax stand unter einer Menge Stress. Wir haben die letzten Tage ziemlich viel durchgemacht.«

»Na ja, wir haben alle unser Bündel zu tragen. Aber scheiß drauf, es tut wirklich gut, dich zu sehen. Dachte schon, du kreuzt gar nicht mehr auf. Dachte, du hast vielleicht was falsch gemacht und dir den Arsch versengt.«

Allmählich ging es dem Abend zu. Das träge letzte Licht des Tages ließ Ellis an die freien Nachmittage während seiner Schulzeit denken. Warren hatte recht behalten: Es war heiß im Freien. Er konnte die Hitze über den Feldern flimmern sehen, und die Zikaden machten fast so viel Lärm wie der Verkehr früher auf der sechsspurigen Michigan Avenue. Auch wenn er nach wie vor keinen Kalender in den Fingern gehabt hatte, fühlte er sich in seiner Vermutung bestätigt, dass es Hoch- oder Spätsommer war. Er roch das Stroh und den Dung aus den Ställen und hörte das Wiehern von Pferden. Auf den Feldern stand der Mais schon auf der Augenhöhe eines Elefanten.

»Nettes Teil«, sagte Warren.

»Was meinst du?«

»Deine Waffe.« Warren deutete auf das Holster an seinem Gürtel. Ellis hatte es schon fast vergessen. Niemand sonst nahm es wahr. »Zeig mal her.«

Er zögerte nur eine Sekunde, ehe er der Aufforderung nachkam. Schließlich war es doch Warren.

Sie hatten sich in der zehnten Klasse kennengelernt – als man Warren noch *Ren* genannt hatte, weil zwei Silben für Schüler in dem Alter immer noch eine zu viel waren, und das Wörtchen *War* im Jahr 1971 ungefähr so populär war wie Präsident Nixon persönlich. Sie hatten sich ein Schließfach geteilt, in das Warren immer seine Footballsachen gestopft hatte, um sie nicht in der Turnhalle zu lassen. Die gute alte Nummer 48 – das Trikot war stets im Fach gewesen, und Ellis hatte in den drei Jahren nicht den Eindruck gehabt, dass Warren das Ding je gewaschen hätte, und die Luft angehalten, wenn er seine Bücher gebraucht hatte. Er hatte sich an dem Elch, mit dem zu teilen er gezwungen war, aber nie groß gestört – zumindest nicht, bis Ricky »die Ratte« Downs ihn aufs Korn nahm.

Ellis versuchte gerade, sein Physikbuch an Warrens Schulterpolstern vorbeizuzwängen, als Ricky aufkreuzte und es lustig fand, eine Runde Basketball zu spielen – mit ihm als Ball natürlich. Ellis schaffte es zwar, einen guten Treffer zu landen, brachte damals allerdings nur sechzig Kilo auf die Waage, und der schwächliche Schlag machte Ricky bloß wütender. Mit lautem Geheul schlug er Ellis in die Magengrube. Doch ihm nur den Wind aus den Segeln zu nehmen war ihm nicht genug als Strafe – Ricky die Ratte hatte eine ziemlich fiese Ader. Er selbst glaubte, er hätte seinen Spitznamen daher, weil er so gerissen war. In Wahrheit wussten alle, dass er einfach der Typ war, der anderen gern von hinten in den Rücken trat.

»Jetz' zeig ich dir, weshalb es 'ne schlechte Idee ist, sich zu wehren,« hatte Ricky erklärt. »Es gibt 'ne Hackordnung in Gottes Welt, und in der kommst du ganz zum Schluss!«

Ellis rechnete schon damit, in einem Krankenwagen wieder zu sich zu kommen, als Warren auftauchte. Das Szenario entwickelte sich wie in einer Partie STRATEGO, wo der Unteroffizier den Aufklärer schlägt, der Feldmarschall aber alle: Ellis war der Geek und Ricky ein Basketballspieler mit großen, schwitzigen Händen, harten Ellbogen und dem Talent, die Leute einzuschüchtern; Warren aber war Fullback im Footballteam.

Auf dem Spielfeld nannten sie ihn den »Eckard Express«, und auch jetzt ging alles rasend schnell. Ellis bekam nur noch mit, wie Ricky in seinem Led-Zeppelin-Shirt durch die halbe Halle segelte und eine Delle in Schließfach 243 hinterließ, wo er stöhnend und mit Tränen in den Augen zusammenbrach.

Der Rektor hatte Warren und Ricky beide von der Schule ausschließen wollen. Die Entschuldigungen der beiden Schläger interessierten ihn nicht, Ellis jedoch war ein Einserschüler mit makellos weißer Weste. Nachdem er sich für Warren einsetzte, durfte Ricky die Ratte einen Monat lang zu Hause bleiben, während Warren mit einem ernsten Gespräch davonkam.

Danach wurden Warren und er beste Freunde. Eigentlich blieb Warren die nächsten dreiundvierzig Jahre auch sein einziger Freund – Ellis war nie gut darin gewesen, Freundschaften zu knüpfen, und die wenigen Menschen, zu denen er fand, hatten Träume, die zu groß für Detroit waren. Auf Warren aber war Verlass, und so hielten sie zusammen wie Sedimente am Grund eines Sees. Wie Vietnam-Veteranen, die sich nur unter ihresgleichen wirklich aufgehoben fühlten – Warren verstand ihn.

»Colt, richtig? Nette kleine Waffe.« Warren drehte und wendete die Pistole und zielte mit zusammengekniffenem Auge die Firestone Lane hinab. »Schon komisch. Ich hab dir doch damals gesagt, dass mich die Zukunft nicht interessiert – dass ich lieber in die Vergangenheit reisen würde. Hab aber nicht weit genug zurückgedacht. Der Wilde Westen – das war eigentlich die beste Zeit, alter Freund. Als jeder Mann noch ein Schießeisen an der Seite trug und jeder Verbrecher einfach gehängt wurde. Man ist los, hat sich ein Haus gebaut, sein Leben gelebt, und wenn einem irgendwer in die Quere kam: *Bam!* Was in Tombstone passiert, bleibt auch in Tombstone. Und jetzt sitzen wir hier in der Zukunft samt unseren Knarren auf einer Farm, auf einem Planeten mit kaum Leuten und keinen Regeln – außer unseren eigenen.«

Fast konnte Ellis Pax' panische Stimme in seinem Kopf hören: *Sie haben ihm Ihre Waffe gegeben! Dieser Mann ist ein Mörder!*

Er sah Warren zu, wie er mit der Pistole herumspielte. Es war nicht leicht, sie mit den fehlenden Fingern richtig zu halten.

Zwei fehlende Finger. Die gleiche Hand, die gleichen Finger; »Zufall« war irgendwie keine adäquate Erklärung hierfür. Es musste eine Verbindung geben … und trotzdem war dies Warren Eckard neben ihm. Er hatte den Mann sein ganzes Leben lang gekannt. War mit ihm aufgewachsen, hatte sein erstes Bier mit ihm getrunken, den ersten STAR-WARS-Film im Kino gesehen. Warren war wie ein Bruder für ihn – sein großer Bruder, der immer auf ihn aufgepasst hatte.

Nur ... dass er sich irgendwie auch verändert hatte.

Es waren nicht nur das weiße Haar, der Bart und der Gewichtsverlust – sogar wie er redete. Warren war nie besonders glücklich mit sich selbst gewesen. Praktisch sein ganzes Leben hatte er sich darüber beschwert, wie übel man ihm mitgespielt hatte. Erst hatten seine Mutter und seine Lehrer ihn gezwungen, das Footballteam zu verlassen, weil seine übrigen Noten angeblich zu schlecht wurden, und ihm damit eine Karriere verbaut, an der er nie auch nur eine Sekunde gezweifelt hatte. Später waren es seine Vorgesetzten gewesen, und seine Frauen – die recht schnell zu Ex-Frauen wurden –, die einfach nicht seine Vorzüge erkennen wollten. Dann die Regierung, inkompetent und korrupt, die alles kaputt machte. Jahrein, jahraus hatte er von der Kanzel seines Barhockers gepredigt. Viele Leute hatten ihn gehört – aber keiner hatte ihm geglaubt. Nicht einmal Ellis. Es war ihm nicht leicht gefallen, jemanden ernst zu nehmen, der sich derart im Selbstmitleid suhlte, doch all das war nun Geschichte. Das ziellose Gegrummel war einem seltsamen Optimismus gewichen, bei dem sich Ellis wirklich fragte, wie gut er seinen alten Freund noch kannte.

Trotzdem ist es immer noch Warren ... oder nicht?

Beim Anblick seines Freunds, der mit der Pistole hantierte, musste Ellis den Wunsch unterdrücken, sie zurückzuverlangen.

»Das hier ist das wahre Leben.« Der altersweise Ausdruck auf Warrens Gesicht war ebenfalls Teil seines neuen Auftretens. »Versteh mich nicht falsch. Es ist wirklich hart. Den ersten Winter dachte ich, ich würde sterben. Hab mich buchstäblich von Käfern ernährt. Ein paar Mal wäre ich beinahe an giftigen Beeren verreckt, bis ich die guten gefunden habe. Genau darum geht's: das Gute vom Schlechten zu unterscheiden. Zu wissen, worauf man bauen kann und was einem am Leben hält, und was einen krank macht und irgendwann umbringt. Aber lieber Himmel, Ellis, der Frühling dann – das war wie das, wovon die Bibelnarren immer faseln. Als würde man Gott direkt ins Gesicht schauen. Ich fühlte mich wie wiedergeboren. Aus meinem Grab aus Dreck und Zweigen bin ich in ein neues Leben gekrochen, ein neuer Anfang für den alten Warren Eckard.«

Warren überprüfte das Magazin, setzte es mit einem leichten Hieb wieder ein, entsicherte die Waffe und spannte den Hahn.

Ellis fühlte sein Herz schneller schlagen.

»Ich erkannte, dass mich nichts mehr aufhalten kann. Ich war frei. Ich konnte alles tun, was ich wollte. Niemand mehr, der mir Vorschriften macht. Keine Gesetze, gar nichts, kapierst du?« Er schenkte ihm ein verstohlenes Alte-Männer-Grinsen, bei dem Ellis ganz anders wurde.

Von was für Gesetzen genau reden wir hier, Warren?

»Wenn ich hier auf die Fresse falle, ist das einzig und allein meine Schuld. Ich dachte ja erst, dass sonst niemand mehr lebt, von daher fühlte ich mich wie damals Adam. Nur ich und Gott im Garten Eden, bevor die dumme Kuh von Eva kam und alles kaputt machte.« Kichernd schaute er ihn an. »Warum so still?«

»Könnte ich bitte meine Waffe wiederhaben?«

Warren lachte. »Mache ich dich etwa nervös?«

»Na ja, dein Umgang mit technischem Gerät, besonders, nachdem du es entsichert hast, war nicht immer glanzvoll. Möchte einfach nicht, dass du dir auch noch die passenden Zehen wegschießt.«

Anstelle einer Antwort setzte Warren ein Lächeln auf, aus dem Ellis nicht schlau wurde: amüsiert, höflich, herablassend? Dann sicherte er die Waffe, senkte den Hahn und reichte sie ihm zurück, um sich stattdessen wieder seinem Tee zu widmen.

»Wundert mich, dass dir's hier so gut gefällt.« Sein Herz raste noch immer, während er sich vergewisserte, dass die Waffe auch wirklich gesichert war. »Kein Bier, kein Eis, kein Football, keine Frauen. Sieht dir gar nicht ähnlich.«

»Ich war ein bedeutungsloser Mann in einer Welt des Wohlstands. Nun bin ich König über ein Land des Mangels. Alles steht mir frei. Früher habe ich mich wie ein übrig gebliebenes Puzzlestück in einem fertigen Bild gefühlt. Aber jetzt ist die ganze Welt wie eine leere Leinwand.«

»Wann bist du denn zum Philosophen geworden? Noch vor vier Tagen war das Eloquenteste, was dir über die Lippen kam, der Werbespruch für irgendein Bier.«

»Das ist alles Teil der Erfahrung: kein Fernsehen, kein Radio, kein Internet, und kaum Bücher – mit so wenig Ablenkung hat man eine Menge Zeit zum Nachdenken. Ich bin ziemlich tief in mich gegangen, bis mir aufging, dass ich ein armer Mann war, der noch dazu kein Geld besaß.« Er grinste zufrieden und wartete, ob auch Ellis das Wortspiel verstand.

Ellis lächelte schwach.

Warren quittierte es mit einem Zwinkern. »Die alte Welt wurde ausradiert. Wir können uns bauen, was immer wir wollen. Wir können die Gründerväter einer neuen Zivilisation werden. Es dieses Mal richtig machen.«

»Es gibt schon eine Zivilisation, und Millionen von Menschen, die vielleicht ein Problem mit deiner Zukunftsvision hätten. Soweit ich das verstanden habe, ist ihnen die Oberfläche quasi heilig.«

»Du bist bei ihnen gewesen, also weißt du auch, wie sie sind: ein Haufen Kinder. Sie werden nicht kämpfen. Wir sind wie dieser Spanier, der damals in Mexiko landete …«

»Cortéz?«

»Genau der. Hat sich ganz Mexiko mit einer Handvoll Männer unter den Nagel gerissen.«

»Eigentlich hat er das Aztekenreich ausgelöscht. Er, seine fünfhundert Leute, ihre überlegene Technik und die Pocken obendrein.«

»Ganz egal, wir sind so wie er. Wir sind die letzten beiden *echten* Männer auf der Welt. Der Rest ist irgendwie … keine Ahnung. Auf alle Fälle haben sie jeden Sinn für Aggression verloren. Erinnern mich an meine zweite Frau: Sie schreien und schmollen, aber schlimmstenfalls beschimpfen sie dich oder werfen mit Sachen nach dir. Wir könnten diese Welt auch nur mit unseren Fäusten und einem Jagdmesser beherrschen – dabei haben wir sogar Schusswaffen. Das macht uns praktisch zu Göttern.«

Oder Teufeln.

Warren sah seinen Gesichtsausdruck und musste grinsen. »Keine Angst. Ich hab schon nicht vor, der nächste Hitler zu werden. Alles, was ich sagen will, ist, dass die Glatzköpfe doch ganz glücklich damit sind, unter der Erde zu sitzen, und von daher nichts dagegenspricht, dass wir es uns hier oben in unserem Städtchen gemütlich machen. Wieso sollte sie denn das was scheren?«

»Das tut es aber vielleicht.«

Nachdenklich nippte Warren an seinem Tee. Von drinnen hörte man das Klappern von Töpfen und Pfannen, dann, wie ein Küchenschrank geschlossen wurde.

Ellis studierte die Waffe in seinen Händen. Komisch, dass er sie noch nicht weggesteckt hatte. Normalerweise hätte er das längst. Er legte sie sich auf den Schoß, nahm seinen Rucksack zwischen die Füße und packte seinen Mantel aus.

»Ist dir kalt?«, fragte Warren.

»Nein.« Das kleine Wort klang unheilschwanger, aber vielleicht nur für Ellis, weil er allein wusste, was als Nächstes kam.

Er nahm die Briefe aus seiner Tasche, wo sie seit 2014 gewesen waren. Er hatte überlegt, sie gar nicht anzusprechen – was brachte es ihm, jetzt noch damit anzufangen? Peggy war tot und die ganze Welt Schnee von gestern. Für Ellis aber war der Schmerz gerade erst ein paar Tage alt, und solange er sich nicht mit dieser Wunde auseinandersetzte, konnte er auch nicht weitermachen. Seine Mutter hatte ihm beigebracht, dass der beste Weg, eine Infektion zu vermeiden, eine ordentliche Dosis Wasserstoffperoxid war. Das tat zwar höllisch weh, doch erst dann konnte man einen Verband anlegen – denn erst dann konnte die Wunde auch abheilen.

Ellis sagte kein Wort. Er reichte Warren einfach nur die

Briefe. Der schaute verblüfft drein und blätterte sich durch den kleinen Stapel. »Oh«, sagte er schließlich mit einem Ausdruck des Verstehens. »Verdammt, die sind ja wirklich alt. Peggy hat sie aufgehoben, was?«

Ellis starrte ihn bloß finster an.

»Was?«, fragte Warren. Keine Spur von schlechtem Gewissen, kein Anzeichen des Bedauerns.

»Du hast meine Frau gevögelt.«

»Ja, hab ich.«

»Gleich nachdem mein Sohn gestorben war, hast du Peggy gevögelt.«

Warren nickte wie einer dieser dummen Wackelköpfe, die manche Leute im Auto hatten.

»Hast du denn gar nichts dazu zu sagen?«

Warren zuckte die Achseln. »Was soll ich denn dazu noch sagen, Ellis? Das war vor über zweitausend Jahren.«

»Nicht für mich. Ich hab's gerade erst rausgefunden.«

»Na, meinetwegen«, brummte Warren widerstrebend. »Du willst also eine Entschuldigung hören. Ist doch so, oder?« Er warf einen Blick auf die Pistole in Ellis' Schoß. »Oder hast du vor, mich zu erschießen?«

Ist das, wie diese Dinge normalerweise passieren? Übernahm das Unterbewusstsein einfach die Kontrolle? War das der wahre Grund, weshalb er Pax weggeschickt hatte? Hatte er sich dafür geschämt, was er vielleicht tun würde? Pax hatte eine so hohe Meinung von ihm; das wollte er nicht zerstören. War es nach einer Schießerei denn nicht immer dasselbe?

Er war immer ein so friedfertiger Mann, Officer. Hat nie auch nur ein böses Wort verloren! Ich kann es mir gar nicht erklären, wie er das tun konnte. Das war gar nicht typisch für ihn …

Er schaute Warren in die Augen. »Ich will nicht bloß, dass du *sagst,* dass es dir leidtut – ich will, dass es dir auch *wirklich* leidtut.«

»Okay.«

Okay?

»Verdammt noch mal, Warren! Du warst mein Freund. Mein einziger *richtiger* Freund. Du hattest alle möglichen Frauen. Ich hatte genau eine.«

Aber du hast doch gar nichts mehr mit ihr angestellt, Kumpel. Hab ich nicht recht? Du und Peggy, ihr hattet euch seit Monaten nicht mal geküsst. Und ich bin immer fetter geworden und war nicht mehr der Hingucker wie früher mal. Also haben wir's getrieben. In deinem Bett mit der netten lila Decke. Hab mich dreimal die Woche da hochgeschlichen, um die Matratze einzuliegen. Ein Glück, dass du nie zu früh von der Arbeit heimgekommen bist! Aber wie's so schön heißt, wenn das Bett oben schaukelt, schau besser nicht nach. Peggy hat sogar ihre High Heels angelassen.

Ellis ertappte sich dabei, wie sein Finger mit dem Abzug der Waffe spielte.

»Willst du wirklich die Wahrheit hören?« Warren verfolgte genau, was er tat. »Peggy war wütend. Hatte einen richtigen Hass auf dich. Hat dir die Schuld an Isleys Tod gegeben – aber das weißt du ja alles.« Abwartend strich er mit dem Daumen über sein fast leeres Glas. »Ich war bei ihr an dem Tag. Hatte mir eigentlich deine Leiter borgen wollen, und sie kam grade von der Arbeit heim. Also sind wir rüber zur Werkstatt, und da haben wir Isley gefunden. Zusammen. Sie hat geschrien und geweint, und ich hab sie einfach gehalten.

Als sie mir dann ein, zwei Monate später die ersten Briefe schrieb, dachte ich, weil wir diesen gemeinsamen Moment hatten, verstehst du? Heute weiß ich, dass sie dir einfach nur wehtun wollte. Sie war nie wirklich an mir interessiert. Sie wollte es dir einfach nur heimzahlen. Das war vorher so nicht klar. Und es war auch nur das eine Mal – aber das weißt du ja, wenn du die Briefe gelesen hat.« Warren reichte sie ihm zurück.

»Wir lagen auf der Rückbank von ihrem Auto, auf dem Parkplatz hinter einem Denny's Diner. Vorher waren wir in einer Bar, bis die geschlossen hat. Wir waren beide ziemlich betrunken. War sicherlich nicht meine Sternstunde. Wahrscheinlich hab ich geglaubt, dass ich ihr nur eine Hilfe bin – war ich ja auch, bloß nicht so, wie ich gemeint hab. Ich dachte, ich biete einer Frau, die sich von ihrem Mann entfremdet hat, eine Schulter an. Stattdessen hab ich ihr Gelegenheit gegeben, dich zu bestrafen. Natürlich ist es dazu nie gekommen, weil du's ja gar nicht rausgefunden hast – bis heute. Wie eine dieser Weltkriegsminen, die nach fünfzig Jahren einem Kind den Fuß wegsprengt. Sie hätte es dir sagen können – keine Ahnung, weshalb sie's nicht getan hat. Sie hat damals auch gesagt, sie würde sich scheiden lassen. Das hat sie ja auch nicht gemacht. Wenn du mich fragst, ich glaub ehrlich, dass sie einfach nicht von dir loskam, selbst wenn sie's wollte. Sie hat dich geliebt, Ellis.«

Warren schluckte den Rest seines Tees runter. Ellis schluckte einfach nur.

»Im Endeffekt ging der Schuss für sie nach hinten los. Nachdem du ihr den Houdini gemacht hattest, hat Peggy sich eingeredet, dass du dich wegen meiner Briefe umgebracht hättest. Ich hab versucht, ihr das mit deiner Zeitmaschine zu erklären, aber du kannst dir ja denken, wie sie reagiert hat. Ich hab nicht lockergelassen; irgendwann ging sie dann nicht mehr ans Telefon. Auch auf meine Mails hat sie nicht mehr geantwortet. Ein Jahr später ist sie nach Florida gezogen – ich bezweifle allerdings, dass nur ich der Grund dafür war. Hat jedenfalls nicht mehr geheiratet.«

Ellis' Blick war in die Ferne gewandert, doch die letzten Worte rissen ihn zurück.

»Wie ist sie gestorben?«

Warren hob eine Braue. »Woher soll ich das wissen?«

»Du hast gesagt, sie hat nicht mehr geheiratet. Wenn sie noch gelebt hätte, als du gegangen bist, hättest du gesagt, dass du nicht weißt, ob sie noch mal geheiratet hat.«

»Mr. MIT mal wieder.«

»Also, wie ist sie gestorben?«

Warren seufzte. »Autounfall.«

»Noch weitere Verletzte?«

»Sie war allein. Hat auf dem Freeway einen Brückenpfeiler gerammt.«

Ellis musterte ihn. »Schlechtes Wetter?«

»Betrunken, soweit ich weiß.« Eine Weile hielt Warren seinem Blick stand. »Ihre Schwester, wie hieß sie doch gleich – die aus Omaha – Sandy! Sandy hat bei der Beerdigung gemeint, dass Peggy mit dem Trinken angefangen hätte, als du weg bist. Sie haben versucht, ihr zu helfen. Sie zu den Anonymen Alkoholikern geschickt oder so. Hat wohl nicht funktioniert.« Er zögerte. Dann bemerkte er die Bestürzung auf Ellis' Gesicht und fügte pflichtschuldig hinzu: »Sie ... ähm – hat dir irgendwann verziehen – für Isley und alles.«

»Woher willst du das wissen?«

»Das Foto von euch allen im Freizeitpark – das, aus dem sie dich rausgefaltet hat? Sandy meinte, sie hat es bei ihren Sachen gefunden. Peggy hatte es wieder glattgestrichen. Und mit schwarzem Edding *Vergib mir* drübergeschrieben.«

Ellis konnte die Tränen nicht länger zurückhalten.

In der Küche der Farm roch es herrlich. Die Luft war schwer vom Dampf frisch gebackenen Brots, bratenden Fleischs und blubbernder Töpfe auf dem gusseisernen Herd. Der Geruch brachte Erinnerungen an die Thanksgiving- und Weihnachtsfeiern seiner Kindheit zurück. Im Licht, das durch die Fenster und Fliegengitter fiel, huschten geschäftige Schatten umher. Auch das erinnerte Ellis an die Feiertage – vor vielen Jahren, als er noch ganz klein gewesen war und sie immer seine Großmutter besucht hatten. Ihr Haus war so alt gewesen, dass es noch eine Kohlenrutsche gehabt hatte, und im Keller einen Eisschrank und ein Waschbrett mit einem Zuber. Irgendwann hatte seine Großmutter zwar auch Strom bekommen, aber man hatte dem Haus immer angemerkt, dass es nicht darauf ausgelegt gewesen war, und viele Räume blieben nach wie vor dunkel.

Auf der Firestone-Farm fehlte nicht nur das Licht, es fehlten auch die Geräusche. Es überraschte Ellis, wie auffällig diese Stille doch war. Fast sechzig Jahre lang hatte er sich an den typischen Klang im Inneren eines Hauses gewöhnt: den

Ventilator, das Gerassel und Gebrumm von Kühlschränken, das Summen von Leuchtstoffröhren, quasselnde Fernseher und Musik aus Radios und Stereoanlagen. In der Farm hörte man nur das Schlurfen nackter Füße und das langsame Ticken der Wanduhr, die den Takt der Geräuschkulisse wie ein Metronom vorgab. Während die Gerüche und das Licht Behaglichkeit verströmten, war die Abwesenheit von Geräuschen eher verstörend – die tonlose Stille nach einem Stromausfall.

Als er eintrat, hielten alle inne und drehten sich ihm zu, Keramikschüsseln mit dampfendem Gemüse in der Hand. Die Gesichter, mit denen sie ihn anstarrten, erinnerten Ellis an die Studenten am ersten Tatort. Vielleicht hatten sie ihn ja weinen gehört. Er hatte eine ganze Weile geweint, während Warren höflicherweise seine Pistole an sich genommen und einen Spaziergang zum Stall gemacht hatte, um ihm etwas Privatsphäre zu lassen. Bis er wiederkam, hatte Ellis sich zwar wieder beruhigt gehabt, doch so leer und wund gefühlt, als hätte er sich übergeben. Eine Weile hatten sie einfach nur schweigend dagesessen, dann hatte man sie zum Abendessen gerufen.

»Hört auf zu gaffen, und schafft das Essen auf den Tisch!«, schnappte Warren, der ihm gefolgt war. »Du musst sie entschuldigen. Für die Glatzköpfe sind wir wie Marilyn Monroe, ein Einhorn oder vielleicht sogar Jesus. Selbst nach zwei Jahren erwisch ich sie noch, wie sie versuchen, mir unter den Rock zu schauen. Stimmt doch, oder, Yal?«

Yal war der Koch mit der Schürze, der ihnen vorhin auch ihren Tee gebracht hatte. Und obwohl alle denselben Amischen-Stil trugen – schwarze Hosen, weißes Hemd –, konnte Ellis auch die übrigen Anwesenden leicht auseinanderhalten, denn sie hatten ihre Namen alle auf die rechte Brust genäht, so wie früher das Personal an Tankstellen.

Yal wandte betreten den Blick ab und rührte weiter in einem großen schwarzen Kessel.

»Setz dich«, sagte Warren und zog Ellis einen Stuhl heran. Dann ging er zum Messerblock und schärfte ein großes Messer an einem Riemen an der Wand. »Gibt ein Festessen für dich.« Er grinste. »Auch wenn das alte Wollknäuel schon uralt war und ich's heute früh geschlachtet hab, bevor ich überhaupt wusste, dass du kommst – aber daran wollen wir uns jetzt nicht stören.«

Auf dem Tisch standen schon mehrere handgemachte Schüsseln mit dick geschnittenen Karotten, Kartoffeln und Wurst, außerdem Sauerkraut und ein Korb mit großen, frischen Brötchen. Auf einem Teller lag ein Klotz Butter, und Ellis brauchte einen Moment, ihn als solchen zu erkennen – er hatte noch nie Butter ohne die Verpackung oder zumindest eine Plastikschale gesehen. Der faustgroße Klumpen war mit Fingerabdrücken übersät.

»Mach dich auf einen echten Gaumenschmaus gefasst«, erklärte Warren. Er schlang sich ein Tuch um die Hand und öffnete den Ofen. »So und nicht anders sollte ein Mann essen: alles frisch aus dem Garten, dem Stall oder dem Wald.« Er zog eine große Schmorpfanne heraus, in der ein golden gebratenes Viertel Lamm lag. Während er den Braten ans Kopfende des Tischs stellte, nahmen die Übrigen ihre Plätze ein. Abgesehen von Warren und ihm waren es fünf – alle mit Pax' Gesicht, und doch anders; zu trist, zu leer.

Als alle saßen, faltete Warren die Hände, und die anderen taten es ihm gleich.

»O Herr, danke für dieses Essen und dass du Ellis nicht den Arsch versengt hast, wie wir dachten«, sagte Warren und schloss mit einem raschen »Amen«.

»Amen«, antwortete der Chor.

Es war beileibe nicht das erste Essen, das Ellis mit Warren teilte, aber nie zuvor hatte er seinen Freund ein Tischgebet sprechen hören. Soweit er wusste, hatte Warren, obgleich er sich selbst gern als guten Christen bezeichnete, noch nie eine Kirche von innen gesehen. Wenn er darüber nachdachte, war er sich nicht einmal sicher, welcher Konfession Warren angehörte; und er bezweifelte, dass es Warren anders erging.

»Darf ich Ihnen noch etwas Tee anbieten?«, fragte sein Sitznachbar.

»Wir haben auch Milch und Wein!«, rief eine weitere Stimme, begierig, ihm zu Diensten zu sein.

Alle starrten ihn erwartungsvoll an.

Ellis kümmerte sich nicht weiter darum. »Etwas Tee wäre schön.«

Sein Sitznachbar stellte ein breites Lächeln zur Schau und sprang auf wie jemand, dem gerade eine große Ehre zuteilgeworden war.

Warren, der am Kopfende des Tisches stand und das Fleisch schnitt, schüttelte grinsend den Kopf. Die Szene erinnerte Ellis an ein patriotisches Norman-Rockwell-Gemälde – wenn denn der Künstler in einer Gemeinde identischer mennonitischer Tankstellenwärter gelebt hätte.

»Ich dachte, es gibt keine Religion mehr«, sagte Ellis, während Yal ihm die Karotten reichte.

»Das ist eins der Dinge, die ich ändern werde«, erklärte Warren. »Hätte selbst nie gedacht, dass ich mal zum Missionar würde, der das Wort Gottes unter den Heiden verbreitet. Wahrscheinlich kommt das mit dieser ganzen Wiedergeburtserfahrung. Dex hat mir 'ne alte Ausgabe der Bibel aufgetrieben, und die lass ich sie jetzt alle lesen. Oh, richtig – ich hätte euch vielleicht vorstellen sollen.« Warren zeigte mit dem fetttriefenden Tranchiermesser in die Runde. »Dex, Hig, Ved Eins und Zwei und Yal. Dex ist unser Hausarzt und die Nummer drei in der Hierarchie. Hat mir nicht lange nach unserer ersten Begegnung ein neues Herz eingepflanzt. Hat sich auch um den Krebs gekümmert und mich gegen die neuen Viren geimpft, die es so gibt.«

»Ehe ich herkam, hab ich für das IBS gearbeitet«, sagte Dex.

»Erst Teil des Problems, jetzt Teil der Lösung.« Warren verteilte die Lammscheiben auf die Teller, die wie in einer Parade an ihm vorbeizogen. »Hig war irgend so ein Öko-Apostel.«

»Eigentlich ein Biodoktor«, sagte Hig. »Ich war Mitglied der HEB.«

»Genau der Öko-Verein, den ich meine.«

»Die Hollow-Earth-Bewegung«, erklärte Hig geduldig und reichte Ellis die Kartoffeln.

»Wie auch immer. Hig ist jetzt unser bester Arbeiter auf der Farm – hat ein tolles Händchen für die Tiere und Feldfrüchte. Ved Eins spielt dafür ganz gut Fiedel.«

»Früher habe ich Holosymphonien komponiert«, sagte Ved Eins. »Aber ja, Geige beherrsche ich auch.«

»Ved Zwei – kein Verwandter.« Warren lachte. Sonst lachte niemand, doch es schien ihm nichts auszumachen. »War eine Art Tattoo-Künstler.«

»Ich habe den inneren Ausdruck der Persönlichkeit in eine äußere Identität überführt.«

»Und zu guter Letzt Yal – unser neuester Zugang. Yal ist unser Koch. Wenn's dir nicht schmeckt, dann weißt du, wer Schuld hat.«

Ellis schaute zu Yal, doch es kam kein klärender oder korrigierender Hinweis. Der Koch war vollauf mit dem Versuch beschäftigt, mit der linken Hand zu essen, stellte sich aber nicht sehr geschickt dabei an. Die andere Hand blieb unter dem Tisch versteckt. Da fiel Ellis auf, dass auch die Reihenfolge, in der Warren das Essen austeilte, kein Zufall war: Als Erster bekam Ellis etwas, dann Dex, dann Hig, die beiden Veds und schließlich Yal.

Das Essen hatte die gesunde Urtümlichkeit, die typisch für einen ungleichmäßig heißen Herd war: die Soße hatte Klumpen, die Brötchen waren an der Unterseite schwarz, und die Kartoffeln nicht ganz durch. Die Karotten waren lecker, das Lamm zäh, aber schmackhaft, und die Wurst und das Sauerkraut schmeckten herrlich, obwohl Ellis Sauerkraut eigentlich gar nicht mochte. Doch die Unvollkommenheit hatte ihren eigenen Reiz; genau wie ein Live-Mitschnitt samt seiner technischen Schwächen mehr Leben enthielt als eine perfekt getrimmte Studioproduktion, besaß das Essen eine schlichte Ehrlichkeit, wie sie Ellis seit Jahren nicht mehr gekostet hatte.

»Gab vier neue Lämmer dieses Jahr«, sagte Warren. »Hig und die Veds, wie sie zum ersten Mal das Wunder der Geburt mitansehen – einfach der Hammer.«

»Es wirkt nicht natürlich«, rechtfertigte sich Ved Eins. »Mehr wie eine Krankheit.«

»Siehst du, womit ich mich hier herumschlagen muss?« Warren seufzte. »Ach, und toll, wie du die Brötchen hast schwarz werden lassen, Yal.«

»Es tut mir leid! Ich habe bislang nur mit Erzeugern gearbeitet – mit dem Herd fehlt mir noch die Übung.«

»Wir können hier keine Ausreden gebrauchen, also reiß dich zusammen. Schließlich reden wir von einem Herd, keiner Rakete, und die Zeiten, zu denen du von einem Erzeuger abhängig warst, sind vorbei.«

»Nächstes Mal mache ich es besser, Ren Zero.«

»Es heißt Ren!« Warren hob die Stimme. »Einfach nur Ren. Wir sind hier keine Nummern – wir sind Menschen, verdammt.«

Mehrere Blicke richteten sich auf die beiden Veds.

Warren wirkte verärgert. »Ich wollte eure Namen schon lange ändern. Können genauso gut gleich damit anfangen, damit es den armen Ellis nicht so verwirrt. Von heute an soll Ved Eins also Bob heißen, und Ved Zwei …« Warren biss sich auf die Lippe und grübelte. »Ved Zwei heißt jetzt Rob.« Er wirkte zufrieden mit sich. »Gleich nach dem Essen ändert ihr die Namen auch auf euren Hemden, ist das klar?«

Die zwei nickten in perfektem Gleichklang, was Warren nur noch ärgerlicher machte.

Ein paar Minuten lang kam kein Gespräch auf, sodass man nur das Ticken der Uhr und das Kratzen des Bestecks auf den Tellern hörte. Fast alle im Raum starrten ihr Essen an, Warrens Blick jedoch ruhte über allem.

»Und ihr seid nur sechs Leute auf der ganzen Farm?«, fragte Ellis. Eigentlich interessierte es ihn nicht sonderlich, er wollte bloß die Stille brechen. Er brauchte Geräusche, den

Fluss von Worten, um den Gedankenstau in seinem Kopf zu lösen; Gedanken an Peggy und ein Foto mit den Worten *Vergib mir* darauf. Warren hatte gesagt, sie habe einen Edding benutzt, aber Ellis stellte sich die Worte in Blut geschrieben vor. Er hätte Peggy einen Abschiedsbrief schreiben, ihr Lebewohl sagen sollen …

»Nur sechs unter diesem Dach«, bestätigte Warren. »Neue Konvertiten nur auf Einladung.«

»Mib wird bald zu uns stoßen«, sagte Hig. Man sah dem Feldarbeiter an, dass er mehr Sonne als die Übrigen abgekriegt hatte. Nur Warrens Teint war noch dunkler.

»Das ist gut«, sagte Warren. »Wir brauchen jemanden in der Glasbläserei.«

»Wir haben in letzter Zeit eine Menge Gläser verloren«, stellte Dex mit Blick zu Yal fest.

»Es wird sicher sehr schön, wenn Mib da ist«, murmelte Yal verhalten, stand auf und fing an, das Geschirr abzuräumen.

»Yal mag nicht länger das Nesthäkchen sein«, erklärte Bob – oder war es Rob?

»Nur sechs … unter diesem Dach?«, hakte Ellis nach.

»Technisch gesehen sind wir zu siebt, aber Pol wohnt nicht mehr hier. Früher schon, dann wurde er für den Hohen Rat ausgewählt. Ich hab ihm erlaubt, seiner Pflicht nachzukommen. Dachte, es könnte ganz nützlich sein, einen Verbindungsmann im Rat zu haben.« Den *Mann* setzte er mit den Fingern in Gänsefüßchen. »Pol war einer der ersten drei, die mich fanden. Du wirst ihn heute Abend kennenlernen. Ein echtes Organisationstalent. Wenn ich morgen abträte, würde Pol übernehmen.«

»Was genau denn übernehmen?«

Statt einer Antwort grinste Warren nur.

Yal trat an seine Seite, um nach den restlichen Kartoffeln zu greifen – und da bemerkte Ellis den blutigen Verband um die rechte Hand des Kochs. Ring- und kleiner Finger waren nur noch Stümpfe.

Bei Einbruch der Nacht entzündete Warren die Sturmlaterne und führte sie ins Wohnzimmer. Yal überließ er den Abwasch. »Es braucht eine lange Zeit, ihnen die schlechten Gewohnheiten auszutreiben, die sie in der Unterwelt aufschnappen. Erst glauben sie, es wäre alles ganz einfach. Dann kommen sie her und finden raus, dass sie falsch liegen.« Warren redete wieder mit seiner neuen Weisen-Stimme – der Dalai Lama von Detroit.

Die Wohnzimmereinrichtung schien direkt dem Bürgerkrieg entsprungen, mit einem schwarzen, verschnörkelten Sofa und zwei dazu passenden Polstersesseln, in denen man sich den Mord an Präsident Lincoln hätte vorstellen können. Die erbsengrünen Wände und das dunkle Mahagoni unterstrichen die strenge Grabesstimmung noch. Alles roch nach alten Büchern, altem Holz und alten Menschen. Vielleicht saß Schimmel in den Wänden. Heiß war es auch; die Sonne hatte das Haus aufgeheizt, und nun saß die Hitze tief im Gebälk, dem Mauerwerk und Putz. Dex und Hig stießen zwar in Hoffnung auf eine kühle Brise die Fenster auf, doch alles, was hereinwehte, war der Lärm der Zikaden. Das war also das Leben vor Erfindung der Klimaanlage gewesen … und der Grund, weshalb so viele Häuser aus dieser Zeit eine Veranda besaßen.

Ellis, dem das Hemd jetzt schon auf der Haut klebte vor Schweiß, wollte gerade vorschlagen, wieder nach draußen zu gehen, als Warren sich in dem großen Sessel neben dem Kamin niederließ und die nackten Füße auf einen Schemel legte. »Ist das Zimmer nicht herrlich? Ich kann hier keinen Schritt tun, ohne an Washington, Jefferson und die anderen Väter unserer großen Nation zu denken.«

»Ich glaube nicht, dass es die Vereinigten Staaten noch gibt …«

Warren Augen leuchteten auf. »Genau darum geht es – es gibt sie sehr wohl! Dieses Zimmer – diese Farm – ist wie eine dieser Saatbanken, die man für den Fall einer weltweiten Katastrophe angelegt hat. Dieses Dorf ist das Samenkorn, aus dem dank uns ein neues Amerika wachsen wird. Wir haben alles, was wir brauchen: eine Farm, eine Schmiede, eine Glasbläserei und eine Töpferwerkstatt. Verdammt, wir haben sogar Edisons Labor! Dies ist das Herz und die Seele Amerikas.«

Hig setzte sich aufs Sofa. Ellis nahm daneben Platz.

»Wenn die Bevölkerung wächst, können wir von hier expandieren. Die Wälder roden, neue Farmen bauen, und ein paar Mann nach den alten Bergwerken suchen lassen. Vielleicht kriegen wir sogar eine Raffinerie wieder zum Laufen.«

»Bevölkerungswachstum ohne Frauen wird schwierig.«

»Dex hat sich da schon was überlegt, stimmt's?«

»Das IBS hat noch alle Vorlagen bis zurück zu den allerersten. Das sind zwar keine Originale wie *Sie* beide …« Dex sprach voller Ehrerbietung, so als richtete er sich an zwei Päpste. »Diese Vorlagen wurden bereits unter immunologischen und ästhetischen Gesichtspunkten verändert. Doch die natürliche Auslese sollte auch diese Gene langfristig wieder in den ursprünglichen Zustand zurückversetzen.«

»Wäre das nicht trotzdem noch ein ziemlich kleiner Genpool?« Unwillkürlich drängten sich ihm Witze über königliche Familien und das ländliche Hinterland West Virginias auf.

»Die ganze Menschheit fing mit Adam und Eva an, und es hat uns nicht geschadet«, widersprach Warren. »Der Plan wäre also, dass Dex uns einen kleinen Harem Frauen heranzieht. Wir werden wie zwei alte stolze Löwen sein, wie die biblischen Stammväter, die eine ganze Nation neuer Amerikaner zeugen. Hieß es nicht: Seid fruchtbar und mehret euch? Stell dir das vor, Ellis! Du und ich, wir wären buchstäblich die Gründungsväter der nächsten Vereinigten Staaten.«

»Und was, wenn diese Frauen gar kein Interesse daran haben, menschliche Brutkästen zu sein? Hast du daran schon mal gedacht?«

»Das Argument ist doch von vorgestern, mein Freund. Produkt der feministischen Bewegung, die nicht mehr existiert. Wir bringen ihnen einfach bei, dass es ihre heilige Pflicht und eine große Ehre ist. Sie werden sich noch darum reißen, ihren Beitrag zu leisten!«

»Du bist doch jetzt schon Mitte sechzig«, scherzte Ellis. »Bis diese Frauen volljährig sind, bist du über achtzig.«

»Kein Problem! Dex meint, er kann mein Leben locker um hundert Jahre verlängern.«

»Na ja, gut, deins vielleicht … du hast dein neues Herz, und deinen Krebs besiegt. Ich glaube eher nicht, dass ich's noch lange machen werde.«

»Jesus, hat sich denn noch keiner um dich gekümmert?«, fragte Warren.

Ellis spürte das Kratzen in seiner Lunge, wie Wind, der durch Stahlwolle fährt. »Nein.«

Warren wandte sich an Dex. »Ellis braucht ’ne neue Lunge.«

Dex nickte. »Sicher. Kein Problem.«

Kriegt man neue Organe heute auch einfach aus dem Erzeuger?, wollte Ellis fragen, als es draußen plötzlich einen Blitz gab. Doch niemand drehte auch nur den Kopf – nicht die kleinste Reaktion. Ellis dachte schon, er hätte sich geirrt, als er das Knarren einer Diele, gefolgt vom Schlagen der Fliegengittertür hörte.

»Pol ist wieder da!«, rief Yal.

Pol-789 – oder sein Double, da war sich Ellis selbst nicht mehr sicher – betrat das Wohnzimmer. So jugendlich wie alle Anwesenden, und immer noch in die flamboyante orangerote Amtsrobe gekleidet, erinnerte Pol ihn an einen Erstsemestler am College auf einer Togaparty.

»Aha!«, rief Pol aus, kaum dass er Ellis entdeckt hatte, und fügte mit breitem Lächeln hinzu: »Hervorragend. Sie haben es also geschafft! Ich habe überall nach Ihnen gesucht.«

»Ihr kennt euch schon?«, fragte Warren.

»Ja«, sagte Pol. »Zumindest flüchtig. Ellis Rogers und Pax-43 246 018 waren gestern in meinem Büro.«

Ellis fand es beeindruckend, dass der Ratspräsident sich noch an Pax’ kompletten Namen erinnern konnte. Ellis war mit Namen nie sonderlich gut gewesen, besonders nicht solchen mit ungewohnten Vokalen oder Doppelkonsonanten.

Sich spontan eine längere Ziffernfolge zu merken war hoffungslos. Wahrscheinlich war Pol die Art von Mensch, die auch die Nummer ihres Führerscheins auswendig gewusst hätte – wenn es denn noch welche geben würde.

»Man hatte uns gerade vorgestellt, und ich hatte mich schon gefreut, demnächst zwei alte Freunde wieder zu vereinen, als die Dinge bedauerlicherweise aus dem Ruder liefen.« Pol musterte ihn nachdenklich, bis es Ellis unangenehm zu werden begann.

»Was für Dinge genau?«, fragte Warren und bedeutete Pol, Platz zu nehmen.

»Yal?«, rief Pol Richtung Küche. »Könnte ich bitte ein Glas Wein haben?«

»Natürlich, kommt sofort.«

Mit einem Lächeln ließ sich Pol im zweiten Sessel nieder, der von Dex eilig geräumt worden war. Hig machte Dex dafür auf dem Sofa Platz, was wiederum Bob und Rob zwang, sich neue Plätze zu suchen. Ellis war, als sähe er einer stillen Fassung von Reise nach Jerusalem zu.

»Wir haben eine feste Sitzordnung«, erklärte Warren. »In ihren Löchern da unten haben sie alles über Autorität oder Hierarchien verlernt. Die Leute tun einfach, wonach ihnen der Sinn steht. Ich mache sie wieder mit Disziplin und der Ordnung der Dinge vertraut. Pol ist die Nummer eins, dann Dex, dann Hig, dann …« Er warf Ved eins einen schiefen Blick zu. »Warst du jetzt Rob oder Bob?«

»Bob, sagten Sie.«

»Alles klar – dann Bob, dann Rob.«

»Habe ich auch einen Platz in dieser Ordnung?«, fragte Ellis. »Oder muss ich mir dafür erst die Finger abhacken?«

Die Frage schien Warren peinlich zu sein, aber nur für einen Augenblick. Dann fand er wieder zu seiner feierlichen Prophetenmiene zurück. »Das mit den Fingern ... also das ist aus einer ganzen Reihe von Gründen notwendig. Allein zur Identifizierung – auf die Weise kann ich stets die Guten von den Bösen unterschieden. Sonst wechseln diese Unterweltler doch einfach das Hemd, und schon weiß man nicht mehr, wer einem gegenübersteht. Tattoos kann man sich schnell mal eben machen und wieder entfernen lassen; Finger sind schon etwas heikler. Damit zeigt das Opfer auch, dass es dem Kandidaten ernst mit unserer Sache ist. Ich kann hier niemanden gebrauchen, der nicht zu einhundert Prozent mit dabei ist, und den meisten ist heutzutage gar nicht mehr klar, was echte Hingabe wirklich bedeutet. Sie probieren eine Zeit lang etwas aus, dann überlegen sie sich's wieder anders und machen was Neues. Sie kennen weder Ehe noch Staatsbürgerschaft. Wie können sie da das Konzept von Loyalität verstehen? Es opfert aber niemand zwei Finger, ohne vorher gründlich drüber nachzudenken. Das ist der Beitrag, den sie zahlen müssen, wenn sie so wie ich sein wollen – jemand Besonderes.«

»Und was ist mit mir?« Ellis hob die rechte Hand und wackelte mit den Fingern.

Warren schüttelte den Kopf. »Du bist ein Darwin, so wie ich.«

»Was soll das heißen?«

»Dass du keiner von denen bist. Du stehst über dem Gesetz.« Warren hob seine Stimme. »Und damit daran auch keine Zweifel bestehen: Ellis ist mir ebenbürtig. Ihr werdet ihm denselben Respekt zollen wie mir.«

Alle nickten. Ellis saß inmitten eines Rudels Hunde, die einen Wolf vergötterten.

Warren wandte sich wieder an Pol. »Dann erzähl mal, was genau das jetzt mit Pax in deinem Büro war.«

Pol seufzte. »Pax ist ein spezieller Fall. Arbeitet als Schlichter und macht sich nicht schlecht ... es gab aber auch immer wieder Verhaltensauffälligkeiten.«

Auffälligkeiten? Schwer vorstellbar in einer Welt, in der Leute splitternackt im Regen tanzten, keiner mehr arbeitete, und der Präsident wie Julius Cäsar herumlief.

»Vor ein paar Jahren dann hat Pax versucht ...«

Yal trat ein und reichte Pol ein Glas blutroten Weins.

»Was versucht?«, fragte Ellis nach.

Pol nippte genießerisch. »Pax hat ein Portal mitten ins All geöffnet und versucht, durchzugehen.«

Einen Herzschlag lang sagte niemand ein Wort. Jedes Augenpaar grübelte über dem Satz wie über einem Rätsel, einer dieser Kopfnüsse, in der ein Jäger, der in einem Haus mit vier Fenstern wohnt, die alle nach Süden gehen, einen Bären erschießt, und man die Farbe des toten Tiers erraten muss.

»Was?«, fragte Ellis benommen in die Leere wie ein angezählter Boxer, der die Fäuste nicht mehr hochbekommt.

»Ich dachte, das ginge gar nicht«, sagte Warren. »Ich dachte, diese Dinger ... Du meintest doch mal, genau wegen solchem Scheiß gäbe es da Sicherheitsvorkehrungen.«

Dex nickte. »Gibt es auch. Gewebe kann Portale in lebensfeindliche Umgebungen nicht passieren.«

»Heute vielleicht«, korrigierte Pol. »Die ersten KTW hatten sowieso feste Gegenstellen, von daher war es egal, aber mit der ersten Generation von Portalöffnern – damit kam man noch überall hin. Nach den ersten Unfällen wurden dann die Sicherheitsvorkehrungen implementiert.«

»Aber das war doch schon vor Jahrhunderten«, sagte Dex.

»Wie sich herausstellte, hat Pax eine gewisse Schwäche für Antiquitäten. Wenn die Vox der Wohnung das Feld nicht blockiert hätte, hätte Pax damals Selbstmord begangen.«

Ellis verspürte starke Schuldgefühle. Zwar hatte er mit dieser Sache nichts zu tun gehabt – wusste nicht einmal genau, wann es gewesen war –, trotzdem hatte er Pax vorhin völlig aufgelöst fortgeschickt. *Was Pax jetzt wohl gerade tut ...?*

»Willst du damit sagen, dass Pax geisteskrank ist?«, fragte Warren.

»Instabil«, erklärte Pol. »Deshalb wohnt Pax mit Vin-3667 zusammen, einem angesehenen Künstler. Vin hat sich freiwillig gemeldet, auf Pax achtzugeben. Vor zwei Tagen habe ich mit Vin gesprochen. Vin war der Ansicht, dass die ganze Aufregung um Ellis Rogers Pax ins Schleudern gebracht hat, und schlug vor, dass Pax ihn zu mir bringt. Hielt Ellis Rogers wohl für einen störenden Einfluss.«

»Was ist dann passiert?«

»Die beiden kamen wie angekündigt, aber dann fing Pax an, Dampf abzulassen und ist vollkommen sonisch geworden ...«

»Behalte deinen Unterweltler-Slang bitte für dich«, sagte Warren in einem Ton der Missbilligung. »Hier oben sprechen wir ordentliches Amerikanisch.«

»Bitte entschuldigen Sie. Der Wechsel zwischen den Kulturen ...«

»Nun red schon weiter.« Warren schlug die Beine übereinander, wie ein Richter seinen Hammer schlägt.

»Pax war sehr aufgebracht«, fuhr Pol fort. »Fühlte sich von mir bedroht und verängstigt. Völlig irrational. Ehe ich etwas tun konnte, zerrte Pax Ellis Rogers durch ein Portal, und beide verschwanden. In der Annahme, dass es sich um eine Entführung handelte, habe ich ein Rettungsteam zusammengestellt. Wir haben sie ins Tuzo-Stadion und dann weiter in einen Urwald an der Oberfläche verfolgt. Dann registrierten wir, dass Pax ein Portal in den Weltraum durchschritt.«

»Schon wieder?«, fragte Warren.

»Ganz ehrlich, ich habe schon mit dem Schlimmsten gerechnet.« Pol schenkte Ellis ein Lächeln. »Aber nun sind Sie ja hier und in Sicherheit.«

»Pax geht es ebenfalls gut«, sagte Ellis, obgleich er die Besorgnis des Ratspräsidenten als nicht sehr überzeugend empfand. »Wir haben nur den Chip durchgeschickt«, fügte er hinzu, als er Warrens verwirrtes Gesicht bemerkte. »Um die Verfolger abzuschütteln.«

»Nun, das ist bedauerlich«, sagte Pol. »Denn jetzt haben wir keine Ahnung mehr, wo wir suchen sollen. Pax braucht wirklich unsere Hilfe. Wüssten Sie vielleicht, wo wir Pax finden könnten?«

Ellis schüttelte den Kopf. Vielleicht lag es an seinen alten Vorurteilen gegenüber Politikern, aber er traute dem Wein trinkenden buddhistischen Mönch nicht über den Weg.

Ich kümmere mich jetzt schon seit Jahrhunderten um Pax. Eine ganz wunderbare Person und nicht im Mindesten verrückt.

Er dachte an die Träne auf Pax' Wange.

Ich bin nicht verrückt.

Hatte er die Augen vor der Wahrheit verschlossen, bloß weil Pax der erste Freund war, den er hier gewonnen hatte?

Er richtete sich wieder an den Präsidentenmönch. »Woher wusste Pax von Ren? In Ihrem Büro fragte Pax, ob Sie wüssten, wer Ren ist, und Sie sagten Nein. Wie erklären Sie das?«

Pol zuckte die Achseln. »Ich habe nicht die leiseste Ahnung. Ehrlich gesagt war ich in diesem Moment völlig ratlos. Die Frage war so aus dem Kontext gegriffen ... Wie Sie schon sagten: Woher wusste Pax davon? Ich habe nie irgendwem von Ren erzählt.«

»Dürfen wir ja auch nicht«, meinte Hig.

»Schweig, solange die über dir sprechen!«, schnappte Dex, und Hig senkte den Blick und versank fast im Boden.

Pol ignorierte die beiden. »Wenn Pax nach einem Darwin namens Ren in Greenfield Village gefragt hätte, dann hätte ich wahrscheinlich eine andere Antwort gegeben. Aber so traf mich die Frage aus heiterem Himmel und verwirrte mich einfach nur.«

»Und was wollten Sie von Geo-24? Auch danach hat Pax Sie gefragt, aber ich habe Ihre Antwort irgendwie nicht mitgekriegt.«

Pol warf einen knappen Blick zu Warren und nippte wieder an seinem Wein. »Wie viel wissen Sie über Hollow World?«

»Nur ein wenig. Hab etwa zwei Tage dort unten verbracht.«

»Wissen Sie über die Geomanten Bescheid?«

»Sind so was Ähnliches wie Meteorologen, nur dass sie seismische Stürme vorhersagen. Richtig?«

»Eine schöne Umschreibung, aber das ist bloß ein Teil ihrer Tätigkeit. Im Prinzip sind Geomanten die Nachfolger der alten Energiekonzerne – das Geomantie-Institut wurde kurz vorm Freedom Act von Dyna Corp gegründet.« Pol wirkte unschlüssig. »Wie gut sind Sie mit der Geschichte Hollow Worlds vertraut?«

»Nur in groben Zügen«, sagte Ellis. »Ich habe eine Sendung mit einer tanzenden Sanduhr gesehen, in der es darum ging, wie alle unter die Erde zogen. Hab's beinahe bis zum Großen Sturm geschafft, dann bin ich eingeschlafen.«

Pol sah Warren fragend an.

»Nur zu, bring ihn auf den Stand der Dinge! Das spart mir eine Menge Arbeit.« Warren stand auf und ging in die Küche. »Hey, Yal, wieso machst du nicht ein paar Kekse oder so, statt nur auf deinem faulen Arsch rumzusitzen?«

Niemand rückte auf, um Warrens freien Platz einzunehmen, und Ellis fragte sich, was wohl geschähe, wenn er das täte.

»Sie müssen sich vergegenwärtigen, dass die Drei Wunder einfach alles geändert haben: die Erfindung des Dynamos, der KTWs und des Erzeugers.«

»KTW?«

»Kontrollierte Terrestrische Wurmlöcher. Portale, wie die meisten Leute sie nennen.«

»Alles klar. Die habe ich schon kennengelernt.«

»Der Dynamo kam zuerst, und zu Beginn stand die Technologie unter strikter Kontrolle von Dyna Corp, die mit ihrer unbegrenzten Energie die ganze Welt versorgten.«

»Moment – was meinen Sie mit unbegrenzter Energie?«

»Ein Dynamo ist …« Pol suchte nach den passenden Worten. »So ähnlich wie das, was Sie als Batterie kennen. Nur dass er sich niemals erschöpft. Na gut, irgendwann vielleicht schon – ›niemals‹ ist dann doch eine sehr lange Zeit. Ein Dynamo ist aber so gut wie selbsterhaltend. Zwar verliert er in jedem Zyklus einen winzigen Prozentsatz an Leistung, aber angesichts der Tatsache, dass selbst ein kleiner Dynamo genügend Energie erzeugt, um einen ganzen Quadranten über Jahre zu versorgen, hält er immer noch so gut wie ewig. Ähnlich wie die Sonne – auch ihre Lebensspanne ist endlich, aber so unfassbar lang, uns praktisch nie darüber nachdenken zu lassen, dass es eines Tages vorbei sein wird.«

»Faszinierend.«

»In der guten alten Zeit hat Ellis viel mit Batterien und Solarzellen gearbeitet«, erklärte Warren, der mit einer Tasse zurückkam.

»Lithiumionenakkumulatoren«, präzisierte Ellis. »Zumindest, bis alles an LG Chem nach Südkorea ausgelagert wurde.«

»Dann muss das ja alles sehr interessant für Sie sein.« Pol lächelte. »Doch um auf Ihre Frage zurückzukommen – neben den Agrarunternehmen haben Dyna Corp den Großteil von Hollow World gebaut. Sie waren auch die Ersten, die ihren Firmensitz nach unten verlegt haben. Damit blieben die Leute zwar vom Wetter verschont, dafür mussten sie sich jetzt gegen seismische Wellen absichern. Das war die Geburtsstunde des Instituts für Geomantie. Seine Aufgabe ist die Erforschung seismischer Aktivität und die Abwehr gefährlicher Beben.«

»Und wie machen sie das?«

Pol hob einen Finger. »Dazu kommen wir gleich. Vorher sollten wir aber noch die anderen beiden Wunder abhandeln.« Der Ratspräsident nippte an seinem Wein. »Der Dynamo war ein Ergebnis der Energiekriege von 2185 …«

»Kriege haben schon immer verlässlich zu Fortschritten geführt«, kommentierte Warren und ließ sich wieder auf seinem Platz nieder.

»Gleichzeitig hatten andere an einer Lösung des Verkehrsproblems gearbeitet. An der Oberfläche waren die Zustände längst außer Kontrolle geraten, und die Fahrstühle nach Hollow World waren überfüllt, gefährlich und raubten Arbeitszeit. Doch erst, als Dyna Corp die KTW-Technologie kauften und mit ihrer unbegrenzten Energiequelle speisten, wurden Portale plötzlich alltagstauglich. Das führte natürlich zu einem riesigen Sprung beim Bau von Hollow World, weil man auf einmal selbst schweres Gerät und Massen an Bauschutt mühelos transportieren konnte. Natürlich ebenfalls unter der Kontrolle von Dyna Corp, die überall ihre Portalzellen hinstellten, die Leute gegen Geld benutzen durften. Fast zur selben Zeit tobte an der Oberfläche der Große Sturm, ein weltweiter, endloser Orkan, der Millionen Tote forderte. Kürzlich wurde ein wunderbares Holo über die heldenhafte Evakuierung gedreht – ›ARIELS FLUCHT‹.«

Die anderen im Raum nickten begeistert.

»Die Szene, in der Nguyen im freien Fall das Portal öffnet, war toll«, sagte Hig.

»Klasse Holo«, stimmte Dex grinsend zu. »Total unrealistisch, aber klasse Holo.«

Warren gähnte.

»Wie auch immer.« Pol fuhr fort. »Der Sturm führte jedenfalls zur Erfindung der Portalöffner, wie wir sie heute kennen, allerdings wurden sie anfangs nur an wenige Auserwählte verkauft. Dem Großen Sturm folgte derweil die Große Hungersnot. Der Sturm hatte gigantische landwirtschaftliche Schäden verursacht, und in Hollow World gab es nicht genug Essen für alle Flüchtlinge. Da wurde der Erzeuger erfunden, und zwar von Netzwerk-Azo, oder einfach nur Net, wie die meisten sie nannten. Sie war eine Angestellte von Dyna Corp. Praktisch über Nacht wurden überall Erzeugerzellen neben den Portalzellen aufgestellt. Sie hatten noch Touchscreen-Menüs – damals gab es erst ungefähr hundert Vorlagen –, und nach einem Retinascan, der automatisch den entsprechenden Betrag vom Konto abbuchte, konnte man sich vom Brathähnchen bis zum T-Shirt alles machen lassen, was man wollte. Das einzige Problem war, dass nur wenige Leute überhaupt noch Geld besaßen. Die meisten Flüchtlinge hatten alles an der Oberfläche zurückgelassen. Jetzt verhungerten sie in den alten Tunneln, obwohl es theoretisch einen unbegrenzten Vorrat an Essen gegeben hätte. Schließlich konnte man plötzlich Stein und Dreck in Brot und Gemüse verwandeln. Net war völlig außer sich, das Patent gehört aber Dyna Corp, und als sie protestierte, wurde sie einfach entlassen.«

Warrens Gesicht wurde immer missmutiger, während er ungeduldig herumrutschte und an seiner Tasse nippte. Die anderen dagegen saßen gebannt und vornübergebeugt auf ihren Plätzen. Bestimmt hörten sie das alles nicht zum ersten Mal, doch Ellis nahm an, dass in einem Farmhaus ohne Radio oder irgendwelche Unterhaltungselektronik ein Geschichtenabend hoch im Kurs stand, selbst wenn nur Wiederholungen liefen.

»Und da hat sie es dann getan«, sagte Pol. »Net schrieb eine Vorlage für ihre eigene Erfindung und machte sie öffentlich – als kostenlosen Download. Die Leute konnten überall in eine Erzeugerzelle und sich ihren eigenen Erzeuger abholen. Net wurde festgenommen, aber da war der Geist schon aus der Flasche. Selbst aus ihrer Zelle rief sie noch zum Widerstand gegen die Tyrannei eines Systems auf, dessen künstliche Restriktionen zum Tod Tausender Menschen führten. Es dauerte nicht lange, bis auch Vorlagen eines Dynamos und eines Portalöffners gestohlen und der Öffentlichkeit zugänglich gemacht wurden. Von da an konnte jeder überallhin und völlig kostenlos alles herstellen. Dyna Corp und die Agrarunternehmen, ja, eigentlich so ziemlich die gesamte Wirtschaft brach zusammen. Net wurde zur Heldin, zur Mutter von Hollow World, und die erste Ratspräsidentin.«

»Außerdem die Zerstörerin der Menschheit, wie man sie bis dahin kannte«, fügte Warren hinzu.

Pol nickte ernst. »Das Geomantie-Institut aber blieb unangetastet. Das letzte Überbleibsel von Dyna Corp, und geheimniskrämerisch wie eh und je. Nach wie vor enthüllen sie ihr Wissen und ihre technischen Möglichkeiten nur anderen Geomanten, nachdem sie einen langen und zermürbenden Ausleseprozess durchlaufen haben. Sie hängen dem Glauben an Astheno an, und niemand, der kein Geomant ist, weiß wirklich, was sie dort unten treiben. Man nimmt an, dass sie die Strömungen in der Asthenosphäre verfolgen, bestimmen, wo sich Druck aufbaut und ihn – mit Hilfe von Portaltechnologie – abbauen, bevor es zu schädlichen Bewegungen der Kontinentalplatten kommt. Was so viel bedeutet wie: Nur sie allein können Hollow World vor dem sicheren Untergang bewahren.«

»Was also, glauben Sie, ist mit Geo-24 passiert?«

Pol warf wieder einen Blick zu Warren, der nickte.

»Das war ein unglücklicher Vorfall. Einer unserer Partner hat mit Geo-24 über unsere Pläne gesprochen, die Oberfläche zu besiedeln – nur generelle Fragen zur langfristigen Klimaentwicklung und ähnliche Punkte. Wir waren uns nicht sicher, ob die Firestone-Farm unbedingt der beste Ort war, ein solches Projekt zu beginnen. Geo-24 hat uns leider nicht gerade ermutigt, und es gab Bedenken, dass der Geomant die HEB dazu bewegen könnte, uns Schwierigkeiten zu machen. Geomanten genießen sehr viel Einfluss, von daher war das eine berechtigte Sorge. Wir hofften natürlich, dass es dazu nicht kommen würde, bloß war einem unserer Mitglieder Hoffen nicht genug. Dieses *ehemalige* Mitglied war – man muss es wohl so sagen – ein Eiferer. Die Vorstellung, dass sich die Geomanten gegen uns verschwören könnten, wurde bei ihm zu einer zwanghaften Vorstellung. Wir kennen die Details zwar nicht, aber anscheinend ist das Undenkbare geschehen … doch das haben Sie ja mit eigenen Augen gesehen, nicht wahr?«

»Und du warst damit einverstanden?« Ellis schaute Warren fragend an.

»Nein, verdammt. Und der Psychopath war schlau genug, sich nicht mehr bei uns blicken zu lassen.«

»Ich glaube, dass diese Person versucht hat, Geo-24 zu ersetzen«, sagte Pol, an Ellis gewandt. »Doch Sie und Pax haben die Tarnung durchschaut.«

»Wieso aber hat Pax auch Sie verdächtigt, ein Betrüger zu sein? Irgendeine Idee?«

»Pax hatte als Schlichter mit mehreren Morden zu tun. Ich kann gar nicht genug betonen, wie außergewöhnlich belastend diese Tätigkeit sein kann. Ich habe die Befürchtung, dass Pax an Verfolgungswahn leidet und hinter jeder Ecke eine Verschwörung vermutet. Wie schon gesagt: Pax' geistige Verfassung ist nicht gerade die beste.«

»Und die Narbe an Ihrer Schulter?«

»Die hier?« Pol legte sie frei. »Die hat mir Hig vor fast einem Jahr mit der Sense verpasst.« Hig machte ein schuldbewusstes Gesicht.

»Daran erinnere ich mich gut«, sagte Warren. »Pol hat echt Glück gehabt, dass nicht der ganze Arm ab war. Damals hatte Hig die hohe Kunst der Feldarbeit noch nicht gemeistert. Aber es beweist, dass das, was uns nicht umbringt, uns nur stärker macht.«

»Nur die Stärksten überleben«, stimmte Pol mit einem Lächeln zu.

»Lasst uns nun zum Grund dieser Versammlung kommen«, sagte Warren.

Das ist eine Versammlung? Ellis hatte gedacht, sie wollten einfach nur das Essen verdauen.

Warren stellte seine Tasse auf einem kleinen Tisch mit grüner Decke ab, stand auf und klemmte die Daumen unter die Hosenträger wie ein in die Jahre gekommener Prediger. »Ich hatte schon längst die Hoffnung aufgegeben, Ellis jemals wiederzusehen, aber Gott hat seine Schritte zu uns gelenkt – und ich bin mehr denn je davon überzeugt, dass der Allmächtige uns beide geschickt hat. So wie er damals auch

Johannes den Täufer und Jesus schickte, um die Menschen zurück auf den rechten Weg zu leiten. Es ist abscheulich, was die Menschheit sich angetan hat; doch unter seiner und meiner Weisung könnt ihr euch von euren Sünden befreien. Gott und seine Lehren aufzugeben hat euch in eine selbstgeschaffene Hölle geführt – wir aber werden das Paradies erschaffen.« Er schaute Ellis an. »Ich habe meinem Freund bereits von unserem Plan erzählt, Frauen wieder einzuführen. Haben wir da schon irgendwelche Fortschritte gemacht, Dex?«

Dex setzte ein zerknirschtes Gesicht auf. Offenbar gab es schlechte Nachrichten. »Ich habe es noch einmal versucht, aber das IBS verweigert mir den Zugang zu den Vorlagen und Entwicklungslabors.«

»Pol?«, fragte Warren. »Als Ratspräsident kannst du da doch sicherlich was drehen, oder?«

»Leider nein. Hollow World funktioniert nicht – Sie wissen schon – wie die Firestone-Farm. Hier oben habe ich mehr Autorität als da unten. Ich kann zwar bestimmte Dinge anstoßen und Vorschläge machen, aber ich kann niemandem irgendwas vorschreiben. Politische Entscheidungen dieser Tragweite werden per allgemeiner Abstimmung getroffen. Und selbst dann braucht sich das IBS nicht daran zu halten. Die Menschen in Hollow World nehmen einfach keine Befehle entgegen – weil sie nicht müssen. Doch genau da kommt Ellis Rogers ins Spiel.«

»Ich?«

»Allerdings.« Pol schaute abermals zu Warren, der sein Getränk wieder an sich nahm und Pol bedeutete, fortzufahren. »Es ist Ihnen vielleicht nicht bewusst, aber Sie sind eine Berühmtheit.«

»Hm?« Ein Moskito war durch eins der Fenster eingedrungen und summte nun um Ellis' linkes Ohr. Er wusste nicht, was schlimmer war: der Quälgeist, das schummrige, flackernde Licht oder die Hitze. *Wie haben Menschen bloß jemals so leben können?*

»Ihr Erscheinen in Wegener hat einen ziemlichen Aufruhr verursacht – nicht im eigentlichen Wortsinn, natürlich, aber die Leute sind doch ganz schön sonisch – äh, aus dem Häuschen – seither. Gramme machen überall die Runde, und die Menschen wollen Genaueres über die Darwinsichtung erfahren. Die meisten halten Sie für einen Scherz oder eine Fälschung und Ihren Auftritt für eine Art Straßentheater oder Aktionskunst. Alle warten schon gespannt auf die nächste Sichtung.«

»Wieso die ganze Aufregung?«

»Weil noch nie jemand bewiesen hat, dass ein Darwin existiert.«

Ellis zeigte auf Warren, doch Pol lächelte. »Wir halten Ren auf seinen eigenen Wunsch hin geheim.«

»Was heißt, dass ich jedem persönlich den Hals umdrehe, der mich verrät«, erklärte Warren mit kaltem Blick in die Runde.

»Ich sehe nun auch die Weisheit in dieser Entscheidung«, beteuerte Pol. »Sie dagegen haben sich bereits offenbart. Wenn Sie mich nun zurückbegleiten und ich den Leuten zeige, dass Sie echt sind, wird Ihnen Hollow World zu Füßen liegen. Ein echter Darwin – ein einzigartiger Mann! Die Menschen werden Sie anbeten.«

»Und was genau wollen Sie bitte damit bezwecken?«

»Sie erzählen einfach die Geschichte Ihrer Zeitreise, und

wie einsam Sie sind. Das IBS wird Ihnen offenstehen – schließlich brauchen Sie eine Gefährtin! Alles andere wäre ja grausam, und Hollow World ist niemals grausam. Sie und ich werden gemeinsam auf Tour gehen. Ich zeige Ihnen die Sehenswürdigkeiten, und Sie lernen die Menschen kennen. Es wird bestimmt ganz bezaubernd werden. Alle werden Sie lieben – und dann will ich sehen, wie irgendwer Ihnen noch den Wunsch nach einer Frau abschlägt. Dann gäbe es nämlich wirklich einen Aufruhr.«

»Was meinst du, Ellis?«, fragte Warren. »Wärst du nicht gerne der erste Botschafter der Neuen Vereinigten Staaten von Amerika?«

Ellis fehlten die Worte.

Beim ersten Licht des Tages war die ganze Firestone-Farm auf den Beinen – nur Yal war noch früher aufgestanden. Bis Dex Ellis zur Küchentür hinausführte, um ihm den Weg zum Klohäuschen zu zeigen, hatte der *neue Rekrut* bereits den Ofen geschürt, die Eier eingesammelt und einen Muffinteig gemischt.

Die Morgenluft umfing Ellis mit kühlen, feuchten Armen – eine stille und graue Welt. Das taunasse Gras verströmte einen kräftigen, gesunden Sommerduft; der Geruch des Klohäuschens überlagerte ihn allerdings ohne Probleme.

Einfach – das was das Wort, das die Welt an diesem Morgen am besten für ihn beschrieb, nachdem er etwas Abstand zur Nachricht von Peggys Tod gefunden hatte. Viel einfacher als mit dem nackten Hintern auf einem Loch in einer Kiste in einem wackligen Schuppen konnte es an sich auch kaum werden. Die Muskeln taten ihm weh von der Nacht in dem klapprigen Bett, aber die feuchte Morgenluft war erfrischend, selbst im Sommer. Wie würde es hier erst sein, wenn Schnee den Pfad zum Klohaus bedeckte und die Kiste zu kalt zum Sitzen war? Doch wie er da zwischen den Ritzen in den Latten nach draußen spähte, ging es Ellis gut. Gestern Abend war ihm alles noch bedrückend und unheilvoll vorgekommen, was zu einem Großteil an der Sache mit Peggy und der Trennung von Pax gelegen hatte. Gefühle konnten so machtvoll sein. Auch die Nacht färbte stets auf die Stimmung ab; der Morgen dagegen war die Zeit für Optimisten. Und bei Tageslicht betrachtet musste er sich eingestehen, dass in einem einfachen, unkomplizierten Leben wie diesem auch viel Gutes lag.

Auf dem Rückweg durch den Hof blieb er kurz stehen, um die morgendliche Stimmung in sich aufzunehmen. Vögel sangen, und vereinzelt lugten Frösche aus dem hohen Gras, durch das eine leichte Brise fuhr. Dann stachen die ersten Sonnenstrahlen gleißend durch die Blätter und trafen in goldenen Bündeln auf die verwitterte Stallwand. Ellis kam sich vor, als hätte er sich in einen Werbespot für Kaffee verirrt; jeden Moment sollte eine betörende Blondine um die vierzig in einer bequemen Strickjacke hinter ihm auftauchen, eine dampfende Tasse in den Händen und ein lebensfrohes Lächeln auf den Lippen. Der Wind frischte auf und ließ Ellis, der nur Hose und T-Shirt trug, frösteln. Das war der Unterschied zwischen Wirklichkeit und Replik: Hollow World bot zwar ein herrliches Bild, ja, einen ganzen Film komplett mit Soundspur – die wirkliche Welt aber sprach alle Sinne an, im Guten wie im Schlechten.

Hinter ihm ging die Fliegengittertür. Der Klang, den er

letzten Abend noch kaum wahrgenommen hatte, kam Ellis nun fast anstößig laut vor.

»Kommen Sie doch mit, Ellis Rogers«, sagte Bob. Der frühere Ved musste noch bei Kerzenschein gearbeitet haben, denn auf der Brust prangte bereits der neue Name. Mit sich führte Bob vier blanke Stahleimer.

Gemeinsam machten sie sich auf den Weg zum Stall. »Ren lehrt uns, dass nichts umsonst ist. Dass man nur mit harter Arbeit und Eigenständigkeit etwas erreicht. Erzeuger sind Schwindel und eine Sünde. Sie machen das Leben zu leicht, und ein schmerzfreies Leben ist nicht, was Gott seinen Kindern bestimmt hat.«

»Sie glauben an Gott? Sind Sie denn ein Christ?«

»Ich arbeite daran. Ich möchte Ren gerne stolz machen, jedoch …« Bob wirkte bekümmert. »Ich bin jetzt fünfhundertachtundzwanzig Jahre alt, und da fällt es schwer, an etwas zu glauben, das so immens wichtig sein soll, von dem ich aber nie zuvor etwas gehört habe. Außerdem dreht sich ein guter Teil der Lehre um das Versprechen des Ewigen Lebens, und in Hollow World leben wir ja heute schon ewig … Ich versuche noch, das alles zu verstehen, doch es ist gerade nicht leicht, wenn man sich auf das Wort einer einzigen Person verlassen muss.«

»Abgesehen von dem Buch.«

»Natürlich, das Buch. Haben Sie es gelesen?«

»In Teilen.«

»Ren liest uns abends häufig vor. Holos erlaubt er uns nicht. Er hat uns jetzt schon mehrere Bücher vorgelesen, und ehrlich gesagt gefallen mir die von Agatha Christie bislang am besten.« Bob schaute in den Himmel. »Ich habe immer noch Probleme, an etwas zu glauben, das ich nicht sehen kann.«

»Als man die ersten Keime entdeckte, ging es den Wissenschaftlern nicht besser als den Priestern. Den meisten Menschen blieb nichts anderes übrig, als es einfach zu glauben.«

Bob nickte. »Wohl wahr, allerdings drohten einem damals auch keine ewigen Qualen, wenn man es nicht tat, oder doch?«

»Wenn Sie eine Leprakolonie besuchen wollten, schon.«

»Eine was?«

»Vergessen Sie's.«

»Davon abgesehen sind alle Menschen in Hollow World dank des IBS heute immun gegen Keime. Und da niemand mehr stirbt, ist auch die Vorstellung eines Lebens nach dem Tod irgendwie … na ja … etwas albern.« Bob runzelte die Stirn.

»Wieso sind Sie dann hier?«

»Um etwas Besonderes zu sein – so wie Sie und Ren. Sie sind einfach so – Sie ahnen gar nicht, wie sehr ich Sie bewundere. Wir alle. Ren hat uns erklärt, dass wir unseren Charakter stärken müssen, wenn wir mehr wie Sie beide sein wollen. Kein Individuum ohne Charakter. Er sagt, dass Schmerzen und Entbehrung uns als Menschen wachsen lassen und einzigartig machen. Wir müssen Felsen sein, so wie Sie, statt nur Löwenzahnsamen im Wind.«

»Hat Ren Sie etwa so bezeichnet?«

Bob lächelte stolz. »Nein – der Vergleich stammt von mir. Schön, oder?«

»Ziemlich poetisch.«

Bob schob den Riegel des Stalls zurück und zog das große Tor auf. Die dunkle, nach Dung miefende Höhle, die sich vor ihnen auftat, wurde nur von den weißen Lichtfingern umrissen, die zwischen den senkrechten Brettern durchfielen. »Jeder muss für sich selbst die Verantwortung tragen. Freifahrscheine gibt es nicht. Wenn man's nicht draufhat, verdient man auch nicht zu leben. So einfach ist das.«

Fast hörte Ellis Warrens Stimme sich aus Bobs Mund ergießen. Dabei drängte sich ihm ungefragt das Bild eines riesigen Clowns auf, der sich aus einem winzigen Auto zwängte.

»Nur die Stärksten überleben«, sagte Bob. »Das ist doch der Gaube der Darwins, nicht wahr?«

»Das ist der falsch verstandene Kerngedanke aus Charles Darwins Evolutionstheorie, die mit dem Christentum geschichtlich gesehen auch nicht gerade harmoniert hat.«

Sie standen nun vor einer Reihe von Kühen. Bob ließ das Grübeln und klapperte mit den Eimern. »Ich möchte Ihnen nicht zu nahe treten, aber ... Ren meinte, Sie würden zum Frühstück vielleicht auch ein wenig beisteuern wollen.«

»Oh, natürlich. Nichts ist umsonst.« Lächelnd nahm er Bob die Eimer ab. »Sie müssen mir bloß zeigen, wie das geht.«

Ellis hätte erwartet, dass es schwieriger wäre, eine Kuh zu melken; in Filmen war es immer sehr kompliziert. Andererseits, wenn man Hollywood glaubte, konnten erwachsene Männer, ja selbst Straßen- oder Kanalarbeiter, ohne Gummihandschuhe und Gasmaske auch keinem Baby die Windel wechseln. Der Vorgang war bemerkenswert einfach, sobald er im richtigen Rhythmus war und nicht mehr ständig Angst hatte, der Kuh dabei wehzutun. Am schwierigsten war, dem dungverschmutzten Schwanz auszuweichen, während er mit seinem Eimer zwischen den Knien auf dem kleinen Schemel saß.

Bob vergewisserte sich, dass Ellis zurechtkam, und ging dann die verschiedenen Stallbewohner füttern.

»Wie lange sind Sie schon hier auf der Farm?«, fragte Ellis nach einer Weile, während die Milch in einem dicken Strahl die Wand des Eimers traf.

»Ein knappes halbes Jahr.« Bob stand nun auf der anderen Seite der Kuh, die Ellis als Olivia vorgestellt worden war.

»Und es gefällt Ihnen besser als Hollow World?«

»Viel besser!« Ellis hörte das Kratzen einer Schaufel. »Ich hätte es erst selbst nicht gedacht, und der Anfang war auch nicht gerade einfach. Wenn ich mir vorstelle, wie das erst im Wald gewesen sein muss – nur Ren kann an so was Freude haben! Für uns ist das etwas zu viel des Guten. Hier dagegen – hier ist es viel leichter.«

»Finden Sie es denn gar nicht langweilig? Oder sogar etwas dumm – ich meine, sich so abzumühen, obwohl Sie nicht müssten?«

»Genau darum geht es aber. Das Leben hier ist nicht immer angenehm – schon gar nicht, wenn es Ihnen schlecht geht und Sie im kalten Regen nach draußen müssen. Manchmal stehe ich auf der Schwelle, schaue hinaus und frage mich, was zum Bliesel ich hier eigentlich mache. Dann gebe ich mir einen Ruck, und es passiert etwas Eigenartiges: Ich erledige meine Arbeit, hasse jede einzelne Sekunde, doch hinterher geht es mir großartig. Natürlich bin ich dann erschöpft und schmutzig, aber ich weiß, dass ich etwas geleistet habe. Wir nennen das Rens Zaubertrick. Ein Vergnügen, das man sich bereiten kann, ohne dafür irgendein Gerät zu Hilfe zu nehmen. Und das gute Gefühl hält tagelang an! In Hollow World habe ich so etwas noch nie erlebt – dort scheint nichts jemals wirklich wichtig zu sein. Das ist ebenfalls ein wichtiger Grundstein der Charakterentwicklung: der Stolz auf das, was man geleistet hat.«

Bis Ellis den vierten Eimer gefüllt hatte, taten ihm schon die Hände weh. Doch so sehr er auch geneigt war, Warrens zusammengeschusterte Philosophie zu belächeln, musste er zugeben, dass es guttat, sich nützlich zu machen. Alle im Haus würden sich über die Milch freuen, und auch die Kühe schienen dankbar, dass er sie erleichtert hatte. Jahrelang hatte er zehn, ja, zwölf Stunden pro Tag gearbeitet und Tausende von Meetings absolviert – doch einen vergleichbaren Stolz auf seine Arbeit hatte er damals nicht empfunden. Irgendwann vor langer Zeit hatten die Leute die Tugenden der Arbeit für die Verlässlichkeit des Gehaltsschecks eingetauscht.

»Selbstgemachtes Essen schmeckt einfach besser«, erklärte Bob und kam, um ihm tragen zu helfen. Dann stapften sie mit ihren schwappenden, dampfenden Milcheimern zurück zum Haus.

Das Frühstück war besser als das Abendessen. Es bestand aus unverbrannten Blaubeermuffins und Omeletts. Nach dem Essen verschwand Warren mit Pol und Dex für eine Weile nach oben. Es machte Ellis nichts, allein gelassen zu werden; er wusste nicht genau, wann Pax zurück sein würde, zog es aber vor, sich ungestört zu treffen. Er half Yal noch mit dem Abwasch, dann spazierte er nach draußen und ein wenig die Firestone Lane hinab, weil er annahm, dass Pax ungefähr zur selben Stelle springen würde, an der sie sich tags zuvor verabschiedet hatten.

Was soll ich nur sagen?

Er schaute Hig eine Weile beim Heumähen zu und staunte über die geniale Schlichtheit der Mähmaschine, die von zwei starken Pferden – Noah und Webster – im Uhrzeigersinn über die Wiese gezogen wurde. Sie bestand aus nicht viel mehr als zwei Wagenrädern mit einem Sitz dazwischen; eine Kurbelwelle übertrug die Rotation der Achse auf ein Sägeblatt, das an einem seitlich angebrachten Balken hin- und herglitt. Es wirkte wie die größere Version eines Langhaarschneiders, und Ellis hatte dasselbe Prinzip auch schon bei Handrasenmähern gesehen. Trotzdem war er beeindruckt, wie effektiv der Mäher mit jeder Bahn eine neue Schneise zog.

Der Geruch des frisch gemähten Heus erfüllte die Luft. Ellis seufzte.

Was soll ich nur sagen?

Er wusste es wirklich nicht.

Warren bot ihm die Chance, Teil dieser kleinen Gemeinschaft zu werden. Das Leben auf der Farm mochte härter sein als das, was er gewohnt war. Aber während es für Dex, Yal, Hig und die anderen eher dem Leben auf einer Ferienranch gleichkam, einem Urlaub in der rauen Wildnis, wie ihn Touristen buchten, um den Kopf freizubekommen, konnte die Farm für Warren und ihn selbst vielleicht ein neues Zuhause werden. Er gehörte nicht nach Hollow World. Er war zwar etwas zu alt, um noch Heuballen zu schleppen, doch es war ihm vertraut und fühlte sich echt an. Außerdem gefiel ihm die Idee, hier etwas aufzubauen. Nachdem er dem Tod bereits ins Gesicht geblickt hatte, kam ihm das auf einmal wichtig vor.

Natürlich war da aber auch noch Pax.

Während er am Zaun stand und wartete, staunte er selbst, wie sehr er sich auf Pax' Rückkehr freute. Er zitterte regelrecht, wenn er sich ausmalte, wie schön es doch wäre, wenn Pax sich ihnen einfach anschlösse. Sie könnten zusammen hier wohnen, das Land bestellen, ihr eigenes Essen kochen – und im Winter am Kamin gemeinsam lesen. Mit Pax wäre das Zusammenleben bestimmt ganz anders als mit Peggy. Zu Peggy hatte ihn vor allem der Sex hingezogen. Als das Verlangen dann nachließ, was viel zu schnell passiert war, hatte sie lediglich ihr gemeinsames Kind weiter verbunden. Nach Isleys Tod war es bloß noch die Macht der Gewohnheit gewesen. Mit Pax würde das anders sein. Er spürte genau …

Ich dachte schon, du passt dich den lokalen Gepflogenheiten an. Bewegst dich jetzt nur noch auf der anderen Straßenseite, sozusagen.

Warren war ein Dummkopf. Er mochte Pax – wer würde Pax nicht mögen? –, und es hatte auf Anhieb bei ihnen gefunkt. Wie zwei alte Freunde, die sich eben erst kennengelernt hatten – Freunde auf den ersten Blick, wenn es das gab. In Pax' Gegenwart mochte er sich selbst lieber, kam sich benötigt vor. Auf irgendeine Art und Weise machte Pax ihn glücklich. Dazu waren gute Freunde doch da, oder nicht? Vielleicht hatte er einfach noch nie einen wirklich guten Freund gehabt. Vielleicht war das der Grund, weshalb …

Ellis verfolgte die gemächlich ihre Kreise ziehende Mähmaschine auf dem Feld und fragte sich, ob es möglich war, sich in jemanden zu verlieben – einfach nur *jemanden* – keine Frau und keinen Mann, bloß eine Person. *Was genau ist Liebe überhaupt?*

Ellis schüttelte den Kopf und versuchte, einen klaren Kopf zu kriegen. *Was zur Hölle denke ich da eigentlich?*

Einen kurzen Moment wurde ihm schwindlig. Auch seine Hände fühlten sich taub an.

»Ellis Rogers.«

Er hatte weder einen Blitz noch einen Knall registriert, doch als er sich umdrehte, sah er die vertraute Melone und die silberne Weste näher kommen. Ein breites Lächeln auf Pax' Gesicht kündete davon, dass nicht nur Ellis sich über das Wiedersehen freute.

Pax rannte die verbliebenen Meter auf ihn zu und drückte Ellis ohne Warnung an die Brust. »Ich habe mir ja solche Sorgen gemacht! Ein Glück, dass Sie wohlauf sind.«

»Ich habe Sie auch vermisst.« Ihm fiel auf, dass Pax leicht nach Zimt roch, so wie das Zimmer, in dem er an seinem ersten Morgen in Hollow World erwacht war.

Pax ließ ihn los und warf rasche Blicke Richtung Haus und Hig. »Können wir gehen? Alva vermisst Sie schon.«

»Und was ist mit Vin?«

»Vin kann mir mal den haarlosen Hintern küssen.«

Da musste Ellis lachen, was wiederum auch Pax lachen ließ. Wie gut es tat, diesen Klang der Freude zu hören. »Na los.« Pax öffnete ein Portal direkt vor ihnen, und Ellis konnte abermals das Esszimmer sehen. »Alva hat eine Vorlage für heiße Schokolade gefunden, die Sie unbedingt probieren müssen.«

»Heiße Schokolade, sagen Sie?«

»Mit irgendetwas drin, das sich Marshmallows nennt. Leider will mir Alva nicht sagen, woraus es besteht. Immer wenn ich sie nach dem Essen Ihrer Zeit frage, heißt es, das wolle ich lieber nicht wissen.«

Ellis zögerte. Er wollte ja wirklich gehen, aber …

So wie die Jungs, die in den Knast kommen und sich irgendwann denken, sie haben ja keine Wahl …

»Pax«, hob Ellis an. »Ich fürchte, ich kann Sie nicht begleiten.«

»Was soll das heißen?«

Das Esszimmer sah so einladend aus, und doch … *Habt ihr beide etwa dieses neumodische Sexspielzeug probiert?*

»Ich glaube, ich möchte lieber hierbleiben.«

»Was?« Das Wort war ein kaum hörbares Flüstern, reichte aber, das Lächeln zu töten.

Ellis fühlte sich schrecklich. »Ich gehöre einfach nicht nach Hollow World. Ich hatte gehofft, dass Sie stattdessen in Erwägung ziehen könnten, ebenfalls zu bleiben … hier bei mir.«

»Was reden Sie denn da? Wir alle gehören nach Hollow World. Das *ist* die Welt. Menschen sollten nicht an der Oberfläche leben.«

»Was soll ich da unten denn tun?«

»Leben, so wie alle anderen.«

»Ich bin aber nicht wie alle anderen.«

»Das weiß ich doch. Meinen Sie etwa, ich hätte das vergessen? Aber …« Pax sah wieder zum Haus. »Dieser Ort, diese Leute, dieser *Ren* – das sind … schlechte Menschen. Sie sind … böse.«

»Warren ist wie ein Bruder für mich.« Seufzend erkannte Ellis, wie sinnlos es war, diese Art von Bindung jemandem zu erklären, der nie eine richtige Familie gehabt hatte. »Er und ich stehen uns sehr nahe. Wir haben eine Menge miteinander durchgemacht. Er war immer für mich da, wenn ich ihn brauchte – immer.«

»Sie müssen mir nun zuhören, Ellis Rogers: Wir haben nicht alle Rätsel um den Mord an Geo-24 geklärt. Irgendetwas geht da vor. Geo-24 wurde aus einem bestimmten Grund getötet. Auch Pol-789 – der echte Ratspräsident – wurde nicht ohne Grund umgebracht. Und hinter allem steckt Ren. Ren hat gesagt, dass sie die Farm vor etwa einem Jahr bezogen hätten. Nun, ziemlich genau zu dieser Zeit hat sich auch der erste Mord ereignet, und die Proteste gegen das Schwarmprojekt wurden lauter und besser organisiert – Proteste gegen etwas, das noch nicht einmal möglich ist. Sie haben irgendetwas vor, etwas Furchtbares, und wenn Sie hierbleiben …«

»Was dann? Werde ich dann ebenfalls böse?«

Pax' Blick wanderte zu der Pistole, die Ellis nach wie vor am Gürtel trug. Mittlerweile hatte er sich daran gewöhnt, sie zu tragen.

»Natürlich nicht – Sie könnten niemals sein wie die. Und deshalb werden sie auch Sie umbringen müssen. Sie werden Sie umbringen, Ihnen die Waffe abnehmen und damit weitere Menschen töten. Bitte kommen Sie mit mir zurück!«

»Aber Sie können mir immer noch nicht sagen, warum? Weshalb Sie von all dem überzeugt sind?«

Pax wandte den Blick ab. »Können Sie mir nicht einfach vertrauen?«

»Pol hat mir von Ihrer Vergangenheit erzählt – zumindest in Teilen. Weshalb Vin mit Ihnen zusammenlebt.«

Pax sog scharf die Luft ein und schauderte. Tränen sammelten sich in den Augenwinkeln; eine löste sich und hinterließ eine glitzernde Spur. »Das war persönlich, vertraulich. Der echte Ratspräsident hätte Ihnen das niemals erzählt.«

»Pol wollte nur helfen …«

»Ren vielleicht! Aber Ren ist nicht Ihr Freund. Sie wollen irgendwas von Ihnen – etwas, das sie brauchen und nicht selbst beschaffen können. Ich wünschte, Sie könnten mir einfach glauben. Ich habe Sie noch nie belogen.«

Ellis hasste sich dafür, Pax so wehzutun. Zu wissen, dass er Schuld am Ausdruck des Leids trug, der das eben noch so fröhliche Gesicht nun zeichnete. »Ich glaube ja gar nicht, dass Sie lügen. Vielleicht ist Ihnen einfach der Unterschied nicht bewusst …«

Pax schaute verletzt drein. »Was – weil ich verrückt bin?«

»Nein – das habe ich nicht gesagt.«

»Sie glauben aber, dass etwas mit mir nicht stimmt.«

»Es geht hier nicht um Sie. Es geht darum, die Verantwortung für sich selbst zu übernehmen. Etwas Nützliches zu tun. Und … bitte denken Sie kurz darüber nach! Wann haben wir uns kennengelernt? Vor drei Tagen? Warren kenne ich seit meiner Jugend. Wir haben eine gemeinsame Geschichte, teilten das gleiche Leben, die gleiche Welt. Ich verstehe ihn, und er versteht mich. Sie dagegen kenne ich eigentlich kaum …«

»Ob Sie mir glauben oder nicht, ich verstehe Sie sehr gut, Ellis Rogers. Trotzdem weiß ich, dass man Sie benutzen wird, wenn Sie bleiben. Man wird Ihnen Ihre Waffe abnehmen und …«

»Hier.« Ellis nahm das Holster ab und drückte es Pax in die Hand. »Blasen Sie die Pistole ins All, wenn Sie dann ruhiger schlafen, so wie Ihren Chip. Zerstören Sie sie – ist mir egal. Ich werde hierbleiben. Warren ist zweitausend Jahre gereist, um mich zu finden. Ich kann ihn nicht zugunsten heißer Schokolade aufgeben. Er braucht mich – mehr, als er ahnt, denn manchmal spinnt er einfach ein wenig. Ich muss ihm dringend ein paar seiner Flausen austreiben. Wir wollen versuchen, uns eine Zukunft zu schaffen, eine echte Zukunft in einer echten Welt mit echten Menschen …«

»*Echten* Menschen?«

»So habe ich das nicht gemeint.«

»Wie haben Sie es denn gemeint?«

»Ich habe …«

»Sie meinten Menschen wie Sie selbst – Darwins.«

»Gut, na schön. Warren glaubt, dass wir das IBS dazu bewegen könnten, die Oberfläche mithilfe alter weiblicher Vorlagen wieder auf natürliche Weise zu bevölkern.«

Pax erwiderte nichts.

»Pax, ich werde bleiben. Sie verstehen das vielleicht nicht, aber ich habe das Gefühl, dass ich hierhergehöre. Ich hatte gehofft, dass Sie sich uns anschließen.«

»Mich Ihnen anschließen? Sie hören mir einfach nicht zu, Ellis Rogers. Diese Leute sind Mörder. Sie haben Geo-24 ermordet. Sie haben Pol-789 ermordet, und sie planen etwas noch viel, viel Schlimmeres. Sie …«

»Ich verstehe ja, dass Sie Angst haben, und das mit Geo-24 war wirklich furchtbar, aber die Leute hier hatten nichts damit zu tun. Gut, eine Person vielleicht schon, das war aber nicht abgesprochen. Die anderen wussten nicht, was sie vorhatte. Deshalb nahm diese Person auch die Identität von Geo-24 an: weil sie hier nicht mehr willkommen war. Warren würde einem Mörder niemals verzeihen – glauben Sie mir, er war immer schon ein Befürworter der Todesstrafe. Und Pol ist kein Betrüger. Das bilden Sie sich nur ein. Ihre Fantasie geht mit Ihnen durch. Sie sind einfach …« Ellis stockte.

Pax stand ganz steif, zitterte wie im tiefsten Winter und starrte ihn fassungslos an. »Paranoid? Das ist es doch, was Sie sagen wollen, richtig? Und das heißt auch nichts anderes, als dass Sie mich für verrückt halten.«

Hinter ihnen ging die Tür der Farm auf. Ellis konnte den hallenden Schlag deutlich hören.

»Bitte«, war alles, was Pax über die Lippen brachte, das Wort nur ein Flüstern. Eine weitere Träne brach sich Bahn.

Ellis schaute zur Farm. Warren, Pol und Dex standen auf der Veranda und beobachteten sie. »Vielleicht sollten Sie gehen.«

Der Ausdruck auf Pax' Gesicht brach Ellis das Herz.

Als Pax durch das Portal trat und die Öffnung zu jenem anheimelnden Ort in Hollow World sich schloss, fühlte sich Ellis plötzlich sehr benommen, fast wie betrunken. Er hielt sich noch am Zaun fest, doch fühlte das Holz schon nicht mehr. Sein ganzer Arm war taub. Dann explodierte der Schmerz in seiner Brust – ohne jede Warnung, als hätte ein Lastwagen ihn überrollt. Ellis brach zusammen, prallte gegen den Zaun und fiel auf den Rücken.

Das Letzte, was er sah, war der blaue Himmel über ihm.

Und seine letzten Gedanken galten nicht Peggy oder Isley, sondern Pax, einem Holzofen und vielleicht einem Hund.

Doch, sie hätten sich definitiv einen Hund zulegen sollen.

10

Die Zeit heilt alle Wunden

Als Ellis wieder zu sich kam, war der Himmel einem weißen Leuchten gewichen. Er lag nach wie vor auf dem Rücken, allerdings in einem Bett. Dünne Matratze, dünnes Kissen, dünne Decke und Seitenteile wie aus weißem Porzellan. Er war nackt, ihm war aber nicht kalt. Vielleicht war die Matratze ja beheizt. Von irgendwo hörte er Meeresrauschen. Keine laute, wilde Brandung, sondern sanfter, entspannender Wellenschlag.

»Willkommen, Ellis Rogers«, sagte eine weibliche Stimme. Es war niemand zu sehen, klar. Die Stimme kam von überall zugleich. *»Wie fühlen Sie sich?«*

»Fühlen? Ich fühle rein gar nichts.«

»Perfekt«, sagte die beruhigende Stimme.

Ruhe – totale Ruhe, nur das weiße Licht und das Wogen und Rauschen des Meers.

»Bin ich gestorben?«

»Ja.«

Die Antwort kam zwar nicht ganz unerwartet, war jedoch trotz alledem überraschend.

Das ist also der Tod? Gar nicht mal so schlecht. Hätte deutlich schlimmer sein können. Irgendwie ein bisschen wie ein Spa.

Er atmete noch. Vielleicht bildete er sich das aber auch nur ein. Erinnerungsfetzen oder so etwas. Vielleicht hatte der Tod eine Abklingphase, so wie bei einer posttraumatischen Belastungsstörung. Wenn das hier der Tod war, dann war das Leben im Vergleich eine einzige Belastung. Er musste einfach tot sein. Er atmete auch völlig unbeschwert. Er holte tief Luft, so tief wie seit Jahren nicht mehr.

»Bist du Gott?«, fragte er schließlich. Anscheinend hatten die Feministen und Göttin-Anbeter doch recht gehabt.

»Ich bin Maude.«

»Maude?«

»Genau.«

Ellis war sich nicht sicher, was er davon halten sollte. Die einzigen Maudes, die er kannte, stammten aus dem Fernsehen, und jede davon wäre als Gott eine eher verstörende Vorstellung gewesen. Die Stimme war ihm aber nicht vertraut. Sie klang ruhig und sanft, wie die Sprecherin einer Meditations-CD. Es gab aber eine noch wichtigere Frage, auf die er gerne eine Antwort gehabt hätte. Zwar hatte er bislang keinen Schwefel gerochen, doch allmählich kamen ihm Zweifel, ob er es wirklich bis ins Penthouse ganz oben geschafft hatte. »Wo genau bin ich?«

»Aufwachraum 234-A, Ebene 17, Hauptflügel, Institut zur Bewahrung der Spezies, Wegener, Kerguelen-Mikrokontinent, Antarktische Platte, Hollow World, Erde.

»Hollow World?«

»Ja.«

»Maude?«

»Ja?«

»Bist du eine Vox?«

»Ja.«

»Dann bin ich also nicht tot?«

»Nein, nicht tot. Sie sind bloß gestorben.«

Ein Portal öffnete sich, und jemand betrat das Zimmer. Ellis hatte keine Ahnung, wer es war: Die Person war nackt und verfügte über keine Erkennungsmerkmale. Alles, was Ellis sagen konnte, war, dass es sich nicht um Pax oder Pol oder sonst jemanden von der Farm handelte, denn seinem Besucher fehlten keine Finger. Das grenzte den Kreis der Kandidaten wohl auf nur noch einige Millionen ein; Ellis hatte zwar keine Ahnung, wie viele Menschen in Hollow World lebten, ging aber davon aus, dass es deutlich weniger als die Milliarden waren, die in den Tagen des alten China und Indiens die Kontinente bevölkert hatten.

Ellis' Besucher schaute sich kurz um und runzelte die Stirn. »Maude, Ellis Rogers ist jetzt wach. Könnten wir bitte etwas Netteres als dieses sterile Nichts haben?«

Die weißen Wände und die leuchtende Decke verschwanden, und Ellis fand sich an einem Strand wieder. Über ihm spannte sich ein kobaltblauer Himmel, über den bauschige Wolken wie Wattebällchen zogen, und vor ihm ausgebreitet lag ein Ozean von tiefstem Aquamarin. Sinnlich geschwungene Palmwedel ragten in sein Gesichtsfeld. Er hatte mal einen Bildschirmschoner namens *Träume von Hawaii* gehabt, der ziemlich genauso ausgesehen hatte.

»Hallo, Ellis Rogers. Ich bin Wat-45, Ihr behandelnder Arzt.«

»Ich hörte, ich sei gestorben …«

»Das sind Sie – das sind Sie tatsächlich.« Wat tippte in die Luft, worauf eine Wand samt großem Bildschirm erschien.

Er tippte sich durch eine Reihe von Darstellungen, während über ihnen eine Möwe rief. »Aber das haben wir geregelt.«

»Wirklich? Wie regelt man das denn mit dem Tod?«

»Wir tun nichts anderes hier am IBS. Wir behandeln den Tod wie eine Krankheit – was er ja auch ist.« Wat wandte sich ihm zu. »In Ihrem Fall hat Ihr Körper einfach schlappgemacht – akutes Herzversagen. Ihre Hirnfunktionen wären auch erloschen, doch dank des beherzten Eingreifens von Dex-92 876 konnten wir Sie rechtzeitig auf Eis legen. Dex ist ein ehemaliger Mitarbeiter – Sie haben sich bereits kennengelernt?«

Ellis nickte, erfreut, dass er dazu noch in der Lage war.

»Sobald Ihr Gehirn auf der sicheren Seite war, mussten wir Ihnen nur noch ein neues Herz und neue Lungen züchten. Wir haben Ihnen das Luxuspaket verpasst – einen kompletten Satz neuer Organe, da die meisten Ihrer alten bereits starke Verschleißspuren aufwiesen. Eigentlich kein Wunder nach zweitausend Jahren, oder?«

Mit einem Lächeln widmete sich Wat wieder dem Schirm. Ellis konnte transparente Bilder von Organen vorbeihuschen sehen.

»Jetzt haben Sie ein paar hübsche neue. Und nur vom Feinsten. Wir haben sie etwas aufgebessert – stärkere Herzwände und vergrößertes Lungenvolumen. Sie könnten jetzt zwei Marathons am Stück laufen und würden es kaum mitbekommen. Wir haben Ihnen auch einen molekularen Zerfallswiderstand eingebaut – das ändert zwar wenig an Ihren vorhandenen Zellen, sorgt aber dafür, dass die neuen Organe nie mehr ersetzt werden müssen.«

Unwillkürlich musste Ellis an die Autohändler denken,

die jedes Mal, wenn er einen neuen Wagen gekauft hatte, die Wichtigkeit eines Rostschutzes auch und insbesondere in Detroit unterstrichen hatten. *Das ganze Salz frisst sich überall durch. Mit unserem Unterbodenschutz kaufen Sie sich die Garantie für ein langes Leben!*

»Wow …« Wat studierte ein Bild, das für Ellis wie ein Tintenklecks aus einem Rorschachtest aussah. »Ihre alten Lungen waren eine Katastrophe. Sie können sie gerne mit nach Hause nehmen, wenn Sie möchten, aber wenn Sie nichts dagegen haben, würden wir sie gerne behalten.«

»Das ist schon in Ordnung.« *Nimmt denn irgendwer ernsthaft seine Organe mit heim?*

»Hervorragend.« Wat wischte über die Wand. Die Bilder flogen vorüber und hielten still, wenn der Arzt sie berührte. »Ach richtig – wir haben Ihnen auch ein paar neue Arterien eingepflanzt, wo die alten nicht mehr lange durchgehalten hätten. Und wo sie verstopft waren, haben wir mal ordentlich durchgeputzt.« Die Bestürzung stand ihm ins Gesicht geschrieben. »Erst wollte keiner hier glauben, was wir da drinnen gesehen haben. Als ob Ihr Kreislauf nur noch Schlamm statt Blut durch den Körper gepumpt hätte.«

Am Horizont hinter den Bildern war ein Segelboot erschienen, das nun durch Ellis' halbtransparente Organe glitt. »Ihre Leber ließ ebenfalls nach, weswegen Sie eine neue bekommen haben, zusammen mit einer Milz, einer Bauchspeicheldrüse, neuen Nieren, einer Blase und Gallenblase, einem Magen und einem kompletten Satz Dick- und Dünndarm. Ihr alter Verdauungstrakt war zerschunden, als ob Sie sich die letzten Jahre nur von Glas und Kies ernährt hätten. Was ich nicht hoffen will.« Wat schenkte ihm ein weiteres fröhliches Lächeln. Ein wenig zu fröhlich, vielleicht. Der Arzt erinnerte Ellis an ein Hündchen, das einen neuen Besucher begrüßt.

»Außerdem …« Wat blätterte weiter. »Oh, neue Augen haben Sie auch gekriegt. Die alten Linsen wurden immer dicker, trüber und weniger elastisch, die Pupillen immer kleiner.«

Erschrocken musste Ellis blinzeln.

»Die Augenmuskeln ließen auch schon nach. Ihren Ohren ging es aber noch ganz gut, und Ihre Haut haben wir ebenfalls gelassen, wie sie ist – wir gingen davon aus, dass Sie nicht aufwachen und aussehen wollten wie ich.« Wat kicherte mit hoher Stimme, wie ein Schulmädchen auf dem Konzert eines Teenageridols.

»Ach richtig! Gegen Krankheiten haben wir Sie auch gleich geimpft. Wie sich herausstellte, starben Sie bereits an Extemdiose – einer der alten Designerviren, die immer noch unterwegs sind. Hat sich ein regelrechtes Wettrennen mit Ihrer Fibrose geliefert. Wobei es kein gerechtes Rennen war, denn die Fibrose hatte gegen ein Virus, das spezifisch zum Töten von Menschen gedacht war, kaum eine Chance. Die Extemdiose war dann auch, was Sie erledigt hat. Sehr gemeiner Virus, hoch ansteckend und aggressiv. Schlummert erst ein paar Tage und greift dann mehrere Organe gleichzeitig an – völlig ohne jede Warnung kippt man um und ist tot. Schwer zu glauben, dass Menschen so was wirklich mal mit voller Absicht entwickelt haben.« Wat schloss den Schirm, womit sie sich wieder in der makellosen Idylle des Inselstrands befanden. »Und das wäre alles.«

Wat machte ein zufriedenes Gesicht. »Es sollte Ihnen

schon deutlich besser gehen. Ich würde es trotzdem erst mal ruhig angehen lassen, nur zur Vorsicht. Gewöhnen Sie sich an die neuen Organe, lassen Sie sie langsam anlaufen. Verschieben Sie also den Marathon, den ich erwähnte, lieber noch etwas ... wenigstens ein paar Wochen. Sie werden wahrscheinlich auch ein, zwei Tage der Schwäche erleben. Ihr Körper hat trotz allem einen wirklich schweren Schock zu verarbeiten, und das braucht Zeit. In einer Woche sind Sie wieder auf den Beinen. Gönnen Sie sich einfach viel Ruhe. Außerdem ...« Der Arzt trat zögerlich näher. »Ich wollte Ihnen noch sagen, was für eine Ehre es war, an Ihnen zu arbeiten. Ich habe zwar die Gerüchte gehört – so wie wir alle – und die Gramme gesehen, doch als Pol-789 Sie zu uns brachte, fielen uns fast die Augen heraus. Es war einfach ...« Wat schluckte, holte tief Luft, und blinzelte mehrmals. »Tut mir leid. Ich habe mir geschworen, nicht zu weinen, aber ...« Er sammelte sich kurz. »Was mich angeht, sind Sie das Vierte Wunder. Ganz ehrlich.«

»Wie lange werde ich hierbleiben?«

»So lange Sie wollen.«

»Ich meine, wie lange, bis ich gehen darf?«

»Ach so ...« Wieder das nervöse Lachen. »Sie können gehen, wann immer Sie wollen. Ich hoffe jedoch, dass Sie es nicht eilig haben. Eine Menge Leute würden Sie sehr gerne kennenlernen. Na ja, in gewisser Weise haben wir das zwar schon, aber Sie waren ja größtenteils tot ...«

Ellis drehte sich auf die Seite und setzte sich auf. Es ging ihm gut. Ein tiefes Durchatmen – mehr als gut. Noch einmal – die Luft strömte ungehindert ein, kein Widerstand, kein Hustenreiz. Er suchte sich nach Narben ab. Nichts.

Nach wie vor dieselbe alte Brust mit dem ergrauten Haar und der schlaffen Haut.

»Der Ratspräsident, Pol-789, würde Sie gerne sehen.«

»Habe ich noch meine Kleider?«

»Selbstverständlich. Maude, Mak soll Ellis Rogers' Sachen reinbringen.«

Einen Moment später öffnete sich ein Portal, und ein anderer nackter Bürger von Hollow World trat mit Ellis' Rucksack und Kleidern herein. Auf der anderen Seite des Portals konnte Ellis eine kleine Schar neugieriger Zuschauer erkennen. Mak wirkte noch verschüchterter in seiner Gegenwart als Wat und erstarrte unter Ellis' Blick zur Salzsäule. Geduldig nahm Wat die Sachen von Maks Armen und legte sie aufs Bett. Die Kleider waren gewaschen und ordentlich zusammengelegt.

»Ich ...«, hob Mak an, schluckte und flüchtete zurück durchs Portal.

»Was soll man sagen?« Wat grinste. »Sie sind eine Sensation.«

Wie alle Krankenhäuser oder vergleichbare Einrichtungen war auch das IBS eine eigene Welt, nur dass es eher der Ästhetik eines finanzstarken Start-up-Unternehmens folgte, das eine möglichst kreative Arbeitsumgebung fördern wollte. Rex, der genauso aussah wie Wat, Ellis aber als einer der Verwaltungsleiter vorgestellt worden war, führte ihn durch weite Höfe, Hallen und Spielezimmer, in denen sich alles von altmodischen Schachbrettern bis zu Holokammern fand, die mit grünen oder roten Lichtern anzeigten, ob sie gerade benutzt wurden. Ellis fragte sich, ob irgendwer noch den Ursprung dieser Farben kannte. Weiter ging es durch Labors und Korridore, die wohl entweder aus der Zeit vor der Erfindung von Portalen stammten, oder als Notlösung für den Fall eines Defekts gedacht waren. Er bekam auch seine ersten Portalzellen zu sehen, die ungeschlachten Überbleibsel der Tage vor Netz-Azos gewaltfreier Rebellion. Anscheinend waren sie immer noch in Gebrauch.

»Ihre Gegenstücke sind ebenfalls fix montiert«, erklärte Rex. »Wenn Sie einfach nur von A nach B wollen, ist es leichter, durch eine Zelle zu gehen, als erst eine Verbindung zu wählen, vor allem, wenn Sie gerade die Hände voll haben. Die meisten von uns benutzen ihre Portalöffner so gut wie gar nicht im Institut.«

Im Zentrum des Instituts befand sich die sogenannte Große Kathedrale – ein ironischer Name in einer Welt, die keine Religion mehr praktizierte. Der überkuppelte Bereich war größer als ein Football-Stadion und diente als zentraler Campus und Versammlungsort des IBS. Weiße Säulen reckten sich einer Decke entgegen, die nicht den Himmel imitierte, sondern eine Art Installation aus Licht und Farben zeigte, welche langsam ihre Stimmung änderte. Der Boden war in Bereiche verschiedener Höhe unterteilt. Eingelassen in die niedrigeren Abschnitte waren flache, runde Becken, zum Teil über dekorative Wasserfälle miteinander verbunden, an deren Rändern sich wiederum Sitzgelegenheiten zwischen tropischer Blumenpracht anschlossen.

»Ich halte es für grausam, Ellis Rogers eine solche Kleinigkeit auszuschlagen«, sagte Pol, während sie durch die Große Kathedrale wanderten. Ellis fühlte sich behandelt wie ein Superstar, mit dem Ratspräsidenten als Teil seiner

Gefolgschaft. Seit er erwacht war, hatte Rex ihm bestimmt schon hundert verschiedene Leute vorgestellt. Sich an alle zu erinnern war völlig aussichtslos, vor allem, da der Dresscode des IBS für alle Angehörigen neutrale Nacktheit vorzusehen schien, und alle, selbst Rex, offiziell einfach nur »Mitarbeiter« waren. Und alle umkreisten sie Ellis, ein pausenloser Schwarm identisch lächelnder Gesichter.

»Es geht schon um etwas mehr als das«, beharrte Rex. »Einen neuen Menschen zu erschaffen ist nie eine Kleinigkeit. Es gilt dabei zahllose Faktoren zu berücksichtigen, nicht zuletzt das Bevölkerungslimit.«

»Es gab kürzlich zwei Todesfälle, die man noch nicht einberechnet hat.«

»Aber Frauen nach den alten Vorlagen ...« Rex warf Ellis einen verlegenen Blick zu. »Ähm ... ich will Sie ja keinesfalls ... aber wir gehen nur ungern einen Schritt zurück, und dies wäre doch geradezu ein Einfallstor für ungewollte Schwangerschaften. Sie sprechen davon, eine völlig neue Sorte Menschen einzuführen!«

»Das ist uns klar. Ellis Rogers hat jedoch die Absicht, an der Oberfläche zu leben.«

»Der HEB wird das nicht gefallen.«

»Sie werden auch nicht zu sehr protestieren. Immerhin reden wir von Ellis Rogers.«

Pol hatte ihn besucht, kaum dass Ellis erwacht war. Wat zufolge war er nie richtig weg gewesen. Pol, Dex und eine weitere unidentifizierte Person hatten Ellis ins IBS gebracht, doch während die anderen gegangen und gekommen waren, hatte Pol sich nicht mehr wegbewegt und war seit Ellis' Genesung nicht mehr von seiner Seite gewichen.

»Ich werde mich in meinem Antrag auf die erlaubte Wiederansiedelung einheimischer Spezies berufen.« Mit wehender Toga umrundete Pol leichtfüßig die klaren Becken.

»Ist das Ihr Ernst? Wir reden hier schließlich von Menschen!«, sagte Rex.

»Welche Spezies könnte sich mit mehr Fug und Recht als einheimisch auf der Oberfläche bezeichnen?«

»Sie legen damit den Grundstein einer Zwei-Klassen-Gesellschaft. Das widerspricht allem, was wir zu erreichen versucht haben. Die Geschichte ist voller Beispiele dafür, wie Menschen einander einzig ihrer Unterschiede wegen getötet oder versklavt haben. Wir haben diese Unterschiede fast vollständig eliminiert und damit auch die innere Spaltung der Menschheit weitgehend überwunden. Und jetzt wollen Sie, dass wir all das zunichtemachen?«

»Denken Sie doch mal an Ellis Rogers.« Pol ließ nicht locker. »Wie einsam er ist. Wir bitten ja nicht um eine ganze Bevölkerung, nur um eine einzige Frau, mit der er glücklich sein kann …«

Ellis kam sich vor wie Frankensteins Monster, während Igor dem Doktor seinen Wunsch nach einer Braut vortrug.

»Aber das Risiko von Kindern …«

»Wir könnten sie sterilisieren«, mischte Dex sich ein. Der Arzt der Farm sah ohne seinen Amischen-Aufzug ungewohnt aus; abgesehen von den fehlenden Fingern hätte er problemlos in der Menge untertauchen können. »Ich kann den Eingriff selbst vornehmen. Wir brauchen nicht einmal das IBS dazu, falls das Ihre Sorge ist. Alles, was wir brauchen, ist die Vorlage.«

Rex wirkte unangenehm berührt. »Ich werde das in Betracht ziehen, aber selbstverständlich kann ich eine solche Entscheidung nicht alleine treffen.«

»Soll das heißen, dass Sie unseren Wunsch ablehnen werden?«

»Es muss darüber ein Konsens bestehen.«

Enttäuscht wandte Pol sich an Ellis. »Hat man Sie schlecht behandelt?«

»Schlecht behandelt!«, entrüstete sich Rex. »Natürlich nicht!«

»Vielleicht sollte Ellis Rogers diese Frage beantworten.«

»Also ich …« Rex und die übrigen Mitarbeiter des Instituts blickten ihn mit aschfahlen Gesichtern an. »Alles ist wunderbar. Ich mache mir nur Gedanken, weil … also mir ist aufgefallen, dass ich keine Ahnung habe, wie lange ich eigentlich schon hier bin.«

Pol nickte verständnisvoll. »Sie haben eine weitere kleine Zeitreise hinter sich, Ellis Rogers. Ich habe Sie vor etwa einem Monat hergebracht.«

»Einem Monat?«, fragte Ellis erschrocken. »Aber ich dachte … Hieß es nicht, eine Transplantation würde heute sogar ambulant erledigt?«

»Das stimmt auch«, versicherte ihm Rex. »Den Monat haben wir dazu gebraucht, die Organe zu züchten. Für die meisten Patienten haben wir alles auf Vorrat, was sie brauchen, und wenn sie besondere Bedürfnisse haben – was selten der Fall ist – schauen wir einfach in ihrer Vorlage nach und züchten das benötigte Gewebe, bevor sie zu uns kommen. Der eigentliche Eingriff ist dann eine Sache von ein, zwei Stunden. Sie aber sind einzigartig. Wir müssten Ihre DNA auslesen und praktisch bei null anfangen. Um die Unannehmlichkeiten und den Stress einer einmonatigen Wartezeit unter lebenserhaltenden Maßnahmen zu vermeiden, haben wir Ihr Gehirn in Stasis belassen.«

»Ein Monat«, wiederholte Ellis. *Was ist mit Pax? Ob Pax überhaupt weiß, wo ich bin? Oder glaubt Pax jetzt vielleicht, dass ich keinen Kontakt mehr wünsche? Ein ganzer Monat!*

»Jetzt, da es Ihnen wieder besser geht, wollte ich Sie darüber informieren, dass ich eine Vortragsreise quer durch Hollow World plane. Die Gerüchte, die mit Ihrem Besuch bei mir ihren Anfang nahmen, haben sich rapide verbreitet. Jeder will Sie sehen und reden hören.«

»Aber wieso?«, fragte Ellis.

Niemand gab eine Antwort. Alle tauschten nur verdutzte Blicke.

»Sie fragen wieso?«, vergewisserte sich Rex. »Ellis Rogers, wie ich gerade sagte, Sie sind einzigartig.«

Ellis zuckte die Achseln.

»In Hollow World«, fuhr Pol fort, »macht Sie das zu etwas Besonderem. Für manche sogar zu einem Symbol der Hoffnung.« Pol sah zu Rex und den anderen. »Und für manche auch zu einem Anlass zur Sorge.«

Rex runzelte die Stirn. »Das Schwarmprojekt wird niemanden seiner Individualität berauben. Sein Sinn liegt vielmehr genau darin, Missverständnisse wie unseres gerade auszuräumen.«

»Sie verstehen mich tatsächlich falsch, denn ich wollte nichts anderes andeuten, als dass manche Menschen Ellis Rogers für ihre Anti-Schwarm-Kampagne instrumentalisieren könnten.«

»Das Schwarmbewusstsein wird für unsere Spezies der größte Sprung seit der Entwicklung des Daumens sein. Der große Vorteil, den Menschen gegenüber allen anderen Wesen seit jeher besitzen, ist ihr Verstand.« Rex redete immer lauter und leidenschaftlicher. »Jeder größere Fortschritt war das direkte Ergebnis einer verstärkten Nutzung unseres Gehirns. Die Sprache erlaubte uns den Ideenaustausch, die Schrift intensivierte diesen Transfer, der Buchdruck potenzierte ihn, und das Internet ermöglichte ihn auf globaler Ebene, ohne Restriktionen. Jede dieser Innovationen fiel mit einem zivilisatorischen Fortschritt zusammen – doch all dies wird im Vergleich mit den unbegrenzten Möglichkeiten verblassen, die uns als einer erstmals als harmonisches Ganzes agierenden Spezies offenstehen werden.«

Offensichtlich war dies die zentrale Streitfrage in der aktuellen Debatte, und die knappe, rhetorisch ausgefeilte Argumentation machte auf Ellis den Eindruck einer oft wiederholten, wenn nicht sogar einstudierten Rede.

Unbeeindruckt von der verhaltenen Reaktion seiner Zuhörer fuhr Rex fort: »Die Standardisierung der Sprache war ebenfalls ein bedeutsamer Fortschritt, doch jede Sprache wird von ihrer Unvollkommenheit limitiert, Gedanken wirklich präzise wiederzugeben. Missverständnisse haben immer schon zu Konflikten geführt, von absichtlicher Täuschung ganz zu schweigen. Wir haben es zwar geschafft, die daraus resultierende Gewalt größtenteils einzudämmen, jedoch haben wir nur die Symptome behandelt – nicht die Krankheit. Der Schwarm wird uns endlich heilen.«

»Man könnte argumentieren«, erhob Pol die Stimme, als wären sie im römischen Senat, »und viele haben das durchaus, dass auch der Tod alle Krankheiten heilt. Man kann schlechte Augen auch dadurch behandeln, dass man sie einfach herausreißt. Oder man könnte die Frage stellen, ob man Lachse von ihrem Drang, flussaufwärts zu schwimmen, kuriert, indem man sie in Vögel verwandelt. Oder wäre der Lachs damit einfach nur ausgestorben?«

»Hat sich je eine Raupe darüber beschwert, zum Schmetterling zu werden?«, entgegnete Rex.

»Wenn wir sie doch nur fragen könnten.«

»Aha.« Rex lächelte selbstzufrieden. »Und abermals die Beschränkungen der Sprache!«

Pol erwiderte das Lächeln, aber es war kein sehr freundliches.

»Ich dachte, das Schwarmprojekt wäre gescheitert«, schaltete Ellis sich ein. »Dass Sie trotz Jahrhunderten der Forschung keine Fortschritte machen. Stimmt das denn nicht?«

Rex nickte verdrossen. »Es gibt einfach so viele Kombinationsmöglichkeiten, dass wir praktisch nur ins Blaue hinein arbeiten können. In der Vergangenheit gaben uns zufällige Mutationen noch einen Ansatzpunkt. Wir sind davon überzeugt, dass es möglich ist – denn die Geschichte ist voller Geschichten über Menschen mit außersinnlicher Begabung. Doch wir hatten noch nie die Gelegenheit, die DNA eines authentischen Telepathen zu analysieren, schon weil wir die natürliche Auslese unterbunden haben. Zufällige Fortschritte wird es nicht mehr geben. Wir wissen nicht einmal genau, wonach wir suchen. Es gibt ein paar Gensequenzen, die wir nie hundertprozentig verstanden und die wir in neueren Vorlagen zu rekonfigurieren versucht haben. Aber leider haben Sie recht: Zum gegenwärtigen Zeitpunkt ist das Schwarmprojekt nicht mehr als ein Traum.«

»Wir haben alle unsere Probleme«, sagte Pol nicht gerade mitfühlend. Dann fuhr er an Ellis gewandt fort: »Wie ich also gerade sagte, habe ich eine Weltreise im Sinn, und mit Ihrer Zustimmung würde ich gerne gleich morgen loslegen – sofern Sie sich dem gewachsen fühlen.«

»So früh schon?«, beschwerte sich Rex.

»Es sei denn, es gäbe Grund zu der Annahme, dass Ellis Rogers noch nicht wieder vollständig genesen ist oder es vielleicht Probleme mit der …«

»Natürlich gibt es keine Probleme!«, unterbrach Rex. »Wir hatten bloß gehofft, ein bisschen mehr Zeit zu haben.«

»Sie hatten Ellis Rogers einen ganzen Monat für sich. Jetzt würde ihn auch der Rest der Welt gerne sehen, und ich bin mir sicher, dass es sich umgekehrt genauso verhält. Doch das hat noch bis morgen Zeit. Jetzt haben Sie erst einmal eine Rede zu halten.«

»Eine was?«, fragte Ellis.

Sie näherten sich der Mitte der Großen Kathedrale, wo eine kleine Bühne aufgebaut war. Allerorten blitzten Portale wie Glühbirnen auf, und binnen Minuten füllte ein Meer von Gesichtern die Halle. Und alle schauten sie ihn an.

»Wir hatten gehofft, dass Sie ein paar Worte an die Mitarbeiter richten«, sagte der Verwaltungsleiter mit dem erwartungsvollen Blick eines Kindes.

Ellis verfolgte, wie sich immer mehr Portale öffneten. Das musste von vornherein arrangiert worden sein – wahrscheinlich hatte man eine Art Memo herumgeschickt. Er wünschte wirklich, man hätte ihn zuvor gefragt. Nun, da sich das Publikum bereits versammelte, murmelnd wie ein riesiger Kochtopf, fühlte er sich in die Pflicht genommen. Er konnte jetzt nicht mehr Nein sagen.

Die einzige Erfahrung, die Ellis mit solchen Anlässen besaß, waren die beiden Tischreden, die er als Trauzeuge zu Warrens Hochzeiten gehalten hatte. Damals hatte er aber nicht viel mehr tun müssen, als sich über seinen Freund lustig zu machen, was dank Warren ja kein allzu großes Kunststück war. Das hier war dagegen eine völlig neue Welt. »Was soll ich denn sagen?«

»Was immer Sie wollen«, sagte Rex.

»Aber ich weiß gar nicht ...«

»Es spielt keine Rolle. Alle wollen einfach nur Ihre Stimme hören.«

»Haben Sie gehört?« Pol zwinkerte ihm zu. »Der Verwaltungsleiter des IBS hat gerade gesagt, es spielt keine Rolle, was Sie sagen.«

Während Ellis noch dahinterzukommen versuchte, was genau Pol damit meinte, führte Rex ihn auch schon die Stufen zur Bühne hinauf. Kaum, dass sie der Menge gegenübertraten, breitete sich Stille in der Halle aus. Nicht mal ein Husten war mehr zu hören. Gab es überhaupt noch so was wie Erkältungen?

»Ähm – hallo«, sagte Ellis. Erschrocken hörte er seine Stimme durch die Halle donnern. Sie musste irgendwie verstärkt werden. Verunsichert schaute er sich um.

Die Menge dagegen brach schon beim Klang seiner Stimme in Jubel aus. Peinlich berührt trat Ellis von einem Bein aufs andere. Er wusste weder, was er sagen, noch, wie er stehen oder wohin er schauen sollte, und seine Hände schienen überall im Weg. Er versuchte sich in Erinnerung zu rufen, was sein Englischlehrer ihm einst für solche Gelegenheiten geraten hatte: *Stell dir einfach vor, dein Publikum wäre nackt.* Da hätte er beinahe laut losgelacht, schaffte es aber gerade noch, sich auf ein breites Lächeln zu beschränken. Die Menge jubelte abermals.

Als endlich Stille einkehrte, sagte er: »Zunächst einmal möchte ich mich bei Ihnen allen dafür bedanken, dass Sie mein Leben gerettet haben. Es geht mir übrigens blendend. Sie haben tolle Arbeit geleistet.«

Wieder Jubel. Ellis wartete, bis sich die Menge beruhigt hatte.

»Also, ich – ich weiß wirklich nicht, was ich sonst sagen soll.«

»Wie finden Sie Hollow World?«, rief jemand.

»Es ist sehr schön hier. Sehr *sauber.*«

»Was ist Ihr Lieblingsholo?«

Ellis zuckte die Achseln. »Hab ich noch nicht ausprobiert. Muss mich erst noch an die Duschen und Voxe gewöhnen.«

Gelächter und neuerlicher Applaus waren die Folge.

»Sind das Ihre echten Kleider?«

»Ja. Wahrscheinlich sollte ich mir mal neue zulegen. Ich trage die jetzt schon seit zweitausend Jahren.«

Mehr Lacher, mehr Applaus.

Ellis bemerkte, dass Pol und Dex erwartungsvoll zu ihm aufschauten, war sich aber nicht sicher, wieso.

»Haben Sie hier schon ein Zuhause?«

»Ehrlich gesagt habe ich vor, an der Oberfläche zu wohnen. Das ist mir vertrauter. Vorausgesetzt natürlich, dass das erlaubt ist.«

Aufmunternde Rufe.

»Meinen Sie nicht, dass es sehr einsam sein wird ohne eine Frau?« Das war Pol. Er schaute ihn eindringlich an und bedeutete ihm mit seiner fünffingrigen Hand, etwas Bestimmtes zu sagen, so als ob sie ein gemeinsames Geheimnis teilten. Leider hatte Ellis keine Ahnung, was das sein sollte.

Ellis zögerte, was der Menge Gelegenheit gab, zu verstummen. »Also …« Ellis dachte über die Frage nach. Dachte an Peggy. Dachte an Pax. »Ja«, sagte er dann. »Damit hatte ich nicht gerechnet, als ich durch die Zeit reiste. Fast alles, was ich kannte, existiert nicht mehr. Für Sie bin ich vielleicht etwas Besonderes, weil ich der Einzige meiner Art bin. Ich bin aber auch der Letzte meiner Art – und die Eins ist die einsamste aller Zahlen, oder nicht?«

Er glaubte nicht, dass irgendwer noch den alten Harry-Nilsson-Song »ONE« kannte, doch das war wohl einer der Vorzüge seines vorsintflutlichen Alters: Er konnte klauen, wie es ihm gefiel. Alles Alte war wieder neu. Dennoch wollte er gerade einfach nur noch weg von hier. Leider konnte die Menge gar nicht genug von ihm kriegen, griff sogar nach seinen Knöcheln, als er die Treppe hinunterstürmte.

»Das haben Sie großartig gemacht!«, schrie Pol ihm zu. »Mit diesem Zitat kann ich Wunder bewirken. Morgen brechen wir auf, schlafen Sie sich also lieber noch mal aus. Morgen früh sind Dex und ich zurück. Wenn Sie uns bis dahin nicht mehr brauchen …« Pol zückte einen Portalöffner.

»Pol? Haben Sie zufällig Pax gesehen?«

»Nein. Sollte ich denn?«

»Ich weiß nicht.« Ellis trat näher und senkte die Stimme. »Haben Sie nicht irgendwas gehört?«

»Von Pax? Nein, und wie Sie ja am besten wissen sollten, ist es auch nicht mehr ganz so leicht wie früher, Pax im Auge zu behalten.«

»Könnten Sie vielleicht wenigstens Vin kontaktieren? Ich möchte, dass die beiden wissen, was mit mir los ist.«

»Wird erledigt. Bis morgen dann.«

Pol öffnete ein Portal und trat hindurch. Ellis konnte nicht genau erkennen, ob es das Büro oder die Firestone-Farm war.

Vielleicht sollte er einfach bei Pax vorbeischauen. Hätte er seinen eigenen Portalöffner besessen, hätte er das vielleicht auch getan. Er überlegte noch, ob er Rex um einen bitten sollte, aber Wat hatte recht behalten: Er fühlte sich müde und gerädert wie bei einer Erkältung. Vielleicht konnte er Pol ja davon überzeugen, morgen früh zuerst bei Pax Station zu machen ... es war ja nicht so, dass es ein Umweg wäre.

»Rex?«, fragte er den Verwaltungsleiter. »Hat irgendwer versucht, mich zu sprechen, seit bekannt wurde, wo ich bin?«

»Jeder«, antwortete Rex. »Absolut jeder.«

11

Wertvolle Stunden

Ellis hatte mehrmals versucht, Pax zu erreichen, aber vergebens. Es war, als hätte Pax sich in Luft aufgelöst. Als Bedingung für seine Teilnahme an der Vortragsreise verlangte Ellis, dass Pol alles tat, um Pax zu finden, inklusive einer täglichen Kontaktaufnahme mit Vin. Doch selbst der Künstler konnte ihnen nicht weiterhelfen. Es war bittere Ironie, dass Ellis, indem er Pax den Chip herausgeschnitten hatte, selbst für die Misere verantwortlich war. Die Schuldgefühle plagten ihn in jeder Minute der Reise.

Pols Zeitplan ließ ihm allerdings nur wenig Freiraum. Jeden Tag sprangen sie in einen neuen Winkel der Welt oder gleich auf einen anderen Planeten. Es erwies sich, dass immerhin gut 123 Millionen Menschen im Bienenstock von Hollow World lebten – verstreut über zweiundfünfzig tektonische Platten, jedoch über Portale jederzeit erreichbar. Der Rest der alten Menschheit war während des Großen Sturms ums Leben gekommen.

Der Mars war ganz anders, als Ellis erwartet hatte. Nachdem er in seiner Jugend ständig davon geträumt hatte, der erste Mensch dort oben zu sein, beraubte die Leichtigkeit der Reise sie jeglichen Zaubers. Im Wesentlichen war es nicht viel anders als in Hollow World, nur dass überall das auffällige Marslogo prangte. Nicht zuletzt lag das natürlich daran, dass sich auch auf dem Mars die überwiegende Zahl von Zielen unter der Oberfläche befand. Das bisschen Oberfläche, das er von den Aussichtskuppeln aus zu sehen bekam, wirkte wie Nevada unter einem blassen, rosa Himmel.

Selbstredend ging er los, um sich die Marsrover anzuschauen. Man hatte sie als Teil des *Odyssey Historic Park* erhalten, und nach dem Olympus Mons waren sie die größte Touristenattraktion. Olympus Mons war der höchste der Marsvulkane und der größte Berg im ganzen Sonnensystem. Ellis hatte sich aber vor allem darauf gefreut, endlich Roboter in der Jetztzeit zu sehen. Schon lange hatte er sich gefragt, was damit war – schließlich hatten ihm Serien wie *Buck Rogers* oder *Die Jetsons* von Kindheit an fliegende Autos, Düsenrucksäcke und künstliche Dienstboten versprochen. Doch wieder einmal wurde er enttäuscht: Einst zur gefahrlosen Erkundung des Planeten eingesetzt, waren Roboter heute nicht viel mehr als eine Kuriosität für Touristen, ferngesteuerte Maschinen, mit denen man draußen 3-D-Aufnahmen machen oder Steine als Souvenir sammeln konnte. Der Mars war eine kitschige Touristenfalle geworden, die Ellis an die Niagarafälle oder mexikanische Urlaubsresorts erinnerte. Genau wie die Touristen dort den sandfreien Hotelpool dem Ozean vorzogen, begnügten sich die meisten Marsbesucher mit einem Spaziergang durch die virtuellen Holos, statt im Raumanzug den echten Mars kennenzulernen. Ellis dagegen ließ sich die Erfahrung nicht nehmen – er schlüpfte in einen Anzug und leistete den Steine sammelnden Robotern eine Weile Gesellschaft. Doch obwohl oder weil er fast sein ganzes Leben lang davon geträumt hatte, war die Erfüllung dieses Traums irgendwie enttäuschend.

Man hatte auch neue Planeten entdeckt, etwa Trinity, in einem weit entfernten System gelegen; auf Kolonien hatte man jedoch verzichtet. Die Zeiten der Ostindien-Kompanie waren endgültig vorbei. Und da jeder schon alles hatte und es so viel Platz gab, wie man wollte, gab es abgesehen von reiner Neugierde auch nichts, was die Menschen noch hinaus an die Grenzen trieb.

Während die Reisen selbst im Handumdrehen vonstattengingen, forderten die Termine ihren Tribut. Zwar ging es Ellis gut – tatsächlich war er unglaublich fit für einen Achtundfünfzigjährigen, der gerade erst gestorben war und sämtliche Organe ersetzt bekommen hatte –, seine Kondition ließ aber noch zu wünschen übrig, doch daran waren eher die letzten Jahrzehnte mangelnden Trainings als der Eingriff selbst schuld. Was ihn allerdings erschöpfte, waren die Menschenmengen. Wohin er auch ging, warteten Hunderte von Menschen bereits auf ihn. Was die Öffentlichkeit anbelangte, war Ellis eine größere Sensation als der Olympus Mons. Anders als die Mitarbeiter des IBS in der Großen Kathedrale trugen diese Menschen zumeist Kleidung; und nicht lange, nachdem sie das Challengertief, den tiefstgelegenen Ort der Erde erreicht hatten, tauchten die ersten Imitatoren von ihm auf.

»Überall arbeiteten Vorlagendesigner rund um die Uhr an der neuen Ellis-Rogers-Mode«, erklärte Pol, als Ellis sich unvermittelt einem Gaffer gegenübersah, der dasselbe Flanellhemd und dieselben Jeans trug wie er. Pol schien über unbegrenzte Reserven zu verfügen und fand sogar nach einem langen Tag mit Auftritten noch die Zeit, einen Bericht an Warren abzusetzen. Offensichtlich war es wichtig, die von den Medien abgeschnittene Farm über die weltweiten Reaktionen auf Ellis informiert zu halten.

Nun standen sie in der hell erleuchteten Kuppel des Challengertiefs und schauten zu der leblosen Welt dunklen Wassers über ihnen auf. In dieser Tiefe gab es keine Fische mehr. Atlantis hatte Ellis deutlich besser gefallen: ein künstliches Korallenriff um eine tausend Stockwerke hohe durchsichtige Stadt, die man auch einfach *das Aquarium* nannte. Die Tiefe dagegen war einfach nur unheimlich. Der Gedanke an all die Wassermassen über ihm bescherte Ellis Albträume, die sich vor allem um berstende Glasscheiben drehten.

»Einfach herrlich!«, erklärte Pol. »Die ganze Welt ist verrückt nach Ellis Rogers. Die Leute verbreiten Ihre Reden ganz von selbst. Masken mit Ihrem Gesicht sind der Schlager, und das hyperrealistische interaktive Holo mit Ihrem Interview ist den zweiten Tag in Folge das beliebteste der Welt.«

»Komisch, dass die Leute sich noch nicht operieren lassen«, kommentiere Ellis.

»Operieren?«

Ellis deutete auf sein Gesicht. »Plastische Chirurgie – um sein Aussehen künstlich zu verändern. Bei all dem Wunsch nach Individualismus hätte ich damit gerechnet.«

»Auch Selbstdarstellung hat ihre Grenzen«, erwiderte Pol. »Die Leute wollen Individuen sein – nicht anders.«

»Wo ist der Unterschied?« Ellis entdeckte einen weiteren Nachahmer, der gerade die Kuppel betrat, diesmal mit exakt demselben Rucksack wie seinem über der Schulter.

»Kleider, ja, selbst Tätowierungen, fügen nur eine weitere Persönlichkeitsschicht hinzu. Sie verändern einen Menschen aber nicht grundlegend. Sie wollen ja nichts anderes *sein* – sie sind keine Hunde, die gern Katzen wären, oder auch nur Pferde, die gern Zebras wären, selbst wenn sie sich Streifen aufmalen, um anders *auszusehen*. Sie sind für uns alle sehr faszinierend. Nicht nur, weil Sie komplett von der Norm abweichen, sondern auch, weil Sie es einfach so hinnehmen. Es stört Sie nicht, von Grund auf verschieden zu sein, allein in Ihrer Einzigartigkeit. Genau dieser Mut ist, was viele von uns an Ihnen bewundern. Wir wünschen uns, es würde uns genauso wenig ausmachen, herauszustechen, ein echtes Individuum zu sein. Diesen Schritt aber wirklich zu tun – das übersteigt unseren Mut.«

Der Rucksackträger bemerkte, dass Ellis ihn anstarrte, und schenkte ihm ein schüchternes Lächeln. Verlegen lächelte Ellis zurück. Dann schaute er wieder hinaus in die Dunkelheit jenseits der gläsernen Kuppel. Obwohl die Welt dort draußen real war, wirkte sie künstlicher als alles, was er in Hollow World gesehen hatte.

»Sehen Sie, es liegt ein gewisser Trost darin, zu einem Ganzen zu gehören«, erklärte Pol. »Menschen sind gesellige Tiere. Sie leben aber nicht mehr in festen Gemeinschaften wie noch zu Ihrer Zeit. Sobald es möglich wurde, auch allein zu überleben, lösten sich die traditionellen Strukturen wie Familien oder Stämme nach und nach auf. Das Zusammengehörigkeitsgefühl in Hollow World begründet sich vor allem darauf, gemeinsam dasselbe zu sein – exakt dasselbe. Die Menschen leben, wie es ihnen gefällt und gehen den ganzen Tag ihren Interessen nach. Trotzdem fühlen sie, dass sie Teil eines großen Ganzen sind. Sie wollen nicht so sehr anders als einfach nur auffällig sein – sie wollen bemerkt werden.« Pol hob die verstümmelte Hand. »Uns auf der Farm ist das nicht genug. Unumkehrbarer Wandel ist Teil unserer Zukunft. Und Sie spielen eine sehr wichtige Rolle dabei.«

»Wie genau wird diese Zukunft aussehen?«

»Ich würde sagen, das liegt ganz bei uns, oder nicht?«

Ellis' wachsende Berühmtheit setzte das IBS unter Druck, und Pol brachte ihn dazu, auf fast jeder Station ihrer Reise eine Rede zu halten. Er wurde auch besser darin, obwohl er bei jeder dieser Gelegenheiten dasselbe sagte: Er redete davon, wie anders die Welt heute doch war, dankte dem IBS für seine Rettung und sprach ganz Hollow World seine Wertschätzung für das herzliche Willkommen aus, das man ihm bereitet hatte. Immerzu drängte ihn Pol, abschließend um Unterstützung für sein Ersuchen an das IBS zu bitten, es möge ihm zuliebe eine der ursprünglichen weiblichen Vorlagen aktivieren. Außerdem bestand Pol darauf, dass Ellis wann immer möglich den Satz von der Eins als einsamster aller Zahlen aus seiner ersten Rede wiederholte. Als Ellis schließlich zugab, dass es sich dabei um eine Zeile aus einem Liedtext handelte, grub Pol es aus den Archiven von Wegener aus und beschallte vor und nach jeder Rede die Menge damit, wodurch es zum offiziellen Ellis-Rogers-Song wurde. Manchmal hörte er sogar, wie Leute es vor sich hin summten, meistens die in den Flanellhemden. Zu seinen Reden sang das Publikum das Lied gemeinsam, mit Hunderten identischer Stimmen.

Neben den Touristenattraktionen nahm Pol ihn auch zu

einem Sportereignis und einer Kunstausstellung mit, doch für Ellis waren die historischen Orte und die Museen am interessantesten. Er war überglücklich, endlich einmal mit eigenen Augen die Pyramiden von Gizeh zu sehen, die zwar noch ein wenig verwitterter als früher wirkten, sich sonst aber nach wie vor gut hielten. Er hatte auch Gelegenheit, das südafrikanische Museum des Vorurteils und der Rassentrennung zu besuchen, außerdem die Ruinen New Yorks und die Verbotene Stadt im Zentrum des einstigen Pekings. Am beeindruckendsten aber waren das berühmte Museum des Krieges und das Museum der Religion, beide im alten Jerusalem gelegen.

Pol ermöglichte Ellis ungehinderten Zugang zu den Kellern des Kriegsmuseums, wo sich die Waffenlager befanden – jene Exponate, für die auf den öffentlichen Stockwerken kein Platz mehr gewesen war und die immer noch als gefährlich galten. Es gab alles von griechischen Bronzeschwertern über britische Schiffskanonen bis zu US-amerikanischen Nuklearwaffen. Was Ellis aber am meisten schockierte, war, dass die beiden benachbarten Museen einem ähnlichen Thema folgten: *Die tragischen Fehler der Menschheit.* Ellis glaubte an Gott. Dennoch konnte er nicht die Augen vor der Gewalt und dem Schrecken verschließen, die im Laufe der Menschheitsgeschichte im Namen der Religionen verbreitet worden waren. Eine Ausstellung definierte die vier apokalyptischen Reiter zu Gier, Stolz, Angst und Religion um – die maßgeblichen Ursachen des Krieges.

Während er auf einem Fahrsteig durch einen Tunnel glitt, wurden zu beiden Seiten Episoden der Geschichte von lebensechten digitalen Konstrukten zum Leben erweckt. Ein

Sprecher kommentierte: »Diese Fehlurteile stellten unglückliche, aber notwendige Straßen auf der langen Reise von der Barbarei der Vergangenheit in den erleuchteten Frieden der Gegenwart dar.«

Hinter ihm erklärte jemand seinem Begleiter, dass Straßen vor langer Zeit einmal physische Dinge statt bloßer Metaphern gewesen waren.

Es herrschte deutlich weniger Betrieb in Jerusalem – die Museen waren wohl nicht so populär wie der Mars oder das gläserne Atlantis. Ellis aber schlugen sie in ihren Bann, während er der Zeitachse der menschlichen Religionsgeschichte von prähistorischen Hügelgräbern, deren Grabbeigaben bereits den Glauben an ein Leben nach dem Tod belegten, bis zur letzten genutzten Kirche in El Grullo, Mexiko folgte, die schließlich vom Großen Sturm zerstört worden war. Er betrat Holos und stand auf einmal in Kirchen, Tempeln und Moscheen, lauschte den Predigten über die wachsende Gleichgültigkeit der Menschen gegen Gott. In anderen Holos fand er sich plötzlich auf virtuellen Schlachtfeldern wieder, die so realistisch waren, dass er eiligst hinausspringen musste, weil ihm sonst schlecht geworden wäre. Die Drei Wunder und das IBS waren für die endgültige Ausrottung des Krieges verantwortlich – die Religion jedoch war schon früher verschwunden, und die Gründe dafür waren weniger eindeutig. Organisierter Glaube war keineswegs verboten worden; es hatte auch keine Entdeckung gegeben, welche die Ansichten der Gläubigen ein für alle Mal widerlegt hätte, ebenso wenig einen Kreuzzug seitens der Atheisten. Fast schien es, als wäre die Religion einfach vergessen worden.

Jeden Abend kehrte er mit Pol nach Wegener zurück, wo

er in einem Zimmer schlief, das nicht minder spartanisch als die Wohnung von Geo-24 war. Es störte ihn nicht, er wollte einfach nur seine Ruhe haben. Der enge Zeitplan band ihn und Pol aneinander wie ein frisch vermähltes Paar in den Flitterwochen, und Ellis begann sowohl an Pol als auch der Reise die Lust zu verlieren. Deshalb behauptete er häufig, dass er noch immer mit seiner Erschöpfung zu kämpfen habe, um sich zurückziehen zu können. In Wahrheit hatte er die Folgen der Operation längst verwunden.

Er kippte den Inhalt seines Rucksacks auf das Bett und begutachtete ihn wie ein Kind seine Ausbeute an Halloween. Die Taschenlampe, der Kompass, der Wasserfilter, der Verbandskasten, Streichhölzer, die nach wie vor originalverpackte Regenjacke – das war alles, was ihm geblieben war. Dann entdeckte er noch eine Packung M&M's, riss sie auf, nahm ein rotes Dragée in den Mund und genoss den Geschmack des einundzwanzigsten Jahrhunderts, wie er es noch nie zuvor getan hatte.

In den letzten paar Tagen hatte Ellis viele Wunder gesehen. Er war bis auf den Grund des Ozeans und in die Weiten des Alls gereist. Die bescheidenen Taten der Mercury Seven verblassten im Vergleich. Er hatte alles bekommen, was er sich erträumt hatte. Man hatte ihn geheilt und ihm eine zweite Chance gegeben. Doch wie er sich da seine billigen Restposten aus dem Campingbedarf besah, konnte er nur daran denken, was er alles verloren hatte. Ellis sehnte sich nach einem guten Cheeseburger, einer normalen Toilette, dem Geräusch des Verkehrs oder seines Computers beim Hochfahren. Er vermisste sogar die Dinge, die er früher gehasst hatte: die endlosen Werbeblöcke, den morgendlichen Stau, das Klingeln seines Handys, die boshaften Debatten zwischen Republikanern und Demokraten. Wie viele Filme waren ihm wohl entgangen? Was an Errungenschaften? Welche Katastrophen?

Er aß ein weiteres Dragée, schloss die Augen und sah sich selbst, wie er Isley bei den Mathehausaufgaben half. Dann, wie er mit Peggy einen Fernseher kaufte. Und wie er an einem Sonntagnachmittag einfach nur Blätter zusammenrechte. Erinnerungen – Perfektion in einem luftdichten Glas – erstarrt in makelloser Schönheit.

Da entdeckte er das Funkeln von Gold zwischen den Sachen – Peggys Ringe. Er griff in seine Tasche. Nach wie vor trug er Portemonnaie und Handy mit sich herum, auch wenn er nicht hätte sagen können, warum. Er konnte sich einfach nicht davon trennen. Etwas unschlüssig schaute er hinter seinen Führerschein, wo er die Bilder von Peggy und Isley verwahrte. Von der langen Zeit im Portemonnaie waren sie ganz weich und verkratzt – er hätte mehr Fotos mitnehmen sollen. Wieso hatte er keine Fotos mitgenommen?

Er vermisste Peggy.

Er schaltete sein Handy an. Das Display erwachte zum Leben, dann rief er seine gespeicherten Nachrichten ab. Er fand Peggys letzten Anruf und hörte ihn sich noch einmal an.

»El? Jetzt nimm schon ab, verdammt! Bitte nimm ab.« Ihre Stimme zitterte vor Angst. *»Ich muss mit dir reden. Ich will wissen, was los ist … es tut mir leid, okay? Ganz ehrlich. Das alles ist Jahre her. Ich weiß nicht mal, wieso ich die Briefe noch aufgehoben habe. Dämlich war das, einfach nur dämlich. Ich hatte sie wirklich ganz einfach vergessen.*

Ich weiß, ich hätte es dir sagen sollen. Gott, ich wünsch-

te, du würdest rangehen. Pass auf, bist du noch im Brady's? Ich komme vorbei. In zwanzig Minuten bin ich da. Dann können wir reden, okay? Bitte sei nicht sauer. Es war nicht Warrens Schuld. Eigentlich war niemand richtig schuld. Es ist einfach passiert, und klar, wir hätten was sagen sollen, aber ... na ja ... Wenn du das abhörst, bevor ich da bin, geh bitte nicht weg oder mach was Verrücktes, okay?«

Weinend tippte Ellis auf Rückruf.

Er wartete.

Stille.

Ihr Name war Sol.

Sie war zwar nicht wirklich weiblich, aber nahe genug dran, fand Ellis. Schuld daran waren wohl die Stimme und die kleinen Eigenheiten, obwohl man zu Sols Geburt die Geschlechter bereits seit Jahren ausgemustert hatte. Sol war eine Standardvorlage der ersten Generation und trug keine Nummer hinter dem Namen, weil Sol der älteste noch lebende Mensch der Welt war – oder es gewesen war, bis Ellis diesen Titel für sich beansprucht hatte.

Offensichtlich hatte Pol ihr Treffen für einen geschickten Akt des Marketings gehalten. Und wahrscheinlich war es das auch; aufgrund anderer Verpflichtungen war der Ratspräsident aber nicht geblieben, sondern hatte Ellis und Sol einander nur kurz vorgestellt und dann alleine gelassen. Sogar die Menschenmengen ließen sie diesmal in Frieden, obwohl der Besuch zuvor groß beworben worden war. Entweder hatte Pol auch damit etwas zu tun, oder Sol war eine solche Respektsperson, dass niemand ungefragt in ihre Privatsphäre eindrang.

Sols Zuhause war eine seltsame, überladene Sammlung von Erinnerungsstücken aus ihrem langen Leben. Für Ellis war es die normalste Wohnung, die er bis jetzt gesehen hatte. Es gab Bücher – richtige Bücher aus Papier – und einen alten Tabletcomputer. Sol hatte Schränke und eine Garderobe, in der ihre Mäntel hingen, außerdem Hüte, Sonnenbrillen, Uhren und Füllfederhalter. Sols liebster Besitz aber hing an der Wand über dem künstlichen Kamin und war das Foto einer richtigen Frau: asiatische Augen, von kurzen, schwarzen Haaren umkränzt, die aus einem silbernen Rahmen sahen.

»Das ist Netzwerk-Azo«, erklärte Sol. »Die Retterin der Welt. Damals verließen sich die Leute noch lieber auf Gott. Meine Mutter war sehr religiös und warnte mich, nicht zu viel Hoffnung in Azo zu setzen, weil sie auch nur ein Mensch war und mich zwangsläufig enttäuschen würde. So dachten damals fast alle. Kein Vertrauen in die Menschen, bloß in alte Bücher und Geschichten.«

Da ertönte ein Pfeifen aus der Küche, und Sol hob den Finger. »Tee!«, rief sie und eilte davon.

Beim Anblick ihres wehenden, geblümten Kleids staunte Ellis, wie sehr ihr Verhalten dem einer älteren Frau glich. Und doch sah sie aus wie eine Fünfundzwanzigjährige. Tatsächlich war sie sehr schön – etwas anders als die übrigen Menschen, mit Zügen, die noch nicht ganz die endgültige Norm erreicht hatten. Der augenfälligste Unterschied aber war, dass Sol noch Haare besaß – kurze, schwarze Haare.

»Wie möchten Sie Ihren Tee?«, rief Sol.

»Ehrlich gesagt bin ich eher ein Kaffeetrinker …«

»Dann mit Sahne und Honig.«

Sie kehrte mit einem altmodischen Silbertablett zurück, auf dem zwei elegante, dampfende Porzellantassen standen. »Ist echter Tee nicht etwas Wunderbares? Ich meine richtig gebrüht, nicht *erzeugt*. Ich sollte das in ihrer Gegenwart ja nicht sagen ...« Sie zeigte auf das Porträt über dem Kamin. »Aber ich glaube, Azo wüsste den Aufwand von heißem Wasser über echten Blättern trotz allem zu schätzen. Sie respektierte harte Arbeit.«

Sol nippte an ihrem Tee und schmatzte undamenhaft. »Ah ... das ist der echte Stoff.«

Sie wartete, bis auch Ellis gekostet hatte. Das Getränk hatte die Farbe von Karamell und schmeckte beinahe wie Caffé mocha.

»Gut, oder?«

Ellis lächelte.

Sol studierte wieder das Bild. »Netz-Azo hat mich übrigens nie enttäuscht, wissen Sie. Meine Mutter irrte sich. Sie wollte immer nur das Negative an anderen sehen – so wie alle. Aus irgendeinem Grund hat man damals allein den Gedanken an Helden verabscheut. Es hieß zwar immer, man brauche welche, doch die, die es probierten, hat man niedergemacht. Auch die Zukunft hat man gehasst – was wohl der Grund dafür war, dass alle immer so enttäuscht wirkten. Wenn man fest daran glaubt, dass die Zukunft der reinste Beton wird, dann wird sie das auch, oder man bildet es sich wenigstens ein, denn das ist immer noch besser, als sich geirrt zu haben. Ich war nie so. Ich wusste, dass Azo eine echte Heldin war. Sie war perfekt. Abraham Lincoln befreite die amerikanischen Sklaven, Netzwerk-Azo aber hat alle Menschen befreit.«

»Sie hatten also eine Mutter?«, erkundigte sich Ellis.

Auf dem Boden vor ihm schlief Sols kleiner, beigefarbener Cockerspaniel, die großen Ohren ausgebreitet wie Dumbo, der fliegende Elefant. Um die Schnauze war sein Fell bereits ergraut, und er hatte sich kein einziges Mal bewegt, nur kurz die Augen geöffnet. Vielleicht besaß Sol ja auch den ältesten Hund der Welt.

»Allerdings. Zu meiner Zeit hatten wir noch Pflegeeltern. Das IBS stellte meine DNA-Vorlage, aufgezogen aber wurde ich von Arvice Chen aus dem wohlhabenden Predat-Sektor. Sie hatte eigentlich eine Tochter gewollt, aber mich bekommen.«

»Kein Vater?«

Sol schüttelte den Kopf. »Die Ehe war damals schon eine Seltenheit. Alle Leute zogen gerade unter die Erde. Es war eine ganz neue Welt.«

Sie nippte noch einmal an ihrem Tee und setzte die Tasse dann mit dem dezenten Laut von Porzellan ab. »Damals haben sich eine Menge Dinge geändert, und niemand, dem es gut geht, heißt Veränderungen jemals gut. So wie meine Mutter – sie hasste den Wandel. Hasste es, dem Himmel den Rücken zu kehren und sich *ein frühes Grab zu schaufeln,* wie sie es nannte. Ich habe ehrlich keine Ahnung, weshalb sie sich freiwillig meldete, mich großzuziehen. Eine sehr vorausschauende Frau war sie jedenfalls nicht. Vielleicht dachte sie, dass sie durch mich die Zukunft noch ändern könne. Sie ging wie gesagt davon aus, dass die Zukunft noch schlimmer als die Vergangenheit würde. Die meisten Leute rechneten damals mit irgendeiner Katastrophe. Und der Fairness halber muss gesagt sein, dass es eine Weile auch ganz danach aussah. Der Große Sturm war gekommen und hatte Millionen Menschen einfach weggeweht. Meine Mutter nannte es immer die Apokalypse – kennen Sie das Wort?«

Ellis nickte. »Die Menschen zu meiner Zeit waren genauso.«

Sol lächelte. »Sie gefallen mir, Mr. Rogers. Schmeckt Ihnen der Tee?«

»Allerdings.«

»Dann haben Sie auch einen guten Geschmack.« Sie zwinkerte. »Nun, wie ist das so, durch die Zeit zu reisen?«

»Verwirrend.«

»Das kann ich mir vorstellen.« Sie nickte nachdrücklich.

»Die Reise selbst bestand, ehrlich gesagt, nur aus verwaschenen Eindrücken. Hinterher war mir ziemlich übel. Nicht empfehlenswert.«

Sol lächelte abermals. Sie hatte praktisch keine Falten, doch ihre Augen wirkten alt. Zwar waren es – seinen Erfahrungen beim IBS nach zu schließen – wahrscheinlich nicht mehr ihre echten Augen; aber vielleicht lag in der alten Redensart von den Augen als Fenstern der Seele ja dennoch etwas Wahres.

»Ist die Zukunft so, wie Sie es sich erhofft hatten?«

Da musste Ellis lachen, und sie stimmte ein. »Nein. Ich kann guten Gewissens sagen, dass ich *das* niemals erwartet hätte.«

An den Fenstern hingen leichte Gardinen, die Ellis an die Vorhänge seiner Mutter erinnerten. Sie wellten und bauschten sich, als ob das Fenster einen Spalt weit offen stünde und ab und an eine leichte Brise hereinließ. Und als sie sich kurz teilten, konnte Ellis tatsächlich einen altmodischen Blumenkasten vor dem Fenster erkennen, mit Veilchen, Azaleen und Chrysanthemen darin.

»Das glaube ich Ihnen aufs Wort. Ich habe übrigens von Ihren Bemühungen um eine Frau gehört. Klingt ganz danach, als ob man Ihrem Wunsch entsprechen wird.«

»Wirklich?«

»Zumindest, wenn man den Gerüchten Glauben schenkt. Ich würde Ihnen ja davon abraten – aber wahrscheinlich wissen Sie mehr über Frauen als ich. Waren Sie verheiratet?«

»Das war ich. Fast fünfunddreißig Jahre.«

»Nicht gerade sehr lange. Ist etwas passiert?«

Erst war Ellis überrascht, dann fiel ihm wieder ein, mit wem er redete. »Wie alt sind Sie?«

»Sehen Sie? Den Legenden nach hätten Sie sich mit dieser Frage bei jeder Frau eine Ohrfeige eingehandelt.« Sie setzte ein kokettes Lächeln auf. Ellis dachte schon, sie würde ihm sonst keine Antwort geben, da fragte sie: »Wann sind Sie geboren?«

»Fünfter Mai 1956.«

»Lassen Sie es mich so ausdrücken ...« Sie tippte sich an die Unterlippe. »Sie sind vierhundertvier Jahre älter als ich.«

Da dämmerte Ellis, wie alt Sol tatsächlich war: stolze 1718 Jahre – und im Gegensatz zu ihm hatte sie kein einziges davon übersprungen. Sie war ein fast zweitausend Jahre alter Mensch, ein Wesen wie aus einem alten Science-Fiction-Roman.

»Sie wirken schockiert. Sie kommen hierher mit Ihrer verrückten Geschichte, wie Sie auf ein paar Plastikkisten in die Zukunft gereist sind, aber mich schauen Sie komisch an, weil ich mich noch an die Zeiten erinnere, als Menschen miteinander Sex hatten? Wie kommen Sie übrigens damit zurecht? Könnte mir denken, dass Sie ein wenig unter Entzug leiden.« Sie zeigte auf ihre Bücher. »Ich lese viel, müssen Sie wissen. Das tun heute viel zu wenige Menschen. Wie Sie aber sehen, mag ich alte Papierbücher. Sind schwer zu kriegen. Die meisten Gegenstände in meiner Wohnung waren schon Antiquitäten, als ich geboren wurde. Die Bücher entstanden aus selbstgemachten Vorlagen auf Grundlage der wenigen Originale, die den Großen Sturm überlebten. Fast alle Menschen verlassen sich lieber auf Holos und Gramme. Das ist eins der wenigen Dinge, für die ich meiner Mutter dankbar bin: Sie brachte mir das Lesen bei. Und in fast allen Büchern kommt Sex vor. Besonders Männer scheinen ein Bedürfnis danach gehabt zu haben – fast schon eine Schwäche. Häufig wird es als ein natürliches Verlangen bezeichnet. Ich bin mir nicht sicher, was ich davon halten soll: Kann das denn stimmen, wenn man sich auch dagegen entscheiden kann? Man hat vielleicht ein natürliches Verlangen nach Essen. Darauf kann man aber auch nicht verzichten.«

Gemeinsam ließen sie den Blick über die Bücher schweifen. Sol hatte eine schöne Sammlung. Viele Geschichtsbände, die für sie wie persönliche Fotoalben sein mussten. Einer hieß »DAS ZEITALTER DER STÜRME«, ein weiterer »DAS LEERE HOLO«. Die meisten Titel und Autoren sagten Ellis nichts und stammten wahrscheinlich aus all den Jahrhunderten, die er übersprungen hatte. Er entdeckte aber auch Dickens, Poe, Dante, Cervantes, Austen, Hemingway und Kafka. Mit einem Lächeln honorierte er Orwell, Jules Verne und Heinleins *Fremder in einer fremden Welt.* Außerdem fand er Bücher von King, Patterson, Steel, Keith Roberts und zu seiner großen Freude sogar Michael Connelly – noch dazu ein Titel, der ihm unbekannt war. Dazu gab es mindestens zwölf Bücher mit dem Namen *Sol* als Autor. Es schien sich um eine Auswahl von Belletristik, Erinnerungen und Geschichtstexten zu handeln. »In diesen Büchern klingt es danach, als ob Männer Frauen wirklich physisch *bräuchten.* Stimmt das? *Sterben* Sie ohne eine Frau?«

Ellis schmunzelte. »Wir haben doch bereits festgehalten, dass ich fast fünfunddreißig Jahre verheiratet war. Von daher bin ich wohl daran gewöhnt.«

Er hätte nicht erwartet, dass Sol den Witz verstand, aber sie brach in ein solches Gelächter aus, dass sie fast ihren Tee verschüttete.

»Oh, Sie sind mir ja wirklich einer, Mr. Rogers.«

»Ich freue mich auch, Sie kennengelernt zu haben, Sol.« Er wiederholte nachdenklich ihren Namen. »Sol …«

»Das ist ein anderes Wort für Sonne«, sagte sie.

»Und ein Tag auf dem Mars«, fügte er hinzu.

»Der fünfte Ton der Tonleiter.«

»Oder zu meiner Zeit die Abkürzung dafür, wenn alles schiefging: *shit out of luck.*«

Sol musste abermals lachen. »Den kannte ich noch nicht. Wie schön, sich endlich mal mit jemandem in meinem Alter zu unterhalten.«

»In Hollow World sucht man sich seinen Namen selbst aus, richtig?«

»Genau. Erst belegt man den Gaunt-Winslow-Einstufungstest, der einem sagen soll, welche Tätigkeiten einem ein Maximum an Zufriedenheit bescheren. Viele halten den GWET zwar für ineffektiv, trotzdem probiert ihn jeder einmal aus, und sei es nur aus Neugierde. Dann entscheidet man sich für eine Richtung und wählt einen dazu passenden Namen. Anfangs bekam man nach dem Test noch einen Ausdruck, auf dem das Ergebnis in drei Buchstaben festgehalten war, dann übernahmen die Leute irgendwann diese Buchstaben als Namen, und dabei ist es geblieben. Klingt für Sie vielleicht ein wenig komisch, so wie die meisten Traditionen – letztlich ist es aber auch nichts anderes als früher, als die Menschen noch Müller, Schneider oder Zimmermann hießen. Immerhin spart man sich dadurch das übliche *Und was machen Sie so?*«

»Das dachte ich mir schon. Pol steht dann wahrscheinlich für Politiker, und Geo ist offensichtlich. Bei ein paar, so wie Cha, war ich mir aber nicht sicher.«

»Ein Arzt, stimmt's?«

»Genau.«

»Die meisten nennen sich Hip, Par, Wat oder einfach nur Dok, es gibt aber auch ein paar Cha, nach *Charaka,* einem berühmten Arzt des alten Indien, der in seiner Heimat als Stammvater der Medizin galt.«

»Und Sol?«

Sie lächelte wieder. »Das überlasse ich Ihrer Fantasie ... Ich kann Ihnen jedoch verraten, dass man den Namen heute nicht mehr vergibt. Ich bin die einzige Sol.«

Er erwiderte das Lächeln. »Gut, belassen wir es dabei.« Er nippte an seinem Tee, dann kam ihm eine Frage in den Sinn, die ihn bereits gestern beschäftigt hatte, als er inmitten seiner M&M's und Campingsachen eingeschlafen war. »Wozu das alles?«

»Was alles?« Sol wirkte eher neugierig als verwirrt. Auch wenn sie nicht älter als eine Studentin aussah – vielleicht entfremdete sie ihr Alter nichtsdestoweniger von den Menschen. Mied man sie womöglich, ihrer Ansichten oder der Liebe zu alten Büchern und Dingen wegen? Hielt man sie für nett, aber unnahbar? Sehnte sich Sol insgeheim nach Gesellschaft wie eine ans Haus gefesselte Großmutter?

»Nun, einfach alles. Was ist der Sinn des Lebens? Darüber habe ich mir nie viele Gedanken gemacht, bevor ich durch die Zeit gereist bin. Ich tat das nicht nur in der Hoffnung auf ein Mittel gegen meine Krankheit, sondern auch, um meinem Leben zu entkommen, was natürlich nicht funktioniert hat. Aber wo ich jetzt schon hier bin, denke ich viel darüber nach. Sagt Ihnen das Wort Parallaxe etwas? Das ist ein Begriff aus der Astronomie: Solange man etwas nur von einem Punkt aus betrachtet, weiß man nicht allzu viel darüber. Man hat keine Bezugspunkte, weiß nichts über den Abstand. Dazu kann man erst etwas sagen, wenn man sich bewegt und es auch von einem anderen Ort aus beobachtet. Mit Reisen durch die Zeit verhält es sich ähnlich: Ich habe gesehen, wie die Dinge früher waren, und jetzt sehe ich, wie sie heute sind, und … ich weiß auch nicht. Ich hätte einfach gedacht, dass ich jetzt auch die Frage nach dem *Warum* besser verstehen würde, doch leider ist es nicht so. Sie dagegen haben auch die Zeit zwischen gestern und heute erlebt und hatten mehr Gelegenheit, darüber nachzudenken.«

Sol blinzelte verständnisvoll. »Ich glaube, das ist eine dieser Fragen, auf die jeder selbst eine Antwort finden muss.«

»Ich hatte so eine Ahnung, dass Sie das sagen würden. Darauf läuft es doch immer hinaus.«

»Aber …«

»Es gibt ein Aber?«

Sie nickte und schaute in ihre Tasse. »Ich könnte Ihnen sagen, welche Antwort ich für mich gefunden habe. Wenn Sie so viel mitgemacht haben wie ich, dann begreifen Sie irgendwann, dass die alten Buddhisten in gewisser Weise recht gehabt haben: Alles kommt und geht. Nichts ist für die Ewigkeit, nicht einmal Gott. Meine Mutter nannte Gott noch ewig, doch Jesus und sein Vater erwiesen sich als ebenso kurzlebige Mode wie die anderen Götter. Zumindest war das meine Meinung, als ich noch ein Mädchen von gerade mal tausend Jahren war – meine rebellische Phase.« Sie zwinkerte. »Gott war für mich nur ein abergläubisches Überbleibsel aus der Zeit, als wir Feuer noch für Zauberei hielten. Aber obwohl das nun schon Jahrhunderte her ist, suchen die Menschen noch immer nach etwas. Ich sehe es in ihren Augen, höre es, wenn sie reden. Sie nennen es zwar nicht mehr Gott, aber ich glaube, dass es immer noch dasselbe ist. Ein natürliches Verlangen wie das nach Essen, Wasser oder Sex.« Sie lächelte.

»Aller Flickschusterei zum Trotz hat das IBS vielleicht den Sex abgeschafft, doch nach dem Gefühl einer Verbundenheit mit anderen Menschen sehnen wir uns noch immer. Konzepten wie Magie oder Dämonen sind wir entwachsen, aber es bleibt ein Bedürfnis nach *etwas*. Unser Problem ist, dass wir es nicht mehr in Worte fassen können, weil *Gott* keine Bedeutung mehr hat. Die Definition des Wortes ist die falsche: Es bezeichnet einen allmächtigen, allwissenden Mann, der über unser aller Taten richtet, und ich glaube nicht, dass Gott das jemals gewesen ist – genauso wenig, wie Blitz und

Donner jemals Thor waren. Trotzdem können wir es noch immer fühlen, spüren, wie es in unserem Leben wirkt, und wir sehnen uns danach, weil etwas uns sagt, dass es die Antwort auf all unsere Fragen kennt.«

»Was also ist Gott?«

»Ich weiß es nicht.«

»Wirklich nicht? Sie wollen mich nun allen Ernstes in der Luft hängen lassen? Ich bitte Sie. Sie wirken auf mich nicht wie jemand, der nach einem derart langen Leben nicht wenigstens eine Theorie entwickelt hat.«

»Ich habe durchaus eine Theorie.«

»Und wie lautet diese?«

Sol setzte sich gerade hin und glättete die Falten ihres Rocks. »Es ist keine aktuell sehr populäre Theorie.«

»Wieso nur glaube ich nicht, dass das ein Problem für Sie darstellt?«

Sol grinste. »Hab ich Ihnen schon gesagt, dass Sie nach meinem Geschmack sind, Mr. Rogers?« Sie leerte ihren Tee. »Es ist auch kein Problem für mich. Das ist der Vorteil, wenn man so alt ist. Man wird sehr einsam und langweilt sich viel, aber es kümmert einen auch keinen Bliesel mehr, was irgendwer von einem hält.«

»Also los, sagen Sie schon. Was ist Gott?«

»Die Zukunft.«

Ellis machte ein erstauntes Gesicht.

»Wir Menschen haben uns schon nach vielem gesehnt, und wenn wir uns alle genug angestrengt haben, dann haben wir es meistens auch erreicht. Schwach wie Mäuse haben wir dennoch diesen Planeten gezähmt und sind sogar zu anderen Welten geflogen. Unsere Gier nach Nahrung haben wir als Erstes befriedigt. Dann haben wir unseren Traum vom Frieden erfüllt und den Tod besiegt. Ein Wunsch aber bleibt – wir haben nie eine unserer tiefsten Sehnsüchte gestillt: unser Verlangen nach Gott, unser Bedürfnis nach dem Spirituellen. Wir sind diesem Ziel nicht einmal nahegekommen. Was aber, wenn es bisher einfach nicht möglich war – nicht bis heute? Wenn wir Raupen gewesen sind, die vor ihrer Zeit vom Fliegen träumten? Wenn wir unsere eigene Zukunft gesehen haben – und sich dieses verzweifelte Sehnen als ein himmlischer Hunger, dieser unergründliche Wunsch nach mehr manifestierte? Meine Mutter sagte immer, dass wir alle ein kleines bisschen Gott in uns trügen – der Teil von uns, der uns leitet und uns sagt, dass wir gut zueinander sein sollen. Ich glaube, dass das stimmt. Ich glaube, dass wir alle schützende Behältnisse sind, die einen wertvollen Schatz in sich tragen, ihn aber gleichzeitig auch gefangen halten, isolieren.« Sol beugte sich vor. »Was, wenn Gott einfach nur die Gesamtheit aller Menschen, miteinander vereint, ist?«

»Sie reden vom Schwarmprojekt.«

Sol gab keine Antwort, fuhr bloß lächelnd mit dem Finger über den Rand ihrer leeren Tasse.

»Meine Mutter glaubte, dass der Himmel genau genommen kein Ort war, sondern einfach nur der Zustand der Vereinigung mit Gott. Wenn man diesen erreichte, wüsste man alle Antworten und würde nie wieder Angst oder Zorn oder Enttäuschung empfinden. Man würde ewige Liebe erfahren. Jeder verspürt von Geburt an den Wunsch, Teil von etwas Größerem zu sein, Mr. Rogers – und das, glaube ich, ist Gott.«

»Gute Neuigkeiten«, verkündete Pol wenig später.

Der Ratspräsident hatte einfach ein Portal mitten in Sols Wohnzimmer geöffnet, worauf sie beinahe ihre Tasse hätte fallen lassen. Ihrem verärgerten Gesicht nach zu urteilen galten unangemeldete Portale in anderer Menschen Zuhause wohl als bestenfalls sehr unhöflich. Ohne auch nur einem von beiden Hallo zu sagen, gab Pol ihm einen Wink und erklärte, dass sie nun gehen müssten.

Normalerweise war Ellis froh, wenn Pol ihn von einem Termin abholte. Trotz der Niedrigschwerkraft-Flure in den Kunstausstellungen und Museen war er gegen Ende eines solchen Besuchs immer erledigt. Teilweise war die Erschöpfung physischer Natur – das stundenlange Stehen war anstrengender als Holzhacken – doch vor allem lag es daran, dass er immerzu unter Strom stand. Das Gefühl, dass er die Meute, die ihm überallhin folgte, unterhalten musste, war zermürbend. Als Pol dieses Mal kam, verhielt es sich jedoch anders. Ellis hatte seinen Besuch bei Sol wirklich genossen. Er mochte den Tee und ihr gemütliches Heim, und er mochte Sol selbst. Mit jeder Frage, die sie ihm beantwortete, kamen ihm fünf neue in den Sinn. Und mehr noch, ihre Nähe hatte etwas Tröstliches – es war fast wie mit Pax.

»Dex und ich waren gerade am IBS«, informierte ihn Pol aufgeregt, sobald sie wieder zurück in Wegener waren. »Dex hat die Vorlage und die nötige Ausrüstung – alles, was wir brauchen. Ist das nicht herrlich?«

Pol grinste breit, aber Ellis konnte keine rechte Freude darüber empfinden. Gedanklich war er immer noch bei Sol und ihrem Gespräch über Gott. Sein leerer Rucksack lag schlaff auf dem Boden; er hatte ihn noch nicht wieder eingeräumt. Während Pol über die Details der Vereinbarung plapperte, die sie ergaunert hatten, fiel Ellis die verbeulte Dose Eintopf ins Auge, die Kopf nach unten auf dem hellen Nachttisch stand. Er musste sie gestern Abend dort abgestellt haben. Von insgesamt vier Dosen hatte er nur zwei in seinen Rucksack gepackt, als er die Zeitmaschine verließ, weil er nicht erwartet hatte, dass er mehr Proviant brauchen würde. Schmerzlich wurde ihm bewusst, dass er eigentlich nur für ein paar Stunden hatte weggehen wollen, diese Dose jetzt aber seit über fünf Wochen mit sich herumtrug. Sie sah aus wie ihre Schwesterdose und schmeckte wahrscheinlich auch genauso.

»Ich möchte gerne zu Pax«, sagte Ellis.

Pol reagierte verärgert auf die Unterbrechung einer solch ›herrlichen‹ Siegesrede. »Wir wissen immer noch nicht, wo Pax sich aufhält.«

»Ich möchte zu Pax nach Hause. Vielleicht können Alva oder Vin mir helfen.«

»Gut, aber erst müssen wir noch einen Termin erledigen.«

»Wozu?« Allmählich wurde Ellis wütend. »Ich bin Ihnen die letzte Woche überallhin gefolgt, ohne Fragen zu stellen, damit Warren seinen Willen hat. Jetzt haben Sie, was Sie wollten – ich finde, ich habe mir etwas Urlaub redlich verdient.«

»Und morgen können Sie ihn auch nehmen. Vorher aber haben wir noch eine Einladung in Subduktionszone 540, als Ehrengäste des Geomantie-Instituts.«

»Aber Sie sagten doch, Sie haben Ihre Vorlage, richtig? Also warum –«

»Ich habe sehr hart für diese Einladung gekämpft. Das

Institut ist bekannt für seine Verschwiegenheit. Keinem Uneingeweihten wird je der Zutritt in die tieferen Zonen gewährt. Sie halten sogar die genauen Koordinaten geheim. Es ist leichter, das All zu erforschen, als in die tiefen Zonen vorzudringen, wo die Geomanten ihre Magie wirken. Es wäre eine schreckliche Beleidigung, ihre Einladung auszuschlagen, und für mich als Ratspräsidenten absolut blamabel.«

Ellis schaute sehnsüchtig den Eintopf an.

»Wir müssen auch nicht lange bleiben. Ich bin sicher, dass die Geomanten uns gar nicht länger als nötig dahaben wollen. Wir schauen vorbei, sagen Hallo und verabschieden uns wieder. Und danach helfe ich Ihnen, Pax zu finden – einverstanden?«

»Gleich danach?«

»Versprochen.«

Ellis nickte widerstrebend.

»Herrlich!« Pol zückte den Portalöffner. »Das sollte sehr interessant werden. Ich war noch nie in den tiefen Zonen – wie gesagt, niemand, der nicht dem Glauben an Astheno angehört, kommt zu dieser Ehre – und Zone 540 soll angeblich das Herz von allem sein. Auch sehr warm, soweit ich weiß. Bereit?«

Das Geomantie-Institut war in keiner Weise mit dem Rest von Hollow World vergleichbar. Innerhalb einer Woche war Ellis auf dem Mars gewesen und hatte Olympus Mons gesehen, er hatte aus den tiefsten Tiefen des Ozeans emporgeblickt und die ältesten Hinterlassenschaften der Menschheit besucht. Doch all das verblasste im Vergleich zur Subduktionszone

540. Der beste Vergleich, der Ellis einfiel, war eine epische Wagnerinszenierung Nidavellirs – der Schmiede der Götter: schön in ihrem höllischen Schrecken, dem Sprühregen geschmolzenen Gesteins, dessen spinnennetzartige Eingeweide chaotische Muster formten. Die Strukturen des jungen Fels bildeten die schattenhafte Silhouette einer natürlichen Fabrik am Ufer des vulkanischen Unterweltflusses. Lavafälle ergossen sich in glühende, blubbernde Seen, deren Ausdünstungen Ellis in den neuen Lungen brannten. Ihm wurde schlecht, und die Härchen auf seinen Armen kringelten sich in der sengenden Hitze, als hätte er gerade einen vorgeheizten Ofen betreten. Markerschütternde Schläge wie von einem riesenhaften Hammer auf dem Amboss der Welt schmerzten in seinen Ohren.

Dann zogen ihn kräftige Hände in einen hellen Flur.

Die Schläge erreichten ihn nun nur noch gedämpft; und wichtiger noch, Ellis bekam wieder Luft. Nur seine Augen tränten noch immer so schlimm, dass er kaum mehr als verschwommene Lichter sah.

»Willkommen im Geomantie-Institut«, rief jemand über die Schläge hinweg. »Ich bin Geo-12, Ihr Gästeführer. Sie müssen etwas Nachsicht mit mir zeigen, denn ich habe das noch nie gemacht – wir hatten noch nie Gäste hier.«

Ellis fühlte, wie ihm jemand mit Handschuhen die Hand schüttelte – der erste ordentliche Händedruck, den er bekam.

»Sie müssen Ellis Rogers sein – was für eine Ehre, Sie kennenzulernen.«

»Wieso haben Sie mir derart exponierte Koordinaten übermittelt?«, beschwerte sich Pol.

»Jeder kommt das erste Mal hier raus. Sogar die Initianden müssen in ihrem ersten Jahr diese Koordinaten benutzen und aus eigener Kraft den Weg in die Tunnel finden. Das lehrt sie Respekt und erinnert sie an die sehr realen Gefahren der Arbeit hier in den Tiefenzonen. Oben in der Litho gebrauchen sie Begriffe wie *Kern* oder *Astheno*, als ob sie etwas Mythisches wie Drachen oder das Totenreich bezeichnen. Hier unten sind sie unsere unbequemen Nachbarn.«

Ellis wischte sich zum wiederholten Mal die Augen. Allmählich konnte er wieder etwas erkennen, obwohl sie noch immer tränten, als hätte er Zwiebeln geschnitten. Fast alles um ihn herum war in gleißendes gelbes Licht getaucht.

»Folgen Sie mir«, bat Geo-12.

»Ich sehe noch etwas schlecht«, sagte Ellis.

»Das macht nichts. Gehen Sie einfach nur geradeaus – ich lasse es Sie schon wissen, wenn Sie in einen Teich flüssigen Peridotits zu fallen drohen. Das passiert uns nur noch äußerst selten.«

»Äußerst selten?«

Er hörte Gegluckse.

Ellis tat einen Schritt nach vorn. Der Boden unter seinen Füßen war arschglatt. Mit der Zeit wurden die Geräusche leiser und die Luft frischer.

»Die eigentliche Gefahr hier unten sind die Gase – wie Sie wohl schon gemerkt haben. Mithilfe der Portaltechnologie können wir uns durch Wurmtunnel bewegen. Ist auch die einzige Möglichkeit – nichts hier unten kann der Hitze widerstehen. Im Tunnel ist man aber nicht mehr richtig *hier*. Man ist in einem anderen *Hier* und schaut durch die Öffnung ins tosende, brennende Herz der Welt.«

Da klärte sich seine Sicht – und er erstarrte.

Sie standen inmitten einer Höllenlandschaft auf einem Balken aus Licht. Überall um sie herum war Lava.

»Besser als ein guter Kaffee, was?« Geo-12 grinste. »Ich arbeite schon seit Jahrhunderten hier, und dieser Spaziergang durchs Meer von Gehenna ist immer noch ein Erlebnis. Keine Sorge – wir hatten noch nie ein Tunnelversagen. Alles hier unten läuft dank ihr persönlich, und nichts kann sie stoppen.«

»Sie?«, wunderte sich Ellis über das Pronomen.

»Die große Lady.« Geo-12 machte eine allumfassende Geste. »Der Planet – Mutter Erde. Sie ist ein gewaltiger, natürlicher Dynamo, der 44 Terawatt an Hitze erzeugt. Diese Tunnel sind letztlich nur eine Reihe verlängerter Portale mit festen Verbindungen. In tausend Jahren wurden sie kein einziges Mal abgeschaltet.« Geo-12 drehte sich um, sodass Ellis den Geomanten besser studieren konnte.

Geo-12 war nicht wie alle anderen. Die Unterschiede waren nur minimal, aber sichtbar. Genau, wie Sol etwas femininer gewirkt hatte, machte Geo-12 einen eher maskulinen Eindruck. Ellis fragte sich, ob das daran lag, dass die Nummer zwölf noch eine ältere Vorlage benutzt hatte, oder ob es spezielle Vorlagen nur für Geomanten gab. Ihr Gastgeber trug einen langen, grauen Mantel aus einem dicken Material, bei dem es sich um Leder oder vielleicht sogar Gummi handeln mochte. Eine dunkelblaue Schutzbrille hatte er lässig in die Stirn geschoben.

»Dies ist die Infrastruktur von Hollow World. Sie erhält die Menschen über uns am Leben. Die gute alte Gaia ist ein lebendiges Wesen – und keine zahme Löwin, wenn Sie verstehen, was ich meine. Sie macht sich auch nicht viel aus uns. Sie kümmert sich um ihre eigenen Angelegenheiten, strömt und dreht sich oder bäumt sich auf. Sie ist launisch – sie hat ihre ruhigen Phasen, ist aber auch reizbar, so wie jeder. Wir sind nur die kleinen Elfen, die ihr ins Ohr flüstern und die alte Dame zu beruhigen versuchen, wenn sie zu aufbrausend wird.«

»Und wie stellen Sie das an?«, fragte Pol.

»Die Erde ist wie ein riesiger Dampfkochtopf, der seinen Druck abbauen muss. Wir versuchen vorherzusagen, wo das als Nächstes geschieht und lassen ihn ab, bevor alles hochgeht. Bildhaft könnte man es auch so ausdrücken: Wir helfen der alten Dame furzen, damit sie Hollow World beim nächsten Stuhlgang nicht hinwegspült oder bis zur Unkenntlichkeit verwüstet.«

»Das kann wirklich passieren?« Ellis war erschüttert.

»Theoretisch ja – aber so weit kommt es nicht. Das letzte große Missgeschick war vor über tausend Jahren. Ich finde, wir leisten ganz ordentliche Arbeit. Für Sie war es noch schwieriger, oder?« Geo-12 schaute Ellis an. »Als Sie noch echtes Wetter hatten, meine ich? Jeder von uns hat Alte Meteorologie studiert – man kann viel daraus lernen. Sie hatten jährlich Hurrikans, Tornados, Blizzards und Brände. Wir haben hier unten mit denselben Problemen zu kämpfen – zwar können wir sie leichter verhindern oder unter Kontrolle bringen, dafür ist aber das Risiko einer Katastrophe viel größer. Von daher machen wir nicht gerne Fehler.«

Sie folgten dem selbstleuchtenden Tunnel bis zu einem zentralen Knotenpunkt, von dem aus sich Tunnel wie die Speichen eines Rads in alle Richtungen verzweigten. Die

Wände und Decken waren voller Bildschirme, die Bilder in wechselnden Farben zeigten. Schätzungsweise hundert Geomanten verfolgten das Schauspiel. In ihren Kitteln erinnerten sie Ellis an eine Versammlung verrückter Wissenschaftler.

»Dies ist das Gehirn – die Zentrale unseres Systems.« Geo-12 führte sie auf eine Empore, von der aus sie alles überblicken konnten. »Von hier aus überwachen wir den Kern, die Asthenosphäre, die Lithosphäre, die Konvektion und die Wärmeleitung. Das meiste kann von hier zentral geregelt werden, aber häufig müssen Teams außerhalb der Standardverbindungen operieren. Da wird es dann schnell gefährlich. Gase sammeln sich an, und jeder Schaden in einem Tunnel kann zum sofortigen Tod durch Verbrennung führen.«

»Wieso sollte jemand ... weshalb tun Sie das?«, fragte Pol völlig perplex.

Es war klar, dass Pol nicht begriff, wieso irgendwer freiwillig hier unten leben wollte. Wahrscheinlich waren die Bedingungen ähnlich wie die in Kohlengruben und Stahlwerken um 1900. Andererseits hatten diese Arbeiter gar keine andere Wahl gehabt – sie hatten das Geld gebraucht, um ihre Familien zu ernähren.

»Weil irgendwer es tun muss«, erwiderte Geo-12 so trocken, dass Ellis unwillkürlich an Gary Cooper denken musste. »Ist vielleicht das Einzige, das irgendwer noch tun muss.«

Tatsächlich war genau das die Antwort. Wieso saß Superman nicht auf einer Insel irgendwo in der Karibik und spielte den ganzen Tag Xbox? Wieso rannten Feuerwehrleute in Gebäude, aus denen alle anderen rausrannten? Wieso riskierten Menschen für Fremde ihr Leben im Kampfeinsatz, und wieso musste der Typ in *Lost* immerzu diesen dämlichen Knopf drücken? In einer Welt, in der fast nichts mehr wirklich wichtig schien – das hier war es noch.

Pol schaute nachdenklich in die brodelnde, wirbelnde Masse von flüssigem Fels hinaus. »Sie verhindern hier also Erdbeben?«

»Und lösen sie aus«, antwortete Geo-12. »Erdbeben, Vulkanausbrüche – es gibt 540 Vulkane auf dieser Welt. Die meisten davon nutzen wir als Auslässe. Sie manchmal kontrolliert etwas spucken zu lassen schützt uns vor einer wirklich schlimmen Explosion.«

»Und was würde geschehen, wenn diese Einrichtung eines Tages versagen sollte?«

Geo-12 setzte ein säuerliches Gesicht auf. »Eine vorübergehende Fehlfunktion oder Notabschaltung würde nicht viel …«

»Was wäre bei einem längeren Ausfall?«, hakte Pol nach.

Man sah dem Geomanten deutlich an, wie unangenehm ihm die Vorstellung war.

»Nun, die Platten würden bersten. Wir regulieren das alles nun schon so lange, dass ein plötzlicher Stopp katastrophale Folgen hätte. Was während des Großen Sturms auf der Oberfläche geschah, wäre gar nichts im Vergleich zu den Zerstörungen in Hollow World.«

»Und an der Oberfläche?«

Geo-12 zuckte die Achseln. »Dort gäbe es wohl auch Erdbeben und ein paar größere Vulkanausbrüche, bis der Druck sich wieder normalisiert hat, aber nichts Schlimmeres – es existiert ja auch nicht mehr viel, was kaputtgehen könnte.

Außerdem gibt es da oben freien Himmel, während wir in Hollow World eine Decke haben, die einstürzen würde. Davon abgesehen dürften sich viele natürliche Lavakanäle, die wir blockiert oder umgeleitet haben, wieder füllen. Es wäre das Ende der Welt, wie wir sie kennen. Zum Glück ist dieser Fall praktisch ausgeschlossen. Fast alles bei uns läuft automatisch. Wir haben unsere eigene Vox, wenn Sie sie so nennen wollen, die jede unserer Handlungen zur Sicherheit kontrolliert. Selbst wenn wir morgen alle nach Hause gingen, käme das Institut noch immer mit den meisten Schwierigkeiten klar. Allenfalls wäre mit kleineren Beben oder einem ungeplanten Ausbruch zu rechnen, aber nicht mit einer Katastrophe. Damit das Undenkbare passiert, müssten schon diese gesamte Einrichtung und alle ihre Mitarbeiter spurlos verschwinden.«

Im Anschluss hielt Ellis noch seine übliche Rede, die mittlerweile zu einer enttäuschend monotonen Angelegenheit verkommen war. Den Geomanten schien es nicht weiter aufzufallen. Sie interessierten sich vor allem für das Wetter und die Meteorologen seiner Zeit. Einer von ihnen kannte sogar noch Willard Scott, den Ellis vor allem als Darsteller von Ronald McDonald im Gedächtnis geblieben war. Mittlerweile war er wohl zu einer Art Held geworden. Ein paar waren enttäuscht, dass Ellis den Großen Sturm nicht erlebt hatte. Ellis dagegen empfand nur wenig Bedauern darüber, diesen Abschnitt der Geschichte übersprungen zu haben, insbesondere, als jemand dann fragte: »Stimmt es, dass die Menschen schon vor dem Verschwinden der Sonne dem Kannibalismus frönten?«

»Willkommen zurück, Ellis Rogers!« Alva klang wie ein schmachtendes Schulmädchen.

Ellis stand wieder in dem altvertrauten Esszimmer, doch alles fühlte sich anders an. Das Dekor war noch dunkler und schwerer, und aus denselben unsichtbaren Lautsprechern, die auch Alva benutzte, spielte eine bedrückende klassische Fuge. Würde er das Zimmer nicht wiedererkennen, wäre Ellis wohl zu dem Schluss gelangt, dass Pol ihn mitten in Draculas Burg abgesetzt hatte. Zumindest eines stand damit wohl fest: Vin war zu Hause.

Ellis drehte sich um und sah Pol noch im Büro des Ratsgebäudes stehen. Dann winkte ihm der Präsident zum Abschied zu und schloss das Portal. Seit dem Besuch im Geomantie-Institut hatte Pol angespannt gewirkt, und das Versprechen, ihm bei der Suche nach Pax zu helfen, schien vergessen. Ein wenig ärgerte sich Ellis darüber, andererseits war er ganz froh, Pol endlich los zu sein. Sie hatten einfach zu viel Zeit miteinander verbracht. Auch wenn Pol das behauptete oder vielleicht sogar glaubte – ihre gemeinsame Zeit war alles andere als »herrlich« gewesen.

»Ist jemand daheim?«, rief Ellis.

»Dass Vin da ist, habe ich Pol doch gerade gesagt, oder?«

»Kann schon sein, aber …«

»Aber das ist nicht, was du wissen willst.« In den Worten schwang eine Spur Trauer mit. Alva hätte Alan Turings alten KI-Test ohne Probleme bestanden: einem Menschen vorzugaukeln, dass er nicht mit einer Maschine, sondern einem anderen denkenden, fühlenden Wesen kommunizierte. Obwohl Alva sich selbst als eine Art Computer bezeichnet hatte, weigerte sich sein Verstand, das zu glauben. Er stellte sie

sich als etwas griesgrämige, aber liebenswerte Frau um die fünfzig vor, die immer gerade im Raum nebenan war. Alva war Pax' Mutter.

»Ist Pax daheim?«

»Nein, ich fürchte …«

»Sie sind also zurück.« Vin betrat das Esszimmer, noch immer wie das Phantom der Oper gekleidet, diesmal sogar mitsamt Cape. Entweder war Vin nicht erfreut, ihn zu sehen, oder es war einfach nur die übliche schlechte Stimmung, die Ellis entgegenschlug. Leider hatte er keine Vergleichsmöglichkeit, da Vin ihn bislang immer so behandelt hatte. »Wahrscheinlich wollen Sie noch mehr Schaden anrichten? Tut mir leid, Sie zu enttäuschen, aber Pax ist nicht da.«

»Wissen Sie, wo …«

»Woher sollte ich das wohl wissen? Woher soll irgendwer das wissen, nachdem Sie Pax den PICA aus der Schulter geschnitten haben? Eine stattliche Leistung für einen Schlächter wie Sie.«

Definitiv nicht erfreut, mich zu sehen, nein. »Soll das heißen, dass Pax nie zurückgekehrt ist?«

»Nur kurz. Völlig aufgelöst. Mitsamt Ihrer mörderischen Waffe.« Vin hatte sich vor Ellis aufgebaut, die Arme verschränkt, funkelnde Augen unter der weißen Halbmaske. »Ich wollte reden. Ich habe es wirklich versucht. Sie aber haben Pax so tief verletzt, wie Sie nur konnten, nicht wahr? Hat mir gar nicht mehr zugehört. Alles, was ich noch sah, war Verzweiflung – das war Ihr Werk! Und diese Waffe – erst treiben Sie das arme Ding an den Rand des Abgrunds, dann drücken Sie ihm noch ein solches Werkzeug in die

Hand! Als schenkten Sie einem fantasiesüchtigen Holoholiker eine Rot-3-Illusion! Ist es nicht so?«

»Was wollen Sie damit andeuten?« Ellis spürte, wie sich ihm der Magen zusammenschnürte. »Das soll doch nicht etwa ... hat Pax irgendetwas getan? Wollen Sie sagen, dass Pax – etwas mit meiner Pistole gemacht hat?«

Sein Herz schlug wie wild, seine Hände zitterten. *Das darf einfach nicht wahr sein – bitte, Gott, lass das nicht wahr sein!*

Vin marschierte von ihm weg, drei schnelle Schritte, die Fäuste geballt, als gälte es, einen Drang zum Töten zu unterdrücken. »Waren alle Leute zu Ihrer Zeit so dämlich? Deshalb hatten Sie wahrscheinlich auch Kriege, was? Krieg, Mord, Vergewaltigung und Folter. Selbstsüchtig und so einfühlsam wie der Beton, mit dem Sie den Planeten fast erstickten! Ein Rudel in Höhlen hausender Neandertaler, die aus Gier und zum Spaß andere Lebewesen umbrachten.« Vins Stimme wurde immer schriller, beinahe hysterisch. »Da Sie es wohl nicht begriffen haben, lassen Sie es mich Ihnen noch einmal erklären: Pax ist keine sonderlich stabile Person. Deshalb wohne ich hier. Deshalb tue ich mir dieses ganze Elend an.«

Das Licht flackerte.

»Leg dich jetzt nicht mit mir an, Alva!«, schrie Vin und trat wieder auf Ellis zu. Das Phantom hatte noch immer die Fäuste geballt.

Vin will mich tatsächlich schlagen – aber mir etwas von einfühlsam erzählen! Neandertaler also, was? Na los doch, komm und trau dich!

»Pax hat eine lange Krankengeschichte – eine Geschichte der Schwäche.« Vin senkte den Blick, öffnete eine Hand und strich langsam mit den Fingern über den Esstisch. »Eine wunderbare Person … Sie wissen das nicht – weil Pax es niemals erwähnen würde –, aber Pax hat Tausenden von Leuten geholfen, Menschen ohne Hoffnung, Menschen, die bereits aufgegeben hatten. Wir haben zwar nicht mehr die Art von Gewalt, die Sie einst kannten, aber die Menschen werden immer noch wütend. Wir haben die Wut tief in uns eingesperrt, doch sie ist wie ein Gift, vor dem sich unser Bewusstsein irgendwie schützen muss. Nur ist es so, dass wir im Gegensatz zu Ihnen keine Möglichkeit mehr haben, diesen Zorn und unsere Frustration jemals auszuleben. Alles, was uns bleibt, sind Depressionen und Selbsthass. Selbst das IBS ist an diesem Problem gescheitert. Emotionen sind kompliziert, heißt es. Ähnlich wie Nerven – wenn Sie die falschen erwischen, verliert ein Mensch vielleicht jede Empfindung oder sogar seinen Lebenswillen. Oder Sie erschaffen einen Psychopathen. Den wirklich schlimmen Fällen konnte nie jemand helfen. Manche Schlichter halten es sogar für ansteckend – eine emotionale Infektion. Sie nannten schwere Depressionen den neuen Schwarzen Tod.«

Vin schaute Ellis in die Augen. »Können Sie sich das vorstellen? In einem unsterblichen Körper zu leben und einer Ewigkeit des Schmerzes und des Unglücks entgegenzusehen? Das war stets unser aller größte Angst. Eine endlose Abwärtsspirale der Depression. Der Schwarze Tod kannte wenigstens eine Erlösung.«

Vin breitete die Hände auf dem Tisch aus und zeichnete kleine, unsichtbare Figuren auf dem glänzenden Holz. »Es gab einmal einen Künstler. Die Seuche befiel bekanntermaßen kreative Geister besonders häufig, und dieser Künstler – ein Genie, da waren sich alle einig – litt jahrelang furchtbare Qualen, alles im Geheimen. Die Wahrheit drang erst nach außen, als besagter genialer Geist es nicht länger ertrug: Er nahm einen Löffel und stach sich die Augen aus.« Vins Hände hielten still. »Er glaubte, er verdiene es nicht, Schönheit zu sehen. Er dachte, er sei seiner eigenen Gabe nicht würdig. Sechs paar Augen gingen so dahin – das IBS setzte ihm einfach immer neue ein. Doch es machte keinen Unterschied. Der Verlust des Augenlichts milderte nicht seinen Schmerz. Nichts vermochte das. Und niemand konnte ihm helfen, denn niemand konnte je den Grund seines Unglücks verstehen. Die Einsamkeit, die Hilflosigkeit ... es war wie ein sich selbst verstärkender Kreislauf. Und der Brunnen wurde immer tiefer und dunkler.

Den anderen Leuten tat der Künstler leid, und aus lauter Mitleid mieden sie den armen Teufel. Die Lage war hoffnungslos. Dann kam Pax. Pax war einfach unglaublich, unfassbar. Was niemand sonst verstand, Pax erfasste es sofort. Pax konnte das Dunkel betreten, darin verweilen, sich ihm stellen. Und Pax konnte die Dunkelheit zerreißen, damit wieder Licht einfiel. Allein das Wissen, dass jemand ihn verstand und er nicht mehr allein war, bedeutete dem Künstler mehr als alles andere. Mit der Zeit ging es ihm wieder besser. Und dasselbe hat Pax noch für viele andere Menschen getan.«

Vin holte tief Luft und hob kurz die Maske, um sich die Tränen abzuwischen. Da sah Ellis die kleinen weißen Narben um die Augen.

»Doch ein solches Einfühlungsvermögen hat auch seinen Preis. Pax empfindet tiefer und stärker als wir anderen.

Dieses Geschenk ist in Wahrheit ein Fluch, glaube ich. Vielleicht bleiben Spuren der Seuche, von der Pax andere Menschen befreit, auch zurück. Ich weiß es nicht. Aber Pax ist so schrecklich zerbrechlich – und feinfühlig – wie unsere Fingerspitzen.« Vin spielte gedankenvoll mit den Händen. »Wären sie nicht so leicht reizbar, könnten sie nicht ihre Aufgabe erfüllen; doch aus dem gleichen Grund sind sie auch schmerzempfindlicher. Genau wie Pax.«

Vin ließ sich auf dem nächsten Stuhl nieder und starrte in Richtung der Orgel ins Leere.

»Was genau ist passiert?«, fragte Ellis. »Wieso hat Pax ... wieso mussten Sie hier einziehen?«

»Ich weiß es nicht genau. Pax hat es mir nie erzählt. Ich hörte nur von gemeinsamen Freunden, dass Pax in einer Klinik unter Beobachtung stand. Keiner wusste, was zu tun war. Was Pax gebraucht hätte, wäre Pax gewesen – jemanden, der bis ins Innere schauen und die Dämonen dort begreifen kann. Doch jemanden wie Pax gibt es nicht zweimal. Und trotzdem ... Ich meldete mich freiwillig, hier einzuziehen, um Pax zu helfen und zu beschützen. Ich hätte alles getan, verstehen Sie, einfach alles – nur dass ich eben nicht Pax bin. Ich konnte nicht dasselbe Zauberkunststück vollbringen. So musste ich mit ansehen, wie die Depression schleichend erneut Einzug hielt. Und dann kamen Sie.« Vin schaute ihn finster an. »Ich wusste, dass Sie Ärger bedeuten. Ich sah die Hoffnung in Pax aufkeimen und wusste genau, wie gefährlich das war. Wie ein Ei über einem Steinboden zu balancieren. Der Fall war unausweichlich, und keine Macht der Welt konnte ihn aufhalten. Pax ist eine unermessliche Schatzkammer ... und Sie haben sie zerstört.«

»Wollen Sie damit etwa sagen, dass Pax tot ist?« Ellis schwindelte. Sein brandneues Herz drohte zu zerspringen. *Nicht noch einmal – ich darf das nicht noch einmal getan haben!*

»Wahrscheinlich schon.«

»*Wahrscheinlich?* Was verdammt soll das jetzt wieder heißen?«

»Pax war in ziemlich schlechter Verfassung nach Ihrem letzten Treffen, und diese alten Schusswaffen besitzen keine echten Sicherheitsvorkehrungen. Schließlich haben sie keine Notabschaltung, die Schäden an lebendem Gewebe vermeidet, wenn man sie jemandem an den Kopf drückt, oder? Und an der Oberfläche gibt es auch keine Vox, die Hilfe rufen könnte. Dank Ihnen fliegt die einzige Möglichkeit, Pax zu finden, irgendwo in der Nähe des Neptun herum.« Vins Lippen bebten. »Ich habe seit fünf Wochen kein Lebenszeichen mehr von Pax erhalten.«

»Hören Sie zu, ich bin bloß gekommen, um zu sehen, ob Pax zurück und wohlauf ist. Ich wollte reden – wollte sagen, dass es mir leidtut. Ich wäre ja früher gekommen, aber ich bin leider gestorben. Erst vor einer Woche bin ich wieder aufgewacht. Pol sagte, Pax wäre nicht hier, und wollte, dass ich …« Ellis ließ die Schultern hängen. Ihm war, als hätte er auf einmal eine schwere Last zu tragen. »Spielt keine Rolle. Hat schon irgendwer nach Pax gesucht?«

»Natürlich!« Vin weinte nun unverhohlen. Die Tränen rannen unter der Maske hervor und hinterließen glitzernde Spuren auf Wange und Kinn. Doch kein lautes Schluchzen, nur die bebenden Lippen. »Ich habe jeden von Pax' Freunden kontaktiert – und das ist eine halbe Armee. Falls Pax jemals vorhätte, die Welt zu erobern, wäre das nicht weiter schwer … Aber vergebens – wir suchen seit Wochen und haben doch nicht die geringste Spur gefunden. Ich für meinen Teil bin so gut wie sicher, dass man Pax eines Tages an irgendeinem abgeschiedenen Ort an der Oberfläche finden wird, Ihre zu Ihrer Zeit wohl auch als Wumme bezeichnete Waffe in der kalten Hand. Wahrscheinlicher noch ist aber, dass man Pax niemals findet.«

»Gibt es denn gar keine Möglichkeit?«

»Die Erde ist groß. Ich hoffe nur, dass es regnet, wo immer Pax sich auch aufhalten mag. Pax hat den Regen immer geliebt, wissen Sie?«

12

Die Zeit ist reif

Am liebsten wäre Ellis sofort auf die Suche nach Pax gegangen, doch es dauerte nur etwa fünf Minuten, bis ihm klar wurde, dass das keinen Sinn hatte. Er wusste ja nicht einmal, wo er mit der Suche beginnen sollte. Wenn Vin und Pol es nach über einem Monat nicht geschafft hatten, was für eine Chance hatte er da schon? Ellis hatte ja noch nicht einmal einen Portalöffner.

Die Blätter wurden allmählich gelb, und es war etwas kühler als noch vor fünf Wochen, doch sonst hatte sich wenig auf der Farm geändert. Die vielen Zeitsprünge waren verwirrend, so als ob er ziellos im Buch seines Lebens herumblätterte. Ehrlich gesagt kehrte er auch weniger aus echtem Verlangen als mangels besserer Alternativen zurück. Nur zu gern hatte Vin ihm ein Portal nach Greenfield Village geöffnet. Hauptsache, Ellis verschwand wieder – wenigstens in diesem Punkt waren sich beide einig gewesen. Bei Warren und den anderen war er immerhin willkommen; außerdem hatten sie ihm schließlich das Leben gerettet. Die ganze Idee mit dem Neuen Amerika begeisterte ihn dagegen immer weniger. Hollow World war längst nicht so schrecklich, wie Warren es darstellte. Im Gegensatz zu ihm hatte er die Schönheit Hollow Worlds mit eigenen Augen gesehen, und sein Treffen mit Sol hatte ihn in seiner Meinung bestätigt. Eine Welt ohne Beschränkungen, ohne Angst oder Schmerz – war das nicht, wie die meisten Menschen sich das Paradies vorstellten? Und trotzdem fühlte dieses Paradies sich seltsam leer an. Nicht, weil es zu wenig Herausforderungen oder Individualität gäbe – davon hatte er auch so schon genug. Doch aus einem ebenso einfachen wie unerwarteten Grund kamen ihm sowohl Warrens Neues Amerika als auch Hollow World trostlos und ohne Belang vor: In beiden fehlte Pax.

Alva hat eine Vorlage für heiße Schokolade gefunden, die Sie unbedingt probieren müssen.

Er erinnerte sich noch gut, wie er vor dem offenen Portal gestanden und das Esszimmer gesehen hatte.

Ich hätte einfach hindurchgehen sollen. Wo genau lag mein Problem? Wieso habe ich es nicht getan? Ich hätte es ja, wenn mir klar gewesen wäre, wie viel es Pax bedeutet …

Er dachte an Pax' Gesicht und dieses eine, verzweifelte Wort: *Bitte.*

Eine weitere schlechte Entscheidung; ein weiterer Tod, der auf seinem Gewissen lastete.

Ellis verharrte am Ende der Firestone Lane, dann lenkte er seine Schritte auf das alte Farmhaus zu. Was immer die Zukunft für ihn bereithielt, dies würde sein neues Zuhause sein. Wohin sonst sollte er auch gehen?

Im Haus erwarte ihn nur Yal, wie immer beim Kochen.

Ellis hatte keine Uhr – die Sonne war sein einziger Zeitmesser. Später Nachmittag, schätzte er. Vielleicht fünf. Doch angesichts des nahen Herbstes und der kürzeren Tage vielleicht auch erst vier? War es September oder Oktober?

Die Maisstauden auf dem Feld waren braun. Wann hatten sie früher in Michigan so ausgesehen? Hatte sich das Klima verändert? Es ärgerte ihn, dass seine Bezugspunkte sich dauernd verschoben. Kaum, dass er sich eingewöhnt hatte, kam er wieder durcheinander.

»Master Ellis Rogers.« Yal senkte den Kopf, verbeugte sich fast. Aus dem Ofen roch es nach frischem Brot, auf dem Herd blubberte es in den Töpfen, und auf der Arbeitsfläche lagen geschnittene Karotten und Zwiebeln wie aufgefächerte Spielkarten übereinander. Yal trug eine bekleckerte Schürze und hielt ein Spültuch in der einen, ein Fleischermesser in der anderen Hand.

»Master?«, wiederholte Ellis. Der Klang des Wortes gefiel ihm nicht, schon gar nicht auf einer altmodischen Farm wie dieser.

Yal nickte. »Master Ren hat verfügt, dass man ihn und Sie auf eine Art und Weise anredet, die Ihrem Stand in unserer Gemeinschaft Rechnung trägt.«

»Unserem Stand? Wie genau sieht der aus?«

»Sie sind unsere Mentoren und Vorgesetzten, unsere geistigen Führer.« Yal schob die Karottenscheiben mit der Klinge zusammen und warf sie in einen brodelnden Topf.

»Aber ›Master‹? Wie wäre es mit ›Mister‹, ›Sir‹ oder meinetwegen ›Sensei‹, wenn Sie uns für so schlau halten?«

»Ich glaube, Master Ren fand *Master* einfach angemessener.«

»Yal!« Rob kam über die Veranda getrampelt und stürmte schwitzend und verdreckt zur Tür hinein, einen Rohrstock drohend in der Hand. »Du faule Sau! Schaff deinen Arsch gefällig…« Da merkte Rob, ehemals Ved Zwei, dass sie nicht allein waren, und senkte rasch den Stock. »Oh ... Mir war noch gar nicht aufgefallen, dass Sie zurück sind, Master.«

Die spezielle Anrede zusammen mit dem Stock weckte böse Erinnerungen an die Zeit der Sklavenhaltung.

»Ich wollte Yal nur eben etwas Verstand einbläuen. Ist gelegentlich einfach nötig.«

Was für einen Ort will Warren hier errichten?

»Aber wieso?«, fragte Ellis. »Sie sehen doch, Yal ist bei der Arbeit.« Er deutete auf die geschälten Kartoffeln, das geschnittene Gemüse.

»Das spielt keine Rolle.« Rob tätschelte den Stock. »Es geht rein um die Hackordnung. Ved Eins – also Bob – schlägt mich, also darf ich Yal schlagen.«

»Und ich darf dann Mib schlagen, richtig?«, vergewisserte sich Yal.

»Aber klar doch.«

Ellis konnte nicht den Blick von dem Stock in Robs dreifingriger Hand wenden. Er war fast daumendick und hatte noch Rinde und hellgrüne Stellen, wo Rob die Zweige abgeschnitten hatte. *Es gibt 'ne Hackordnung in Gottes Welt,* hatte Ricky die Ratte ihn einst belehrt, *und in der kommst du ganz zum Schluss.*

»Aber Yal hat doch gar nichts falsch gemacht!«, protestierte Ellis. »Das ergibt keinen Sinn.«

»Wer mit der Rute spart, verzieht das Kind«, dozierte Rob. »Nur die Stärksten überleben. Wir wollen hier keine Schwachen. Die Mitglieder der Firestone-Familie müssen hart wie Fels sein, um die kommenden brutalen Zeiten durchzustehen. Yal ist nach wie vor der neue Rekrut. Master Ren will, dass wir die Neuen abhärten. Sie einweisen, wie das hier bei uns funktioniert.«

»Machen Sie Witze?«

»Äh – nein, Master.« Rob sah verwundert drein. »Das kommt direkt von Master Ren. Er will, dass wir alle so zäh wie er selbst werden. Tatsächlich versuche ich Yal nur zu helfen. Master Ren hat auch verfügt, dass wir alle als ein *Er*, eine *Sie* oder ein *Es* eingestuft werden, je nachdem, wie wir uns betragen. Da wir bald unter echten Menschen leben werden – sobald die Frauen eintreffen –, sollen wir uns schon mal vorbereiten. Momentan steht Yal als eine *Sie* auf der Liste.«

»Und was ist verkehrt daran, eine Sie zu sein?«

Wieder der verwirrte Ausdruck. »Master Ren sagt, dass Frauen den Männern unterlegen sind. Yal will also bestimmt keine Frau sein, wird es aber noch, wenn ich seinen Arsch nicht auf Vordermann bringe.«

»*Seinen* Arsch?«

»Ja, Master Ren findet, dass Yal die Absätze vielleicht etwas zu hoch trägt.«

»Yal trägt nicht einmal Schuhe.«

»Ich habe das nicht wörtlich gemeint. Ich meinte …«

»Ich weiß genau, was Sie meinten. Warren hat Ihnen offensichtlich eine Menge beigebracht. Schade nur, dass er die Lektion zum Thema Sarkasmus übersprungen hat.«

Rob schaute ihn nur verunsichert an.

Ellis war wütend. Wütend auf Rob, dass er blindlings Befehle befolgte, und wütend auf den Koch, der seine Prügel mit Freuden über sich ergehen ließ, solange er nur dasselbe mit den nächsten Rekruten anstellen durfte. Ellis war wütend auf Warren, ein solch grausames System geschaffen zu haben; vor allem aber war er wütend auf sich selbst. Gründe dafür gab es mittlerweile ja genug.

»Wo steckt der gute *Master Ren* denn überhaupt?«

»Im Dorf – Menlo Park, in Edisons Labor.«

»Ich glaube, ich sollte mich einmal mit ihm unterhalten.«

Im Hinausgehen blieb er noch einmal stehen. Kurzerhand entriss er Rob den Stock. »Sie werden niemanden mehr schlagen.«

»Aber Master Ren …«

»Ja, ich weiß. Master Ren mag Schläge allerdings etwas zu sehr, und wenn ich hier leben soll, wird sich das ändern müssen.«

Ellis marschierte zurück über die Firestone Lane. Im Nachhinein wurde ihm klar, dass er Warren die letzten Jahre viel zu oft in Schutz genommen hatte. Warren hatte häufig die Kontrolle verloren, und Ellis hatte seinen Freund aus mehr als einer Kneipenschlägerei gezerrt, deren Anlass meistens eine dumme Bemerkung von Warren gewesen war. Dann das eine Mal, als er Warren besucht hatte und Kelly, Warrens zweite Frau, die Tür mit der verspiegelten Sonnenbrille ihres Mannes auf der Nase geöffnet hatte. Doch weder die großen Brillengläser noch das Make-up oder ihr langärmliges Hemd hatten die geschwollene Lippe verbergen können.

»Bin auffer Treppe gestürzt«, war alles, was sie unter Warrens wachsamem Blick dazu gesagt hatte.

»Vielleicht solltest du dich lieber nach einem Haus ohne Treppe umschauen«, hatte Ellis vorsichtig erwidert, unsicher, ob sie verstand, was er wirklich damit meinte – Kelly war versteckten Anspielungen gegenüber leider immer ähnlich resistent gewesen wie Rob. Damals war er kurz davor gewesen, Warren offen die Stirn zu bieten.

Es hatte bloß zweitausend Jahre gebraucht, aber Ellis Rogers lernte aus seinen Fehlern.

Es war an der Zeit, dass Warren auch die zweite Hälfte der Bibel kennenlernte.

Das Edison-Labor lag auf der anderen Seite des Dorfes, nicht weit von dort, wo Geo-24 getötet worden war und Ellis Pax zum ersten Mal getroffen hatte. An jenem Tag hatte er sich nicht weiter um das imposante Gebäude gekümmert, das mit seiner weißen Holzfassade und den dekorativen Pfosten vor dem Eingang ein wenig wie ein alter Bahnhof aussah. Das runde Sprossenfenster unterm Dach hatte Ellis immer an das Fadenkreuz eines Zielfernrohrs erinnert. Es handelte sich nicht mehr um das ursprüngliche Labor – als Ford es in den Zwanzigerjahren umziehen wollte, waren die Gebäude bereits verfallen gewesen. Also hatte er diese Replik auf Grundlage alter Fotos und Fundstücke fertigen lassen. Ellis nahm an, dass es keinen großen Unterschied zwischen der Dearborn-Version und dem Original in New Jersey gab.

Er passierte die grünliche Bronzestatue am Rand des von einem Lattenzaun begrenzten Komplexes. Edison saß großväterlich auf einem Felsen, als würde er jeden Moment eine geniale Einsicht verkünden. Da entdeckte er in der Ferne eine Person. Es ließ sich nicht erkennen, ob sie einen Namen auf der Brust trug, doch dem Outfit nach zu urteilen handelte es sich entweder um ein Mitglied der Firestone-Familie, oder die Mennoniten Pennsylvanias hatten nicht nur unbemerkt überlebt, sondern machten gerade einen Ausflug ins Henry-Ford-Museum. Wer immer es war, war bereits ins Labor verschwunden, bis Ellis die Christie Street und den Eingang erreichte. Als er kurz darauf gleichfalls das Gelände betrat, wurde er schon von Warren erwartet.

»Na, wenn das nicht Mr. Rogers ist. Der verlorene Sohn.« Warren stand unter der kleinen Arkade am Eingang, das Hemd hochgeschlossen, die Ärmel aber zu den Ellbogen hochgekrempelt. Seine Hände waren ölverschmiert. »Wie geht's denn so?«

»Ich dachte, ich wäre jetzt *Master* Rogers?«, fragte Ellis. »Müssen sie uns denn jetzt nicht so nennen?«

»Allerdings. Dachte mir, es kann nicht schaden, sie frühzeitig daran zu gewöhnen.«

»Du meinst an die Hackordnung?«

»Ganz genau.« Mit einem letzten Blick ins Labor legte Warren Ellis den Arm um die Schultern und führte ihn vom Eingang weg in den Hof, wo die Nachmittagssonne lange Schatten warf. Leiser fügte er hinzu: »Die Glatzköpfe sind ja so weit ganz nett, aber mal ehrlich: Eigentlich sind sie keine richtigen Menschen – nicht so wie du und ich, oder wie unsere Kinder mal sein werden. Das Problem ist, dass sie einfach nicht sterben. Wir werden uns ewig mit ihnen rumschlagen müssen. Von daher will ich, dass sie ganz genau wissen, wo ihr Platz in der neuen Weltordnung ist.«

Ihr Platz? Die neue Ordnung? Ellis war sich nicht ganz sicher, ob er in den alten Südstaaten oder in Nazideutschland gelandet war – doch wo auch immer, das Jahr musste wohl ungefähr 1936 sein. »Und welcher Platz genau wäre das?«

Warren schaute ihn misstrauisch an. »Was meinst du damit?«

»Ich komme gerade vom Haus, wo Rob Yal mit einem Stock schlagen wollte, einfach nur, weil er gerade an der Reihe war. Rob behauptet, das sei deine Idee gewesen. Stimmt das?«

»Ellis, diese Unterweltler haben absolut keine Ahnung von Autorität. Ich bin dabei, das zu ändern. Wir brauchen Disziplin, wenn wir loslegen. Die Leute müssen lernen, Befehlen zu folgen.«

»Weißt du, genau das meine ich: Wieso müssen sie das lernen? Ich kann ja nachvollziehen, dass du gerne wieder eine Frau und Familie hättest. Und ich verstehe absolut, wie erfüllend echte Arbeit mit echtem Nutzen sein kann. Aber dafür müssen wir doch keinen faschistischen Staat errichten! Wieso können wir keine Gemeinschaft von Gleichen sein?«

Warren schaute ihn an, als hörte er schlecht. Er hatte das auch in der Bar häufig getan, vorzugsweise, wenn sich jemand abfällig über Football oder Warrens vorsintflutliches Frauenbild geäußert hatte.

»Weil wir das nicht sind«, erklärte er. »Das ist doch Sozialistengeschwätz.«

»*Folgende Wahrheiten erachten wir als selbstverständlich: dass alle Menschen gleich geschaffen sind* – zweiter Satz der Unabhängigkeitserklärung, weiß du nicht mehr?« Ellis hatte die Stimme gehoben.

Warren verzog das Gesicht. »Dann wirf mal einen Blick erst in deine Hose und dann in ihre, Kumpel. Sind wir wirklich alle gleich?«

»Ich bin mir ziemlich sicher, dass Jefferson *alle* Menschen meinte.«

»Jefferson war schon ein ziemlich schlaues Kerlchen. Trotzdem hatte er selbst genug Sklaven auf seiner Plantage am Start. Hatte also schon mal keine Probleme damit, zwischen freien Menschen und ihren Leibeigenen zu unterschieden. Tatsache ist, Menschen sind eben nicht alle gleich. Du bist schlauer als ich, ich bin stärker als du. Das sind die Fakten. Die Menschen wünschen sich immer, dass sie alle gleich wären, aber wir sind es einfach nicht. Niemand ist gleich – außer vielleicht die Glatzköpfe. Das ist genau ihr Problem, und das wissen sie auch. Deshalb sind sie ja hier. Du und ich, wie beide wissen, wie das Leben in einer richtigen Gesellschaft aussieht. Wir kennen Initiative und den Ansporn des Wettbewerbs. Echte Männer scheuen nicht vor einem Kampf zurück. Wir sind in der Lage, auf uns selbst aufzupassen. Und wenn die Kacke erst richtig am Dampfen ist, sind wir auch diejenigen, die wissen, was zu tun ist. Das macht uns wertvoller und wichtiger als sie. Das soll jetzt keine Beleidigung sein, sondern ist einfach eine naturgegebene Tatsache. Klar, wir werden hier schon alle irgendwie gleich sein, aber ein paar sind eben gleicher als die anderen.«

»Das haben die Schweine ebenfalls gesagt.«

»Häh?« Warren kniff skeptisch die Augen zusammen.

»Die Schweine in George Orwells *Farm der Tiere.* Die sagten das Gleiche.«

»Nie gelesen.«

»Es hätte dir gefallen. Kurz und leicht zu lesen. Geht um korrupte Herrscher und Revolutionen – im Grunde ein Angriff auf den Kommunismus.«

Warren verzog das Gesicht. »Jetzt red keinen Scheiß. Seh ich vielleicht aus wie Stalin? Die neue Gesellschaft wird von uns beiden errichtet, nicht von irgendwelchen gierigen Politikern, reichen fetten Schnöseln oder intellektuellen Elitisten – nur wir beide, zwei ganz normale Leute von der Straße, und wir werden nicht die gleichen Fehler wie die anderen machen.«

»Ich bin mir ziemlich sicher, dass die anderen dasselbe sagten.«

»Jetzt hör mal bitte mit der Klugscheißerei auf, okay? Hör zu: Wir wissen beide noch gut, wie's in unserer Kindheit aussah. Das Leben in den Fünfzigern war einfach perfekt. Die Frauen erzogen die Kinder, die Männer beschafften das Geld. Die Kinder wuchsen glücklich und behütet auf, und die Regierung mischte sich nicht weiter ein. Jeder wusste, wo sein Platz war, und Amerika schnurrte wie ein gut getunter Sportwagen. Ich versuche doch nur, uns wieder auf Spur zu bringen.«

Ellis fragte sich, ob Warren sich noch an ihre letzte Unterhaltung in der Bar erinnerte. Da sie für ihn schon Jahre zurücklag, bezweifelte er das. Außerdem war das Gedächtnis seines Freundes noch nie allzu gut gewesen, schon als Kind nicht. Wahrscheinlich hatten sie einfach oft genug über die »gute alte Zeit« geredet, dass sich das Thema permanent in Warrens Hirn eingebrannt hatte. Nostalgie war das Lieblingsthema an jeder Theke, und sie hatten sich ihm mehr als einmal hingegeben.

»Woher willst du wissen, wie das Leben damals wirklich war? Woher sollte ich das wissen? 1959 waren wir drei Jahre alt. Du hast in deinem Kopf eine Welt erfunden, die so nie existiert hat – falsche Erinnerungen aus Fernsehserien, die du für bare Münze genommen hast. Die Fünfziger hatten ihre eigenen Probleme.« Ellis versuchte nicht nur Warren zu überzeugen. Eigentlich sprach er nur seine Gedanken laut aus, weil er verzweifelt nach einer schlauen Erwiderung suchte.

Warren rollte mit den Augen.

»Ernsthaft«, sagte Ellis. »Denk mal bitte kurz darüber nach. Wo es um die Vergangenheit geht, sehen wir beide doch das größere Bild. Ich glaube, das Gehirn hat so seine Art, die schlechten Erinnerungen auszusortieren. Wenn ich an Peggy zurückdenke, erinnere ich mich kaum noch an die Streitereien oder Enttäuschungen. Ich erinnere mich nur an die guten Momente. Die Leute behaupten immer, die Jahre auf der Highschool wären die besten ihres Lebens gewesen, doch ich bin mir sicher, wenn einer von denen wirklich zurückreisen würde und sich wieder mit seinen Eltern, den Lehrern, Verboten und dem dämlichen Gruppenzwang herumschlagen müsste, dann würde er seine Meinung ganz schnell ändern. Als wir noch Kinder waren, was wussten wir da schon von der Welt? Wir haben auch noch an den Weihnachtsmann geglaubt, oder? Kinder sind von den echten Problemen abgeschnitten, von daher ist es ganz logisch, dass uns die Kindheit besser vorkommt.«

»Ja, schon klar, und für Frauen, Schwarze und die Schwulen waren die Fünfziger eh ganz schlimm, richtig? Ach, wie furchtbar. Schau dich mal um, Ellis! Die alle gibt es nicht mehr, und es wird sie auch nicht mehr geben, weil du und ich nämlich die Väter der neuen Menschheit sein werden.«

»Glaubst du wirklich, irgendeine Frau hat Lust darauf,

für dich das Heimchen am Herd zu spielen? Da hatten es ja sogar die Frauen in den Fünfzigern noch besser! Sie konnten wählen und rauchen und merkten irgendwann, dass es mehr im Leben gab als den Geruch von Bleichmittel. Manche ließen sich sogar scheiden und machten Karriere. Du aber hast was anderes im Sinn, richtig? Du hast dir einen Satz weiblicher Sklaven bestellt, die keine Widerrede geben. Papa weiß ja sowieso am besten Bescheid, stimmt's? Von daher passt das schon. Oder ist dir einfach alles egal, solange du nur deine Version der Vergangenheit leben kannst?«

Warren schaute ihn nur kopfschüttelnd an, als hätte Ellis endgültig den Verstand verloren. »Wir haben die Mittel, das Paradies auf Erden zu schaffen. Ich habe vor, sie auch zu benutzen.«

Ellis erwiderte Warrens Blick, während über ihnen eine schnatternde Gänseschar gen Süden zog. »Was ist das Paradies, Warren?«

»Was soll die Frage?«

Ellis hatte den starken Verdacht, dass das Paradies für Warren einfach nur die Welt war, wie *er* sie gerne hätte. Dass andere Menschen das vielleicht anders sahen – und das völlig zu recht – war ein Gedanke, der sich allenfalls flüchtig in der dunklen Ödnis seines dumpfen Verstands manifestierte.

»Lass es mich mal so erklären«, sagte Ellis. »Zu Thanksgiving wünschte sich doch immer jeder das Gleiche – zumindest gaben die Schönheitsköniginnen alle dieselbe Antwort, wenn man sie danach fragte. Ganz oben auf der Liste stand immer der Weltfrieden, danach kam bei allen ein Ende des Hungers, das Ende von Krankheit, Diskriminierung und dass niemand mehr Not leidet. Ist das denn nicht die Vorstellung vom Paradies? Dass jedes Verlangen gestillt ist? Genau das ist Hollow World, Warren. Das haben sie alles schon hingekriegt. Heißt das nicht, dass es das Paradies da unten längst schon gibt? Vielleicht erkennen wir es nur nicht, weil es uns so fremd vorkommt. Ist wahrscheinlich etwa so, wie im Lotto zu gewinnen: Jeder träumt davon, aber wenn es dann passiert, ist man auch nicht zufrieden, weil es nicht exakt so ist, wie man es sich vorgestellt hat. Selbst ein Lottogewinn löst nicht alle Probleme. Nichts ist jemals die Lösung für alles. Vielleicht erkennen wir Hollow World nicht als Paradies, weil es zwar perfekt ist, wir aber nicht.«

»Ist doch Scheiße, was du da redest.« Warren winkte ab.

»Wieso ist das Scheiße?«

»Weil's hinten und vorne nicht stimmt. Wenn keiner mehr ein Verlangen hat, ist das nicht das Paradies, sondern die Hölle.« Warren schaute wieder Richtung des Labors, dann klopfte er Ellis mit einer schwieligen Hand auf die Schulter und führte ihn noch ein bisschen weiter davon weg. »Den Fehler machen alle. Im Leben geht es immer um Konflikte – das *Streben* nach Glück –, das ist das Wichtigste im Leben, nicht das Erreichen. Der Weg ist das Ziel, mein Freund. Früher haben alle immer gefragt, wieso Gott so schreckliche Dinge zulässt. Sie haben einfach nichts verstanden. Ich hab's auch nicht kapiert, bis ich dann allein und eingeschneit in meiner selbstgebauten Hütte saß und mich von Würmern und Käfern ernährte. Da stand ich echt auf der Kippe – dachte, das war's jetzt, und ich kann guten Gewissens behaupten, dass ich das Leben nie zuvor so bewusst genossen habe. Jede Minute konnte über Tod und Leben entscheiden. Als dann der Frühling kam und ich wieder die Wärme der Sonne spürte und dieses herrliche, buschige Eichhörnchen verspeiste – Mann, da wusste ich wieder, dass ich am Leben war. Ich war ein Teil der Natur, so wie jedes andere Tier, das es durch das lange Dunkel geschafft hatte. Das Leben muss immer ein Kampf sein. So hat Gott das vorgesehen. Denk mal drüber nach – alles ist immer im Wettstreit miteinander. Heiß gegen kalt, Licht gegen Dunkel, die Schwerkraft gegen … was auch immer. Jedes lebende Wesen auf der Welt muss um sein Überleben kämpfen, sogar töten dafür. Selbst Pflanzen konkurrieren miteinander um Licht und Wasser. Das ganze Ökosystem basiert auf Konflikt. Wer hat das wohl so eingerichtet? Das war Gott, Ellis. Gott hat die ganze Welt wie einen Boxkampf geschaffen: Man betritt den Ring und kämpft, um zu gewinnen – oder man stirbt beim Versuch.«

»Nur die Stärksten überleben«, ergänzte Ellis. Anscheinend hatte Warren binnen eines Winters in seiner simplen Hütte vollbracht, woran sich Gelehrte jahrhundertelang die Zähne ausgebissen hatten: Wissenschaft und Religion unter einen Hut zu bringen.

»Ganz genau.« Warren nickte nachdrücklich. »Und dabei dachten alle immer, Darwin wäre ein Feind der Religion, doch sie haben nur nicht richtig zugehört. Sie wollten Gottes wahre Natur nicht erkennen.«

»Was, dass er ein Sadist ist?«

Warren zog eine Grimasse. »Das sagst du jetzt wieder bloß, weil du Konflikte für schlecht hältst. Sind sie aber nicht. Es ist wie mit dem Wettbewerb im Kapitalismus: Er hält das ganze System am Laufen. Denk doch mal nach! Wo läge noch der Reiz beim Monopoly, wenn man schon zu Beginn alle Straßen und alles Geld hat? Der Spaß liegt doch darin, dass man gewinnen will. Wenn man schon gewonnen hat, wozu soll man dann noch spielen?«

»Du glaubst also, Gott hat dafür gesorgt, dass niemand gewinnt?«

Warren klatschte in die Hände, dann legte er sich den Zeigefinger an die Nase. »Denk nur mal an die Geschichte: Jedes Mal, wenn wir ein Problem gelöst haben, gab's dafür zwei neue. Schaff den Hunger auf der Welt ab, und was passiert? Überbevölkerung. Entdecke Antibiotika, und du kriegst resistente Erreger. Die Welt schafft uns immerzu neue Probleme, damit wir Menschen immer was zu kämpfen haben – denn das tun wir am liebsten. Die Glatzköpfe aber, die kapieren das nicht. Die wollen alle Probleme einfach wegwischen und Konflikte völlig abschaffen, und es treibt sie in den Wahnsinn. Ihre Zeit verbringen sie damit, Bilder zu malen und Lieder zu singen. Das ist doch kein Leben! Das ist, was Leute im Gefängnis tun.«

»Wie stellst du dir das überhaupt vor?« Ellis zeigte auf das Labor. »Das mit der Wiederbevölkerung der Welt, meine ich. Schließlich haben wir keine Vorlagen für Männer, oder? Wie also sieht dein Plan aus? Sollen wir uns an unseren eigenen Töchtern vergreifen oder unsere Söhne mit ihren Schwester schlafen lassen?«

»Wie ich bereits sagte, was für Adam und Eva gut genug war … Aber das müssen wir gar nicht. Deine Söhne können ja meine Töchter heiraten und umgekehrt. Ist eigentlich alles ganz einfach. Ich weiß echt nicht, warum du so ein Geschiss darum machst.«

Ellis seufzte. »Weil mir die ganze Sache mit der Hackordnung einfach zuwider ist! Das ist doch nichts als Grausamkeit um ihrer selbst willen. Diese Menschen haben gelernt, ihren Aggressionen nicht nachzugeben – was gut so ist –, und du hast nichts Besseres zu tun, als ihnen das Kämpfen beizubringen.«

»Sie müssen wieder härter werden. Lernen, wie man kämpft!«

»Aber wozu? Gegen wen sollen sie denn kämpfen? Oder hat sich das Eichhörnchen, das du erwischt hast, dermaßen gewehrt?«

Warren holte tief Luft und schüttelte langsam den Kopf. »Glaubst du ehrlich, die Maulwürfe da unten finden sich einfach damit ab, dass wir hier draußen eine blühende Gesellschaft errichten? Was hab ich dir gerade über Konflikte erzählt?«

»Du hast vor, gegen Hollow World zu kämpfen?«

»Ja klar!« Warren warf die Arme hoch und schlug sich auf die Schenkel.

»Sie kennen keine Gewalt. Sie haben ja nicht einmal eine Polizei und erst recht keine Armee. Sie verstehen gar nicht, wie Waffen funktionieren. Sie werden uns garantiert nicht angreifen.«

»Hast du von diesem Schwarmprojekt gehört, an dem sie arbeiten? Wie lange wird es wohl dauern, bis sie uns Chips ins Hirn pflanzen, damit sie auch uns kontrollieren können?«

»Beim Schwarmprojekt geht es doch nicht um Kontrolle –«

»Aber sicher geht es darum. Es geht immer nur darum! Sobald sie das Ding am Laufen haben, kann sie niemand mehr aufhalten, wie eine Kolonie gleichgeschalteter Ameisen. Sie werden aus ihren Löchern kriechen, und wenn wir uns weigern, assimiliert zu werden, löschen sie uns wie die Borg. Das kann ich nicht zulassen.«

»Warren, das Schwarmprojekt funktioniert noch nicht mal! Sie kriegen das gar nicht hin. Du brauchst keine Angst zu haben.«

Warren schaute wieder zum Labor. Das wievielte Mal jetzt?

»Was geht da drinnen eigentlich vor?«

»Hm?«

Ellis zeigte aufs Labor. »Richtet Dex eure Aufzuchtstation etwa in Edisons Labor ein?« Auf makabre Weise schien es fast ein Kompliment. Edison wäre geschmeichelt gewesen.

»Oh, äh – ja. Dex arbeitet an allem Möglichen. Sie haben schon die ersten Eizellen in so eine Art ... Brutmaschine gepackt, die er und Pol mitgebracht haben.«

»Was meinst du mit ›allem Möglichen‹? Was macht er denn noch, außer Babys zu züchten?«

»Ist wahrscheinlich besser, wenn du's nicht weißt«, sagte Warren so nachdenklich und ernst, dass es erst recht sein Misstrauen weckte. Er versuchte, durch die Fenster etwas zu erkennen, aber sie waren verhangen.

»Und wieso?«

»Du weißt, dass ich dich wie einen Bruder liebe, Ellis, aber es hat dir immer ein wenig an ... Entschlossenheit gemangelt.«

Ellis richtete seine Aufmerksamkeit wieder auf Warren. »Was zum Teufel soll das jetzt wieder heißen?«

Warren hatte erneut sein entwaffnendes Gesicht aufgesetzt. Zuckerbrot und Peitsche, heute im besonders günstigen Doppelpack. »Wenn du wirklich Astronaut hättest werden wollen, hättest du das auch geschafft. Stattdessen hast du dich mit einem mittelprächtigen Brotjob abspeisen lassen. Und als Peggy schwanger vor der Tür stand, hättest du der Schlampe *Hasta la vista* sagen sollen. Dazu warst du aber immer zu schwach. Gib's zu, Ellis, wenn du ein Kapitän mit nur einem Rettungsboot und zu vielen Passagieren wärst, dann würden alle ertrinken, weil du keine harten Entscheidungen treffen kannst. Dafür brauchst du dich nicht zu schämen. So bist du einfach. Eine Menge Leute sind so wie du.«

Warren klang, als wollte er ihn zu seinem Coming-out überreden. *Nicht, dass daran irgendetwas falsch wäre …*

»Was hast du da im Labor, Warren?«

»Die Zukunft.«

»Hatten wir nicht beide schon mehr als genug davon?«

»Du verstehst das nicht – noch nicht. Würdest du aber, wenn du diesen Winter mit mir verbracht hättest. Als ich das überstanden hatte, wusste ich, dass Gott mich nicht ohne Grund verschont hatte. Natürlich wusste ich da noch nicht, was für ein Grund das sein sollte, aber Moses wusste auch erst nicht, was Gott in der Wüste noch mit ihm vorhatte. Ich wusste nur, Gott hat eine Bestimmung für mich.«

»Was ist im Labor, Warren?«

»Erst als ich Pol, Dex und Hig traf, begann ich zu begreifen, weshalb mich weder der Krebs noch ein mörderischer Winter erledigt hatten: damit ich die Welt retten konnte – der neue Erlöser – die Wiederkunft des Warren Eckard, wenn du so willst. Wir beide sind wirklich wie Jesus und Johannes der Täufer. Ich mache die Schwerarbeit, um die

Straße zu bereiten – die Leute richtig einzustimmen –, damit du mit deinem schlauen Köpfchen sie führen kannst. Das schaff ich nicht so gut wie du. Du hast die ganze Bildung abgekriegt. Mein Bauch sagt mir zwar, was richtig und falsch ist, ich kann das Wie und Warum aber nicht so hübsch erklären wie du.«

»Wie genau … stimmst du die Leute ein?« Ellis lenkte seine Schritte zurück zum Labor.

»Es hat uns ein ganzes Jahr gekostet, Ellis, und die vereinten Kräfte von Pol und Dex und ganz besonders Hal.«

»Hal sagt mir nichts. Wer ist das?«

»Oh, du hast ihn schon getroffen«, versicherte ihm Warren und trat neben ihn in den Eingang. »Du hast ihn nämlich umgebracht.«

Im Inneren säumten schwarze Regale mit Flaschen verschiedener Größe und Farbe die weißen Wände. Böden, Tische und Stühle waren aus altem, abgenutztem Holz, robust wie in einer Zimmerwerkstatt. Wären die Vorhänge nicht gewesen, wäre es dank der großen Fenster sicherlich sehr hell gewesen. Stattdessen beleuchteten Öllampen die langen Tische, auf denen sich Gerätschaften aus Messing, Glas und Draht sammelten. Am rückwärtigen Ende stand eine Kirchenorgel mit Elfenbeintasten, die Pfeifen wie die Rückenflosse eines Fächerfischs. Davor drängten sich drei Leute um einen großen weißen Behälter. Ellis hatte keine Ahnung, wer sie waren – nicht nur, weil sie ihm den Rücken zuwandten, sondern auch, weil sie wie Astronauten gekleidet waren. Nein, nicht wie Astronauten – sie trugen keine Helme. Eher schon Hauben.

»Ich würde lieber nicht näher rangehen«, warnte ihn Warren. »Könnte mir denken, dass selbst das schon zu nah ist. Dex meinte, die Strahlung ist ziemlich gefährlich für uns. Die Glatzköpfe sind etwas resistenter als wir.«

»Strahlung?« Ellis schaute zwischen Warren und dem Behälter hin und her, als gälte es, ein Rätsel zu lösen.

»Du hast ja keine Ahnung, wie schwer es war, heutzutage noch angereichertes Plutonium aufzutreiben«, lamentierte Warren im selben Tonfall, in dem er sich früher über den Verkehr auf dem Freeway beschwert hatte. »Dafür gibt es nicht mal 'ne Vorlage, wie du dir vielleicht denken kannst.«

Da erhaschte Ellis endlich einen unverstellten Blick auf den weißen Behälter mit seinen kleinen Rädern wie bei einem Einkaufswagen und dem altmodischen, schwarz-gelben Warnzeichen auf der Seite. Und ein einziger Gedanke ging ihm immer wieder durch den Kopf: *Das darf doch alles nicht wahr sein.* Mit künstlichem Sonnenlicht Meilen unter der Oberfläche hatte Ellis keine Probleme; ebenso wenig mit Erzeugern, die aus einer Handvoll Kieseln eine Tasse Kaffee machten, oder interdimensionalen Portalen, dank derer Menschen von einem Planeten zum anderen reisen konnten. Doch sein Verstand weigerte sich zu akzeptieren, was er hier direkt vor sich sah.

»Was ist hier los, Warren?«, fragte Ellis flehentlich, als könnte sein Freund das alles irgendwie wegerklären. Etwas sagen wie: *Ist alles nur Spaß, Kumpel – kleiner Scherz am Rande. Hättest dich mal sehen sollen! Die große Plastikkiste da mit den verstärkten Kanten und dem Militärstempel – das ist bloß 'ne Eins-a-Espressomaschine. Eine Runde Latte für alle!*

»Ich hab nicht vor, denselben Fehler wie Präsident Truman zu begehen«, erklärte Warren. »General Patton hat zum Ende des Zweiten Weltkriegs noch gesagt, wir sollten mit unseren Panzern gleich weiter nach Russland. Und da hatte er recht. Dasselbe mit China. Stattdessen haben wir gewartet – und was ist passiert? Die Russkis hatten auf einmal die Bombe, und die Chinesen haben uns den eigenen Arsch weggekauft.«

»Was ist in dem verdammten Behälter, Warren?«

»Ein kleines Geschenk für Hollow World. Damit sie's auch schön warm da unten haben.« Warren lachte. »Zu schade, dass Hal den Knall nicht mehr erleben wird. Hal war unser Physiker – oder wie immer sie das jetzt nennen. Eigentlich war's sein Plan. Der Trick bestand darin, die Bomben an der richtigen Stelle zu platzieren.«

Da entdeckte Ellis zwei weitere identische Deckel unter dem Tisch. Beide trugen dasselbe hummelgelbe Warnzeichen, doch von den zugehörigen Behältern fehlte jede Spur.

»Drei Wasserstoffbomben sind nicht genug für den kompletten Bienenstock da unten. An den richtigen Plätzen jedoch ...«

»Subduktionszone 540«, murmelte Ellis tonlos. Seine Lippen formten die Worte, sein Gehirn aber hatte sich abgeschottet, war erstarrt wie ein Reh im Scheinwerferlicht.

Das darf doch alles nicht wahr sein.

»Ganz genau. Subduktionszone 540. Dann stürzt die ganze Angelegenheit in sich zusammen wie ein altes Mütterchen, dem du den Rollator wegtrittst.«

»Du hast mich benutzt!«, fuhr Ellis ihn an. »Diese ganze Publicity-Tour und die Mitleidsnummer dienten eigentlich …« Er starrte den Behälter an. »Stammt der etwa aus dem Museum in Jerusalem?«

»Dem Kriegsmuseum, ganz genau. Pol hat ja prophezeit, dass dein Name alle Türen öffnen würde, und genauso kam es auch. Die traten sich regelrecht auf die Füße, um dir jeden Wunsch zu erfüllen, sogar eine Sonderführung backstage zu den Massenvernichtungswaffen. Und wir dachten, zu unserer Zeit hätten sich Nachrichten in Windeseile verbreitet! Eine Woche Promotion, und du warst der Elvis des einundvierzigsten Jahrhunderts. Alles, was Pol brauchte, waren die genauen Koordinaten, und um die zu kriegen, musste er bloß einmal da gewesen sein.«

»Und dann? Seid ihr einfach zurück ins Museum und habt die Bomben durch ein Portal geschickt?«

»Jap. Clever, was?« Warren wollte sich schier zerkichern. »Absolut keine Security. Ein echter Lacher. Wollte eigentlich auch gleich ’nen Panzer mitnehmen, aber das Ding wollte nicht anspringen, und das Portal war sowieso zu klein.«

»Und ich in meiner Dummheit habe das alles erst möglich gemacht.« Ellis stellte fest, dass selbst die neuen Lungen keine große Hilfe waren, wenn ihm vor lauter Scham die Luft wegblieb.

»Wären vielleicht auch ohne dich reingekommen, hätte aber länger gedauert. Die richtig harte Nuss war das Geomantie-Institut. Die alten Säcke nehmen ihre Arbeit ziemlich ernst, und auf den Kopf gefallen sind sie auch nicht. Erst haben wir’s auf die freundliche Tour versucht, aber unser Ansprechpartner hat wohl Lunte gerochen – wurde ganz hibbelig. Zum Glück hat er sich recht schnell verplappert. Hal kannte sich jedenfalls am besten mit Geologie und so aus. Von daher hatte er die besten Chancen, als Geomant durchzugehen, und ich hatte ihn konditioniert, genau wie den Rest – so wie Rob Yal umerzieht. Desensibilisierungstraining, so nenne ich es. Sie werden nie echte Männer – haben einfach nicht die Killermentalität – den Heimvorteil des Y-Chromosoms, wie Dex es ausdrückt. Um Geo-24 hatte Hal sich gekümmert, aber als es dann drum ging, Pax und dich aus dem Weg zu räumen, ist unser kahler Einstein ja ziemlich abgekackt.« Warren hob entschuldigend die Hände. »Nicht, dass ich das gewollt hätte – das war nicht von mir autorisiert.«

Die Puzzlestücke fügten sich allmählich zu einem Gesamtbild zusammen: Warren, der sich in Bars mit Fremden anlegte; Warrens Frau, die so ungeschickt war, die Treppe runterzufallen; Warrens alter Wunsch, irgendwann als Quarterback zu spielen – den Ton anzugeben – obwohl er dafür eigentlich nicht taugte ...

Er blickte zu dem Trio in den Schutzanzügen. Einer schaute kurz von seiner Arbeit auf. Die Augen unter der Haube hätten jedem gehören können, sogar Pax.

»Zwei sind schon an Ort und Stelle«, fuhr Warren fort. »Fehlt nur noch die hier. Scheint wohl ein Problem mit dem Zeitzünder zu geben. Ist zwar nicht unbedingt nötig, aber ich würde lieber auf Nummer sicher gehen. Operation Neue Morgenröte kann in Kürze beginnen.« Warren warf einen Blick auf die Uhr an der Wand. »Und zwar in drei Stunden – Dex hat die Bomben auf genau 14:54 Uhr Hollow-World-Kernzeit eingestellt, was hier mit dem Sonnenuntergang zusammenfällt. Morgen früh wird dieses Dorf also alles sein, was von der Menschheit noch übrig ist. Stell dir nur vor,

Ellis: die ganze Welt gesäubert, auf null gesetzt, und bereit, aus unserer beider Saat neu zu wachsen ... und meine Mutter dachte, aus mir wird nichts, als ich von der Highschool flog!«

»Das ist doch Wahnsinn!«, schrie Ellis lauter und schriller als geplant. Eigentlich klang er wie kurz vorm Überschnappen, aber offensichtlich hatte Warren genau das nötig. Wenn er seinen Freund noch überzeugen wollte, was für eine außerordentlich schlechte Idee das alles war, würden ruhige Argumente nicht mehr ziehen. »Das weißt du doch, oder? Warren? Absolut hirnrissig und durchgeknallt!«

Warren schüttelte den Kopf, noch immer sein herablassendes Du-kapierst-es-einfach-nicht-Lächeln auf den Lippen. »Ellis, wieso sind wir beide wohl die einzigen Zeitreisenden? Wenn wir zwei das hingekriegt haben, hätten das nicht auch andere schaffen müssen?«

»Nicht unbedingt. Hoffmanns Berechnungen waren falsch. Sein Ansatz hätte überhaupt nicht funktioniert, wenn ich nicht auf den Fehler gestoßen wäre, und ich habe niemandem davon erzählt. Und du hast es nur geschafft, weil du meine Notizen hattest.«

»Ach so, du bist also der Einzige in zweitausend Jahren, der den Fehler bemerkt hat? Findest du es kein bisschen eigenartig?«

»Vielleicht schon, aber ... vielleicht gibt es ja so eine Art Mindestdistanz, wegen der wir auch zweitausend statt zweihundert Jahre gereist sind. Vielleicht haben es nach uns noch andere probiert, sind aber noch nicht bei uns angekommen. Ganz davon abgesehen, dass man so was nicht ohne guten Grund probiert. Die hohe Wahrscheinlichkeit, dabei zu sterben, ist schon eine ziemliche Abschreckung. Schließlich verlassen sich selbst die Gläubigsten unserer Mitmenschen nur ungern aufs Leben nach dem Tod, wenn's drauf ankommt. Obwohl Jesus persönlich zurückkam und meinte, die Luft sei rein, haben die Menschen einfach Angst vorm Sterben. Im Falle der Zeitreise kann man nicht mal zurück und die Leute beruhigen. Es ist kein Zufall, dass wir beide todkrank waren. Sonst hätte sich keiner von uns beiden das getraut.«

Warren grinste breit. »Weißt du, was ich glaube? Ich glaube, niemand sonst hat es getan, weil es gar nicht möglich ist.«

»Wie bitte?«

»Komm schon, Ellis, Getränkekisten und Akkus? Ehrlich jetzt? Das soll funktionieren?«

»Aber es *hat* funktioniert …«

Warren schüttelte den Kopf. »Göttliche Fügung, Ellis. Der Allmächtige hat uns beide geschnappt und in die Zukunft geschleudert, damit wir eine Art doppelter Noah werden. Und wenn die Sonne untergeht, werden wir genau das sein.« Er schaute feixend aus dem Fenster. »Heute ist Freitag. Wusstest du das? Gott sei Dank, endlich Freitag, wie man so sagt!«

»Ich kann dich das nicht machen lassen. Wenn das wirklich kein Witz sein soll – wenn das dein Ernst ist …« Ellis schaute zu dem Behälter und den Leuten in den Strahlenschutzanzügen. »Verdammt, Warren, auf keinen Fall lasse ich dich Millionen Menschen umbringen!«

»Tja, siehst du? Darum geht's doch: Es sind eben keine richtigen Menschen. Ich tue das für uns und die Welt. Du kannst mir nicht weismachen, dass du es gut findest, was aus den Menschen geworden ist. Ein Haufen Ken-Puppen, die wie die Maulwürfe leben – die Menschheit ist vom Kurs abgekommen, entgleist und die Klippe runter. Wir haben hier und jetzt die Chance, die Lok wieder auf die Schienen zu setzen. Wir können alles wieder hinbiegen, und so Gott will sein Reich des Friedens einläuten.«

Ellis schüttelte langsam und nachdrücklich den Kopf. »Tut mir leid, Warren. Aber dazu wird es nicht kommen.«

Warren schaute ihn mitleidig an. »Das ist es schon, Kumpel.«

»Ich werde es verhindern.«

»Und wie?« Warrens Kichern ließ Ellis frösteln. »Die anderen Bomben sind bereits an Ort und Stelle. Die Uhren ticken schon. Davon abgesehen scheinst du deine Pistole verlegt zu haben. Oder willst du es mit bloßen Händen mit mir und dem Rest der Farm aufnehmen?«

Warren hob die Fäuste wie John L. Sullivan und lachte. Dann merkte er, wie Ellis wieder zu den Arbeitern blickte. »Glaub mir, alle hier auf der Farm stehen hundertprozentig hinter dem Plan. Du wirst sie nicht davon abbringen können. Sie würden alles geben, um nicht länger der fünfhundertste oder zehntausendste Soundso zu sein. Nachdem die Bomben explodiert sind, wird jeder nur noch einer aus einer Handvoll sein, und nach etwas plastischer Chirurgie werden sie endlich auch einzigartig sein. Etwas *Besonderes.*«

Pax hat recht gehabt. Warren hatte etwas noch viel, viel Schlimmeres vor.

Ellis tat einen Schritt zur Tür und blieb stehen.

»Wo willst du hin? Du hast keinen Portalöffner. Das Wetter wird kälter, und zu dieser Jahreszeit sind kaum noch

Glatzköpfe hier oben unterwegs. Hinter dem Dorf liegt nur die Wildnis. Glaub mir, ich kenne mich hier aus.«

Ellis zögerte.

»Ich verrate dir jetzt mal was.« Warren hatte wieder seine alte kumpelhafte Kneipenstimme aufgesetzt und klopfte ihm auf die Schulter. »Ich hab mit Yal zusammen 'ne Destille hochgezogen. Wir haben schon ein paar Liter richtig fiesen Maisschnaps gebrannt – jetzt weißt du, dass wir nicht nur auf Fruktosesirup scharf sind.« Er zwinkerte. »Schmeckt wie Benzin, haut aber ordentlich rein. Wie wär's, wir geben uns die Kante wie damals auf dem Bob-Seger-Konzert, als wir das Kool-Aid mit Rum reingeschmuggelt haben? Ich werde hier nicht länger gebraucht. Wir schnappen uns ein paar Flaschen und spazieren den guten alten Rouge River hoch. Ich kenn da 'ne Stelle auf 'nem Hügel, von der aus man das alte Detroit sieht. Die Stadt ist zwar nicht mehr da, aber man sieht noch, wo sie mal gewesen ist. Außerdem den Detroit River und ein Fitzelchen Kanada, wo früher die Ambassador Bridge stand. Wir ziehen uns den Maissaft rein und trinken auf früher, als wir noch zum alten Eisen gehörten. Weißt du was? Dex hat so ein Buch mit Vorlagen und Varianten. Da sind auch Bilder drin. Wir können uns schon mal aussuchen, wie unsere künftigen Frauen aussehen sollen.«

Ellis fühlte sich so hilflos. In einem hatte Warren leider recht – was konnte er schon tun?

Tatsache ist, Menschen sind eben nicht alle gleich. Du bist schlauer als ich, ich bin stärker als du. Das sind die Fakten.

Über Fakten ließ sich nicht streiten. Warren hatte mittlerweile zwar zehn Jahre mehr auf dem Buckel, er hatte aber auch eine Menge Training gehabt. Mit der breiten Brust, den dicken Armen und dem Hals so breit wie Ellis' Schenkel sah Warren fast wie der Footballstar von einst aus. Selbst wenn Ellis ihn überrumpeln könnte, war er doch immer noch in der Unterzahl. Wenn die anderen Warren halfen – und es gab leider keinen Grund, daran zu zweifeln –, würden sie ihn mühelos überwältigen.

Du bist schlauer als ich. Das sind die Fakten.

»Also, was meinst du, Ellis?«

»Wenn es dir nichts ausmacht, würde ich lieber alleine was trinken«, antwortete er und spielte den Frustrierten, was ihm nicht allzu schwer fiel. »Yal weiß also, wo diese Batteriesäure rumsteht?«

»Jap. Ist aber harter Stoff, also bring dich nicht um – wir haben dich eben erst wieder zusammengesetzt.«

Die Distanz zwischen dem Menlo-Park-Komplex und der Firestone-Farm war dieselbe geblieben, trotzdem dauerte der Rückweg ewig. Ein kurzes Stückchen rannte Ellis und stellte fest, dass Wat nicht übertrieben hatte: Die Kurzatmigkeit war fast gänzlich dahin. Wären seine Beinmuskeln nicht immer noch achtundfünfzig Jahre alt gewesen, hätte er vielleicht wirklich einen Marathon laufen können.

Trotzdem saß er in der Falle. Vielleicht hatte es einmal eine fest installierte Portalzelle vom Dorf nach Hollow World gegeben; doch genau wie Telefonzellen nach dem Siegeszug des Handys nur noch die Landschaft verschandelt hatten, waren auch Portalzellen mit der Erfindung der mobilen Öffner obsolet geworden. Ohne Portalöffner kam er aber nicht zurück nach Hollow World, und wenn er nicht zurückkam, konnte er auch niemanden warnen.

Dabei gab es sicherlich Möglichkeiten der Kommunikation, selbst wenn Ellis bislang noch nicht das Äquivalent eines Handys gesehen hatte. Zum Beispiel hatte Alva an seinem ersten Morgen Pax und Vin kontaktiert, als er erwacht war. Es musste also irgendwie möglich sein. Vielleicht waren Portalöffner ja multifunktional, so wie Smartphones. Wie er es auch drehte und wendete, Ellis brauchte einen Öffner.

Yal war immer noch in der Küche beschäftigt und stopfte gerade neue Holzscheite in den Ofen. Sonst war niemand da – hoffentlich galt das ebenfalls fürs übrige Haus.

»Master Ellis.« Yal grinste ihn an.

Yal trug dasselbe weiße 19.-Jahrhundert-Hemd wie alle auf der Farm. Nur die oberen beiden Knöpfe standen offen und entblößten einen kleinen Ausschnitt Haut. Zu Ellis' Enttäuschung war sonst aber nichts zu sehen.

Peggy, die nie ein großer Freund von Handtaschen gewesen war, hatte sich immer beschwert, dass Frauenkleider meistens keine Taschen hatten. Als Folge dessen verlor sie regelmäßig ihre Schlüssel und ihren Geldbeutel. Eine Weile trug sie Führerschein und Kreditkarten in einer kleinen Plastikhülle um den Hals wie einen Dienstausweis. Das klappte ganz gut, bis sie auch die Hülle verlor. Doch in einer Welt, in der Kleider insgesamt optional waren, hätte Ellis gedacht, Peggys Notlösung wäre mehr verbreitet. Hal zum Beispiel hatte Geo-24s Öffner an einer Kette getragen. Und er war bestimmt nicht der Einzige.

»Was macht das Abendessen?«, fragte Ellis und legte dem Koch die Hand auf die Schulter. Dann tat er so, als würde er ihn freundlich rubbeln und fühlte dabei mit dem Daumen nach einer Kette oder Kordel unter dem Hemd.

Nichts.

Pax hatte den Portalöffner in der Westentasche getragen. Yal vielleicht ebenso?

Wie viel weiß Yal überhaupt? Würde der Koch mir Widerstand leisten oder seinem »Master« gehorchen?

Da fiel ihm die gusseiserne Bratpfanne auf der Anrichte ins Auge. Ein kräftiger Schlag damit, und er bräuchte sich um Yals Kooperation nicht weiter zu sorgen. Was für eine Ironie, dass er sich vor wenigen Minuten noch darüber entrüstet hatte, dass Rob Yal mit einem kleinen Stock schlagen wollte ...

Nennen wir das lieber mal Plan B.

»Yal?«

»Ja, Master?« Der Koch hielt mit der Arbeit am Ofen inne, um Ellis seine ungeteilte Aufmerksamkeit zu schenken.

Yal ... Endlich weckte der Name eine Erinnerung an sein erstes Essen in Hollow World. »Sie sind Koch!«, sagte er dümmlich.

»Ja, Master.« Yal schaute verständlicherweise verwirrt drein.

»Nein, nein – ich meine, Sie waren ein *richtiger* Koch, bevor Sie hierherkamen, stimmt's? Ich habe etwas gegessen, das sich ... Minlatta oder so ähnlich nannte?«

»Minlatta in Tarragonsoße«, bestätigte Yal. »Das war eine der letzten Vorlagen, die ich entwarf.«

»Es war großartig – wirklich großartig.«

Yal gelang es nicht, ein Lächeln zu unterdrücken. Wahrscheinlich wurde der Koch auf der Farm nicht sonderlich häufig gelobt. »Danke. Das ist wirklich sehr freundlich. Ohne einen Erzeuger fällt das Kochen natürlich viel schwerer ...«

»Das kann ich nicht beurteilen. Ich kann zwar Kartoffeln kochen, doch mit einem Erzeuger wüsste ich nicht einmal, wie ich Wasser erhitze.«

Yal zuckte die Achseln, aber das Lächeln war immer noch da, und Ellis witterte seine Chance. »Yal? Haben Sie vielleicht einen Portalöffner?«

»Ich? Nein. Die hat Master Ren bei unserer Einführungszeremonie alle eingesammelt.« Yals Blick ruhte auf dem weißen Verband, der noch immer die beiden Fingerstümpfe umhüllte. »Noch so ein Beweis, dass es uns ernst ist.«

»Wie verlassen Sie die Farm denn dann?«

»Das tun wir nicht.«

»Ich habe Pol und Dex doch selbst gesehen.«

»Na ja, wenn Master Ren will, dass wir etwas erledigen, gibt er uns einen Öffner, aber wir müssen ihn danach wieder abliefern. Ohne Master Rens Erlaubnis darf niemand weg. Ich glaube, Pol ist der Einzige, der die ganze Zeit einen Öffner hat. Hat ja auch ständig irgendwas zu tun.«

»Wo bewahrt Master Ren Ihre Geräte auf?«

Yal zuckte wieder die Achseln. »Vielleicht in seinem Zimmer?«

Ellis ließ Yal bei den Kochtöpfen zurück und nahm die Treppe ins Obergeschoss. Warrens Zimmer zu finden war nicht schwer – es war das einzige, das verschlossen war. Er versuchte die Tür einzutreten, so wie im Film, doch entweder waren die Türen im Film nicht sehr stabil oder nur Requisiten, denn alles, was er damit erreichte, war, dass ihm der Fuß wehtat. Wenn er nicht aufpasste, brach er sich noch einen Zeh.

Irgendwie musste er aber da rein, einen Portalöffner finden, seine Funktionsweise austüfteln und rechtzeitig nach Hollow World, zu irgendwem, der Alarm schlug und die Kavallerie schickte. Nur dunkel kamen ihm folgende Fragen in den Sinn: Welche Kavallerie? Welcher Alarm? Und wer genau sollte ihm helfen? Im Prinzip war der Verzicht auf eine zentrale Autorität – eigentlich jede Autorität – genau, was ihm an Hollow World so gut gefiel. *Niemand schreibt irgendwem vor, was er zu tun hat,* hatte Pax ihm erklärt, als ob die Vorstellung allein vollkommen abwegig wäre. Jetzt wurde das leider Gottes zum Problem – aber dem *nächsten* Problem. *Einen Schritt nach dem anderen,* ermahnte er sich und versuchte, seinen Atem zu beruhigen, damit er nicht hyperventilierte.

Er rannte zurück in die Küche, kümmerte sich nicht um Yals fragende Blicke und schnappte sich den Schürhaken vom Ofen. Dann nickte er dem Koch aufmunternd zu und rannte wieder nach oben. Abermals dankte er dem IBS für seine neuen Lungen, auch wenn seine Beinmuskeln und ein gestauchter Zeh sich beschwerten.

Mühsam zwängte er den Schürhaken zwischen Tür und Rahmen und versuchte, sie aufzustemmen. Holz splitterte. Er stieß den Haken tiefer hinein und richtete noch größeren Schaden an. Beim dritten Versuch setzte er an der Metallblende des Schlosses an, warf sich mit voller Wucht dagegen, dass er fast den Haken verbog, und betete, dass Archimedes mit seinen Hebelgesetzen und allem Übrigen richtig gelegen hatte. Mit lautem Krachen schwang die Tür nach innen auf, und Ellis taumelte hinein.

Wie der Rest des Hauses war auch dieses Zimmer im Wildwest-Stil eingerichtet. Geblümte Tapeten konkurrierten mit dem ähnlich unruhigen Karomuster des Teppichs. Drei Fenster mit weißen Spitzengardinen umrahmten das schlichte Holzbett wie geduldige, breitschultrige Geister. Ein Anziehtisch, komplett mit Spiegel, Waschschüssel und Wasserkrug, eine Holztruhe und zwei Nachttische vervollständigten das Bild. Ellis rückte der verschlossenen Truhe mit seinem treuen Haken zu Leibe. Er öffnete sie weniger, als dass er sie kurz und klein schlug. In den Trümmern fand er ein altes, vertrautes Highschool-Jahrbuch, eine leere Flasche Jack Daniel's, Warrens Footballtrikot – die gute alte Nummer 48 – und etwas, das wie eine kleine Mikrowelle mit einer Uhrbatterie aussah. Kein Beutel mit Portalöffnern. Keine Waffen.

Er durchsuchte den Rest des Zimmers und fand weiter nichts Interessantes. Lediglich die Bibel auf dem Nachttisch sah etwas neuer aus. In der Hoffnung, dass es sich um eines dieser ausgehöhlten Bücher handelte, in denen man Dinge versteckte, schlug er sie auf. Es boten sich ihm aber keine neuen Erkenntnisse, außer dass das Lesezeichen irgendwo bei Leviticus lag.

Warren hatte vorausgesehen, dass irgendwer nach den Öffnern suchen würde, und sie versteckt.

Er schaute unter das Bett und in die verschiedenen Schubladen.

Nichts.

Enttäuscht kehrte Ellis zu der Truhe zurück, nahm das

kleine Gerät heraus und schüttelte es. Kein Klappern von Öffnern im Inneren.

»Das ist ein Erzeuger.«

Ellis blieb fast das Herz stehen. Schuldig wie die Sünde selbst schaute er auf und sah einen von ihnen in der Tür stehen. Der Name auf der Brust wurde von einem schwarzen Wollmantel verdeckt, der perfekt zu dem breitkrempigen Hut passte. Man hatte ihn auf frischer Tat ertappt.

»Interessant, dass ausgerechnet jemand, der anderen von ihren Wurzeln predigt, sich einen Erzeuger samt Dynamo zurücklegt, oder?«

Ellis sorgte sich nur, dass man sein Herz schlagen hörte. Was würde Warren mit ihm anstellen, wenn er es rausbekam? Wahrscheinlich würde er ihn wegsperren. Ihn im Hühnerstall festketten oder etwas in der Art. Er setzte den Erzeuger ab und hielt nach dem Schürhaken Ausschau.

Der manteltragende Eindringling trat einen Schritt auf ihn zu, und Ellis wollte sich gerade nach dem Haken auf dem Boden bücken, als sein Besucher stehen blieb, sich umdrehte und die Tür hinter sich schloss, sodass sie ungestört waren.

Etwas am Gesichtsausdruck und in den Bewegungen des Fremden kam Ellis vertraut vor. Vielleicht war es die Freundlichkeit der Augen, oder die Andeutung eines Lächelns, das trotz des Ernsts der Lage auf den sanften Lippen spielte.

»Pax?«, sagte Ellis. Es war mehr hoffnungsvoller Wunsch als Frage.

Das Lächeln zerplatzte in ein breites Grinsen. »Du hast mich erkannt!«

Ellis wurde ganz schummrig. Er konnte es kaum glauben. Gleich, wie sehr er darauf gehofft, ja darum gebetet hatte, das war doch nicht möglich ... oder doch? »Bist das wirklich – «

Pax eilte auf ihn zu und schloss ihn fest in die Arme. »Ich habe auf dich gewartet. Dachte schon, du kehrst nie zurück.«

»O mein Gott!«, flüsterte Ellis, als er den leichten Zimtduft wiedererkannte. »Du bist es wirklich – Pax, du lebst!«

»Natürli...«

Ellis erwiderte die Umarmung, so fest er nur konnte, und dann, ohne auch nur einen weiteren Gedanken zu verschwenden, küsste er Pax – einen langen, festen Kuss auf den Mund. Ein paar Tränen rannen ihm die Wangen herab. »O Gott, Pax, ich dachte schon – ich hatte Angst, dass du dir was angetan hast. Ich dachte, dass ich – Gott, du bist am Leben!«

»Ich bin wohlauf, Ellis Rogers. Und es geht mir schon viel besser, seit ...«

»Was ist?«

Ein breites Grinsen ließ die Reihe perfekter Zähne aufblitzen. »Ich fasse es ja nicht, dass du mich erkannt hast!«

»Pass auf, Pax, wir müssen hier weg. Wir müssen ganz schnell hier weg.«

»Diesmal zusammen?«, fragte Pax hoffnungsvoll.

»Auf jeden Fall.«

Da verkrampfte sich der Schlichter plötzlich, löste sich aus seinem Griff und schaute ihn durchdringend an. Das strahlende Lächeln wich einem Ausdruck des Schreckens. »O nein ...« Pax begann zu zittern. »Sie wollen ganz Hollow World betonieren, richtig?«

Ellis nickte ernst. »Drei Wasserstoffbomben. Zwei davon

haben sie wohl schon platziert. Sie werden in weniger als drei Stunden explodieren – genau um 14:54 Uhr.«

»Was sollen wir nur tun?«

»Es gibt noch eine Chance: Wenn wir die Bomben rechtzeitig finden, können wir sie vielleicht deinem PICA hinterherschicken.«

»Aber wie sollen wir sie finden?« Pax zückte bereits den Portalöffner.

»Sie müssen irgendwo im Geomantie-Institut sein.«

»Das dürfte reichlich groß sein, und bestimmt haben Warren und die anderen die Bomben gut versteckt, oder?«

»Wahrscheinlich schon, aber das macht nichts – ich weiß, wie wir sie finden können. Wir müssen bloß unterwegs einen Zwischenstopp einlegen.«

13

Endzeit

Der Wald sah anders aus, als Ellis ihn in Erinnerung hatte. Er hatte seine erste Wanderung als Furcht einflößend im Gedächtnis – ein Weg ins Ungewisse. Der große, nächtliche Urwald hatte ihm Angst eingejagt. Diesmal wirkten die himmelstürmenden Bäume eher majestätisch. In schrägen Bündeln fiel das Sonnenlicht mit engelsgleicher Anmut durch das Blätterdach und liebkoste den Fluss mit seinen moosbewachsenen Felsen.

Eine Weile folgten sie dem steinigen Ufer. Erst waren sie von der Firestone-Farm zu dem Hügel gesprungen, wo sie den Eintopf gegessen hatten. Von dort hatte Ellis ihnen mit Kompass und Notizblock die Richtung gewiesen, worauf Pax diese in Koordinaten übersetzt hatte. Eine Reihe kurzer Sprünge später war Ellis ziemlich sicher gewesen, dass es nicht mehr weit sein konnte. Aus einer anderen Richtung zu kommen war dennoch verwirrend, und er fand auch keinen der von ihm markierten Bäume wieder.

Der Felsen da drüben kommt mir irgendwie bekannt vor. Habe ich den nicht schon mal gesehen?

Ihnen blieb nicht mehr viel Zeit.

»Ja, irgendeinen Geo. Frag Vin! Das ist ein Notfall. Lass mich einfach selbst mit Vin reden, ja?«

Hinter ihm sprach Pax mit Alva, auch wenn es eher wie ein Selbstgespräch wirkte.

»Wie funktioniert das?«, fragte Ellis. »Wie redet ihr miteinander? Mit dem Portalöffner?«

»Nein, das ist nur ein Con ... Was? Nein, ich meinte nicht dich, Alva. Ich sprach mit Ellis Rogers ... Was? Wir sind gerade sehr beschäftigt ... Gut, geht in Ordnung!« Pax stieß ein Schnauben Richtung Himmel aus. »Alva sagt Hallo.«

»Was ist ein Con?«

»Hm? Oh, nur ein mikroskopisch kleines Implantat, mit dem man senden und empfangen kann. Das hat praktisch jeder.«

»Heißt, man denkt einfach daran, mit wem man reden will, und das war's?«

»So ungefähr ... Vin? Ja, ich bin's. Ich bin bei Ellis Rogers, und wir haben ein sehr ernstes Problem ... Natürlich bin ich am Leben! Pass auf, ich brauche deine Hilfe ... Danke, ich wusste, dass ich mich auf dich verlassen kann. Ich brauche eine Berechtigung und Koordinaten für das Geomantie-Institut, und ich brauche sie jetzt sofort ... Ja, das ist mein Ernst ... Nein! Rede auf keinen Fall mit Pol-789! Rede mit niemandem im Rat darüber. Wende dich direkt an das Institut ... Ja ... Genau ... Sag ihnen, dass ich zu ihnen muss und dass ich Ellis Rogers mitbringe. Sag ihnen ... sag ihnen, *der Himmel stürzt ein.* Ja, das ist genau, was ich gesagt habe. Der Himmel stürzt ein. Sag ihnen das ... Du brauchst das nicht zu verstehen, und ich habe jetzt keine Zeit für Erklärungen. Tu's einfach, Vin!«

»Der Himmel stürzt ein?«, fragte Ellis und kämpfte sich einen kleinen Hang hoch.

»Das ist ein Code der Geomanten. Er bezeichnet den schlimmsten nur denkbaren Notfall: ›Lasst alles stehen und liegen und kümmert euch sofort darum, weil sonst die Welt untergeht.‹ Genau das heißt es.«

»Alarmstufe Rot«, sagte Ellis. »So nannten wir das damals.« Da entdeckte er, was er gesucht hatte – eine helle, blasse Narbe in der Rinde eines der Riesenbäume – ein krummer Pfeil, der nach rechts zeigte. »Da lang!« Er wies Pax die Richtung. »Wir müssen weiter nach oben.«

Je weiter sie kletterten, desto verzweifelter wurde Ellis. Gerade als er schon dachte, sie würden die Zeitmaschine nicht mehr finden, erhaschte er einen Blick auf intensives Rot und Blau.

»Da ist sie!«, rief er aus, während sie die letzten paar Meter rannten. Was er gesehen hatte, war der Stapel Getränkekisten gewesen, der seinen alten Fahrersitz umgab.

»*Das* ist Ihre...äh...deine Zeitmaschine?«, fragte Pax erstaunt.

»Ich habe dir ja gesagt, viel zu sehen gibt es nicht ...«

Hastig öffnete Ellis die Kühlbox. Zu seiner großen Erleichterung war seine restliche Ausrüstung noch da: die Konserven, Wasserflaschen und auch der Geigerzähler, den er sich übers Internet gekauft hatte. Eigentlich hatte es auch keinen vernünftigen Grund gegeben, das Gegenteil anzunehmen – außer der generellen Angst, die man aus Albträumen kannte, dass das Schlimmste stets dann eintrat, wenn man es am wenigstens gebrauchen konnte.

»Das hier ist er.« Er zeigte Pax das kleine Gerät. Der Mazur PRM-9000 hatte die Größe eines dicken Smartphones und hätte auch als Garagenöffner durchgehen können, wären da nicht das grüne LCD-Display und die rote Warnleuchte in Form eines Strahlenzeichens gewesen.

»Und damit kann man die Bomben finden?«, fragte Pax.

»Ich denke ja. Warren wollte mich nicht mal in die Nähe der Bombe im Labor lassen, weil sie angeblich zu stark strahlt. Auf der Webseite hieß es, dass man damit sogar geringe Strahlendosen in Lebensmitteln feststellen könne, weshalb ich auch sechshundert Dollar dafür gezahlt habe. Von daher sollte das Gerät auch in der Lage sein, einen undichten Plutonium-Sprengsatz zu finden.«

Er steckte den Geigerzähler in seine Gesäßtasche. »Haben wir schon die Koordinaten?«

»Noch nicht, aber Vin und Alva tun ihr Möglichstes. Sie werden ein paar Gefallen für mich einfordern, von Leuten, denen ich in der Vergangenheit geholfen habe.«

Ellis zog seinen Pullover über. Bei dem kälteren Wetter war er jetzt doch froh, ihn wiederzuhaben. »Wie funktioniert das also? Du denkst an Alva oder Vin, und sie können dich hören?«

»Die kontaktierte Person hört einen leisen Ton oder ihren Namen, wenn ich sie sprechen will. Dann kann sie entweder annehmen oder ablehnen.«

»Wow.«

»Alva hat es mir gerade wirklich nicht leicht gemacht. Ohne meinen Chip kann der Con meine Identität nicht bestätigen – und mich kann auch niemand anrufen, weil man eine eindeutige Kennung dafür braucht. Erst hat Alva meinen Anruf verweigert, bis ich all ihre Fragen beantwortet hatte. Bei einer musste ich ehrlich gesagt raten. Irgendwie ist es ja gut, dass sie so vorsichtig ist, aber …« Unvermittelt richtete Pax den Blick wieder nach oben. »Ja … wirklich? Das ist großartig! Vielen, vielen Dank. Ja, einen kleinen Moment …« Pax zog den Portalöffner. »Gut, kann losgehen.«

Pax wählte die Koordinaten des Instituts für Geomantie. Durch das entstehende Portal konnte Ellis die Zentrale in Subduktionszone 540 erkennen. »Alles klar. Danke, Vin.«

»Ich weiß, du wirst das nicht hören wollen, aber ich wünschte, ich hätte meine Waffe«, sagte Ellis.

Pax schlug den Mantel zurück und griff nach der Waffe, die dort verborgen gewesen war. »Wenn es jemals an der Zeit für Superman war, dann jetzt, oder?«

Ellis nahm die Pistole entgegen. Sehr trostreich war sie diesmal aber nicht. Er hatte gesehen, was sie Menschen antun konnte, und das Metall fühlte sich schwerer denn je an. Rasch vergewisserte er sich, dass sie nach wie vor geladen war. »Vamos, Amigo.«

Kaum dass sie eintraten, drehten sich ihnen Dutzende Gesichter entgegen. Ausdrücke des Argwohns und der Verärgerung waren die klaren Gewinner. Wie schon zuvor trugen die Geomanten alle lange Mäntel und dunkelblaue Schutzbrillen, Letztere zumeist in die Stirn geschoben oder locker um den Hals. Über ihnen zeigten riesige Schirme in Echtzeit thermische Wetterkarten des Planeteninneren.

»Ellis Rogers, ich hoffe, Sie haben nicht vor, Ihre Auftritte bei uns zur Gewohnheit zu machen«, sagte einer der Geomanten und trat vor. »Ich dachte, ich hätte Ihnen die Wichtigkeit unserer Arbeit hier begreiflich gemacht.«

»Geo-12?«

»Ja, und ich …«

»Halten Sie den Mund, und passen Sie auf.« Wenn irgendwer bislang noch nicht zugehört hatte, dann konnten sie sich spätestens jetzt der ungeteilten Aufmerksamkeit aller Anwesenden gewiss sein. Geomanten genossen überall in Hollow World hohes Ansehen, und eine solche Respektlosigkeit war schockierend. Selbst Pax blieb die Spucke weg.

»In etwa zwei Stunden werden drei Nuklearsprengköpfe explodieren und diese Einrichtung vernichten.« Ellis glaubte nicht, dass er die Konsequenzen dessen noch einmal erklären musste – das wussten die Versammelten weit besser als er. »Die Sprengköpfe wurden mittels Portalen deponiert und befinden sich irgendwo in der Nähe. Wir müssen sie finden und ins All schicken.«

»Woher wollen Sie das wissen?«, fragte einer der Anwesenden und trat vor.

»Eine Gruppe Menschen an der Oberfläche will Hollow World zerstören«, erklärte Pax. »Sie sind auch für den Tod mehrer Menschen in den letzten Monaten verantwortlich. Einer davon war Geo-24, dessen Identität der Mörder daraufhin annahm.«

»Und wer sind Sie?«

»Ich bin Pax-43 246 018, ein Schlichter.«

»Pol-789 hat mir von Ihnen erzählt. Ich bin Geo-3.«

»Nur ist es so, dass das nicht der echte Pol war«, sagte Ellis und schaltete den Geigerzähler ein.

Das Gerät piepste einmal, die LED blinkte auf, und ein Alarmsignal erklang. Auf dem Display wurden 55,8 µSv/h angezeigt.

Ellis hatte keine Ahnung, was das bedeutete. Er hatte noch nie einen Geigerzähler benutzt, also schlug er Hilfe suchend die Betriebsanleitung auf, doch während sie ausführlich die Bedienung der vier Knöpfe und die Rekalibrierung des ganzen Geräts erläuterte, gab sie keine Anhaltspunkte, was eine gute und was eine schlechte Zahl war. Von daher nahm Ellis einfach an, dass Blinken und Alarm nichts Gutes bedeuteten.

Geo-3 trat vor, nahm ihm das Gerät ab und studierte die Anzeige. »Eine Antiquität? Wie nett. Die Strahlenwerte liegen hier bei uns von Natur aus höher. Das ist einer der Gründe, weshalb wir normalerweise keine Besucher empfangen, und wenn dann nur für kurze Zeit. Unsere Initianden sind genetisch modifiziert, um die Strahlung besser zu verkraften. Diese Werte jedoch ...« Geo-3 wirkte besorgt. »846, führen Sie einen Standardscan der Tiefenzonen durch und legen Sie ihn auf den Hauptschirm.«

Ellis hatte keine Ahnung, mit wem er redete. An den Arbeitsplätzen mussten mindestens hundert Individuen sitzen. Es sah aus, als hätte eine Schweißergewerkschaft die Bodenkontrolle der NASA übernommen. Die wenigen, die keine langen Mäntel und Brillen trugen, saßen einfach nackt vor ihren leuchtenden virtuellen 3D-Terminals, die genauso gut auch ein atemberaubendes Videospiel hätten sein können. Einige hatten sogar Snacks und Getränke neben sich stehen. Keine Tätowierungen, Halstücher oder Masken. Wahrscheinlich legten Geomanten keinen großen Wert darauf, sich von der Masse abzuheben.

»Was ist?«, fragte Pax.

»Normalerweise führen wir einmal im Monat einen Routinecheck der problematischen Gebiete durch. Aber wenn man diesem Sammlerstück von Ihnen glauben darf, dann haben wir hier erhöhte Werte.«

Kurz darauf wechselte der Hauptschirm zu einem stilisierten Sonnensymbol – ein von unzähligen Strahlen umgebener Kreis. Ellis brauchte einen Moment, um zu verstehen, dass es tatsächlich eine schematische Darstellung der Zentrale aus der Vogelperspektive war, überlagert von gespenstischen Farben, die ihn an die Infrarotsicht aus Spionagethrillern erinnerten. Darunter liefen Zahlen wie in einem Newsticker vorüber.

»Schaut–euch–das–an.« Geo-3 trat auf den Schirm zu. Fast alle Geomanten im Raum hoben bei seinen Worten die Köpfe.

»Was ist?«, fragte Ellis.

»Die Strahlung *ist* zu hoch. Aber wieso? 47, lokalisieren Sie die Quelle!«

Unter den gespannten Blicken der Versammelten wurden der Reihe nach verschiedene Farben auf dem Hauptschirm isoliert und herausgefiltert, bis nur noch Gelb und Rot übrig blieben. Dann bewegte sich der Bildausschnitt und zoomte näher an den Mittelpunkt des roten Flecks heran.

»Gebt ihnen Mäntel und Brillen«, sagte Geo-3 und zeigte auf Pax und Ellis.

Geo-12 rannte los und holte die Schutzausrüstung aus einem Fach.

»Kommen Sie mit.« Geo-3 setzte sich schon in Bewegung, dann hielt er noch einmal inne und rief: »Wecken Sie Geo-1 und Geo-2! Sagen Sie ihnen, *der Himmel stürzt ein.*«

Dank der Brillen konnten sie auch in den hellen Portaltunneln etwas erkennen. Sie durchquerten das zähflüssige geschmolzene Gestein, mussten aber nicht weit gehen.

»Da«, sagte Geo-3. Jenseits der Wände des Portaltunnels ließ sich ein dunkles, metallisches Objekt erahnen. Es lag eingebettet im natürlichen schwarzen Fels, etwa die Länge eines Footballfelds von ihnen entfernt. »Das könnte eine altmodische Bombe sein.«

»Ich kann es nicht richtig erkennen …«

»Seitlich an Ihrer Brille«, erklärte Geo-3. »Zwei Sensoren. Oben zoomt näher heran, unten zoomt von Ihnen weg.«

Ellis ertastete die richtige Stelle am Brillenrand und vergrößerte die Bombe so weit, bis er das vertraute Warnzeichen auf der stumpfen Metallhülle sah. »Das ist sie«, bestätigte er. »Kannst du mit deinem Öffner nicht ein Portal darunter erzeugen?«, fragte er Pax. »Damit die Bombe einfach ins All fällt?«

Pax schüttelte den Kopf. »Aus Sicherheitsgründen kann man nur vertikale Portale öffnen. Außerdem ist die Bombe zu weit weg – ein Portalöffner funktioniert nur über eine Distanz von maximal acht Metern.«

Geo-3 nickte zustimmend.

»Heißt das, jemand muss da raus?«

»Es ist nicht ganz so schlimm, wie es aussieht«, beruhigte ihn Geo-3 und führte sie wieder nach drinnen. »Und machen Sie sich keine Sorgen – wir kümmern uns darum. Sie sagten aber, es gäbe noch zwei weitere Bomben, richtig?«

»Richtig … an einer haben sie allerdings noch gearbeitet, von daher gibt es vielleicht auch bloß zwei insgesamt.«

»Und uns bleiben noch zwei Stunden?«

»Etwas weniger, fürchte ich. Die Bomben detonieren um 14:54 Uhr Kernzeit.«

Zurück in der Zentrale legte Geo-3 seine Brille ab. »Ich will eine sofortige Extraktion in Rasterfeld P. Das Alphateam soll das Paket in die Leere schicken, wo es keinen Schaden anrichtet. 1004 bis 1020, rüsten Sie Einsatzteams mit Scannern aus! Suchen Sie nach Gefahrenwerten oberhalb der Fünfhunderter-Schwelle.«

»Ich fürchte, wir haben nicht genug Scanner«, merkte jemand von der Empore aus an.

Geo-3 wirkte verärgert, holte aber tief Luft. »Sie haben einen Erzeuger, also benutzen Sie ihn. Und besser etwas zügig, sonst werden wir nämlich alle sterben. Ich hoffe, ich setze Sie nicht unter Druck.« Er wandte sich an Ellis und Pax. »Ich habe wirklich keine Ahnung, wie 1028 den Eignungstest bestanden, geschweige denn das Initiandentraining überlebt hat. Die Antwort kennt wohl nur sein Vater.«

»Sein Vater?«, fragte Ellis überrascht.

Pax legte ihm eine Hand auf die Schulter. »Das war ein Scherz.«

Geo-3 lächelte. »Sie sollten sich beide beruhigen. Panik ist niemandem eine Hilfe.«

»Uns bleiben nur noch Minuten, ehe wir alle in einer nuklearen Explosion sterben«, protestierte Ellis. »Vorausgesetzt, die Zeit stimmt überhaupt.«

Geo-3 lachte. »Und weiter?«

»Also wenn das kein Grund zur Panik sein soll, weiß ich auch nicht.«

Da öffnete sich ein Portal inmitten der Zentrale, und ein Geomant mit einem Schutzhelm trat heraus. »Wie ist die Lage, Drei?«

»Tag wie jeder andere, Eins.«

»Doch so schlimm?«

Die beiden grinsten sich zufrieden an. Ellis erinnerten sie an kampferprobte Piloten auf dem Weg zu ihren Cockpits, kurz vor dem Einsatz.

»Leider ja. Wir haben drei antike Nuklearwaffen hier unten, die in weniger als hundertdreiundzwanzig Minuten explodieren werden. Eine haben wir dankenswerterweise direkt vor der Tür gefunden. Das Alphateam kümmert sich schon darum.«

Geo-1 schaute ungläubig drein. »Nuklearwaffen? Was zum Bliesel ...?«

»Ehrlich gesagt hab ich mir die Fragen bislang gespart. Dafür ist auch später noch Zeit, bei ein paar vergleichbar antiken Cocktails beispielsweise.«

»Guter Plan«, sagte Geo-1. »Prometheus! Aufwachen, alte Dame!«

»Du weißt, dass ich nie schlafe«, donnerte eine machtvolle Stimme. Könnte der Planet selbst sprechen, dann würde er genauso klingen, da bestand für Ellis kein Zweifel.

»Prometheus, wir haben hier ein Problem.«

Ellis kam nicht umhin, sich wie in einem Remake von *Apollo 13* zu fühlen. Überall um sie herum schnappten sich Leute ihre Schutzanzüge und eilten davon, zielsicher, doch ohne jede Spur von Angst. Es war, als ob man den Männern auf einer Feuerwache zusah, wie sie sich ankleideten und die Stange hinabrutschten.

»Ich habe die Situation verfolgt«, donnerte Prometheus.

»Wärst du so freundlich, uns auf volle Kernstufe zu bringen? Wird Zeit, dass auch die Letzten aufwachen.«

»Volle Kernstufe«, bestätigte Prometheus, und ein Alarm gellte los. Die Geräusche innerhalb der Zentrale waren gedämpft, doch Ellis glaubte ein tiefes Grollen zu spüren, so als ob sich etwas Großes in der Tiefe bewegte.

»Wir müssen noch mindestens einen, vielleicht auch zwei Sprengköpfe finden!«, rief Geo-1. »Jeder, der nicht unentbehrlich ist, raus in die Tunnel! Die Übrigen suchen von hier aus. Cons auf ständiger Bereitschaft. Ich wünsche ständigen Koordinatenaustausch. Und sobald jemand etwas findet, sofortige Meldung!«

»Wie können wir helfen?«, fragte Pax.

»Indem Sie uns aus dem Weg gehen und unsere Arbeit machen lassen.«

»Ist das wirklich ein Tag wie jeder andere für Sie?«, forschte Ellis nach.

Geo-3 grinste und mümmelte: »Sie ahnen ja gar nicht, was ich so alles erzählen könnte.«

Ellis und Pax waren über die Treppe auf die Empore ausgewichen und standen am Geländer, um niemandem im Weg zu sein. Von hier oben konnten sie auch das Jumbotron leuchtender Schirme leichter verfolgen, ohne sich dabei den Hals zu verrenken. Die Hände am Geländer, schauten sie zu, wie der große rote Fleck Radioaktivität zusammenschrumpfte und verschwand.

Jubel erfüllte die Zentrale, doch nur für kurze Zeit, denn es gab immer noch zwei weitere Bomben, die entfernt werden mussten.

»Ich hatte ja keine Ahnung, wie es hier unten aussieht«, sagte Pax. »Es ist so unheimlich – aufregend, aber auch unheimlich. Wenn der Rest von Hollow World das wüsste! Wir zollen den Geomanten zwar unseren Respekt – feiern sie sogar am Geomantentag – aber ich glaube nicht, dass den Leuten wirklich klar ist, weshalb eigentlich. Solange man sich nicht mit eigenen Augen ein Bild davon macht, kann man sich das hier unten gar nicht vorstellen.«

»Die erste Bombe wäre geschafft«, sagte Geo-1 und gesellte sich zu ihnen. »Und ein Team am Amethystring hat wahrscheinlich auch die zweite lokalisiert. Sie werden gleich zu ihr vorstoßen. Es gibt aber keine Spur von der dritten. Sind Sie sicher, dass es drei sind?«

»Sie hatten gerade an der dritten gearbeitet, als ich ging«, sagte Ellis. »Es gab Schwierigkeiten mit dem Zeitzünder. Möglich, dass sie ihn nicht mehr reparieren konnten. Schließlich sind diese Waffen ziemlich alt.«

»Genauso alt wie Sie.«

Es wunderte Ellis, dass Geo-1 ihn gar nicht ausfragte. Die meisten Menschen in Hollow World starrten ihn für gewöhnlich permanent an. Die Geomanten schienen kaum Notiz von ihm zu nehmen.

»Sie wissen, wer ich bin?«

»Man kann es ja kaum vermeiden, auf Schritt und Tritt von Ellis Rogers zu hören. Sie sind so beliebt wie die letzte Sauerstoffflasche auf dem Meeresgrund. Ich selbst bin auch nicht mehr der Jüngste. Tatsächlich bin ich sehr, sehr alt – diese Bomben sind aber noch älter. Woher stammen sie?«

»Aus dem Kriegsmuseum in Jerusalem.«

»Klingt plausibel – aber die Sprengköpfe dort waren doch längst nicht mehr einsatzfähig. Das radioaktive Material ist entfernt worden.«

»Offensichtlich ist es den Betreffenden gelungen, sie wieder scharf zu machen.«

Geo-1 nickte nachdenklich. »Dann gibt es vielleicht also gar keine dritte Bombe?«

»Ich weiß es nicht.«

»Hoffen wir das Beste.« Er studierte den Schirm. »Wir können sie nämlich nicht finden. Und das beunruhigt mich.«

Ellis vermutete, dass es eine ganze Menge brauchte, um Geo-1 zu beunruhigen.

»Wie viel Zeit haben wir noch?«

»Dreißig Minuten, und ich ...« Geo-1 hielt plötzlich inne wie jemand, der einer Sportübertragung per Kopfhörer folgt. »Na prima! Muss ich Sie ernsthaft daran erinnern, dass uns die Zeit davonläuft?« Er wartete. »Gute Arbeit!«, sagte er dann mit einem Grinsen. »Wir haben sie – unmittelbar vor dem Gehenna-Tunnel. Ist eben auf unseren Anzeigen erschienen. Das Deltateam ist schon auf dem Weg.«

»Sagten Sie, sie wäre eben erst erschienen?«

»Genau. Wurde wahrscheinlich gerade abgeliefert.«

Geo-1 fixierte Ellis. Sein Gesicht war das eines Mittzwanzigers, doch die Augen waren alt und hart wie die eines seeerfahrenen Matrosen. »Und Sie sind sich wirklich sicher, dass es nur drei waren?«

»Das war, was mir gesagt wurde und was ich gesehen habe.«

»Okay. Dann haben wir das anscheinend unter Kontrolle.«

Ellis wollte einen Blick auf die Uhr werfen, doch die Akkus seines Handys hatten zwischenzeitlich den Geist aufgegeben. Er wünschte, er würde immer noch eine Armbanduhr tragen.

»Sagen Sie, könnten wir wohl einen Ihrer Erzeuger benutzen?«, fragte Pax.

Geo-1 wies ihnen den Weg. »Dritter Stock.«

»Hat er auch die übliche Auswahl?«

»Sie ist etwas angepasst, aber die Standards sind auch dabei.«

»Danke.« Pax nahm Ellis an der Hand und führte ihn zum dritten Stock, wo eine kleine Reihe industriell wirkender Erzeuger in verschiedenen Größen stand, jeder an eine automatische Kieszufuhr angeschlossen. Einer hatte die Größe eines kleinen Kühlhauses mit einer schweren Doppeltür, geräumig genug, dass man einen Buick darin hätte parken können. Mit einer raschen Geste erweckte Pax eins der gebräuchlicher dimensionierten Geräte zum Leben.

»Historische Uhren«, dozierte Pax.

Die Front des Erzeugers leuchtete auf und projizierte mehrere rotierende Zeitmesser vor ihnen in die Luft. Sie waren dreidimensional und wirkten so überzeugend, dass Ellis meinte, sie direkt aus der Luft pflücken zu können. Er sah komplizierte Digitaluhren, Taucheruhren, diamantbesetzte Schmuckstücke, bunte Plastikuhren, Taschenuhren, sogar eine echte Ingersoll mit Micky Maus und Lederarmband.

»Irgendwelche Vorlieben?«, fragte Pax.

»Eine digitale wie die hier, bitte.« Ellis zeigte es Pax.

Pax tätigte die Auswahl. Ein Blitz, dann machte es *Bing*, Pax öffnete Tür und drückte Ellis eine noch warme Uhr in die Hand, die haargenau so aussah wie in der Projektion. Das Display zeigte 12:00 Uhr. Ellis spielte mit den Knöpfen herum und fand den Wecker, ehe er herausbekam, wie sich die Uhr auf Hollow-World-Kernzeit stellen ließ. Wenn Warren die Wahrheit gesagt hatte, blieben ihnen noch siebzehn Minuten. Ellis startete einen Countdown, dann kehrten sie zurück.

»Pax, woher wusstest du, dass ich mir eine Uhr wünsche?«

Pax zuckte die Achseln. »Es sah einfach sehr danach aus.«

»Im Ernst? Du hast mir *angesehen,* dass ich gerne eine Uhr hätte?«

»Hat doch gestimmt, oder?«

»Und wieso hast du bei unserem ersten Treffen gewusst, dass ich Geo-24 nicht umgebracht habe? Hat man mir meine Unschuld etwa auch angesehen?«

»Wie gesagt ... ich bin ein Schlichter und habe eine gute Menschenkenntnis.«

»Du kanntest aber auch den Code der Geomanten: *Der Himmel stürzt ein.*«

Pax lächelte verlegen.

»Den hast du bei deinem ersten Treffen mit Geo-24 erfahren, richtig? Als ihr euch am Tag der Wunder kurz unterhalten habt. Ich könnte allerdings wetten, dass er dir den Code nie gesagt hat.«

»Ich weiß nicht, was ...«

»Wahrscheinlich hast du dich irgendwie verraten, weil die Gegenwart eines Geomanten dich nervös gemacht hat. Da ist dir ein Fehler unterlaufen; und Geo-24, darauf trainiert, selbst kleinste Unregelmäßigkeiten zu registrieren, hat das bemerkt. Deshalb hat Geo-24 auch Nachforschungen über dich angestellt. Deine Akte muss ganz außergewöhnlich gewesen sein: all die Leute, denen du geholfen hast, Vin zum

Beispiel! Niemand sonst war mehr in der Lage, etwas für sie zu tun. Selbst das IBS musste hilflos mit ansehen, wie sich Vin immer wieder die Augen ausstach. Du aber konntest ihnen allen helfen – weil du in sie sehen, ihren Schmerz spüren konntest.«

»Menschen zu verstehen und ihnen zu helfen ist die Aufgabe eines Schlichters.«

»Dein Talent geht aber weit darüber hinaus, oder? Du hast den Code von Geo-24 auf dieselbe Weise erfahren, wie du von Pol das mit Ren rausgekriegt hast. Du hast auch versucht, mich vor ihnen zu warnen. Du wusstest nämlich, was sie vorhatten.«

»Nein. Nein!« Pax schüttelte den Kopf. »Ich hatte keine Ahnung von dem hier. Wenn ich das gewusst hätte …«

»Stimmt, die Details hast du noch nicht gewusst … erst, als du mich später auf der Farm gefunden hast. Ich hatte nur gesagt, dass wir verschwinden müssen, du aber hast davon angefangen, dass sie Hollow World *betonieren* wollten.«

Verängstigt wich Pax vor ihm zurück. »Ellis Rogers, bitte nicht …«

Da brach unter ihnen in der Zentrale auf einmal ein Tumult aus, als jemand in einem schweren Schutzanzug eintrat und einen reglosen Körper hinter sich herzog. Im selben Moment, in dem sie den Tunnel verließen, sah Ellis auch die Blutspur, die der Verwundete hinterließ.

»Da sind Leute bei der Bombe!«, rief das Mitglied des Deltateams, während man sich schon um seinen blutenden Kollegen kümmerten. »Es hat ein paarmal laut geknallt, und 884 ist einfach umgefallen. Und mir tut der Arm weh … mein Arm …« Das Teammitglied brach zusammen; und da entdeckte Ellis auch das kleine Loch in seinem Anzug, nahe der Schulter.

»Warren«, sagte Ellis. »Er bewacht die Bombe.«

»Alpha- und Betateam soll…«, hob Geo-1 ein.

»Warten Sie!«, schrie Ellis von der Empore und stolperte mit Pax die Treppe hinab zu der Gruppe, die sich um die verletzten Geomanten geschart hatte. »Er wird Sie töten!«

»Wer ist *er?*«, fragte Geo-1.

»Warren Eckard.«

»Ein weiterer Darwin?«

»Ganz genau. Er hat eine Waffe und wird jeden erschießen, der ihm zu nahe kommt. Er muss gemerkt haben, dass wir die übrigen Bomben entsorgt haben, und will nun gewährleisten, dass zumindest die letzte auch explodiert. Wahrscheinlich wartet er bis zur allerletzten Sekunde und flieht dann durch ein Portal.«

»Könnten Sie – oder Prometheus – nicht einen Portaltunnel zur Bombe öffnen?«, fragte Pax. »Um sie zu isolieren?«

»Schon, aber das würde nicht viel bringen. Portaltunnel sind zu beiden Seiten hin offen. Wenn die Bombe explodiert, würde die Hälfte der Sprengkraft mitten durch die Zentrale gehen und uns alle vernichten.«

»Wie ein Gewehrlauf«, murmelte Ellis. Er warf einen Blick auf seine neue Uhr: 00:14:53. »Ich brauche einen Portalöffner.«

»Ich habe einen«, sagte Pax entschlossen. »Und ja, ich weiß genau, was dir durch den Kopf geht – und nein, das kannst du vergessen, es sei denn, du schießt mich über den Haufen. Und ja, du hast recht, wir haben keine Zeit für Streitereien. Also los!«

»Versprich mir, dass du mir erklärst, wie du das machst, dann darfst du mit.«

»Ich erzähle dir alles, was du wissen willst – vorausgesetzt, wir überleben das.«

»Abgemacht.«

»Sie möchten vielleicht eine Evakuierung einleiten«, merkte Pax im Gehen an.

»Das wäre eine gute Idee«, stimmte Ellis zu.

Geo-1 wandte sich an Geo-3. »Hollow World wird leer geräumt. Jeder soll sofort an die Oberfläche springen. Geben Sie's durch!«

»Hoffentlich erinnern sich die Leute noch an ihr Training«, gab Geo-3 zu bedenken.

»Wenn wir in fünfzehn Minuten noch da sind, werden Sie wissen, ob wir Erfolg hatten«, sagte Ellis. »Wenn nicht ...«

»Was haben Sie vor?«, fragte Geo-1.

Ellis zog seine Pistole. Sie fühlte sich kalt an. »Warren aufhalten. Ren Zero.«

14

Die Zeit läuft ab

Ellis weigerte sich, einen Schutzanzug zu tragen. Erstens hätte das Umziehen zu lange gedauert, vor allem aber hätte ein Anzug auch verborgen, wer er war. Warren hatte keine Probleme damit, auf die »Glatzköpfe« zu schießen; vielleicht würde er es sich aber zweimal überlegen, ob er auch Ellis erschoss.

Allem Wagemut zum Trotz rechnete Ellis nicht damit, Warren töten zu müssen. So weit würde es nicht kommen. Wenn ihm gar keine andere Wahl blieb, würde er ihm in den Arm oder ins Bein schießen und ihm dann die Waffe wegtreten, so wie in den Western, mit denen sie aufgewachsen waren. Er dachte daran, wie seine blinkende Uhr 12:00 gezeigt hatte, ehe er sie gestellt hatte: High Noon – die klassische Zeit für den Showdown.

Warren würde mich nicht erschießen … oder doch?

Der Warren Eckard, den er 2014 gekannt hatte, würde das tatsächlich nicht tun, aber das hier war *Master Ren*. Etwas Grundlegendes war mit ihm geschehen; seine Erfahrungen allein in der Hütte im Wald mussten seinen Freund tiefgreifend verändert haben. Zum einen hatte er mit dem Bibellesen begonnen, und allein damit hätte Ellis nie gerechnet. Und irgendwo in den Seiten dieses Buchs hatte er scheinbar auch die Erlaubnis gefunden, andere Menschen zu schlagen und umzubringen. Warren hatte nicht nur an den Händen Schwielen bekommen.

Der Countdown stand bei 00:12:53, als Ellis und Pax den Portaltunnel betraten, der das zähflüssige Meer von Gehenna durchquerte. Im Tunnel herrschte eine unheimliche Stille. Nur das schwache Summen des permanenten Energieflusses war zu hören. Schallwellen durchdrangen die Barriere ebenso wenig wie Wasser, Hitze oder das Vakuum des Alls, und das war auch gut so; schließlich liefen sie gerade durch einen Ozean aus kochendem Gestein, und Ellis war ziemlich sicher, dass sie bei dieser Nähe sonst bereits vollständig verdampft wären.

»Bleib hinter mir«, sagte er zu Pax.

Der Tunnel verlief in gerader Linie, und trotz des gleißenden Meeres glaubte Ellis in der Ferne zwei flimmernde Erscheinungen auszumachen, wie Autos am Horizont eines Highways unter sengender Sonne. Es war genau die Art von apokalyptischer Höllenszenerie, vor der er sich zu Beginn seiner Zeitreise gefürchtet hatte. Er hätte nur nicht erwartet, dass er und Warren die beiden Krieger sein würden, die sich zum letzten Duell gegenübertraten.

Vielleicht war es ja auch gar nicht Warren. Vielleicht war es Pol, oder Dex oder Hig, obwohl sich Ellis nicht vorstellen konnte, dass Warren irgendwem sonst seine Waffe anvertraute. Vielleicht waren sie mittlerweile auch schon wieder weg. Vielleicht hatte das Deltateam ihn und seine Leute erwischt, als sie gerade die Bombe platzierten, es hatte eine Schießerei gegeben, und Warren war zur Firestone-Farm zurückgesprungen, sodass nur noch die tickende Bombe auf ihn wartete. *Und vielleicht machen der Weihnachtsmann, die Zahnfee und der Osterhase ja gemeinsam Urlaub in Florida. Vielleicht hat sich Isley auch nicht umgebracht, und Peggy wurde nicht zur Alkoholikerin, weil ich ein rücksichtsloser Dreckskerl bin. Vielleicht* war nichts als ein bequemer Schutzschild, hinter dem man sich verstecken konnte, wenn die Wirklichkeit einen schaffte.

Und die Wirklichkeit gab sich alle Mühe, Ellis nicht zu enttäuschen. Schon konnte er den weißen Behälter erahnen; und daneben stand Warren. Er war allein und trug einen Strahlenschutzanzug, doch Haube und Handschuhe lagen vor ihm auf dem Boden des goldenen Tunnels. Er war gerade beschäftigt und merkte nicht, wie sie näher kamen.

»Gottverdammt!«, fluchte Warren über das, was er da in Händen hielt. »Du dummes Scheißteil!«

Ellis hielt die Pistole schussbereit vor sich, wie man es ihm auf dem Schießstand gezeigt hatte, doch der Lauf zeigte noch nach unten. In seiner Vorstellung sah er aus wie einer dieser verwegenen Privatdetektive im TV, der sich irgendwo in New York durch das Treppenhaus schlich. In Wahrheit aber war ihm übel, und er schwitzte so stark, dass er sich fragte, ob die Hitze von draußen nicht doch irgendwie in den Tunnel eindrang.

»Warren«, sagte Ellis mit bebender Stimme.

Warren zuckte herum; und Ellis sah den Portalöffner in seinen Händen.

Der erschrockene Ausdruck auf Warrens Gesicht wich erst Verwirrung, dann nickte er ihm zu. »Na, wenn das nicht Mr. Rogers ist.«

»Ich hab dir doch gesagt, dass ich das nicht zulassen würde. Und ich hab auch meine Pistole wieder. Geh weg von der Bombe.« Er hielt nach Warrens Gewehr Ausschau, konnte es jedoch nirgends entdecken. »Deine anderen Bomben haben wir schon neutralisiert – alle fünf.«

Warren kniff abschätzend die Augen zusammen, dann lachte er. »Netter Versuch, aber du lügst. Es gab nur die drei.«

»Danke, dass du's bestätigt hast«, sagte Ellis und wartete, bis Warrens finsteres Gesicht ihm verriet, dass auch bei ihm der Groschen gefallen war. Dann hob er den Lauf seiner Pistole leicht an. »Und jetzt zurück mit dir. Ich will nicht auf dich schießen, aber ich werde es tun, wenn du mir keine Wahl lässt.«

»Du würdest mich erschießen? Ist das dein Ernst? Scheiße verdammt, ich bin dein bester Freund, Ellis! Ich hab dich schon in der Schule beschützt. Ich hab dir deinen ersten richtigen Job besorgt und dir Geld für dein erstes Auto geliehen. Ich war dein verdammter Trauzeuge! Und jetzt willst du mich erschießen? Verarschen kann ich mich selbst.«

»Um Millionen von Menschen zu retten, würde ich es tun. Worauf du einen lassen kannst.«

»Das sind keine Menschen. Wir beide sind die letzten richtigen Menschen, Ellis. Die ganzen anderen« – er zeigte auf Pax – »sind doch Zirkusfreaks, Missgeburten aus dem Reagenzglas. Das hier ist unsere Chance, das wieder zu korrigieren. Kapierst du es immer noch nicht? Deshalb hat man uns hergeschickt! Deshalb hat Gott uns durch die Zeit geschossen. Er braucht unsere Hilfe, um seine Welt wiederherzustellen. Er will, dass wir diese Missgeburten töten, damit seine wahren Kinder ihren heiligen Auftrag erfüllen. Das musst du doch einsehen!«

Ellis schüttelte den Kopf und trat langsam vor. Er wollte möglichst nahe sein, falls er wirklich schießen musste. Er war kein guter Schütze. Er hatte die Waffe bislang nur ein paarmal abgefeuert. Diesen Hal hatte er bloß getroffen, weil er direkt vor ihm gestanden hatte. So nahe würde Warren ihn wahrscheinlich nicht heranlassen. »Ich habe immer ein Problem, wenn jemand die Worte *Gott* und *töten* im selben Satz gebraucht.«

»Weil du die Bibel nicht gelesen hast. Gott – der *echte* Gott, nicht dieser scheißlinke Hippie-Gott – ist wie ein Mafiaboss. Der Gott der Bibel ordnet ständig Morde an. Von seinem treuesten Gefolgsmann – Abraham – wollte er, dass er seinen eigenen Sohn tötet. Moses ließ er die ganzen Ägypter umbringen, und auch diejenigen, die auf der falschen Seite standen, als er von seinem Berg runterkam – die Szene haben sie im Film *Die zehn Gebote* geändert, doch so hat es sich zugetragen. Und Josua hat Gott Jericho zerstören lassen – hat eine ganze Stadt umgebracht, jeden Mann, jede Frau, jedes Kind abgeschlachtet. Und wozu? Damit sie seinem auserwählten Volk nicht mehr im Weg stehen. Genau das mache ich auch. Das will Gott von *uns*, Ellis.«

»Aber nicht heute.« Ellis tat einen weiteren Schritt. »Jetzt weg da – ich meine es ernst, Warren.«

»Erschieß ihn«, sagte Pax.

Ellis war erschüttert, wie ernst Pax klang. Nicht nur ernst – *überzeugt*. Er konnte es nicht nachvollziehen, schon gar nicht, wenn er daran dachte, wie Pax bislang auf Gewalt reagiert hatte. *»Was?«*

»Er trägt eine Pistole im Gürtel«, erklärte Pax hastig. »Hinten, auf dem Rücken. Es ist seine kleine SIG P245, von der er dir nie erzählt hat, weil er sie ursprünglich einmal gekauft hat, um Olsons Schnapsladen zu überfallen. Bei Ford wurde damals gerade gestreikt, und Kelly lag ihm wegen Geld in den Ohren. Er hat die Waffe jahrelang versteckt. Aber jetzt will er sie gleich ziehen und dich damit erschießen.«

»Stimmt das, Warren?« Ellis starrte seinen Freund an.

»Er glaubt, dass er dir nicht mehr trauen kann«, fuhr Pax fort. »Er denkt, dass wir dich einer Gehirnwäsche unterzogen haben – insbesondere ich. Er denkt sogar, dass ich dich jetzt, in diesem Moment, wie ein Marionettenspieler kontrolliere. Vielleicht haben wir etwas mit dir angestellt, als wir dir deine neue Lunge eingepflanzt haben. Einen Chip ins Hirn gesetzt oder so – *genau, das muss es sein! Die Schweine haben Ellis 'nen verdammten Chip ins Hirn gepflanzt, und jetzt kontrollieren sie den armen Kerl. Er ist nur noch ihr Zombie. Ach du Scheiße! Wie kann dieser Freak – der Scheißkerl liest meine verdammten Gedanken! Spricht alles laut mit, was ich gerade denke, im selben Moment! Scheiße! Scheiße! Sorry, Ellis – Gott, verdammt! Ich mach das wirklich nicht gern, doch wenn von dir noch irgendwas da drin ist, dann weißt du, dass mir keine Wahl bleibt. Mach's gut, alter Freund.*«

Warren griff hinter sich.

»Schieß! Schieß jetzt!«, schrie Pax.

Ellis entsicherte die Waffe. Er konnte das tun. Er zielte auf Warrens linkes Bein und drückte ab. Doch er fühlte sich gedrängt und hatte Angst, und im selben Moment, in dem er schoss, wusste er, dass er Warren verfehlt hatte.

Gleichmäßig zielen, nicht reißen!

Das hatte ihm der Ausbilder auf dem Schießstand immer gesagt; das war's, was sinngemäß auch in der Bedienungsanleitung stand: tief einatmen, ein bisschen aus, dann Luft anhalten und ganz langsam und *sanft* den Abzug betätigen.

So etwas klappte vielleicht auf dem Schießstand, wo es schöne Ohrenschützer und harmlose Zielscheiben mit konzentrischen Kreisen gab. Doch die Dinge lagen schon ein bisschen anders, wenn man in einem transparenten Gang über einem Lavasee vor einer tickenden Wasserstoffbombe stand und der beste Freund einem die Rübe wegpusten wollte, weil er einen für einen Zombie hielt.

Genau wie letztes Mal riss der Rückstoß ihm die Arme hoch. Er musste tiefer zielen, und nächstes Mal traf er besser, sonst ...

Er hatte nicht vorbeigeschossen! Das merkte er daran, dass Warren zusammenzuckte.

In der Mitte von Warrens Schutzanzug war ein Loch. Nicht in seinem Bein, sondern in der Brust. Wäre Warren eine der besagten Zielscheiben gewesen, hätte Ellis die volle Punktzahl geholt. Erschüttert starrte sein ältester Freund ihn an. Er versuchte, etwas zu sagen, doch das Murmeln ging im Echo des Schusses unter. Dann knickten ihm die Knie ein, und Warren sackte – Gesicht nach unten – auf dem Tunnelboden zusammen.

Ellis begriff es nicht.

Was war gerade geschehen?

Er stand wie erstarrt da, glotzte Warren verwirrt an.

Ich habe ihn nicht getötet. Ich kann ihn doch nicht getötet *haben ...*

Halb rechnete er damit, dass Warren wieder aufstand, obwohl er wusste, dass das nicht geschehen würde.

Warren kann gar nicht tot sein! Ich hab auf sein Bein gezielt!! Auf sein Bein!!!

Pax stürzte an ihm vorbei, den Portalöffner bereit.

Ein Feld voller Sterne tat sich im Tunnel auf. Die widerstreitenden Energien des Portals im Portal erzeugten einen farbenprächtigen Regenbogen, der Funken schlug wie eine Teslaspule. Pax' Gesichtsausdruck nach zu urteilen, war dieser Effekt alles andere als erwartet. Dennoch war der Schlichter geistesgegenwärtig genug, Ellis zuzurufen: »Schnell! Wir müssen sie durchrollen.«

Ellis warf einen Blick auf seine Uhr. Die blau leuchtenden Ziffern zeigten 00:03:48.

Er rannte Pax hinterher und half zu schieben. Das Portal befand sich nur einen Meter hinter dem Behälter, doch trotz seiner Räder war er sehr schwer zu schieben. Es fühlte sich an, als wöge die Bombe so viel wie ein Panzer, und Ellis' Füße fanden auf dem glatten Tunnelboden wenig Halt, sodass er ständig ins Rutschen kam. Dann bewegte sich der Behälter endlich ein Stück, rollte erst langsam, dann immer schneller.

»Nicht durch das Portal!«, warnte Pax und packte ihn am Arm. »Lass sie rollen!«

Die Bombe glitt nun von selbst weiter. Direkt vorm Portal aber blieb sie abrupt stehen.

»Hol's doch der Sturm!«, fluchte Pax.

Es war klar, was passiert war: Das Portal schwebte gerade einen Zentimeter zu hoch, und die Räder des Behälters waren am Rand hängen geblieben. Gegenstände mussten ein

Portal jedoch vollständig durchqueren – eine weitere Sicherheitsvorkehrung, nahm Ellis an, damit Personen und Gegenstände nicht unabsichtlich entzweigeschnitten wurden. Entweder hoben sie den Behälter also irgendwie an und stießen ihn durch, oder das Portal musste abgesenkt werden.

Ellis schaute auf die Uhr. 00:02:38.

Pax betätigte abermals den Öffner. Eine Sekunde später war die Lightshow vorbei und das Portal ins All wieder geschlossen.

Ellis' Blick ruhte auf Warren. Ein Loch klaffte im Rücken des Schutzanzugs. Ein sehr viel größeres Loch. Blut blubberte daraus hervor wie aus einem kleinen artesischen Brunnen und sickerte an den Seiten herab. Es wurde zu einer Pfütze, ein helles Rot. Warren regte sich nicht, atmete nicht.

»Nein, nein, nein!«, schrie Pax und drückte auf dem winzigen Gerät herum. Ein neues Portal tat sich, diesmal ebenerdig, aber ein Stück zu weit links. »Geblieselte Koordinaten!«

»Noch zwei Minuten«, sagte Ellis.

Das Portal schloss sich wieder.

Die Verbissenheit, mit der Pax den Portalöffner bediente, erinnerte Ellis an Isley, wenn er mit seinem Game Boy gespielt hatte. *Das ist der Endgegner!*, hatte er häufig erwidert, wenn Ellis ihn bat, den Müll rauszubringen. *Ich bin bei meinem letzten Leben!*

Ein weiteres Portal entstand und brachte ein neuerliches Blitzgewitter mit sich. Es reichte flackernd etwa dreißig Zentimeter in den Tunnelboden hinein, und beide Wurmlöcher bekriegten einander an der Schnittstelle. Der ganze Tunnel drohte zu kollabieren.

Keine Sorge, hatte Geo-12 gesagt. *Wir hatten noch nie ein Tunnelversagen.* Ellis hoffte nur, dass es dabei blieb.

Das neue Portal lag auch wieder einen Meter nach hinten versetzt. Zum Glück hatte Pax bedacht, dass sie einen neuerlichen Anlauf brauchten.

Ohne ein weiteres Wort machten sie sich wieder an die Arbeit. Warrens Blut aber hatte sich mittlerweile über den Boden bis zum Behälter ausgebreitet. Es war, als versuchte man ein Auto auf einer Eisfläche zu schieben.

Ellis zog seinen Pullover aus und warf ihn auf den Boden, damit sie mehr Halt hatten.

00:01:31.

Sie stemmten sich mit ihrem ganzen Gewicht gegen die Bombe. Schon spürte Ellis den Pullover nachgeben, als der Behälter sich endlich in Bewegung setzte, obwohl nur im Schneckentempo. Sie drückten weiter, auch als der Pullover ihnen schon keine Hilfe mehr war, bis Pax schließlich ausrutschte und in die Blutlache fiel.

00:01:15.

Ellis hob das Handgelenk, damit er Uhr und Sprengkopf gleichzeitig im Blick hatte. Der Behälter rollte quälend langsam voran.

»Eine Minute«, rief Ellis, gerade, als die Bombe das Portal erreichte und –

Pop!

Mit einem lauten Blitz verlor Pax' Portal den Kampf mit dem Tunnel und verschwand.

»Nein!«, riefen sie beide, während die Bombe die letzten Zentimeter ausrollte und stehen blieb.

Pax hatte wieder den Öffner in der Hand. »Er funktioniert nicht! Er *funktioniert* nicht mehr!« Die letzten Worte waren ein Schrei des Entsetzens.

»Warren – wir müssen Warrens Öffner benutzen!«

Gemeinsam rollten sie Warren auf den Rücken.

Er ist tot. Der Gedanke klopfte an die Pforte seines Verstands, doch Ellis hatte jetzt keine Zeit dafür. Er fand das kleine Gerät mit dem Touchscreen. Es war völlig blutverschmiert.

»Ich kann ihn nicht aktivieren!«, schrie Pax und wischte das Display an Warrens Hose ab. »Es liegt nicht am Blut – es funktioniert einfach nicht! Der Öffner ist genauso kaputt wie meiner.«

Ellis schaute auf die Uhr. *00:00:34*

Er schloss Pax in die Arme. »Gott, ich wünschte, du wärst eine Frau.«

Pax drückte sich fest an seine Brust. »Was für einen Unterschied würde das machen? Ich bin ich.«

»Ja, bist du.« Er hatte fast fünfunddreißig Jahre mit Peggy verbracht, aber nie eine solche Verbundenheit mit ihr – oder sonst jemandem – gespürt. *Was, wenn dein Seelenverwandter im falschen Körper steckt?*

Er konnte Pax lächeln spüren.

»Und du bist telepathisch begabt.«

»Das bin ich.« Pax rieb den Kopf an seiner Brust. »Ich höre die Gedanken der Menschen in meiner Nähe und fühle ihre Empfindungen, als ob es meine eigenen wären.«

00:00:22.

»Wieso hast du mir das nicht einfach gesagt?«

»Ich konnte es niemandem sagen. Wenn irgendwer dahintergekommen wäre – vor allem das IBS –, dann hätten sie mich benutzt, um das Schwarmprojekt zu verwirklichen. Ich mag meine Melone. Ich will nicht, dass die Menschen ihre Einzigartigkeit verlieren. Es wäre schrecklich, wenn das alles meine Schuld wäre.«

»Deshalb wolltest du dich damals umbringen ... damit sie nicht hinter dein Geheimnis kommen.«

Er fühlte Pax nicken.

00:00:10.

»Ich wollte es erklären, hatte aber Angst, dass die Leute mich ablehnen, mich hassen. Trotzdem wusste ich, wenn überhaupt irgendwer mich versteht, mir verzeihen kann – dann du.«

»Obwohl du weißt, was ich meinem Sohn Isley angetan habe?«

»Ja.«

»Er erzählte mir, dass er sich verliebt hatte.« Die Tränen traten Ellis in die Augen. »In einen anderen Mann! Ich sagte ihm, er müsse damit abschließen. Dass es keine Liebe war, was er empfand. Es konnte keine Liebe sein, weil es eine solche Liebe nur zwischen Mann und Frau gab. Ich stellte ihn vor die Wahl zwischen seiner Familie und diesem Schwulen, denn *mein Sohn* durfte nicht schwul sein.«

»Ich weiß.« Pax weinte ebenfalls. »Und ich weiß auch, dass du hinterher alles getan hättest, um diese Worte zurückzunehmen.«

»Ich weiß nicht einmal, weshalb ich es gesagt habe.« Ellis schluchzte. Sie schluchzten gemeinsam, während sie einander über dem Leichnam von Warren Eckard inmitten des glühenden Meers von Gehenna umarmten und darauf warteten, dass ...

Pax sagte es schließlich zuerst. »Sollten wir nicht längst tot sein?«

Ellis trocknete sich die Augen und sah auf die Uhr.

Sie blinkte auf *00:00:00*.

»Der Zeitzünder.« Die Bombe saß nach wie vor in ihrem Behälter, eine dunkle Silhouette vor dem flammenden Hochofen. »Warren meinte, es gäbe Schwierigkeiten mit dem Zeitzünder ...«

»Heißt das jetzt, dass sie gar nicht explodiert, oder nur, dass wir mehr Zeit haben?«

»Macht das denn einen Unterschied?« Ellis nahm Pax den Portalöffner ab und machte sich daran, ihn an seinem T-Shirt zu reinigen. »Spuck in die Hände, und wisch sie ab.«

»Es funktioniert nicht. Ich sagte doch, es liegt nicht am Blut ...«

Vorsichtig reichte er Pax das saubere Gerät zurück. »Versuch es trotzdem noch mal.«

Pax kämpfte mit dem Öffner. »Nein, es geht immer noch nicht. Ist einfach eingefroren. Vermutlich hat die Interferenz mit dem Tunnel beide Geräte – oh, Moment mal.« Pax machte ein verdattertes Gesicht. »Das hier ist bloß gesperrt. Niemand sperrt je seinen Öffner.« Pax wischte mit dem Finger über das Display. »Jetzt aber.«

Ein neues Portal tat sich auf. Sie schoben den Behälter, der nicht länger in der blutigen Pfütze stand, wieder an, bis die Bombe beinahe mit Schritttempo rollte. Es war, wie einem Sarg auf einem Trauerzug zuzusehen.

»Weiter! Weiter! Weiter!«, riefen sie beide, als die Bombe das Tor zum Weltall erreichte.

Dann passierte sie das Portal und glitt mit derselben gemächlichen Geschwindigkeit davon, nur dass sie jetzt durch ein Sternenfeld schwebte. Kurz darauf kollabierte das Portal mit demselben lauten Krachen wie seine Vorgänger.

Ellis und Pax schauten einander an. »Wir leben noch.«

15

Kommt Zeit, kommt Rat

In Begleitung von zwanzig Geomanten, darunter auch Geo-1 und Geo-12, sprangen Ellis und Pax zur Firestone-Farm. Sie hofften, dass der Ehrfurcht gebietende Aufmarsch dieser kleinen Streitkraft die Bewohner der Farm trotz allem noch einschüchtern würde, ungeachtet ihrer Treue zu Warren Eckard oder dem *Ren-Kult,* wie Pax ihn inzwischen getauft hatte. Auf Ellis wirkten die Geomanten wie ein Mittelding aus tibetischen Mönchen und den Feuerwehrmännern des 11. September.

Sobald sich seine Augen von der weißglühenden Welt des Geomantie-Instituts auf das Mondlicht des ländlichen Mittleren Westens umgestellt hatten, sah Ellis, dass die Farm bis auf ein einziges Licht in der Küche in Dunkel gehüllt lag. Nicht ohne Besorgnis stellte er fest, dass selbst die Grillen verstummt waren. Dabei war ihr und der Frösche Konzert während seiner Zeit auf der Farm allgegenwärtig gewesen. Doch diesmal begrüßten sie nur der Wind und das Rascheln von Blättern auf der Oberfläche der Welt. Ellis hatte den Eindruck, dass die Geomanten nicht sehr häufig nach draußen kamen. Sie staunten wie Touristen aus Iowa in Manhattan, ein Haufen verrückter Wissenschaftler in Laborkitteln und Schutzbrillen, die um das Portal herum

Stellung bezogen, bis es erlosch und sie in der Dunkelheit zurückließ.

Die Farm fühlte sich anders an. Das Haus, die Straße, die Äcker hatten immer wie eine freundliche Postkarte aus der Vergangenheit gewirkt. Ellis folgte dem Zaun, um sich zu orientieren. Da war der Heuboden, der ihm mit dunklen Augen entgegenstarrte, dort das Maisfeld. Alles erinnerte stark an einen Stephen-King-Roman. Etwas Schlimmes hatte sich hier zugetragen.

Sie schauten sich noch um, als Pax auf einmal überrascht keuchte. Ellis schloss auf. Da sah er die Leiche neben der Veranda liegen. Ein paar Schritte näher, und er konnte den Namen ROB auf dem blutgetränkten Hemd lesen.

»Da liegt noch eine!«, rief Geo-1 und zeigte ein Stück den Weg hinab.

Die Pistole in beiden Händen, das Maisfeld sorgsam im Blick, trat Ellis näher und drehte den Toten auf den Rücken. Es war Bob, in der Hand eine blutbesudelte Schurschere.

Dann standen sie alle vor der Veranda. Keiner wollte hineingehen. Zwar fochten Geomanten täglich einen riskanten Kampf gegen die urzeitlichen Kräfte des Planeteninneren, doch angesichts zweier Toter auf einer Farm waren sie hilflos. Ellis war zwar kein Polizist und nie beim Militär gewesen, aber er kam aus Detroit. Das hier war sein Terrain, seine Zuständigkeit; und damit war es wohl auch sein Job, einen Blick ins Innere zu werfen.

Also ging er voran, die Arme gebeugt, den Lauf nach oben, ziemlich genau wie Jaclyn Smith in *Drei Engel für Charlie.* Wieso er nicht an *Mannix, Magnum* oder *Polizeirevier Hill Street* dachte, war ihm selbst nicht ganz klar.

Die Tür stand offen. Ellis drehte sich hinein, die Waffe ausgestreckt, und sicherte den Raum, wobei er nach wie vor von seinem großen Fundus an Filmen, Serien und Krimis profitierte.

Erst dachte er, die Küche wäre leer. Dann verriet ihm ein leises Röcheln, dass er sich getäuscht hatte.

In dem Moment, als er vor die Sturmlaterne an der Tür trat, nahm er sich selber die Sicht. Der Raum verwandelte sich in ein Furcht einflößendes Schattenspiel seiner eigenen Silhouette. Die Angst lähmte ihn, gleichzeitig war ihm klar, dass wer immer sich im Dunkeln versteckt hielt, nun seine Position kannte. Mit schwitzenden Händen bewegte er sich um den Tisch und suchte nach der Quelle des Röchelns. Drei vorsichtige Schritte zur Seite, dann fand er Yal zusammengesunken vor dem Küchenschrank, das Kinn auf der Brust. Blut tröpfelte aus dem Mund des Kochs auf das weiße Amischen-Hemd.

Sein Herz tat einen Sprung, als er eine Bewegung hinter sich wahrnahm. Er fuhr herum und sah Pax die Geomanten hereinführen.

»Es ist Yal«, sagte Ellis. Und aus dem unbestimmten Gefühl heraus, dass das nicht reichte, fügte er hinzu. »Yal war Koch – derselbe, der die Minlatta entwarf, die wir gegessen haben.«

Mit Grauen und Schmerz auf den Zügen kniete Pax nieder und berührte Yal an der Wange. Langsam schlug der Koch die Augen auf.

»Wir müssen Yal zum IBS bringen«, sagte Geo-1. Umgehend öffnete sich ein Portal zwischen Tisch und Herd, und einer der Geomanten trat hindurch. Kurz darauf kamen drei

Mitarbeiter des IBS mit einer Trage zurück. Pax blieb bei Yal, bis der Koch abtransportiert wurde.

Ellis durchsuchte in der Zwischenzeit die Räume. Das historische Wohnzimmer mit seinem Bestattungsunternehmer-Flair war menschenleer. Jemand hatte den Tisch und Warrens Sessel umgestoßen. Auch der Rest des Erdgeschosses war verlassen, womit nur noch die Treppe nach oben blieb. Die Stufen knarrten unter seinen Schritten. *Großartig,* dachte er. *Wenn da oben ein Verrückter mit Warrens Gewehr auf mich wartet, dann weiß er jetzt ganz genau, wo ich bin.*

Er ging weiter, Rücken zur Wand, die Arme ausgestreckt, und zielte die Treppe hoch. Sein neues Herz schlug ihm bis zum Hals, und auch sein Magen schien nach oben zu streben. Auf dem oberen Treppenabsatz fand er Hig, erstochen.

Er betrat Warrens Schlafzimmer und warf gerade einen vorsichtigen Blick unters Bett, als Pax hinter ihm eintrat. »Pol und Dex sind nicht mehr hier.«

»Woher ...«

»Yal«, beantwortete Pax die Frage, ehe er sie stellen konnte. »Er war zu schwach zum Reden, aber ich habe auch so gesehen, was passiert ist.«

Pax setzte sich aufs Bett, einen Ausdruck der Übelkeit im Gesicht. Ellis steckte die Pistole weg und setzte sich daneben, so nahe, dass sich ihre Schultern berührten.

»Was ist passiert?«, fragte er.

»Yal glaubt, dass es mit Dex anfing. Dex sabotierte Rens Portalöffner und sperrte ihn – deshalb hatte ich solche Probleme damit, obwohl ich diese Geräte seit Jahrhunderten benutze. Ren hätte keine Chance gehabt. Wäre alles nach Plan gelaufen, wäre Ren mit uns zusammen gestorben. Wahrscheinlich hätten nur die Leute hier auf der Farm überlebt, perfekt auf einen solchen Holocaust eingestellt. Vielleicht wären noch ein paar andere Menschen der Katastrophe entkommen, aber ohne die Infrastruktur von Hollow World völlig hilflos gewesen. Anhand ihrer Chips hätten Ren und Pol die Entkommenen problemlos jagen und töten können.«

»Dex hat Warren also hintergangen?«

»Schwer zu sagen. Yal versteht es selbst nicht ganz. Vielleicht hatten Dex und Pol geplant, die Macht zu übernehmen, oder sie waren nur daran interessiert, die eigene Haut zu retten. Alles, was Yal mit Sicherheit weiß, ist, dass ein großer Kampf ausbrach, sobald sich die Sabotage und Warrens Tod herumsprachen.«

»Nur die Stärksten überleben«, murmelte Ellis. »Warren hat bekommen, was er wollte: Er hat sie ›abgehärtet‹, ihnen die Vorzüge des Wettstreits gepredigt, und dass man sich immer an die Spitze kämpfen muss. Sie haben gut gelernt. Bleibt die Frage, wo sind Pol und Dex jetzt?«

Pax schüttelte den Kopf. »Yal sah nur noch, wie sich zwei Portale öffneten, und dachte schon, es wäre vorbei. Und beinahe wäre es auch so gekommen, wenn wir nicht zur Stelle gewesen wären.«

»Wird Yal wieder gesund werden?«

»Physisch gesehen schon – aber es wird lange dauern, bis Yal all die Lügen und Intrigen durchschaut. Mit so was haben die Menschen in Hollow World einfach keine Erfahrung. Yal hätte nie erwartet, dass es so weit kommen würde.«

Ellis seufzte. »Man weiß nie, was im Kopf eines Menschen vor sich geht.«

Pax schaute ihn traurig an. »Ich schon.«

Bis sie wieder nach unten kamen, waren noch mehr Mitarbeiter des IBS eingetroffen. Die meisten Geomanten waren im Gegenzug zurückgekehrt.

»Dann ist es jetzt also wirklich vorbei?«, fragte einer der Neuankömmlinge.

»Cha!« Pax begrüßte den Arzt mit einer herzlichen Umarmung. »Das ging aber schnell.«

»Ich bin gleich zum IBS, nachdem die Evakuierung abgeblasen worden war. Dachte, dass es vielleicht Verletzte gab. Unfälle mit den vielen Portalen, weil die Leute in ihrer Panik nicht aufgepasst hatten. Von daher war ich gerade vor Ort, als wir Nachricht von dem Notfall hier erhielten.«

»Ich habe Sie vermisst.«

»Auch *Sie* wurden vermisst, von einer Menge Leute«, sagte Cha. »Es gingen schon Gerüchte ... Nun ja, ich bin froh, dass die Gerüchte falsch waren.« Cha wandte sich an Ellis. »Ihnen hat man einen kompletten Satz neuer Organe verpasst, wie ich höre. Ich hoffe, Sie halten sich in Zukunft aus der Sonne.«

»Freut mich, Sie wiederzusehen«, sagte Ellis. »Ich hatte nie Gelegenheit, Ihnen zu danken.«

Cha zuckte die tätowierten Schultern. »Das ist meine Aufgabe. Und wo wir gerade davon reden, wenn Sie mich nun bitte entschuldigen würden.«

Der Arzt eilte davon, um sich mit den anderen auf der Treppe zu besprechen.

Ellis und Pax verließen das Haus. Davor hatte sich eine kleine Menge versammelt, und man hatte auch einige Lichter aufgestellt. Mehrere Leute erkannten Ellis und wollten zu ihm. Pax aber griff nach seiner Hand, und gemeinsam entkamen sie in die Schatten des Maisfelds und zurück ins Dorf.

Eine Weile spazierten sie schweigend die historische Hauptstraße hinab. Zu viele Gefühle. Zu viele Erinnerungen. Ellis hatte Schwierigkeiten, das alles zu verarbeiten. Vermutlich würde es Wochen brauchen, bis er wieder einen klaren Gedanken fassen konnte und das Erlebte verarbeitet hatte. Peggy war tot; Warren war tot. Er empfand nicht so viel, wie er vielleicht gesollt hätte. Eher fühlte er sich wie betäubt, was wahrscheinlich hieß, dass die Welle erst noch über ihn hereinbrechen würde. Mit Isley war es genauso gewesen. Er reagierte einfach nicht sofort. Bei manchen Menschen war es anders, aber Ellis brauchte immer eine Weile, bis der Schock zu ihm durchdrang. Dies war die Ruhe vor dem Sturm.

Er wusste nicht, was aus ihm und Pax werden sollte. Fast vier Jahrzehnte hatte er mit einer Frau verbracht, und das Einzige, was er mit Peggy wirklich geteilt hatte, war der Sex gewesen. Konnte auch das Gegenteil funktionieren? Waren seine Gefühle überhaupt echt? Vielleicht glaubte er nur, dass er Pax liebte, weil sie so viel gemeinsam durchgemacht hatten. Ganz davon abgesehen, dass Pax seine Gedanken lesen und ihm immer genau das sagen konnte, was er hören wollte. War das nicht hauptsächlich der Grund, weshalb er sich bei Pax so geborgen fühlte?

Ellis dämmerte, dass Pax sehr wahrscheinlich auch jetzt gerade wieder lauschte. Zitternd im Herbstwind hielt er vor der Fahrradwerkstatt der Gebrüder Wright und schaute Pax an.

»Ist es sehr schlimm?«, fragte er.

»Was ist schlimm?«

»Anderer Menschen Gedanken zu hören. Zu wissen, was sie wirklich von einem halten, oder voneinander. All die dummen Kleinigkeiten. Das gerade eben hast du doch auch mitgehört, oder nicht?«

»Ein wenig.«

»Es tut mir leid, wenn ich ...«

»Entschuldige dich nicht bei mir. Niemand sollte sich je für seine Gedanken entschuldigen. Sie sind das, was uns ausmacht.«

»Aber es muss doch einfach nur furchtbar sein, oder? In den meisten Science-Fiction-Geschichten werden die Telepathen irgendwann verrückt, weil sie die ständigen Gedanken ihrer Mitmenschen nicht mehr ertragen.«

Pax schaute ihn zweifelnd an. »Wirklich?«

Sie standen unter der grün-weiß-gestreiften Markise vor dem Schaufenster mit dem altmodischen Fahrrad. Pax lehnte sich müde an den nächsten Laternenmast. »Wenn du unter Menschen bist, hörst du doch auch ihre Gespräche und kannst deine Ohren nicht schließen. Dir bleibt gar nichts anderes übrig. Aber wirst du deswegen verrückt?«

»Nein, aber ich höre ja auch nicht richtig zu«, erwiderte Ellis. »Oder ist es mehr wie Gespräche im Hintergrund? Meine Frau hatte aus dem Grund immer den Fernseher an, die ganze Zeit.« Vielleicht weil Pax so jung wirkte, fragte er: »Weißt du überhaupt, was ein Fernseher ist? Ein TV-Gerät?«

»Natürlich weiß ich das. Du hattest einen großen von Sony, der sehr viel Platz brauchte. Du warst dir nie sicher, ob du ihn gegen ein neueres Gerät ersetzen oder einfach ganz abschaffen solltest. Manchmal kam es dir so vor, als ob Peggy den Fernseher mehr liebte als dich.«

Ellis hob eine Braue. »Dann weißt du das also. Das ist gut.«

»Ich weiß auch, dass es dir nicht ganz geheuer ist.«

»Was, dass du jeden noch so kleinen Gedanken aufschnappst?«

Pax lächelte verlegen.

»Es macht mir nicht das Mindeste aus«, sagte Ellis.

»Lügner.«

»Und ich hasse dich übrigens, nur dass du's weißt«, fügte er hinzu.

»Lügner.«

»Weißt du – wenn wir das mit uns beiden … was immer es ist … weiterverfolgen, dann gewöhnst du dich besser daran. Ich bin ein notorischer Lügner.«

»Lügner.«

»Okay, was genau willst du jetzt eigentlich beweisen?«

Pax wollte noch etwas erwidern und hielt dann verdutzt inne.

»Ha!« Ellis klatschte in die Hände.

Pax grinste, trat auf ihn zu und drückte ihn ganz fest. »Ich liebe dich.«

»Wieso?« Ellis wollte es wirklich gerne wissen. Er besaß nicht die Gabe des Gedankenlesens und konnte nicht nachvollziehen, weshalb sich eine so talentierte Person wie Pax für einen einsamen, armseligen alten Mann interessierte.

»Du bist nicht armselig«, widersprach Pax. »Außerdem hast du meine Wohnung gesehen – ich mag alte Sachen. Und was die Einsamkeit angeht … Na ja, jeder ist einsam. Das ist etwas, was ich gerne ändern würde. Ich möchte, dass du *nicht* einsam bist. Mein ganzes Leben habe ich versucht, den

Menschen zu helfen, aber nichts war mir je wichtiger, als dir das Gefühl der Einsamkeit zu nehmen. Dir klarzumachen, dass du es verdienst, geliebt zu werden. Dass Liebe Wirklichkeit sein kann, und nicht nur ein Klischee aus Büchern und Filmen. Und du bist nicht allein; so vielen Menschen geht es ganz genau wie dir.«

»Dann bin ich also nicht mehr für dich als ein Patient? Eine kaputte Uhr, die du reparieren willst?«

»Nein.« Pax holte tief Luft. »Ich liebe dich für alles, was ich in dir sehe. Für das Wagnis, das du eingegangen bist. Du bist in eine neue Welt gereist und hast dein eigenes Leben riskiert, um diese Welt, mich und unzählige Leute, die du nicht einmal kanntest, zu retten. Du bist so viel besser, als du glaubst. Ich sehe dich – wer du *wirklich* bist – ohne die Schleier deiner Selbstzweifel und die Last deiner Schuldgefühle. Meine Gabe geht weit darüber hinaus, einfach nur Gedanken zu hören. Eher ist es so, als ob ich *du* wäre, in gewisser Weise zumindest. Ich weiß nicht nur, was in dir vorgeht, ich *verstehe* es. Und so verblendet Ren war, selbst ihn habe ich verstanden – und ich fühlte mit ihm, denn ein Teil von mir war auch er. Ich sehe dich also mehr als deutlich, und glaub mir, du bist ein wunderbarer Mensch. Davon abgesehen liebe ich dich allein deshalb, weil du … nun ja … mich erkannt hast.«

»Wie meinst du das?«

»Als ich verkleidet auf die Farm kam, angezogen wie die anderen – da wusstest du trotzdem genau, wer ich bin.«

»Aber das ist doch nichts Besonderes.«

»O doch, das ist es. Glaub mir, das ist es.«

Die Leichname hatte man alle abtransportiert. Ellis fragte sich, was wohl aus ihnen werden würde. Wenn der Tod eine solche Seltenheit war, die Erde heilig, und Gott nicht mehr existierte, hielt man sich dann überhaupt noch mit Beerdigungen auf? Die zeremonielle Bestattung der Toten hatte stets als eins der wichtigsten Anzeichen der Zivilisation gegolten, das erste Indiz für Empathie und den Glauben an ein Jenseits. Hatte es etwas zu bedeuten, wenn man einen solch fundamentalen Meilenstein wieder ungeschehen machte? Sagte das etwas über die Fortschritte der Menschheit aus?

Der Gedanke beschäftigte ihn, während er allein durch die leeren Straßen von Greenfield Village wanderte. Der Morgen war gekommen und gegangen wie die Besucher aus Hollow World. Ellis passierte den J. R. Jones General Store. Die zweistöckige Holzfassade mit den großen Fenstern und dem rot-weiß-blauen Dekor war das Vorbild aller Gemischtwarenläden, die Ellis je in einschlägigen Filmen gesehen hatte. Vielleicht fühlte sich deshalb der Laden, ja, das ganze Dorf vertrauter und kostbarer als sein eigenes Viertel in Detroit an. Die Vororte mit ihren austauschbaren Häusern vermisste er eigentlich gar nicht übermäßig. Was ihn dagegen schmerzte, war der Verlust der kleinen Läden und Plätze, die einst das Herz einer dörflichen Gemeinschaft ausgemacht hatten. Sie waren mehr als nur Orte. Sie waren Wahrzeichen einer ganzen Ära – einer Epoche. Das Gras stand schon höher als vor ein paar Wochen. Jetzt, da die Anhänger des Ren-Kults Greenfield Village zum Tatort nicht nur eines, sondern gleich mehrerer Morde gemacht hatten, würden die Besucher wegbleiben? Würde man das Dorf dem Verfall preisgeben?

Müde ließ Ellis sich auf einer der Bänke nieder. Sie war ganz kalt. Der Herbst hielt im alten Michigan Einzug, und mit ihm das Phänomen, dass einem in der Sonne richtig heiß wurde, man im Schatten aber fror. Die Nächte kamen jetzt schon früher. An den Jahreszeiten hatte sich in zweitausend Jahren nichts geändert, und das sich verfärbende Laub und die kürzeren Tage deprimierten Ellis. Eine weitere Schaufel Erde auf dem Grab, das ihn erstickte.

Egal, was Warren geglaubt hatte – Ellis hatte die Bibel gelesen, zumindest die meisten Kapitel. Er hatte lediglich die Teile übersprungen, in denen Gott seiner Ansicht nach dringend einen Lektor gebraucht hätte. Das machte ihn wohl zum letzten lebenden Gläubigen – Gottes einzig verbliebener Gefolgsmann. Nicht, dass Ellis je sehr gottesfürchtig gewesen wäre. Er hatte stets damit gerechnet, dass die Reise für ihn nach dem Tod in beide Richtungen gehen konnte. Zwar hatte er niemandem je absichtlich Leid zugefügt, er hatte sein Leben aber auch nicht dem Kampf gegen Krankheit und Hunger verschrieben, weder in den Straßen Indiens noch der örtlichen Suppenküche. Blieben da noch die beiden Morde, die er begangen hatte – er hoffte zwar, dass ihm die Rettung Millionen unschuldiger Leben irgendwie angerechnet werden würde, aber wer wusste schon, was wirklich zählte? Heiligte der Zweck alle Mittel? Hätte Jesus den Mord an Hitler gebilligt? Vielleicht hatte Warren ja sogar recht gehabt: Gott selbst hatte mehr als einen Massenmord in Kauf genommen. Oder lag Sol mit ihrer Einschätzung richtig? War Gott etwas, das weit über diese Welt und die Bibel hinausging? War Gott den Menschen deshalb unbekannt – und nicht erfassbar –, weil Gott noch gar nicht existierte, außer in Form eines Versprechens? War der Himmel der Moment, in dem die Menschheit endlich eins sein würde? Wäre dieser Akt der Vereinigung die Geburtsstunde Gottes?

Pax hatte ihm den Gefallen getan, den Menschen Hollow Worlds Rede und Antwort zu stehen. Der Schlichter wusste, dass Ellis noch nicht dazu bereit war, der nächsten Menschenmenge entgegenzutreten, und sicher warteten schon mehr als eine auf ihn. Dank der globalen Evakuierung wusste jeder über die Bomben Bescheid. Und wahrscheinlich hatte sich gleichfalls herumgesprochen, welche entscheidende Rolle Ellis bei der Suche gespielt hatte. Jetzt war er also nicht bloß einzigartig, sondern auch noch der Retter von Hollow World. Er brauchte etwas Zeit, um sich über ein paar Dinge klar zu werden. Nachzudenken hatte er genug.

Er hatte seinen Sohn, seine Frau und seinen ältesten Freund verloren. Er hatte alle Menschen verloren, die er jemals gekannt hatte, seine ganze Lebensart. Im Neuen Testament soll Jesus ja sinngemäß gesagt haben: *Denn was nützt es einem Menschen, wenn er die ganze Welt gewinnt, dabei aber seine Seele verliert?* Allerdings stand nirgendwo etwas darüber, die ganze Welt zu verlieren. Da ihm nun genau das passiert war, hieß das, dass er dafür seine Seele zurückerhielt? Seit Isleys Tod hatte er eine große Leere in sich verspürt. Was er damals getan hatte, musste eine Todsünde gewesen sein. Doch wenn er sich nicht selbst vergeben konnte, wie konnte er das dann von Gott erwarten?

Also, was jetzt?

Ellis beobachtete ein paar Sperlinge, die auf dem Dach des Ladens saßen. Kleine Silhouetten vor dem wolkenlosen, spätherbstlichen Himmel. Der Wind fuhr durchs Gras. Keine Stimmen, kein Verkehrslärm. Die Welt fühlte sich tot an. Zumindest seine Welt war tot, und auf einem künstlichen Friedhof zu verweilen, nun, das war nicht gerade hilfreich.

Seit Beginn seiner Reise hatte Ellis alle Hände voll zu tun gehabt. Die wenigen Momente, in denen er Zeit zum Nachdenken gehabt hatte, waren diejenigen gewesen, in denen er fast ertrunken wäre und nur dank einer günstigen Strömung überlebt hatte. Nun hatten die Strömungen sich erschöpft, und Ellis blieben viele stille, einsame Stunden zum Grübeln, Hinterfragen und Versinken.

Er versuchte sich mit dem Gedanken an eine Zukunft vertraut zu machen, doch dafür musste er sich einer unausweichlichen Wahrheit stellen: Er konnte nicht mit Pax zusammen sein. Er wusste, dass Pax ihn liebte, aber er ... Wie sollte er diese Gefühle erwidern? Wie er seinem Sohn schon gesagt hatte: Eine solche Liebe gab es nur zwischen Mann und Frau. Und wie konnte er auch nur in Pax' Nähe sein, wenn Pax doch jeden seiner Gedanken kannte und damit auch wusste, dass die Gefühle nicht beiderseitig waren?

Ellis sah zu, wie die Sperlinge nach und nach davonflatterten und dann als ein Schwarm nach Süden flogen.

Ellis irrte einsam zwischen den eingezäunten Grundstücken umher.

Der November in Detroit war der Inbegriff der Trostlosigkeit. Einst, vor langer Zeit, hatte er Bilder von grauem Schneematsch heraufbeschworen, von salzverkrusteten Autos, kahlen Bäumen und braunem Gras unter einem unbarmherzigen Himmel. Heute ließ der Schnee sich noch Zeit, und es gab keine Autos, kein Salz auf den Straßen mehr; doch das Gras war immer noch vergilbt, und der Himmel erschien ebenso nachtragend wie einst. Blätter von der Farbe von Einkaufstüten klammerten sich stur an die Zweige, während ihre Freunde und Familien bereits verloren über die Felder wehten. Ellis fror und zitterte.

Pax fand ihn, wie er da allein auf der Straße stand.

»Mein Held«, sagte Pax.

»Nenn mich nicht so. Ich …« Ellis stockte. Dann verschwamm alles, und er schloss die Augen vor lauter Tränen. »Pax … Ich kann nicht … Ich kann dich nicht lieben.«

Ellis spürte einen Daumen auf der Wange, der ihm die Tränen wegwischte. »Aber du liebst mich doch.«

»Nein, tue ich nicht.«

»Natürlich tust du das, Ellis Rogers. Ich fühle, was du fühlst. Du liebst mich – du weißt bloß nicht, was Liebe ist.«

Hände umschlossen sein Gesicht und hoben es sanft an. »Du hast es dein ganzes Leben nicht gelernt, weil niemand es dir beigebracht hat. Nicht deine Mutter, die selbst nicht wusste, wie man Gefühle zeigt. Auch nicht deine Frau, die dir die Schuld am Tod deines Sohnes gab. Und Warren ganz bestimmt nicht. Noch nicht einmal dein Sohn vertraute dir genug, auf ein späteres Einsehen zu hoffen. Niemand von euch allen verstand, was Liebe wirklich bedeutet. Liebe ist weder Lust noch Abhängigkeit, Vernarrtheit oder Gewöhnung. Auch nicht bloß Zuneigung oder Schmetterlinge im Bauch.«

»Was ist Liebe dann?«, brachte Ellis hervor.

»Liebe ist das Maß, in dem man bereit ist, die eigenen Interessen denen eines anderen zu opfern, unterzuordnen. Es spielt keine Rolle, welches Geschlecht man hat. Es spielt keine Rolle, wer man ist oder einmal war. Es kommt nur darauf an, dass einem jemand mehr bedeutet als man selbst. Wenn man Minlatta mit Tarragonsoße isst, weil es dem anderen schmeckt, obwohl man Nudeln gar nicht mag. Wenn man nichts so sehr schätzt wie allein zu sein und trotzdem mit jemandem zusammenzieht, ihm zuliebe. Und glaub mir, Ellis Rogers, ich bin vollauf überzeugt, dass es Liebe ist, wenn man die eine Person auf der Welt, mit der man zusammen sein möchte, von sich drängt, weil man denkt, dass die eigenen Gedanken ihr Leid zufügen.«

Ellis konnte sich nicht rühren. Nicht denken.

»Lass dir etwas Zeit. Du hast einen harten Monat hinter dir.«

Das stimmte allerdings. »Kurz nachdem du letztes Mal gegangen bist – als ich dir sagte, dass ich auf der Farm bleiben will –, da bin ich gestorben. Wusstest du das?«

Pax nickte. »In gewisser Weise bin da auch ich gestorben. Ich hoffe, du hast nicht vor, mich noch einmal umzubringen.«

Ellis zwang sich, Pax anzusehen. Das einfühlsame Gesicht mit den perfekten, stürmischen, liebevollen Augen. Seine Nase lief, und Ellis wünschte sich, ein Taschentuch zur Hand zu haben – ein gutes, altmodisches Papiertaschentuch oder einfach nur ein Stück Küchenrolle.

Pax reichte ihm ein besticktes Stofftaschentuch aus der Rocktasche.

Ellis putzte sich die Nase. »Hat Alva noch diese Vorlage für heiße Schokolade?«

16

Glückliche Stunden

«*»Willkommen zurück!«*, rief Alva, kaum dass er und Pax durch das Portal traten. *»Bleibt ihr länger? Ist es hier drinnen zu kalt? Zu warm? Kann ich dir einen Tee machen, Pax? Einen Kaffee, Ellis Rogers?«*

»Uns geht's gut, Alva«, sagte Pax.

»Vielleicht eine Suppe?«

»Wir brauchen im Moment wirklich nichts.«

»Okay – dann mach ich euch Suppe!«

Sie traten auf den Balkon hinaus. Jemand winkte ihm vom anderen Ende des Parks aus zu, und Ellis wünschte sich seine Geomantenbrille zurück, denn er erkannte nicht, wer es war. Er tröstete sich damit, dass selbst der Zoom keine große Hilfe gewesen wäre. Er war wieder in Hollow World, wo niemand seinen Namen auf die Brust gestickt trug.

Und alle kannten sie ihn.

Schon bevor sich die Geschichten über den Ren-Kult verbreitet hatten, war er wie ein Popstar behandelt worden. Als sich dann noch herumsprach, dass er geholfen hatte, die Welt zu retten, war er endgültig zu einem modernen Charles Lindbergh geworden, ganz, wie Pax es ihm prophezeit hatte; bloß mit einer guten Prise Marilyn Monroe. Drei verschiedene Produzenten wollten ihn als Berater für ihre Holofassung der Geschehnisse; fünf weitere wollten die Geschichte seines Lebens verfilmen, vollsensorisch natürlich, und ein Wissenschaftler von der Universität von Wegener wünschte sich seine Unterstützung für eine Reihe historischer Hologramme, die das Leben im Amerika des einundzwanzigsten Jahrhunderts erfahrbar machen sollten. Die Arbeit erledigten die anderen – er sollte bloß darin herumspazieren und ihnen sagen, was alles nicht stimmte. Dieses letzte Angebot reizte ihn sogar ein wenig.

»Ist Vin da?«, fragte Ellis.

»Nein, Vin ist wieder nach Hause gezogen. Ich glaube nicht, dass ich Vin noch als Unterstützung brauche.«

Ellis war deprimiert und wusste nicht, warum. Das Gefühl war nicht richtig greifbar, und er verstand es auch nicht. An sich hatte doch alles ein glückliches Ende genommen. Aber als er da auf dem Balkon stand und mit Pax die herrliche Aussicht genoss, verspürte er ein überwältigendes Gefühl von ... Schuld. Eine Art Überlebenden-Syndrom vielleicht. Jeder, den er einst gekannt hatte, war nicht mehr da – sogar Warren. Obwohl es nicht einmal seine Absicht gewesen war, und obwohl er Warren irgendwie hatte aufhalten *müssen*, kam er nicht damit klar, seinen besten Freund erschossen zu haben. Und nun nannte man ihn dafür auch noch einen Helden.

Pax drückte seine Hand. »Lass dir Zeit, hörst du?«

Ellis nickte.

Pax schaute nach unten in den Park.

»Die Mezos gegen die Erdmännchen«, half Alva aus.

»Und wer führt?«

»Die Mezos um einen Punkt.«

»Schön.« Pax lächelte. »Vielleicht gewinnen sie ja dieses Mal.«

Da landete ein großer, farbenprächtiger Vogel auf dem Geländer, plusterte sein Gefieder und schaute sie beide schief an. In Detroit mochte der Herbst Einzug halten – auf dem Balkon in Hollow World jedoch herrschte Frühling.

»Pax«, meldete sich Alva.

»Ja?«

»Das ist dir im Moment vielleicht nicht so wichtig … aber du wolltest, dass ich dir Bescheid gebe.«

»Wegen was denn?«

»Quad sieben im Grünen – es fängt jeden Moment an.«

Ein Lächeln breitete sich auf Pax' Lippen aus. »Danke, Alva.«

Pax ließ Ellis los und griff nach dem Portalöffner.

»Was ist los?«

»Wir gehen hoch ins Grüne an meinen absoluten Lieblingsort – Quad sieben.«

»Was ist denn da?«

Mit einer einzigen Berührung rief Pax das Portal auf. Die Koordinaten waren also schon vorgespeichert gewesen.

»Pax? Was gibt es in Quad sieben zu sehen?«

Doch Pax lächelte nur wissend. »Komm einfach mit.«

Gemeinsam traten sie durch das Portal und auf eine weite Wiese mit saftigem, kniehohem Gras und betörend schönen roten Blumen hinaus. Nach beiden Seiten wurde die friedliche Wiese von dramatischen Bergen flankiert – steile, scharfkantige Granitwände, die bis hoch in den Himmel aufschossen, gesäumt von stolzen Nadelwäldern. Wasserfälle zeichneten zarte, weiße Linien auf ihrem Sturz ins Tal. Die

Szenerie war eigenartig vertraut. Er hatte dieses Bild fast jeden Tag gesehen … bloß dass es heute das erste Mal in Farbe war.

Ansel Adams war ein großer Fotograf gewesen – doch das Kalenderbild, das jahrelang an Ellis' Werkstattwand gehangen hatte, wurde dem Anblick nicht einmal ansatzweise gerecht. Wie er da auf der Wiese stand, kam sich Ellis zur gleichen Zeit winzig klein und doch auch erhaben vor. Eine solche Majestät zu erleben raubte ihm mehr den Atem, als seine Fibrose das jemals vermocht hatte. Das war jedoch noch nicht alles: Der Himmel über ihnen war der reinste Hexenkessel. Dunkle, prall gefüllte Gewitterwolken schoben sich ineinander. Ein paar Birken, scharf gezogene weiße Pinselstriche vor den kohleschwarzen, rötlich-gelben Wolken, neigten sich im auffrischenden Wind.

Dann zuckte ein Blitz über den Himmel, und Ellis dachte, wie ehrwürdig Gewitter doch waren; als besäßen sie von alters her eine direkte Verbindung zur menschlichen Seele. Ehrfurcht gebietend in ihrer Größe und Macht, war dies immer zumindest eines der Gesichter Gottes gewesen.

Dann rollte Donner durchs Tal, und Ellis spürte unter seiner Wucht den Boden vibrieren. Das tiefe Grollen ging direkt durch ihn hindurch, und Ellis konnte unter all diesen Eindrücken nicht anders, als zu lächeln, buchstäblich vom Donner gerührt.

»Manche Leute glauben, dass Bäume ein Bewusstsein haben«, sagte Pax mit Blick auf die schwankenden Birken. »Ich für meinen Teil *weiß* es. Und sie sind wirklich unglaublich – ich liebe es, in solchen Momenten bei ihnen zu sein.

Sie im Wind zu sehen und zu fühlen, was sie fühlen. Es ist, als ob sie tanzten – als wollten sie uns zeigen, was wir tun sollen.«

»Tanzen?«

»Versuch es mal.« Pax nahm seine Hände und fing an, in der Brise zu schwingen.

Ellis kam sich ein wenig albern vor, Pax offensichtlich nicht.

Die Arme ausgebreitet, das Gesicht zum Himmel gestreckt, begann Pax unter den ersten Regentropfen im Kreis zu wirbeln. »Weißt du, Ellis Rogers, ich höre nicht bloß die Gedanken der Menschen. Ich spüre alles – einfach alles. Jede lebende Zelle hier draußen. Jeden Grashalm, jedes Blatt, jede Blume, jeden Marienkäfer, jedes Reh, jeden Hasen und jede Maus. Ich kenne die Freude jeder ausgedörrten Wurzel, die unter dem Geschenk der Natur wiederauflebt.« Pax hob die Melone und rief gen Himmel: »Ich *liebe* Regentage!«

Nachwort

Zeitfuge ist eine Geschichte, die ich eigentlich gar nicht hätte schreiben sollen. Zu jedem beliebigen Zeitpunkt gibt es sieben oder acht Romane, die darauf warten, dass ich ihnen meine Aufmerksamkeit widme; doch *Zeitfuge* war keiner davon. Es begann alles mit einer Anthologie von N.E. White namens *The End – Visions of Apocalypse.* Nila organisiert Schreibwettbewerbe auf SFF World und wollte eine Sammlung mit neuen Autoren herausbringen. Mich und ein paar andere veröffentliche Autoren bat sie ebenfalls um Beiträge, in der Hoffnung, so ein breiteres Publikum anzusprechen. Ich schrieb eine Kurzgeschichte namens »Greener Grass«. Darin ging es um einen verbitterten, wütenden Mann, der in die Zukunft reist und ein Utopia vorfindet; aber weil diese Welt so anders ist als die Werte, an die er glaubt (Gott und Vaterland), ist es für ihn die schlimmste aller möglichen Zukünfte. Ich will an dieser Stelle nicht verraten, was aus ihm wird, doch erst als ich die Geschichte abschloss, merkte ich, dass sie genau genommen gar nicht ins Konzept der Sammlung passte. Ich schrieb dann eine andere Geschichte, »Burning Alexandria«, und hatte plötzlich eine Kurzgeschichte übrig.

»Greener Grass« gab ich meiner Frau und ein paar Freunden, die alle begeistert waren. Sie wollten mehr ... und ich hatte auch mehr. Viele der Ideen in *Zeitfuge* hatten mich schon seit Jahrzehnten begleitet und einfach noch nicht den richtigen Platz gefunden. Während ich an anderen Büchern arbeitete, kamen mir immer wieder auch Ideen zu *Zeitfuge*. Also schrieb ich sie in mein Notizbuch und versuchte mich auf das aktuelle Projekt zu konzentrieren.

Das nächste Buch in meiner Pipeline war *Rhune*. Das war der erste Roman von *The First Empire*, einer neuen Fantasyserie in der tiefen Vergangenheit von Elan (dem Schauplatz meiner *Riyria*-Romane). Ich hatte die Hoffnung, dass sich diese Bücher gut verkaufen würden, da es bereits ein Publikum gab, das ein Interesse an ihrer Welt bekundet hatte. Von daher gebot es die Vernunft, *Rhune* zu schreiben. Doch wenn es um meine Karriere als Schriftsteller geht, habe ich schon mehr als einmal bewiesen, dass Vernunftentscheidungen nicht gerade zu meinen Stärken zählen.

Zeitfuge war ein großes Risiko. Es war ein anderes Genre, und noch dazu eines, dessen Leserschaft über die Jahre gesunken war. Ein schneller Blick in die Verlagslandschaft zeigte, dass die einzigen Science-Fiction-Romane, die sich gut verkauften, zu etablierten Marken wie *Star Wars* oder *Halo* gehörten, dazu ein bisschen Space Opera und Military Science-Fiction. Mein Buch gehörte in keine dieser Sparten. Noch dazu berührte es Themenkreise, über die gerne gestritten wird: linksliberal gegen konservativ, Schwulenrechte, Religion und Gott. Es gibt eine Menge ideologischen Zündstoff in diesem Buch, und ich bin sicher, dass viele Menschen das Buch und vielleicht auch mich für einige der Standpunkte, die es vertritt, ablehnen werden. Doch all das änderte damals nichts an meinem Wunsch, es zu schreiben.

Wo wir gerade von Ideologien reden: Sicherlich werden

viele Leser auch Rückschlüsse auf meine eigenen Positionen zu den genannten Themen ziehen. Mit sehr großer Wahrscheinlichkeit werden sie falschliegen. Als Schriftsteller verbringe ich eine Menge Zeit damit, mich in die Sichtweisen anderer Menschen einzudenken, und oft genug habe ich bei ein paar Bier erst den einen Standpunkt vertreten, nur um dann – kaum, dass ich meine Trinkgefährten überzeugt hatte – den anderen einzunehmen, bis wir uns am Ausgangspunkt wiederfanden. Es ist eine lästige Gewohnheit, die aber auch Spaß macht.

In *Der Aufstieg Nyphrons* streitet Royce Melborn mit Hadrian Blackwater über die Vorstellung einer objektiven Wahrheit. Sie reden davon, wie ein Gegenstand (in diesem Falle ein Dolch) aus verschiedenen Perspektiven ganz unterschiedlich aussieht. Hadrian zieht daraus den Schluss, dass keine der beiden Wahrnehmungen korrekt ist, Royce aber sieht es umgekehrt: Beide sind richtig. Er folgert: »Die eine Wahrheit schließt die andere nicht aus. Wahrheit liegt nicht im Gegenstand, sondern darin, wie wir ihn sehen.« Anders gesagt: Zwei Leute können völlig unterschiedliche Ansichten vertreten und trotzdem beide recht haben. Das Problem liegt meines Erachtens darin, dass die meisten Menschen glauben, wenn ihre Meinung »richtig« ist, müsse die andere »falsch« sein. Ich dagegen glaube, dass alles zwei Seiten hat.

Doch zurück zur Entstehung von *Zeitfuge:* Von einem logischen Standpunkt aus betrachtet, hätte ich das Buch nicht schreiben sollen. Mir war klar, dass es nicht leicht werden würde, einen Verlag und ein Publikum dafür zu finden, doch das war mir egal. Ich bin sehr glücklich mit dem Ergebnis, und wenn es niemandem außer meiner Frau und mir je gefallen sollte, war es das trotzdem wert.

Auch meine Agentin meinte, dass ihr das Buch gut gefiele (damit sind wir schon zu dritt, andererseits kriegt sie auch Geld dafür, dass ihr meine Arbeit gefällt). Dann sagte sie, was ich schon wusste, nämlich, dass es ein harter Brocken werde würde. Wenn sie überhaupt ein Angebot dafür bekäme, dann wahrscheinlich kein hohes. Alles nichts Neues. Sie schickte das Buch an Orbit. Die Lektoren dort waren ganz ihrer Ansicht: »Tolles Buch. Leider kein Markt dafür. Wir müssen passen … ach und übrigens, wieso arbeitet Michael eigentlich nicht an seiner neuen Fantasyreihe?«

In gewisser Weise war diese Ablehnung sogar eine Erleichterung. Ich hatte mich schon lange wieder als Selfpublisher versuchen wollen. Das soll nicht heißen, dass ich mich vom traditionellen Verlagsgeschäft abwende … wie gesagt, ich glaube, dass alles zwei Seiten hat. Und während der Buchmarkt von Grabenkämpfen zwischen dem traditionellen Modell auf der einen Seite und Selfpublishern auf der anderen zerrissen wird, weiß ich vielleicht besser als andere (weil ich beides probiert habe), dass beides seine Vor- und Nachteile hat. Ehrlich gesagt hatte ich auch die *Riyria Chronicles* auf eigene Faust veröffentlichen wollen, aber das Angebot von Orbit war einfach mehr gewesen als das, was ich als Selfpublisher wahrscheinlich verdient hätte. Deshalb hatte ich einen Vertrag unterschrieben.

Ich wollte *Zeitfuge* also selbst verlegen. Aus einem Missverständnis heraus bot es meine Agentin aber trotzdem einem weiteren Verlag an. Sie mochten das Buch (damit wären wir dann wohl zu viert) und machten ein schönes fünfstelliges Angebot. Meine Frau Robin rechnete es durch und kam zu dem Schluss, dass ich als Selfpublisher mehr Geld verdienen konnte, also lehnte ich das Angebot ab.

Ich sollte vielleicht erwähnen, dass ich auch die ersten fünf *Riyria*-Romane ursprünglich selbst verlegt hatte. Erst später wurde die Reihe dann an Orbit verkauft. Obwohl die Bücher Qualitätsprodukte waren, entstanden sie doch mit extrem knappem Budget. Ich machte alle Cover, Robin war die Lektorin, und wir zahlten noch ein paar hundert Dollar an freiberufliche Korrektoren. Wir waren immer der Ansicht, wenn man ein Buch selbst verlegt, muss dabei ein Produkt herauskommen, das es auch mit denen der großen Verlage in New York aufnehmen kann.

Nachdem wir dann mehrere Romane auf traditionellem Weg veröffentlich hatten, wussten wir auch, wie es in New York funktionierte. Wir wollten mit denselben Profis wie bei den letzten Projekten zusammenarbeiten (siehe hierzu auch die Danksagung), damit *Zeitfuge* genauso gut aussehen würde. Wir kalkulierten etwa sechstausend Dollar für Titelbild und Lektorat ein. Nach den positiven Erfahrungen, die andere Autoren gemacht hatten, schien Kickstarter ein guter Weg, diese Anfangskosten abzudecken.

Wir setzten uns ein Ziel von dreitausend Dollar für die Kampagne. Die Idee dahinter war, dass wir die eine Hälfte der Kosten selbst tragen würden und die Leserschaft die andere. Außerdem hielt ich dreitausend Dollar für einen realistischen Betrag, sechstausend Dollar aber für gewagt. Wenn die Kampagne scheiterte, wäre das nicht das Ende der Welt. Wir konnten immer noch einen kleinen Kredit aufnehmen oder das Geld aus unseren Ersparnissen abzweigen; ich wollte mein Scheitern aber nicht wie einen toten Albatros um den Hals hängen haben. Wie sich herausstellte, war meine Angst unbegründet, denn unsere großzügigen Unterstützer brachten 30 857 Dollar auf. Ich kann gar nicht genug Gutes über diese Menschen sagen, die uns unterstützen – mehr dazu in der Danksagung. *Zeitfuge* würde also erscheinen, es gab aber noch ein paar Probleme. Ich hatte in der Vergangenheit großen Erfolg in der Hörbuchwelt und wollte, dass meine Fans auch *Zeitfuge* hören konnten. Üblicherweise werden Hörbuch-Lizenzen von den Verlagen als Nebenrechte gehandelt (was auch heißt, dass sie fünfzig Prozent für sich behalten … autsch!), aber ich hatte ja keinen Verlag. Glücklicherweise hatte mein Hörbuchverleger *Zeitfuge* bereits gelesen und war ganz begeistert (wie viele sind wir mittlerweile? Fünf?). Er war bereit, das Buch auch ohne einen großen Verlag als Partner zu produzieren, und bot mir das Vierfache dessen, was ich für *Riyria* bekommen hatte. Und da ich mit niemandem teilen muss, kann ich hundert Prozent der Tantiemen für mich behalten. Was will man mehr?

Das brachte meine Frau ins Grübeln. Unser Problem mit traditionellen Verlagen war, dass sie bei E-Books keinen echten Mehrwert brachten, aber dreimal so viel kosteten. Im Printbereich dagegen sind sie von immensem Wert: Sie bringen die Titel in die Buchläden und Bibliotheken, und ihr Anteil bei den Gewinnen ist sehr viel vernünftiger als der übliche Prozentsatz bei E-Books. Außerdem ist es bei Printprodukten deutlich leichter, wieder an die Rechte zu kommen. Wenn alle Bücher verkauft sind, ist man im wahrsten Sinne »out of print«, und sie fallen an einen zurück. Was wir wirklich wollten, war ein Print-only-Deal.

Wenn man sich jemals in einem Internetforum für Selfpublisher umgesehen hat, liest man das ziemlich häufig: »Meine E-Book-Rechte verkaufe ich niemals, aber wenn ein Verlag meine Printrechte will, kann er sie haben.« Das klingt ganz gut, wenn man es so daher sagt, geht aber meilenweit an der Realität vorbei. Verlage funktionieren so nicht. Sie wissen, dass sie ihre größte Gewinnmarge bei E-Books haben und geben sich nicht einfach mit der Hälfte zufrieden. Sie wollen das ganze Paket vertraglich geregelt: Print, E-Book und üblicherweise auch Audio.

Es gab bislang nur eine Handvoll Print-only-Deals, alle für Autoren mit extrem hohen Auflagen. Die Erste war Bella Andre im Oktober 2012 (vor gerade einem Jahr), der Harlequin eine siebenstellige Summe bot. Im Dezember 2012 bekam Hugh Howey einen ähnlichen Vertrag von Simon & Schuster, und im Januar 2013 auch Colleen Hoover (eine sehr erfolgreiche Autorin von Liebesromanen). Der Letzte, von dem ich weiß, war Brandon Sanderson, der die E-Book-Rechte für zwei Novellen behielt: *Die Seele des Königs* und *Legion*.

Das Problem ist, dass all diese Autoren auf der Bestsellerliste der *New York Times* standen. Entweder hatten sie mehr als eine Million Bücher verkauft, oder mindestens fünfhunderttausend plus Filmrechte. In dieser Liga spiele ich einfach nicht. Von daher standen meine Chancen, etwas Ähnliches zu schaffen, eher schlecht.

Aber wie meine Frau immer zu sagen pflegt: Man weiß es nicht, bis man es nicht probiert hat. Sie kannte Laurie McLean und ihre neue Agentur Foreword Literary, weil diese Tee Morris und Pip Ballantine vertritt, zwei großartige

Schriftsteller, mit denen wir uns über die Jahre angefreundet hatten. Laurie gründete Foreword mit einer interessanten Zielsetzung. Auf ihrer Webseite heißt es: »Wir bringen die erprobten Wege traditionellen Verlegens mit den aufregenden Möglichkeiten zusammen, die sich aus der Digitalisierung, den Neuen Medien und einem modernen Verhältnis von Autor zu Agent ergeben.« Das klang genau nach dem, was wir suchten.

Robin fragte Laurie also, ob sie nicht die Rechte für Print und Film und die Auslandslizenzen vertreten wolle. Und während wir an den anderen beiden Rechten noch arbeiten, hat Laurie es tatsächlich geschafft, einen Print-only-Deal abzuschließen: mit Tachyon Publications, demselben Verlag, der auch Brandon seinen Vertrag für die *Die Seele des Königs* anbot. Das freut mich sehr, denn Leser, die das gedruckte Buch bevorzugen, haben oft Schwierigkeiten, an Titel von Selfpublishern zu kommen. Man findet sie meist weder in Buchläden noch Bibliotheken; aber dank Tachyons traditionellem und weitreichendem Vertriebsnetz sollten wir diese Hürde leicht nehmen können. Sie haben auch von Brandons Novelle mehrere Zehntausend Exemplare verkauft, und obwohl mein Name nicht so bekannt wie seiner ist, werden Robin und ich alles in unserer Macht Stehende tun, um Tachyon und der Verlagswelt insgesamt zu zeigen, dass man mehr solcher Print-only-Verträge abschließen sollte … und nicht nur mit Bestsellerautoren.

So viel dazu, wie dieses Buch entstanden ist. Manche mögen das langweilig finden, aber viele angehende Autoren interessieren sich vielleicht für die Veränderungen, die sich gerade auf dem Markt vollziehen. Ich hoffe, *Zeitfuge* hat

Ihnen gefallen. Obwohl das Buch zunächst als Einzelwerk konzipiert war, sind mir mittlerweile noch viele Geschichten eingefallen, die man über Ellis und Pax und die Welt, in der sie leben, erzählen könnte. Wie gesagt: *Zeitfuge* war ein Glücksspiel, und ich wäre bei künftigen Projekten in dieser Welt gerne schlauer.

Michael J. Sullivan

Danksagung

Zeitfluge ist mehr noch als meine anderen Bücher ein Produkt mehrerer Menschen. Und jedem einzelnen von ihnen bin ich ewig dankbar. Diese Liste wird zwangsläufig recht umfangreich, aber ich bitte um Nachsicht, denn wenn Ihnen *Zeitfuge* gefallen hat, dann ist das diesen Leuten zu verdanken.

Zunächst wäre da N.E. White, die gewissermaßen die Saat für das Buch legte, als sie mich bat, eine Kurzgeschichte zu ihrer Anthologie *The End – Visions of Apocalypse* beizusteuern. Nila hat großartige Arbeit geleistet, sowohl mit den Autoren, die sie als Zugpferde verpflichtete, als auch bei der Auswahl der jungen Talente, denen sie eine Bühne bot. Die Anthologie war kein kommerziell orientiertes Projekt und ist oft gratis oder für magere 0,99 Cent zu haben. Es finden sich ein paar tolle Geschichten darin, unter anderem eine großartige von Hugh Howey. Bitte geben sie ihr eine Chance.

Ich hatte eine unglaubliche Zahl von Testlesern für *Zeitfuge,* unter anderem Alexander Grevy, Algernon, Audrey Wilkinson, Bobby McDaniel, Cait M. Hakala, Caroline Reiss, Clay Ashby, Elizabeth Berndl, Gary Kempson, Greg, Heather A. McBride, Jeffrey Carr, Jeffery Miller, Libby Heily, Marc Grenier, Marcelle McCallum, Nathaniel & Sarah Kidd, Piero, Sebastian O'Sullivan, Shane Enochs, Shawn

Haggard, Sheri Gestring, Simon, Stephanie Van Pelt, William Watson sowie einige Leute, die darum baten, anonym zu bleiben. Obgleich ich nicht jeden ihrer Beiträge im Einzelnen benennen kann, werden alle im fertigen Buch Aspekte erkennen, die das direkte Resultat ihres Feedbacks sind. Ich wünschte, jeder Autor hätte eine so gewissenhafte und scharfsinnige Gruppe von Testlesern. Fühlt euch alle herzlich eingeladen, nächstes Mal wieder mit dabei zu sein.

Herausstellen möchte ich allerdings Jeff Miller, dessen Enthusiasmus mich vom Wert des Buchs zu überzeugen half. Jeff ist selbst ein erfahrener Schriftsteller (wer gut geschriebene Krimis und Thriller mag, sollte sich einmal *Bubble Gum Thief*, den ersten seiner *Dagny Gray*-Romane, ansehen). Jeff machte mir ein paar exzellente Vorschläge, die das Buch deutlich verbessert haben.

Marc Simonetti möchte ich für seine herausragende Artwork danken. Nicht nur lieferte diese mir wertvolle Inspiration, sie war auch das, was meine ganze Vorabwerbung für das Buch zusammenhielt. Die Leute sahen Marcs unglaubliche Bilder und wussten einfach, dass sie mit einem Projekt von höchster Qualität zu rechnen hatten. Wir benutzten seine Artwork auch für Poster und Lesezeichen als Dankeschöns für unsere Unterstützer auf Kickstarter. Bei vielen Lesern hängen seine Drucke mittlerweile gerahmt an der Wand, und ich fühle mich geehrt, dass meine Ideen und Marcs Talent ihre Wohnungen schmücken. Wer das noch nicht wusste: Marc hat auch die Cover für die französische Übersetzung der *Riyria*-Romane und für viele andere Fantasy-Autoren gemacht, darunter Patrick Rothfuss (die französischen Ausgaben von *Der Name des Windes* und *Die Furcht des Weisen*) und George R.R. Martin (die mexikanische Ausgabe von *Das Lied von Eis und Feuer*).

Einer der Vorteile des traditionellen Verlegens ist das inhaltliche Lektorat. Das ist eine wichtige Arbeit, die von erfahrenen Profis übernommen wird. Sie befassen sich mit dem Timing, möglichen Plotlöchern und der Charakterentwicklung; sie stehen also auf Seiten des Lesers und wissen aus jahrelanger Erfahrung, was funktioniert und was nicht. Auf diese wichtige Hilfe wollte ich auch als Selfpublisher nicht verzichten. Zu meinem Glück bietet Betsy Mitchell, die mehr als ein Jahrzehnt Cheflektorin bei Del Rey war, ihre Dienste mittlerweile auch direkt an. Betsy blickt auf mehr als dreißig Jahre Berufserfahrung in der Science-Fiction und Fantasy zurück und hat an mehr als hundertfünfzig Titeln von Autoren wie Michael Chabon oder Terry Brooks mitgewirkt. Betsy bestätigte mir, was ich schon wusste: dass *Zeitfuge* bereits ein gutes Buch war. Dann machte sie es noch besser.

Dank der großzügigen Unterstützung auf Kickstarter konnte ich mir nicht nur einen, sondern gleich zwei herausragende Korrektoren leisten. Beide arbeiten regelmäßig für große Verlage, darunter Macmillan, Tor, St. Martin's Press, Del Rey, Putnam und Ballantine Books. Einer davon hat zwei Master-Abschlüsse (einen in Englisch und den anderen in Creative Writing) und war schon für den Nebula, World Fantasy und Tiptree Award nominiert. Der andere hatte Naomi Noviks *Drachenwacht*, mehrere *Star Wars*-Romane und zwei Bestseller von Steve Berry überarbeitet. Beide haben mich vor unzähligen Peinlichkeiten bewahrt. Wenn Betsy aus einem guten Buch ein tolles Buch machte, dann haben diese beiden mich schlauer und gewandter aussehen lassen, als ich wohl in Wirklichkeit bin.

Dann gab es noch das Lektorenteam von Tachyon. Jacob Weismans Feedback war besonders für die ersten Kapitel sehr hilfreich, wodurch die Geschichte eine klarere Linie und auch mehr Tempo bekam. Ein weiterer Durchgang seiner Korrektoren brachte den Text zusätzlich auf Hochglanz.

Natürlich weiß jeder, der mich und meine Bücher kennt, dass meine Frau Robin ein integraler Bestandteil jedes Werks ist. Sie ist immer meine »Erstleserin«, deren Meinung im Endeffekt darüber entscheidet, ob ein Buch das Licht des Tages erblickt oder weggeschlossen in einer Schublade endet … und nein, ihr gefällt nicht alles, was ich schreibe. Während der Arbeit an *Zeitfuge* habe ich verschiedene Aspekte des Buchs in allgemeinen Worten mit ihr diskutiert. Erst später gestand sie mir, wie nervös sie gewesen war. Robin ist eigentlich kein Science-Fiction-Fan, und das bisschen, was ich ihr von der Geschichte erzählt habe, hat sie anfangs nicht gerade begeistert. Außerdem war klar, dass es ihr lieber gewesen wäre, ich hätte andere Bücher geschrieben, auf die sie sich bereits freute. Als ich mit *Zeitfuge* fertig war, glaubte ich zwar, dass es ein gutes Buch war, aber erst, als sie das ganze Manuskript an einem Tag verschlang und nach »mehr« verlangte, sah ich meine Hoffnung bestätigt.

Robin hat ihre Spuren überall im Buch hinterlassen. Wie Betsy und Jacob hat sie zwei komplette Lektoratsdurchgänge übernommen. Sie half, die Betaleser zu koordinieren und überführte ihre gesammelten Anmerkungen in eine einzige

Datei, sodass ich sie komfortabel abarbeiten konnte. Dasselbe tat sie mit den Änderungen von Betsy und Jacob, der Korrektoren und meiner Agentinnen. Sie organisierte auch die Kickstarterkampagne und übernahm zu weiten Teilen den logistischen Support dafür. Sie half Teri bei dem Hörbuchvertrag mit Recorded Books und Laurie bei dem Print-only-Deal mit Tachyon. Ohne ihre unermüdliche Unterstützung wäre *Zeitfuge* niemals Wirklichkeit geworden. Sie kann sich nicht nur meiner immerwährenden Liebe gewiss sein, sondern auch meiner unendlichen Dankbarkeit dafür, sich unablässig um all die *geschäftlichen* Aspekte des Schreibens zu kümmern und meine Träume Realität werden zu lassen.

Die Zugkraft des Romans profitierte von der Erfahrung gleich zweier talentierter Agentinnen: Teri Tobias, die schon meine *Riyria*-Titel vertrat, und Lauri McLean, der das beinahe Unmögliche gelang, als sie für einen Mittelfeldautor wie mich einen Print-only-Vertrag sicherte. Ich danke beiden für all die Arbeit, die sie in dieses Projekt steckten.

Das Hörbuch von *Zeitfuge* wird bei Recorded Books erscheinen, die bereits bei *Riyria* herausragende Arbeit leisteten. Recorded Books haben ein unglaubliches Studio und erstklassige Sprecher. Die Qualität ihrer Arbeit zeigt sich schon darin, dass die Hörbuchversion des ersten *Riyria*-Bandes für den Audio Award 2013 nominiert wurde; und die Liste der Preise, die sie schon gewannen, wäre zu lang, sie hier aufzuzählen. Die Auswahl ihres Teams vereint die hellsten Sterne der fantastischen Literatur, darunter J. R. R. Tolkien, Diana Gabaldon, Charlaine Harris, Brandon Sanderson, Cormac McCarthy, Gregory Macquire, Marion

Zimmer Bradley, James S. A. Corey, Peter V. Brett, Gail Carriger, Joe Haldeman, Connie Willis, Piers Anthony, Daniel Abraham, Ursula K. Le Guin, Kim Stanley Robinson, Ilona Andrews, Naomi Novik, Mark Lawrence und Hunderte mehr.

Die Printausgabe erscheint bei Tachyon Publications. Tachyon ist das perfekte Beispiel für ein Verlagshaus, das es *richtig* macht. Während die meisten Verlage im digitalen Zeitalter versuchen, so viele Rechte wie möglich an sich zu binden, kommt Tachyon den Autoren und ihren Bedürfnissen entgegen. Die Bereitschaft, sich mit nur einem Stück des Kuchens zufriedenzugeben, ist ein geschickter Schachzug und wird, wie ich hoffe, der Konkurrenz ein Vorbild sein. Tachyon – wer den Verlag noch nicht kennt – hat Bücher von Brandon Sanderson, Charles de Lint, Tim Powers, Peter S. Beagle, Patricia A. McKillip, Ellen Datlow, John Joseph Adams und anderen herausgegeben. Patricias *Wonders of the Invisible World* wurde von *Publishers Weekly* als Bestes Buch 2012 ausgezeichnet. Zwei weitere Titel von Tachyon wurden 2013 für den Hugo Award nominiert, wovon Brandons *Die Seele des Königs* auch gewann; den Nebula gab es in den Jahren 2006, 2012 und 2013.

All diese Leute trugen auf die ein oder andere Weise zur Entstehung oder dem Vertrieb des Buches bei; und wie gesagt bin ich ihnen allen mehr als dankbar. Ich möchte aber auch die großartigen Leser erwähnen, die sich an der Kickstarter-Kampagne beteiligten. Es war meine erste Erfahrung mit Kickstarter, doch seitdem habe ich dort viele Projekte unterstützt (und werde es auch weiterhin tun). Kickstarter verändert die Art und Weise, wie Produkte entstehen und ausgeliefert werden, und ich begrüße diese schöne neue Welt. Die Unterstützer erhalten nicht nur genau das, was sie wollen, sondern auch ein exklusives Dankeschön sowie die Befriedigung, dass ihr Beitrag dieses Produkt überhaupt erst möglich gemacht hat.

Wie ich schon in meinem Nachwort schrieb, hatte ich einen Bedarf von sechstausend Dollar ermittelt und mir ein Ziel von dreitausend Dollar gesetzt. Es endete jedoch damit, dass das Projekt zu mehr als hundert Prozent finanziert wurde, womit ich nicht nur meine Riege handverlesener Profis bezahlen konnte, sondern unterm Strich sogar noch einen Vorschuss übrig hatte. Das ist exakt, wie traditionelles Verlegen funktioniert – nur dass ich den Vorschuss statt von einem Verleger von meinen Lesern bekam. Das führte mir deutlicher als alles sonst die Veränderungen auf dem Markt vor Augen. Ich kenne viele Autoren, die Herzblut-Projekte auf Eis legten, weil man sie entweder ablehnte oder ihnen nicht genug dafür bot. Da sie allesamt bereits veröffentlicht sind, haben sie auch schon ihre Leserschaft, und ich hoffe, dass sie *Zeitfuge* als Beispiel begreifen, wie sie ihre Träume weiterhin verfolgen können: indem sie die Bücher schreiben, die ihnen wichtig sind, und aus eigener Kraft an ihr Publikum bringen. Die Unterstützer meiner Kampagne ermöglichten also nicht nur *Zeitfuge,* sondern halfen vielleicht auch anderen Autoren und ihren Büchern.

Obwohl ich jedem meiner Unterstützer in der Kickstarter-Edition bereits persönlich gedankt habe, möchte ich allen noch einmal meinen aufrichtigen Dank aussprechen: für ihr Vertrauen in das Projekt, die finanzielle Hilfe und die wunderbaren Rezensionen und Kommentare, die sie seither geschrieben haben. Dieses Buch gehört euch ebenso wie denen, die bei der Produktion mitwirkten, und es ehrt mich, was ihr alles für *Zeitfuge* getan habt.

Michael J. Sullivan
Januar 2014

Wolfgang Jeschke

»Wolfgang Jeschke ist grandios!
Er zieht alle Register des
großen Abenteuerromans.«
Frank Schätzing

978-3-453-31476-4

»Wolfgang Jeschke schreibt
die Kronjuwelen der
deutschen Science Fiction!«
Andreas Eschbach

978-3-453-31491-7

Leseprobe unter **www.heyne.de**

HEYNE